LE DERNIER
DES JUSTES

ANDRÉ SCHWARZ-BART

LE DERNIER DES JUSTES

roman

ÉDITIONS DU SEUIL
27, rue Jacob, Paris VIᵉ

Comment dois-je célébrer ta mort
Comment puis-je suivre tes obsèques
Poignée de cendres vagabonde
Entre la terre et le ciel ?

M. JAZTRUN. Les obsèques

I

LA LÉGENDE DES JUSTES

Nos yeux reçoivent la lumière d'étoiles mortes. Une biographie de mon ami Ernie tiendrait aisément dans le deuxième quart du XX⁰ siècle; mais la véritable histoire d'Ernie Lévy commence très tôt, vers l'an mille de notre ère, dans la vieille cité anglicane de York. Plus précisément : le 11 mars 1185.

Ce jour-là, l'évêque William de Nordhouse prononça un grand sermon et aux cris de Dieu le veut ! la foule se répandit sur le parvis de l'église; quelques minutes plus tard, les âmes juives rendaient compte de leurs crimes à ce Dieu qui les appelait à lui par la bouche de son évêque.

Cependant, à la faveur du pillage, plusieurs familles s'étaient réfugiées dans une vieille tour désaffectée, un peu en marge de la ville. Leur siège dura six jours. Tous les matins, entre chien et loup, un moine s'approchait de la fosse d'enceinte et, crucifix au poing, il promettait leur vie sauve aux Juifs qui reconnaîtraient la Passion de notre très doux Seigneur Jésus-Christ. Mais la tour demeurait " muette et close ", selon les termes d'un témoin oculaire, le bénédictin Dom Bracton.

Au matin du septième jour, rabbi Yom Tov Lévy réunit tous les assiégés sur la plate-forme de guet. Frères, leur dit-il, Dieu nous a donné la vie; rendons-la-lui nous-mêmes, de nos propres mains, comme l'ont fait nos frères d'Allemagne.

Hommes, femmes, enfants, vieillards, chacun tendit le front à sa bénédiction puis la gorge au fer qu'il dispensait de l'autre main. Le vieux rabbin demeura seul devant sa propre mort.

Dom Bracton rapporte :

" Et il se perçut alors une haute lamentation, qui fut entendue d'ici au quartier Saint-James... "

Suit un pieux commentaire, et le moine achève ainsi sa chronique :

" On compta vingt-six Juifs sur la plate-forme de la tour, sans parler des femelles et de la petite engeance. Deux ans après, il s'en découvrit treize dans la cave, enterrés pendant le siège; mais presque tous ceux-ci avaient l'âge de la mamelle. Quant au rabbin, il tenait encore le manche du poignard qui traversait son cou. On ne trouva autre arme que la sienne dans la tour. Son corps fut jeté en un grand feu, et malheureusement on dispersa ses cendres au vent. De sorte que nous le respirerons ; et que, par la communication des petits esprits, il nous viendra quelque humeur empoisonnante dont nous serons tout étonnés ! "

Cette anecdote n'offre rien de remarquable en soi. Aux yeux des Juifs, l'holocauste de la tour n'est que mince épisode d'une histoire surchargée de martyrs. En ces époques de foi, comme on sait, de grandes communautés se jetèrent dans les flammes pour échapper aux séductions de la *Vulgate*. Il en fut ainsi à Spire, à Mayence, Worms, Cologne, et Prague au cours du fatidique été 1096. Et plus tard, lors de la peste noire : dans toute la chrétienté.

Mais l'action de rabbi Yom Tov Lévy eut une singulière fortune; s'élevant au-dessus de la tragédie commune, elle devint légende.

Pour comprendre le processus de cette métamorphose, il faut avoir eu vent de l'antique tradition juive des *Lamed-waf* que certains talmudistes font remonter à la source des siècles, aux temps mystérieux du prophète Isaïe. Des fleuves de sang ont coulé, des colonnes de fumée ont obscurci le ciel; mais franchissant tous ces abîmes, la tradition s'est maintenue intacte, jusqu'à nos jours. Selon elle, le monde reposerait sur trente-six Justes, les *Lamed-waf* que rien ne distingue des simples mortels; souvent, ils s'ignorent eux-mêmes. Mais s'il venait à en manquer un seul, la souffrance des hommes empoisonnerait jusqu'à l'âme des petits enfants, et l'humanité étoufferait dans un cri. Car les *Lamed-waf* sont le cœur multiplié du monde, et en eux se déversent toutes nos douleurs comme en un réceptacle. Des milliers de récits populaires en font état. Leur présence est attestée partout. Un très vieux texte de la Haggadah raconte que les plus pitoyables sont les *Lamed-waf* inconnus d'eux-mêmes. Pour ceux-là, le spectacle du monde est un indicible enfer. Au VIIe siècle, les Juifs andalous vénéraient une roche en forme de larme, qu'ils croyaient l'âme, pétrifiée de douleur, d'un *Lamed-waf* " inconnu ". D'autres *Lamed-waf*, telle Hécube hurlante à la mort de ses fils, auraient été transformés en chiens. " Quand un Juste inconnu monte au ciel, dit un récit hassidique, il est tellement glacé que Dieu a besoin de le réchauffer mille ans entre ses doigts, avant que son âme puisse s'ouvrir au Paradis. Et l'on sait que plusieurs demeurent pour toujours inconsolables du malheur humain; de sorte que Dieu lui-même n'arrive pas à les réchauffer. Alors de temps en temps le Créateur, béni soit-il, avance d'une minute l'horloge du Jugement Dernier. "

La légende de rabbi Yom Tov Lévy procède en droite ligne de cette tradition des *Lamed-waf*.

Elle doit aussi sa naissance à un fait singulier, qui est la survie extraordinaire du jeune Salomon Lévy, fils benjamin de rabbi Yom Tov. Ici, nous atteignons le point où l'histoire s'enfonce dans la légende, et s'y engloutit ; car les données précises manquent, et les avis des chroniqueurs divergent. Selon les uns, Salomon Lévy se trouvait parmi les quelque trente enfants qui reçurent le baptême chrétien au milieu du massacre. Selon d'autres, mal égorgé par son père, il aurait été sauvé par une paysanne qui le remit à des Juifs du comté voisin.

Parmi les nombreuses versions qui circulent dans les juiveries du XIIIᵉ siècle, retenons la fantaisie italienne de Siméon Reubéni de Mantoue; il relate le " miracle " en ces termes :

" A l'origine du peuple d'Israël, il y a le sacrifice d'un seul, notre père Abraham, qui offrit son fils à Dieu. A l'origine de la dynastie des Lévy, on retrouve le sacrifice d'un homme seul, le très doux et lumineux rabbi Yom Tov, qui égorgea de sa main deux cent cinquante fidèles — certains disent mille.

" Or voici donc : L'agonie solitaire de rabbi Yom Tov fut insupportable à Dieu.

" Et voici encore : D'entre le charnier couvert de mouches renaquit son benjamin, Salomon Lévy, que soignèrent les anges Uriel et Gabriel.

" Et voici enfin : Quand Salomon eut atteint l'âge de raison, l'Éternel lui vint en songe et dit : Écoute, Salomon, prête l'oreille à mes paroles. Le dix-septième jour du mois de Sîvan 4945, ton père rabbi Yom Tov a été pitoyable à mon cœur. Il sera donc fait à sa descendance, et dans les siècles des siècles, la grâce d'un *Lamed-waf* par génération. Tu es le premier, tu es celui-là, tu es saint. "

Et l'excellent auteur conclut de la sorte :

" O compagnons de notre vieil exil, comme les fleuves vont à la mer, toutes nos larmes s'écoulent dans le cœur de Dieu. "

Véridique ou trompeuse, la vision de Salomon Lévy suscite l'intérêt général. Ses moindres faits et gestes sont rapportés par les chroniqueurs juifs de ce temps. Plusieurs décrivent son visage, étroit, pensif, un peu enfantin et comme fleuri de longues boucles noires.

Mais il fallut se rendre à l'évidence : ses mains ne guérissaient pas les plaies, ses yeux ne versaient aucun baume; et s'il séjourna cinq ans dans la synagogue de Troyes, y priant, mangeant, dormant sur un même banc de gloire, cet exemple était lettre courante dans l'enfer minuscule des ghettos. Aussi attendait-on Salomon Lévy au jour de sa mort, qui trancherait peut-être le débat.

Elle se produisit en l'an de grâce 1240, à le suite d'une controverse ordonnée par le roi saint Louis, de précieuse mémoire.

Selon la coutume, les talmudistes du royaume de France se tenaient debout sur un rang, face au tribunal ecclésiastique où l'on remarquait Eudes de Châteauroux, chancelier de Sorbonne, et le célèbre Nicolas Donin. En ces singulières controverses, la mort planait sur chaque réponse des talmudistes. Ils prenaient la parole chacun leur tour, afin de répartir équitablement la menace du supplice.

Sur une question de l'évêque Grotius, relative à la divinité de Jésus, il se fit un flottement bien compréhensible.

Mais soudain l'on vit paraître rabbi Salomon Lévy, qui jusquelà se tenait un peu en retrait, tel un adolescent intimidé par une assemblée d'hommes. Tout fluet sous sa lévite noire, il se porte avec hésitation devant le tribunal. S'il est vrai, chuchote-t-il d'une voix contrainte, s'il est vrai que le Messie dont parlent nos vieux prophètes est déjà venu, comment donc expliquez-vous l'état du monde actuel ? Puis toussotant d'angoisse, le timbre réduit à un fil : Nobles seigneurs, les prophètes ont pourtant dit qu'à la venue du Messie, pleurs et gémissements disparaîtraient du monde, euh... n'est-ce pas ? Que lions et agneaux paîtraient ensemble, que l'aveugle serait guéri et que le boiteux sauterait comme... un cerf ! Et aussi que tous les peuples briseraient leurs épées, oh oui, afin d'en couler des socs de charrue, euh... n'est-ce pas ?

Enfin souriant tristement au roi Louis :

— Ah que dirait-on, sire, si vous alliez oublier comment se mène une guerre ?

Voici les conséquences de ce petit discours, telles qu'elles

sont exposées dans l'atroce Livre de la Vallée des Pleurs :
" ... Lors décida le roi Luis que nos frères parisiens seraient
astreints à la messe, au sermon, rouelle jaune et chapeau pointu,
ainsi qu'à une amende convenable. Que nos divins livres du Talmud seraient montés en bûcher, sur un plein-vent de Paris, pour ce
qu'ergoteurs et menteurs et dictés par le Diable. Qu'enfin pour
l'édification serait plongé au sein des flammes du Talmud, le corps
vivant de ce Juste, ce *Lamed-waf*, cet homme de douleurs ô combien expert en douleurs, rabbi Salomon Lévy surnommé depuis :
le Triste Rabbi. Une larme pour lui. "

Après l'autodafé du Juste, son fils unique, le beau Manassé,
regagna cette Angleterre que ses ancêtres avaient fuie autrefois.
La paix depuis dix ans régnait sur les rives anglaises, et elle semblait aux Juifs assise pour l'éternité.

Manassé s'installa à Londres, où le renom des Justes le mit à la
tête de la communauté renaissante. Comme il était très gracieux
de figure et de langage, on lui demanda de plaider la cause des
Juifs, journellement accusés de sorcellerie, meurtre rituel, empoi-
sonnements de puits et autres gracieusetés. En vingt ans, il obtint
sept acquittements, ce qui était fort remarquable.

Les circonstances du septième procès sont peu connues; il
s'agissait d'un nommé Eliezer Jefryo que la rumeur accusait
d'avoir poignardé une hostie, et par conséquent remis à mort
le Christ et fait couler du sang de son cœur, qui est le pain sec de
l'hostie. Ce dernier succès inquiéta deux puissantes mitres épisco-
pales. Peu après, déféré par-devant le tribunal de la Sainte Inquisition, Manassé se voyait entaché du crime dont il venait de laver
Eliezer Jefryo.

On lui fit subir la question extraordinaire, non pas répétée —
ce qui était interdit par la législation en vigueur — mais simplement " continuée ". Les actes du greffe le montrent atteint du
maléfice de taciturnité. Aussi le 7 mai 1279, devant un parterre des
plus jolies dames de Londres, dut-il souffrir la passion de l'hostie
au moyen d'une dague vénitienne, bénie et retournée trois fois
dans sa gorge.

" C'est ainsi, écrit naïvement un chroniqueur, qu'après nous
avoir défendus en vain devant les tribunaux des hommes, le Juste
Manassé Lévy monta plaider notre cause au ciel. "

Son fils Israël semblait ne pas devoir suivre cette dangereuse voie. Homme de sang pacifique et suave, il tenait une petite échoppe de cordonnier et forgeait des poèmes élégiaques au bout de son marteau. Sa discrétion était telle que les rares visiteurs ne venaient qu'une chaussure à la main. Certains assurent qu'il était extrêmement versé dans le Zohar; d'autres qu'il avait tout juste l'intelligence d'une colombe, comme il en avait les yeux lents et la voix humide. Quelques-uns de ses poèmes sont entrés dans le rituel askénazi. Il est l'auteur de la célèbre séliha : *Oh Dieu, ne couvre pas le sang de ton silence.*

Israël façonnait ainsi son petit monde, sans bruit, lorsque éclata l'édit d'expulsion des Juifs d'Angleterre. Toujours pondéré, il fut parmi les derniers à quitter l'Ile; on mit d'abord le cap sur Hambourg, l'on se résigna ensuite aux côtes de Portugal. A la Noël, après quatre mois d'errance, la caravelle échouait en rade de Bordeaux.

Le petit cordonnier gagna furtivement Toulouse, où plusieurs années s'écoulèrent dans un incognito divin. Il aima cette province méridionale, les mœurs chrétiennes y étaient douces, presque humaines. On avait droit de cultiver un bout de terre, on pouvait y pratiquer d'autres métiers que l'usure, et même prêter serment devant les tribunaux comme si, juif, on eût véritable langue d'homme. C'était un avant-goût du paradis.

Seule ombre au tableau, une coutume appelée la *Cophyz* voulait que tous les ans, la veille de Pâques, le président de la communauté juive se rendît en chemise à la cathédrale où le comte de Toulouse, aux accords de la messe, lui administrait en grande pompe un soufflet. Mais avec les siècles, cet usage s'était singulièrement poli : moyennant cinquante mille écus, le seigneur se satisfaisait d'une gifle symbolique à six pas. Il en allait déjà ainsi lorsque Israël fut reconnu par un émigrant anglais, et proprement " dénoncé " aux fidèles de Toulouse. On le tira de son échoppe, on le bénit, lui, son père, sa mère, tous ses ancêtres et tous ses descendants, et bon gré mal gré il accepta la présidence qui était devenue une charge sans danger.

Les années s'écoulèrent avec leur cortège de douleurs et de petites joies, qu'il persistait à mettre en poésies; il faisait aussi quelques chaussures, de-ci de-là, sous le manteau. En l'an de grâce

1348 se meurt le vieux comte de Toulouse; son fils avait eu d'excellents précepteurs, il décida d'administrer la gifle pascale.

Israël se présenta en chemise, les pieds nus; sur son front, le chapeau pointu de rigueur, et deux vastes rouelles jaunes cousues sur la blancheur de sa poitrine et de son dos; il avait ce jour soixante et douze années derrière lui. Une foule immense était venue pour voir la gifle. Le chapeau roula violemment à terre. Selon l'ancien usage, Israël se baissa pour le ramasser et remercia le jeune comte à trois reprises; puis soutenu par des coreligionnaires, il traversa les rangs criards de la foule. Quand il parvint chez lui, son œil droit souriait avec une douceur rassurante; ce n'est qu'affaire d'habitude, dit-il à sa femme, et je l'ai déjà toute. Mais au-dessus de la joue marquée de quatre doigts, son œil gauche pleurait, et dans la nuit qui suivit son vieux sang tourna doucement en eau. Trois semaines après, il avait la faiblesse insigne d'en mourir de honte.

Rabbi Mathatias Lévy, son fils, était un homme si versé dans les sciences mathématiques, l'astronomie, et la médecine que certains Juifs eux-mêmes le soupçonnaient de pactiser avec le diable. Son agilité en toutes choses était notoire; dans une de ses historiettes, Johanan ben Hasdaï le compare à un furet; d'autres auteurs précisent le trait, indiquant qu'il semblait perpétuellement en train de fuir.

Il exerça la médecine à Toulouse, Auch, Gimont, Castelsarrasin, Albi, Gaillac, Rabastens, Verdun-sur-Garonne. Sa condition était celle des médecins juifs du temps. A Auch et Gaillac, on l'accusa d'empoisonner ses malades chrétiens; à Castelsarrasin on lui imputa la lèpre; à Gimont, il fut l'empoisonneur d'un puits. A Rabastens il aurait usé d'un élixir à base de sang d'homme et à Toulouse il guérissait avec la main invisible de Satan. A Verdun-sur-Garonne enfin, on le poursuivit comme propagateur de la terrible peste noire.

Il devait sa vie aux malades qui le renseignaient, le cachaient, le faisaient disparaître.

De nombreuses semonces lui furent faites, mais il trouvait toujours, dit ben Hasdaï, " d'étranges raisons pour ouvrir sa porte à un malade chrétien ". On annonça sa mort en divers lieux. Mais qu'il fût jeté dans le Trou-aux-Juifs de Moissac, brûlé vif au cimetière d'Auch ou massacré à Verdun-sur-Garonne, un beau jour, dans une synagogue, se présentait tristement le furet. Lorsque sur le bon conseil de son confesseur, le roi Charles VI publia l'édit d'expulsion des Juifs de France, rabbi Mathatias Lévy se cachait dans la région de Bayonne; il n'eut qu'un pas à faire et se trouva en Espagne. Il y mourut très vieux, au milieu du siècle suivant, sur l'immense dalle blanche du *Quémadéro* de Séville. Autour de lui, entremêlés aux fagots, se tenaient les trois cents Juifs de la fournée quotidienne. On ne sait même s'il chanta dans le supplice. Après une vie commune, cette mort si terne fit douter de sa qualité de Juste...

" Néanmoins, écrit ben Hasdaï, il faut le compter parmi l'illustre lignée; car si le mal est toujours manifeste, éclatant, le bien revêt souvent le vêtement des humbles et l'on dit que de nombreux Justes meurent inconnus. "

Par contre son fils Joakim témoigna avec éloquence de sa vocation. A moins de quarante ans, il composait un recueil de décisions spirituelles, ainsi qu'une vertigineuse description des trois séphiroth cabbalistiques : Amour, Intelligence, Compassion. " Il possédait, dit la légende, une de ces figures de lave et basalte sculptées, dont le petit peuple croit que Dieu les modèle véritablement à son image. "

A cette hauteur les persécutions ne l'atteignirent pas. Toujours noble et grave il trônait parmi ses disciples, venus de tous les coins d'Espagne, et parlait à chacun le langage de sa mort. Lors d'une polémique restée fameuse, il établit définitivement que les persécutions ont pour fin le suprême délice. En ce cas, il va de soi que le bon Juif ne ressent pas les affres de la torture; " qu'on le lapide ou qu'on le brûle, qu'on l'enterre vivant ou qu'on le pende, il reste insensible, aucune plainte ne s'échappe de ses lèvres ".

Cependant, tandis que l'illustre *Lamed-waf* discourait, Dieu de son côté, par l'entremise du moine Torquemada, concoctait divinement l'édit d'expulsion perpétuelle d'Espagne. Dans le ciel noir de l'Inquisition, le décret tomba comme un éclair, marquant, pour nombre de Juifs, l'expulsion immédiate hors de l'existence.

A sa grande honte, rabbi Joakim put gagner le Portugal sans témoigner de son enseignement. Jean III y faisait aux bannis l'offre charitable d'un séjour de huit mois, moyennant une somme raisonnable à l'entrée. Mais sept mois plus tard, par une singulière aberration, ce même souverain décréta qu'il ferait grâce, de leur vie cette fois, aux Juifs quittant son territoire sans délai : et moyennant ce qui s'entend à la sortie. Faute d'économies, rabbi Joakim se vit vendu comme esclave avec des milliers d'autres calamiteux; sa femme fut promise au loisir du Turc; son fils Haïm, promis à Christ et baptisé d'abondance dans plusieurs couvents.

Un doute plane sur la fin du rabbi. Une ballade sentimentale la situe en Chine, sur la pointe d'un pal; mais les auteurs plus réfléchis avouent leur ignorance. Ils supposent qu'elle fut digne de son enseignement.

L'enfant Haïm connut un prodigieux destin; élevé au couvent, ordonné prêtre, il judaïsait sous la soutane; mais satisfaits de sa bonne conduite apparente, ses supérieurs le déléguèrent en 1522 au Saint-Siège, avec un groupe important de " prêtres juifs " destinés à l'édification de l'entourage du pape. Parti pour Rome en soutane et barrette, il aboutit en lévite noire et chapeau pointu à Mayence, où l'accueillirent pompeusement les survivants du récent holocauste.

Traités et regardés comme des bêtes, les Juifs étaient naturellement avides de surnaturel. Déjà, la postérité de rabbi Yom Tov avait franchi toutes les enceintes du Ghetto. Des rivages atlantiques aux confins d'Arabie, tous les ans, le vingtième jour du mois de Sîvan, se pratiquait un jeûne solennel; et les chantres psalmodiaient la sélichoth de rabbi Salomon ben Simon de Mayence :

Avec des larmes de sang je pleure la sainte communauté de York.
Un cri de douleur jaillit de mon cœur sur les victimes de Mayence.
Les héros de l'esprit qui moururent pour le nom sacré.

L'arrivée de Haïm Lévy, surgi du fond des monastères, parut aussi miraculeuse que la délivrance de Jonas : les abîmes chrétiens avaient rendu le Juste.

Béni, choyé, circoncis, il mène une existence de chanoine. On le présente généralement sous l'aspect d'un homme de haute taille, maigre et froid. Un témoin fait allusion au débit monocorde et onctueux de sa voix, ainsi qu'à d'autres traces ecclésiastiques. Après huit ans de réclusion dans la synagogue, il épouse une certaine Rachel Gershon qui lui offre aussitôt un héritier. Quelques mois plus tard, trahi par un coreligionnaire, il est reconduit en Portugal. Là, on brise ses membres au chevalet; on coule du plomb dans ses yeux, ses oreilles, sa bouche, son anus, à raison d'une goutte par jour; on le brûle enfin.

Son fils Ephraïm Lévy, fut pieusement élevé à Mannheim, Carlsruhe, Tubingen, Reutlingen, Augsbourg, Ratisbonne, toutes villes dont les Juifs furent non moins dévotement chassés. A Leipzig, sa mère essoufflée mourut. Mais il y connut l'amour d'une fille qu'il épousa.

Le margrave n'était guère pieux, non plus avare ni méchant : il était seulement à court d'argent. Il recourut donc au jeu favori des princes allemands, qui consistait à chasser les " infâmes " en retenant leurs biens. Le jeune Ephraïm s'en fut avec sa nouvelle famille à Magdebourg, d'où il reprit le ballot pour Brunswick; où il prit le chemin de la mort des Justes, frappé d'une pierre qui l'atteignit à Cassel.

Guère d'écrits sur lui; les auteurs semblent l'éviter, Juda ben Arédeth lui consacre à peine huit lignes. Mais Siméon Reubéni de Mantoue, le doux chroniqueur italien, évoque " les boucles sautillantes d'Ephraïm Lévy, ses yeux rieurs, ses membres élastiques qui bougeaient comme pour la danse. On dit que du jour où il connut son épouse, quoi qu'il advînt, il ne cessa plus de rire; aussi les gens le surnommaient Rossignol du Talmud, ce qui indique une familiarité peut-être excessive à l'égard d'un Juste ".

Ces lignes sont les seules à préciser la personne charmante du jeune Ephraïm Lévy, dont les amours trop heureuses parurent indignes d'un *Lamed-waf*. Son dernier supplice lui-même n'a pu fléchir la rigueur des historiens juifs, qui n'en mentionnent pas la date.

Son fils Jonathan eut une vie plus recommandable. Il parcourut de longues années la Bohême et la Moravie — colporteur d'occasion, et prophète. Lorsqu'il franchissait les portes d'un ghetto, il commençait par déballer sa verroterie; puis son petit commerce terminé, et le baluchon noué à ses pieds, il provoquait les passants sur le chapitre de Dieu, sur les anges, la venue imminente du Messie.

Un poil roux couvrait son visage jusque sur le pourtour des yeux et, disgrâce plus cruelle, sa voix avait une résonance de fausset; mais il possédait, dit la chronique, " un conte pour chacune de nos souffrances ".

En ce temps-là, tous les Juifs d'Occident portaient l'uniforme d'infamie ordonné par le pape Innocent III. Après cinq siècles de ce catéchisme, les victimes s'étaient curieusement transmuées : sous le chapeau pointu, le pileum cornutum, les bonnes gens imaginaient désormais deux petites cornes; dans le bas du dos, à la naissance de la rouelle, se devinait leur queue de légende; et nul n'ignorait plus la terminaison fourchue des pieds juifs. Ceux qui déshabillaient leurs cadavres s'étonnaient, voyaient un ultime sortilège dans ces corps si humains. Mais en règle générale, et qu'il fût mort ou vif, on ne touchait plus le Juif qu'au bout d'un bâton.

Durant ce voyage au long cours que fut sa vie, rabbi Jonathan se heurta souvent au froid, à la faim, et à l'ordonnance du pape Innocent III. Toutes les parties de son corps l'éprouvèrent avec force. Juda ben Arédeth écrit : sur la fin, le Juste n'avait plus de visage. A Polotzk où il échoua l'hiver 1552, il lui fallut renoncer au baluchon. Une heureuse indiscrétion révélant son essence de *Lamed-waf*, on soigna l'infirme, on le maria, il fut admis au séminaire du grand Yehel Mehiel où onze ans pour lui s'écoulèrent comme un jour.

Lors, Ivan IV le Terrible annexait Polotzk en coup de foudre !

Comme on sait, tous les Juifs furent noyés dans la Dvina, à l'exception de ceux qui baiseraient la Sainte Croix, prélude à l'aspersion salvatrice d'eau bénite. Le tsar se montrant désireux d'exhiber à Moscou, dûment aspergé, " un couple de frétillants rabbinots ", il fut donc procédé à la conversion méthodique de rabbi Yehel et rabbi Jonathan. En désespoir de cause on les fixa à la queue d'un petit cheval mongol, puis leurs dépouilles furent hissées à la branche maîtresse d'un chêne, où les attendaient deux cadavres de chiens; enfin, à la masse balançante de chair, on apposa la fameuse inscription cosaque : DEUX JUIFS DEUX CHIENS TOUS QUATRE DE LA MÊME RELIGION.

Les chroniqueurs terminent volontiers cette histoire sur une note lyrique. Ainsi Juda ben Arédeth, pourtant si sec à l'ordinaire :

" Oh ! comme ils sont tombés, les héros... "

Le mardi 5 novembre 1611 une vieille serve sonna à la Grande Synagogue de Wilno . Elle s'appelait Maryia Kozemenieczka, fille de Jésus, mais elle avait élevé un enfant juif; et peut-être, acheva-t-elle timidement, les Juifs se cotiseraient-ils pour lui éviter la conscription ?

Pressée de questions, elle jura d'abord tous ses saints que l'enfant lui avait été *engendré* par un colporteur, sur le bord de la route, *en passant ;* puis elle reconnut l'avoir ramassé, le lendemain de l'annexion russe, aux portes de l'ancien ghetto de Polotzk; enfin, elle dit ce qui resta pour vérité... Autrefois cuisinière de feu le rabbin Jonathan, elle reçut le garçon des mains de la jeune épouse au moment où les Russes enfonçaient la porte. Dans la nuit, elle s'enfuit vers son village natal. Elle allait vieillir, elle s'attendrit, elle garda l'*innocent* pour sien : voilà tout. Et qu'on me pardonne, conclut-elle en pleurant soudain.

— Retournez dans votre village, lui dit le rabbin, et faites venir ce jeune homme. S'il est convenablement circoncis, nous paierons son rachat.

Deux ans s'écoulèrent.

Le prudent rabbin de Wilno n'avait soufflé mot à personne, et s'en félicitait.

Mais un soir, sortant du temple, il se heurta à un jeune paysan planté sous le porche, hagard, les traits creusés de fatigue, l'œil étincelant d'un sentiment où la morgue le disputait à l'épouvante :

— Holà, rabbin de mes f..., il paraît que je suis un des vôtres, alors expliquez-moi comment on fait pour être un animal de Juif !

Le lendemain, amer :

— Porc dans sa porcherie et Juif dans son ghetto; on est ce qu'on est, 'pas ?

Un mois plus tard :

— Je veux bien vous *priser* mais j'y arrive pas, j'ai comme un dégoût là, dans le ventre.

Mis sur la pente des confidences, il raconta sa fureur et sa honte, son ensevelissement dans l'armée. Il avait déserté au beau milieu d'une nuit, sur un coup de tête sans recours. " Je me suis réveillé, comme ça, et je les ai entendus qui ronflaient tous en chrétiens. Jezry, Jezry, que je me suis dit, t'es pas sorti du ventre que tu croyais, mais on est ce qu'on est, alors cochon qui s'en dédit !... "

Sur cette forte pensée il avait assommé la sentinelle puis un passant qu'il dépouilla de ses vêtements, et, comme une bête lancée dans le noir, il s'était mis en marche pour Wilno qui se trouvait à deux cents kilomètres du lieu de sa garnison.

De toutes les provinces accouraient des hommes qui avaient connu son père, le Juste Jonathan Lévy. D'abord saisi par sa rudesse, ils faisaient des rapprochements, analysaient son regard. On dit qu'il mit cinq ans pour ressembler à rabbi Jonathan; il riait aux éclats de se découvrir des cheveux juifs, des yeux juifs, un long nez courbé à la juive. Mais on craignait toujours le paysan fou qui sommeillait en lui; parfois des colères le soulevaient, il parlait de *sortir du trou*, prononçait des blasphèmes qui faisaient se boucher les oreilles. Après quoi il s'enfermait des semaines en un mutisme attentif, studieux, souffrant. Dans sa célèbre *Relation d'un Miracle*, le prudent rabbin de Wilno rapporte : " Quand il ne comprenait pas le sens d'un mot hébreu, le fils des Justes broyait son crâne entre ses grosses mains de paysan, comme pour en arracher la gangue si épaisse des Polonais. "

Sa femme révéla qu'il criait toutes les nuits en son sommeil, implorant tantôt des figures bibliques et tantôt un certain saint Johannus, patron de son enfance chrétienne. Un jour, en plein office, il tomba de tout son long, frappant ses tempes à grands coups de poings. Sa folie fut aussitôt regardée comme sainte.

Selon le rabbin de Wilno, " quand l'Éternel prit enfin pitié de lui, Néhémias Lévy avait remplacé une à une toutes les pièces de son ancien cerveau ".

.

La vie de son fils, le falot Jacob Lévy, n'est qu'une fuite désespérée devant la " bénédiction " implacable de Dieu. C'était un être aux membres grêles et allongés, à la tête molle, aux longues oreilles craintives de lapin. Dans sa passion de l'incognito, il arrondissait son dos à l'extrême, comme pour masquer sa haute taille aux regards; et comme un homme traqué s'enfonce dans une foule, il s'était fait simple brodeur sur cuir, homme de rien.

Quand on l'entreprenait sur ses ancêtres, il prétendait qu'il y avait maldonne à son sujet, arguant du fait qu'il ne sentait rien au dedans de lui, sinon l'effroi. Je ne suis qu'un insecte, disait-il à ses courtisans indiscrets, un misérable insecte; que me voulez-vous ? Le lendemain, il avait disparu.

Heureusement, le ciel lui avait adjoint une femme bavarde. Cent fois elle avait juré de se taire mais un beau matin, se penchant à l'oreille d'une voisine : " Il n'a l'air de rien, hein, mon mari ?... " commençait-elle sournoisement. Et sous le sceau du secret la confidence faisait traînée de poudre, le rabbin conviait le modeste brodeur sur cuir, et, quand il ne lui offrait pas son ministère, il en faisait un Bienheureux resplendissant dangereusement de gloire. Dans toutes les villes que traversa le couple, il en alla ainsi. " Pour qu'il ne pût savourer la quiétude des obscurs, écrit Méir de Nossack, Dieu avait placé une langue de femme à son côté, en sentinelle. "

Sur la fin, excédé, Jacob répudia sa femme pour se terrer dans une venelle du ghetto de Kiev, où il exerça discrètement son métier. On eut tôt fait de retrouver sa trace, mais de crainte qu'il ne disparût à nouveau, on le surveilla de loin en loin, avec une discrétion égale à la sienne. Les observateurs rapportent que sa taille s'élança, que ses yeux s'éclaircirent et que par trois fois en moins de sept ans, il se laissa aller à de la franche gaieté. Ces années-là furent heureuses, dit-on.

Sa mort répondit à l'attente de tous :

" ... Les cosaques enfermèrent un groupe dans la synagogue et demandèrent aux Juifs présents de se déshabiller, hommes et femmes. Quelques-uns commençaient d'enlever leurs vêtements, quand s'avança un homme du peuple qu'une subtile rumeur apparentait à la célèbre dynastie des Lévy de York. Se tournant vers le groupe éploré, il courba soudain les épaules et entama d'une voix chancelante la séliha de rabbi Salomon ben Simon de Mayence : *avec des larmes de sang, je pleure...*

On coupa son chant d'un coup de hache, mais d'autres voix reprenaient déjà la complainte, et d'autres encore; puis il n'y eut plus personne pour la reprendre, car tout était sang... C'est ainsi que les choses se passèrent chez nous, à Kiev, le 16 novembre 1723, durant cette terrible Hadaïmakschina. " (Moïse Dobiecki. *Histoire des Juifs de Kiev.*)

Son fils Haïm, dit le Messager, reçut en héritage sa modestie. Il tirait enseignement de tout, du repos comme de l'étude, des choses autant que des hommes. " Le Messager écoutait toutes les voix et il eût accepté le reproche d'un brin d'herbe. "

A cette époque pourtant c'était déjà un beau brin d'homme, taillé en Polonais et si vert que les habitants du ghetto craignaient pour leurs filles.

De mauvais esprits insinuent que le célibat du jeune rabbi ne fut pas pour rien dans son éloignement subit de Kiev.

En effet, c'est sur l'injonction expresse des Anciens qu'il lui fallut se rendre auprès du Reb Israël Baal Chem Tov, le divin Maître du Renom, afin dirent-ils d'augmenter sa science et d'affiner son cœur.

Après dix ans de retraite au flanc le plus sauvage des Karpathes, le Baal Chem Tov s'était établi dans sa bourgade natale de Miedsibotz, en Podolie, d'où il rayonnait sur toute la Pologne juive. On venait à Miedsibotz pour soigner un ulcère, trancher un doute ou se guérir d'un démon. Les sages et les fous, les simples et les dépravés, les nobles réputations et le tout-venant de la foi se confondaient autour de l'ermite. N'osant révéler son identité, Haïm Lévy remplissait les fonctions d'homme de peine, couchait dans la grange des malades et guettait en tremblant le regard lumineux du " Becht ". Cinq ans s'écoulèrent ainsi. Il devint si semblable à un domestique, que des pèlerins de Kiev ne le reconnurent pas.

Son seul talent visible était la danse; lorsque des rondes se constituaient pour égayer le cœur de Dieu, il s'élançait si haut dans l'air et poussait de tels cris d'enthousiasme que plusieurs Hassides s'en trouvèrent offusqués. On le relégua définitivement parmi les malades; il dansait au milieu d'eux, pour leur plaisir.

Plus tard, quand tout se sut, on le surnomma aussi le Danseur de Dieu...

Un jour le Baal Chem reçut un message du vieux Gaon de Kiev. Il fit aussitôt proclamer qu'un Juste se cachait à Miedsibotz. On interrogea tous les pèlerins : malades, savants, possédés, rabbins, prédicateurs; le lendemain, on constata que l'homme de peine s'était enfui. Les témoignages affluèrent sur l'heure, chacun y allant de sa petite anecdote : le vagabond de la grange dansait la nuit, soignait, etc. Mais le Baal Chem Tov, essuyant une larme, dit simplement : celui-là était bien-portant parmi les malades, et je ne l'ai pas vu.

Les nouvelles filtrèrent comme par gouttes.

On apprit que le pauvre Haïm errait à travers les campagnes, prêchant sur les places publiques ou exerçant de singuliers petits métiers, tel par exemple celui de " rebouteux " des deux mains (qui soigne indifféremment les humains et les animaux). De nombreuses chroniques signalent qu'il ne prêchait qu'à contrecœur, comme sous l'empire d'un ange officiant. Après quinze ans de cette folle solitude, son personnage devint si populaire que nombre de récits l'identifient au Baal Chem Tov lui-même, dont il serait devenu l'incarnation vagabonde. On ne peut, dans ce foisonnement de vieux parchemins, séparer fil à fil le quotidien du merveilleux. Il demeure néanmoins que le Messager séjournait souvent dans une ville sans y délivrer d'autre message que sa médecine, de sorte qu'il y passait doublement inaperçu.

Mais sa légende marchait plus vite que lui, et bientôt on le reconnut à certains signes : ce furent d'abord sa haute taille de bûcheron, son visage couturé de cicatrices; enfin, la fameuse oreille droite manquante, arrachée par des paysans polonais. Dès lors on remarqua qu'il évitait les grandes villes, où son signalement était trop connu.

Un soir, au cours de l'hiver 1792, il arriva à proximité du petit bourg de Zémyock, canton de Moydin, province de Bialystock. Il s'effondra au seuil d'une maison juive. Sa figure et ses bottes étaient si usées, si durcies par le froid qu'on le prit d'abord pour l'un de ces innombrables colporteurs qui sillonnaient la Pologne et la " zone d'habitation juive " de Russie. Il fallut trancher ses jambes à hauteur de genou. Lorsqu'il fut mieux, on put apprécier ses talents manuels et son habileté de copiste en Thôra. Tous les jours, son hôte le transportait en brouette à la synagogue. C'était une loque humaine, un malheureux, mais il rendait de menus services et par conséquent n'était pas trop à charge. " Il ne parlait, écrit rabbi Leib de Sassov, que de choses matérielles telles que le pain et le vin. "

Le Juste se tenait dans sa brouette, tel un cierge vivant planté dans un angle obscur de la synagogue, non loin de l'oratoire, quand il advint que le rabbin du village se trompa dans l'interprétation d'un texte sacré. Haïm souleva un sourcil, tâta son unique oreille, se racla prudemment la gorge, se tâta encore : taire la vérité sur Dieu est grave, grave... Enfin, se tâtant une ultime fois, il se retint d'une main au montant de la brouette et sollicita voix au chapitre. On le pressa ensuite de questions. Souffrant mille morts, il répondit brillamment à toutes. Pour parfaire le désastre, le vieux rabbin de Zémyock entra dans une sorte d'extase larmoyante :

— Seigneur des mondes, clamait-il entre deux sanglots, seigneur des âmes, seigneur de paix, mais admirez-moi donc les perles qui sortent tout à coup de cette bouche ! Oh non, mes enfants, je ne peux plus rester votre rabbin, car ce pauvre errant est un plus grand savant que moi. Que dis-je : plus grand ? plus grand seulement ?

Et venant à lui, il embrassa son successeur atterré.

II

ZEMYOCK

Comment Haïm tenta de donner le change et finalement fut
démasqué; ce qu'il advint lors de son mariage, et la diplomatie
dont il usa pour ne pas être ramené en triomphe à Kiev,...
non, sous peine qu'on y vît un conte, tout ceci ne saurait faire l'objet
d'une narration historique.

Reste néanmoins que, en dépit de ses distinguo les plus subtils,
il lui fallut promptement renoncer à se faire mener à la synagogue
en brouette.

Un pieux artisan avait imaginé une sorte de fauteuil roulant, un
vétitable trône garni de velours jusque sur la face interne des roues ;
on y installait le Juste, en grande pompe; une couverture de bro-
cart, mise en travers de ses cuisses, recouvrait son infirmité. Le
chantre marchait à droite, le rabbin démissionnaire se tenait familièrement sur la gauche, de façon à pouvoir entretenir l'oreille
valide du Juste. Et le sacrificateur poussait le trône, entraînant un
cortège de fidèles qui rendaient cet hommage au Danseur de Dieu.

Au début, les enfants témoignèrent du respect; mais un jour,
sans doute enhardis par quelque meneur, ils se postèrent au passage
de la procession et contrefirent l'ancienne brouette.

Des hommes s'élancèrent, Haïm exultait :

— Laissez-les, dit-il. Ils se moquent du trône, mais ils n'ont pas
ri de la brouette.

Cette réflexion ne consola pas les Juifs de Zémyock, qui s'estimaient atteints dans leur gravité. On tint conseil, on évoqua les
pilons, mandat fut donné au menuisier d'en confectionner de bien
dignes, rembourrés de cuir et couverts d'une fine soie. Solennellement offerte au Bienheureux — qui dut aussitôt s'entraîner — la

paire de pilons s'avéra un affreux instrument de torture; au lieu de se dessécher à l'usage, les moignons se faisaient plus tendres, plus délicats : jusqu'au jour où ils s'infectèrent. Il fallut donc se résigner, une arche fut dressée dans la chambre du Juste qui devint lieu de prière. — Ainsi prit fin le trajet humiliant de la synagogue.

Toujours coiffés de leur grand homme, quoique un peu *défrisés*, avouaient-ils en privé, les villageois crurent le grandir encore par une réputation de thaumaturge (campagne qui avait l'agrément du commerce local). Haïm prétendit aussitôt qu'il ne possédait aucun pouvoir, sinon peut-être, *peut-être*, souligna-t-il, celui des larmes ; il recevait néanmoins les malades, leur conseillant des simples ou quelque autre médecine de campagne; il recevait aussi les animaux dans une grange voisine.

Et cependant, lors même qu'il ne pouvait rien pour un souffrant, il s'entretenait toujours avec lui; non pas de questions supérieures, comme on pouvait l'espérer, mais de choses tout à fait anodines, dénuées d'intérêt, telles que la vie conjugale du malade, son travail, ses enfants, sa vache, sa poule. Chose étrange, les gens s'en allaient contents, disant qu'il savait écouter, qu'à suivre votre petite histoire il découvrait le fil endolori de votre âme. Quand il vous entendait mal, il portait vers vous le pavillon de son oreille gauche, agrandi de sa main, et clignotant avec bonhomie des paupières : " Comment veux-tu, disait-il, que je m'intéresse à ton âme, si tu ne te soucies pas de mon oreille ? "

Un jour, à une pauvresse qui le remerciait :

— Vieille, vieille, ne me remercie pas : mon âme va vers toi, car je n'ai rien à te donner.

Il eût pu tenir école, car de graves docteurs de la Loi, riches tzaddiks à pelisse de martre ou vagabonds étincelants du feu sacré, accouraient de fort loin pour *disputer avec un Lamed-waf ;* mais ils ne rencontraient que son mutisme, ou bien une mauvaise grâce qui se dévidait en banalités sur le mystère de la connaissance.

Quand il y avait du soleil, il interdisait qu'on ouvrît à tout ce qui porte barbe de talmudiste et, se traînant à la fenêtre, il humait l'air, longuement, avec des mines de regret. Ces jours-là, une surveillance discrète s'exerçait autour de la maison, car les gamins du voisinage se faufilaient volontiers jusque dans la chambre du Juste. Ils venaient pour son oreiller, sous lequel les attendait un tas de raisins secs, de noix, d'amandes et de sucreries que le Juste mendiait à ses admirateurs. Mais en échange, le vieux bonhomme engageait avec les enfants des controverses infinies sur la pluie, le beau temps, la qualité de la neige, le velouté des cerises croquées sur l'arbre.

" Ah ! vous me rendez mes jambes ! " s'écriait-il parfois au milieu d'une discussion tapageuse.

Et soupirant d'aise :

— Mes jambes, oui, et *peut-être bien plus encore*...

Une fois, on découvrit deux gamins sous son lit : surpris par l'arrivée d'un groupe de Kabbalistes, ils avaient passé toute l'après-midi en des grignotements qui firent se hérisser les cheveux des savants personnages. Lorsque les petites mâchoires devenaient trop bruyantes, rabbi Haïm disait simplement :

" Allons mes enfants, n'oubliez pas que je suis en grande conversation. "

Éperdus, les visiteurs croyaient qu'il sermonnait ses démons familiers.

Cela fit un peu scandale. On aurait souhaité que le Juste s'adonnât à des occupations plus dignes de lui, et surtout du respect qu'on lui témoignait. Peu après cette pénible affaire, on nota une certaine amélioration ; il demandait de l'encre, des rouleaux de papier, des plumes d'oie en abondance. On se réjouit, on crut que le bonhomme s'était amendé. Des personnes informées annoncèrent qu'il rédigeait un énorme commentaire du traité *Ta'anith* ; selon d'autres, il s'agissait d'une explication fondamentale de la *Tzedeka*.

Finalement c'étaient de simples contes pour enfants ; il en écrivit toute sa vie.

A la naissance d'un premier enfant mâle, rabbi Haïm se réjouit, pensant que tout était consommé, le cycle de sa vie clos. Et comment se présenterait-il devant l'Éternel ?... en brouette, hi hi ! Puis le cœur un peu serré d'effroi : Oh Seigneur, quel cadeau misérable je te fais là, et où donc porteras-tu le fer cette fois ? Quelle mort m'attend ?... Au-dehors, pour les villageois, toutes choses s'écoulaient avec bonhomie sous le ciel sans nuages de Zémyock ; mais songeant aux multiples fins de ses ancêtres, Haïm se disait que les ressources de Dieu sont inépuisables.

Il atteignait la quarantaine, peu de Justes avaient vécu si longtemps.

Ce fut d'abord une question de jours, puis de semaines ; au bout de six mois, la réalité effarante s'imposa à lui : Zémyock était une ville si paisible et si retirée du monde qu'un Juste lui-même ne pouvait y mourir que dans son lit !

Les tempêtes humaines, dit-on, prennent souvent les chemins

tracés pour le commerce et l'industrie : mais Zémyock était blottie dans un val à l'abri des regards, la foule vicinale passait au-delà des collines, et comme il n'y avait point de seigneur ni de curé à moins d'une lieue à la ronde, les paysans vivaient en termes humains avec ces Juifs artisans et tailleurs de cristal. Depuis des temps immémoriaux, plus de cent ans peut-être, les fidèles s'y mouraient doucement, entre deux draps, ne craignant que le choléra, la peste, et le saint nom de Dieu.

Haïm se mit à rêver. Chaque nuit il se transportait en pilons sur la route, ou bien il fuyait dans une petite caisse de cul-de-jatte qui allait aussi vite que l'éclair. Mais toujours les villageois finissaient par le rattraper, par le coucher bon gré mal gré dans son grand lit de plumes, et, au son triomphal du shofar, le lit porté à quatre épaules tel un cercueil, par le ramener dans leur cité de perdition.

Quand le ventre de sa femme ballonna de nouveau, tout Zémyock s'en émut. Il y eut des conciliabules angoissés, suivis d'une assemblée consistoriale. Enfin, une délégation comprenant les principales têtes de Zémyock se rendit au chevet du Juste pour lui faire part de l'appréhension générale. Ils lui dirent en substance : O vénérable Juste, qu'avez-vous fait, qu'avez-vous fait ?... *Vos pères donnaient un fils puis mouraient*... Et dites-nous un peu, si l'enfant qui vient est aussi un garçon, lequel des deux sera votre héritier spirituel ?... Lequel des deux sera le *Lamed-waf ?*

— Mes bons amis, répondit Haïm, je n'ai pas connu mon épouse pendant plus de deux ans, car je craignais d'aller contre le dessein du Très-haut. Puis j'ai pensé qu'il n'est pas bon que l'homme se conduise ainsi envers sa femme. Si Dieu veut, ce sera une fille.

Un jeune étudiant de la Loi insista :

— Et si c'est un garçon ?

— Si Dieu veut, répéta simplement Haïm, ce sera une fille.

Quelques mois plus tard, c'était un garçon et derechef la délégation demanda audience au Juste, qu'elle trouva prostré dans son lit de misère, l'œil torve, semblant lui-même sortir d'intolérables gésines. " Pourquoi me harcelez-vous ?... se plaignit-il. Ce n'est pas à moi de décider de ces choses. Je n'ai rien fait pour retarder ma mort. "

— Ni pour retarder la seconde naissance, fit l'étudiant d'un air entendu. Votre femme est jolie...

— Elle est bonne aussi, protesta le gisant. Il se peut, soupira-t-il, que je ne sois pas un *Lamed-waf ;* vous m'avez construit un trône, mais je ne m'y suis assis qu'à contrecœur. Je n'ai jamais reçu de confirmation intérieure, pas le moindre signe, aucune voix disant que je suis un *Lamed-waf.* Aussi loin que je remonte, j'ai toujours pensé que la dynastie s'arrêtait à mon père, le pauvre Jacob, que Dieu réchauffe son âme ! Vous ai-je fait des miracles ?... Je ne demandais qu'une brouette.

— Mais vous vous êtes assis sur le trône, reprit avec adresse l'étudiant, vous auriez pu dire que vous ne sentiez rien !

— Quoi dire, mes amis ?... Je ne suis qu'un homme, hélas.

— Hélas oui, dit l'étudiant avec un certain sourire, et vous l'avez bien montré à votre femme.

Un lourd silence s'établit dans la pièce.

Deux larmes glissaient des orbites creuses du *Lamed-waf ;* lentement, une à une, elles se perdirent dans les cicatrices de son visage.

— Il est écrit, répondit-il calmement, que Dieu exaucera ceux qui le révèrent. Et le voici qui vient d'exaucer ton désir de trouver une occasion pour te railler de moi.

Ces mots transpercèrent le cœur de toute l'assistance. A la stupeur générale l'étudiant de la Loi se mit à pousser des cris stridents, tout debout, figé dans la posture où les paroles du Juste l'avaient atteint. Le calme revenu, chacun s'approcha du chevet de l'infirme, baisa sa main, sortit sur la pointe des pieds. De tous ceux qui assistaient à cette scène, aucun n'en reparla. Mais le bruit se répandit dans toute la Pologne que Dieu n'avait pu se résoudre à tuer Haïm Lévy, dont le cœur était semblable à celui d'un enfant.

Outre des filles, sa femme ajouta successivement trois fils à sa perplexité.

Le Juste futur, estima-t-il au début, se distinguerait sans effort de ses frères, tel le cygne venu avec une portée de canards. Mais à mesure qu'ils grandissaient, Haïm dut convenir que la présence divine ne transpirait en aucun d'eux. Une hargne d'héritiers divisait les quatre premiers, qui intriguaient en vue d'obtenir le titre ; preuve suffisante, pensait naïvement Haïm, qu'ils n'y ont pas droit.

Quant au cinquième, il était au-dessous de toute appréciation : un païen, un demeuré, un authentique *Schliemazel.* On l'appelait Frère animal, il ne savait pas lire et c'est à peine si une pensée l'effleurait quelquefois. Homme voué à la terre, au lieu de prier et de tailler le cristal, il plantait ces légumes stupides qui poussent de soi et n'exigent d'art que pour les manger. Il vivait dans une hutte fétide, au milieu d'un peuple de chiens, de tortues, de mulots et autres abominations qu'il traitait exactement comme ses frères — les nourrissant, les taquinant d'un geste protecteur, leur soufflant brusquement au nez. Dès sa naissance il apparut difforme, l'œil minéral, la lèvre pendante. La venue d'un idiot est un signe manifeste ; le pauvre Haïm y vit une confirmation : Dieu reprenait sa parole.

La courte agonie du Juste fut attristée par l'absence de Frère animal, qui vaquait paisiblement dans la campagne, promenant ses bêtes.

Le patriarche n'avait accepté que ses fils autour de lui; ceux-ci se disputaient à qui prendrait la succession, et lui se demandait si Dieu en accorderait une. Et comme ils disputaient aussi le maigre héritage, on raconte que le Messager pleurait de les entendre, battant sa coulpe de ses deux poings et s'accusant d'avoir vécu si longtemps pour mourir dans son lit, comme une femme, comme un chrétien.

Soudain, se renversant sur l'oreiller, il se mit à pousser de petits hoquets d'allégresse.

— Il ne manquait plus que ça, dit froidement l'aîné, se caressant la barbe avec irritation; qu'allons-nous faire maintenant ?

Mais déjà, avec une sorte de lenteur calculée, le moribond reprenait haleine et susurrait de légers soupirs d'aise, tandis que des perles mousseuses fusaient aux coins de sa bouche noire.

Enfin l'œil vif, la mine rosissante :

— Enfants, ne vous méprenez pas, dit-il sur un ton de malice insolite, il me reste à peine une gouttelette de vie, mais ma raison s'y tient à l'aise.

Puis abaissant sur ses yeux aveugles le voile fripé de ses paupières, il parut se replier en une région de l'être où ne s'exerçait plus l'attraction de ses os, de sa chair morte et de la nuit enveloppante :

— Enfants, dit-il rêveusement, enfants du limon, un homme n'a-t-il pas le droit de sourire à sa mort, si Dieu la lui rend douce ? Non, je n'ai pas encore senti passer... reprit-il dans sa barbe grise et mouillée déjà d'une terrible sueur... contre mon front... le vent de l'aile de l'imbécillité.

" Écoutez, dressez vos oreilles, car voici maintenant pourquoi je riais. Au milieu de mes larmes, j'ai entendu : Bien-aimé Haïm, ton souffle se raréfie, presse-toi donc d'annoncer pour *Lamed-waf*

34

celui que tes fils nomment Frère animal; il en sera de même pour lui
à son dernier souffle. "

En riant à nouveau de bonheur, le vieux Haïm s'étrangla, hoqueta, exhala en un fin soupir : " Savez-vous ?... Dieu s'amuse ",
et mourut.

II

A son retour des champs, le soir, Frère animal pleura tout
bêtement au chevet de son père, alors qu'il lui fallait se réjouir
de cette couronne merveilleuse qui lui venait en héritage.

Dès le lendemain, il menaçait de quitter Zémyock si on s'obstinait à vouloir le nommer rabbin.

Rien n'y fit; ni les menaces voilées, ni la promesse de tous les
biens de la terre ne purent l'amener à modifier une seule de ses
chères habitudes. Tous les matins, après avoir lampé son écuelle
de grosse soupe, le nouveau Juste mettait bêche à l'épaule, sifflait
ses chiens, et gagnait une parcelle de terre que lui concédait un
paysan polonais. Les cadeaux pourrissaient dans sa hutte : tartes
fines, soufflets de miel, pâtisseries au vrai beurre de vache, tout ce
dont ne voulaient pas les chiens allait aux enfants du voisinage.
Quant à lui, il se confectionnait d'énormes potées de soupe aux
légumes dans quoi il faisait tremper du pain noir, ou à défaut... de
la brioche.

Bien qu'il fût fort laid, fort sale, fort stupide; bien qu'il urinât
au seul gré de son inspiration (sauf dans la synagogue, où il se
tenait raide et comme paralysé de terreur), les plus belles jeunes
filles de Zémyock ne songeaient plus qu'à lui, car chacune de ses
tares resplendissait maintenant sous la lumière idéalisante de son
titre. Angoissés, meurtris, secrètement ravis, les hommes eux-
mêmes cédaient à la séduction. Impossible de dire quoi, faisaient-ils
en tortillant de dépit leurs papillottes, mais il a indubitablement
quelque chose.

Les plus souhaitables partis lui furent présentés; immobile, aux
anges, joignant les mains ou s'enfonçant l'index dans une narine,
Frère animal demeurait en contemplation devant la merveille en

tous ses atours; mais il ne l'approchait pas. Le seul mot de mariage le portait à des excès étranges. Croyant exprimer des vœux informulés, un jour, un père audacieux se penche à l'oreille du Juste, et désignant sa fille : Alors, Frère animal, chuchote-t-il d'un ton approprié, n'as-tu pas envie de mettre cette colombe dans ton lit ?

Le Juste tourne son regard humide vers la jeune fille, la rassure d'une grimace béate, et levant son poing à la façon d'un maillet, l'assène silencieusement sur le crâne de l'imprudent. — On se le tint pour dit.

Il n'eut jamais qu'un seul ami, Josuah Lévy dit le Distrait. Encore enfant, et quoique normal en tous points (compte non tenu d'une tendance prononcée à la rêverie), le petit Josuah accompagnait parfois son oncle aux champs et le regardait prendre de la peine. Par la suite, on assura que l'idiot et l'enfant avaient de grandes conversations; personne cependant ne les vit jamais autrement que silencieux, l'un bêchant, l'autre rêvant. Un jour, l'idiot fit cadeau à son neveu d'un petit chien jaune, et ce fut tout. Mais plus tard, bien plus tard, on se souvint également que le garçon n'appelait jamais son oncle Frère animal, comme tout le monde, mais par une singulière aberration lui disait : Frère, tout court. Et ce qui fut d'abord porté au compte de la distraction enfantine, s'éclaira ensuite d'un jour singulier...

Lorsque Frère animal se coucha pour mourir, par une odorante soirée de mai, il réclama seulement ses chiens, sa chèvre et son jeune couple de palombes. Mais les Lévy exigeaient qu'il divulguât d'abord le nom de son successeur, et, comme il prétendait ne rien savoir, on maintenait à distance cette ménagerie hurlant, bêlant et roucoulant à la mort.

On raconte, mais est-ce vrai ? que Frère animal s'obstinant à ne pas donner de nom, les Lévy le persécutèrent jusqu'à son dernier souffle. Pitié, pitié, se lamentait-il, je vous jure que je n'entends aucune voix !

Bref, longtemps après la tragédie, de mauvaises langues prétendirent que, tiré de l'état comateux et craignant qu'on ne le retînt indéfiniment de mourir, l'idiot se serait alors seulement résigné à nommer son petit neveu Josuah Lévy " vous savez, celui qui a mon chien jaune ? " avant de s'endormir du dernier sommeil du Juste.

On sut dès lors que la couronne de gloire pouvait " tomber " sur n'importe quelle tête; des clans se constituèrent, une pression impitoyable s'exerça sur le Juste en fonctions; la vie de Josuah

Lévy ne fut qu'un long calvaire. Il promit à sa seconde femme, " si jeune hélas ", de nommer un fils de sa chair; et pour finir lui échappe à son agonie le nom d'un quelconque neveu. On ne sait plus. On ne sait rien. Les malheureux Lévy cherchent vainement sur quels signes se fonde le choix de Dieu. Faut-il s'abîmer en prières ? Ou travailler aux champs ? Aimer les animaux ? Les hommes ? Accomplir de hautes actions ? Ou mener la misérable mais combien douce existence de Zémyock ?... Qui sera l'Élu ?

Ainsi l'enfance des Lévy se déroula-t-elle, désormais, sous le nouveau signe imposé par Dieu aux siens : un point d'interrogation, flottant sur les crânes comme une auréole incertaine.

Tandis que le sable des jours filait de la sorte, doucement, grain à grain, les Juifs de Zémyock s'obstinaient à croire que le temps des hommes s'est arrêté au Sinaï : ils vivaient non sans grâce le temps de Dieu, qui ne s'écoule en aucun sablier. Qu'était-ce qu'un jour ? un siècle même ? Depuis la création du monde, le cœur de Dieu n'avait battu qu'une demi-fois.

A ces hauteurs sublimes, nul n'avait d'yeux pour voir ce qui se tramait dans le temps des chrétiens : l'industrie polonaise naissante, grignotant posément la vie surtout artisanale des Israélites; comme un talon de fer, chaque usine mise sur pied écrasait des centaines de travailleurs à domicile. Parfois les anciens évoquaient une époque plus belle, plus propice à la fondation de familles et de synagogues. Mais ne pouvant se résoudre à ces antres de perdition, les fabriques — où le jour du Sabbat n'est pas respecté, et où l'on ne peut observer, en leur plénitude et magnificence, comme chez soi, les 613 commandements de la Loi — ils se mouraient de faim, pieusement.

Puis des âmes audacieuses et que n'étranglaient pas les scrupules religieux, s'envolèrent vers l'Allemagne, la France, l'Angleterre, gagnant souvent jusqu'aux deux Amériques. C'est ainsi qu'un tiers environ des Juifs polonais finit par vivre essentiellement de la Poste, c'est-à-dire : des mandats de leurs " envoyés " à l'étranger. Il en allait pareillement pour les habitants de Zémyock, où la taille du cristal ne nourrissait plus son Juif.

Mais les Lévy ne recevaient aucun soutien de la Poste, et n'en attendaient guère.

On savait que s'expatrier, c'est se mettre à la merci des idoles américaines : s'exiler de Dieu. Et si pour les Juifs polonais, Dieu ne se trouvait nulle part mieux qu'en Pologne, les Lévy estimaient qu'il se sentait particulièrement bien à Zémyock, sur le territoire assigné aux Justes. Aussi ne le quittèrent-ils point, et tous demeurant, tous étaient en Dieu, tous étaient misérables.

Comme ils étaient les plus gueux de Zémyock, ceux qui en pauvreté venaient juste au-dessous leur faisaient une sorte d'aumône; car les riches n'ont pitié que d'eux, n'est-ce pas ? En saison, les Lévy se louaient dans les métairies; mais les paysans polonais méprisaient les bras juifs, qui sont maigres, et les payaient en menue nature.

Vers la fin du xixe siècle, on reconnut les enfants Lévy au blanc de leur visage...

Mardochée Lévy (grand-père de notre ami Ernie), naquit dans une besogneuse famille de tailleurs de cristal. Jeune, il avait la tête étroite, l'œil vif et sec, et un grand nez busqué qui projetait son visage tout en avant. Mais sa vocation d'aventurier n'apparaissait pas encore clairement.

Un jour que le traditionnel hareng des pauvres manquait à table, Mardochée déclara qu'il se proposerait le lendemain dans les fermes voisines. Ses frères le fixèrent avec stupeur et Mme Lévy jeta les hauts cris, jurant que les paysans polonais l'insulteraient, le battraient à mort et Dieu sait quoi.

Pour commencer, on lui refusa tout ouvrage : on n'engageait les bras juifs qu'à contrecœur et sous la pression des saisons. Après de longs jours de vaines recherches, il fut agréé pour le ramassage des pommes de terre, mais dans une métairie fort éloignée. Le régisseur lui avait dit : Juif, tu es grand comme un arbre, toi, je te donne dix kilos de patates par journée. Seulement voilà, auras-tu le courage de te battre ? Mardochée fixa l'œil froid du régisseur, et ne répondit pas.

Le lendemain, il était debout deux heures avant l'aube. Sa mère voulut le retenir; il lui arriverait malheur comme à un tel, et un tel et un tel, qui tous étaient revenus ensanglantés. Mardochée l'écoutait en souriant, songeant qu'il était un arbre.

Mais quand il se retrouva seul sur la route, dans le petit jour gris où s'enfuyait la chaleur du thé clair et de la pomme de terre avalée au départ, les paroles du régisseur lui revinrent à l'esprit. Mon Dieu, se dit-il, il venait là pour travailler, il se conduirait si bien envers tout le monde que le diable lui-même n'aurait pas le cœur de l'insulter.

La matinée fut sans histoire. Les jambes écartées, il soulevait l'instrument qu'on avait mis entre ses mains, et l'abattait avec une force redoutable tout alentour du pied fané de la pomme de terre; puis il fouillait la glèbe aux mille filandres et déposait ses fruits en bordure de la tranchée ouverte. A sa gauche, à sa droite, la rangée de travailleurs polonais progressait à une allure sensiblement égale. Acharné à ne pas se laisser distancer, il ne voyait pas les regards surpris et mécontents que ses voisins coulaient vers cet immense adolescent juif, tout raide et compassé en sa longue houppelande noire, et qui brandissait sa houe avec l'onction appliquée d'un prêtre, l'ivresse aveugle d'un forgeron.

Parvenu au milieu du champ, il souleva son chapeau de velours et le posa en équilibre sur deux pommes de terre.

Mais la sueur noyant toujours sa vue, dix mètres plus loin, il abandonna carrément sa houppelande en travers du sillon.

Enfin, alors que la ligne mouvante de ramasseurs atteignait presque l'extrémité du champ, une sorte d'araignée aux multiples pattes tranchantes s'abattit sur son dos, soudain arqué de souffrance. Ainsi tordu, Mardochée souleva sa houe avec une lenteur infinie, prononçant mentalement : mon Dieu, puis l'abattit désespérément au sol tandis que d'autres paroles se faisaient jour en lui, pour la première fois : *viens en aide à ton serviteur*. C'est à la vertu de cette invocation, renouvelée à chaque pied de pomme de terre, qu'il attribua sa résistance héroïque jusqu'au bout du sillon. Il termina à hauteur des Polonais.

Sur le coup de midi, il rentra dans les terres pour récupérer sa houppelande et son chapeau, et, frissonnant de froid et d'une crainte vague, gagna le feu de branchages autour duquel se tenait l'équipe.

Les ouvriers agricoles se turent à son approche. Il s'accroupit et glissa trois patates sous la cendre. Tous ces regards silencieux versaient une angoisse mortelle en lui. Le régisseur était retourné à ses affaires, Mardochée se vit dans la gueule du loup, reposant délicatement sur sa langue palpitante; au moindre geste, les crocs s'avanceraient pour le déchirer. Soufflant d'angoisse, il ramena une patate qui virevolta entre ses paumes.

— Y en a qui se servent du feu sans rien demander, grommela une voix par-derrière.

Saisi d'effroi, Mardochée lâcha la patate et se redressa à moitié, tandis que son coude se soulevait craintivement à hauteur de visage, comme pour parer une taloche imminente.

— Je ne savais pas, monsieur ! balbutia-t-il là-dessous, en son polonais hésitant; excusez-moi, je croyais...

— Vous entendez ? déclara jovialement le " Polonais ", mais vous l'entendez bien ?... il *croyait* !

Le paysan avait à peu près son âge, mais ses bras étaient nus en dépit du froid vif, et sa cotte entrouverte dévoilait la naissance majestueuse d'un cou taurin. Les mains noueuses, crânement soudées à la hanche, accentuaient cette allure de bête trapue. Mardochée frémit : au milieu d'une gueule bonasse et rougeaude, deux yeux délicatement bleus le fixaient avec une sorte de gravité haineuse, placide, à la polonaise.

— Y a pas à dire, émit une voix en retrait, faut vous battre.

Mardochée s'insurgea :

— Pour quoi faire ? Pour quoi faire, se battre ?

Et se tournant vers le groupe immobile de paysans, il entreprit sa défense selon les moyens recommandés, en pareil cas, par les auteurs les plus anciens : " Messieurs, commença-t-il en ouvrant significativement les bras, ah! permettez que je vous prenne à témoin... Car je ne voulais pas offenser monsieur ici présent en utilisant la braise pour mes pommes de terre. Le croyez-vous vraiment ?

" Et puisqu'il n'y a pas eu offense, reprit-il d'une voix frémissante, genou en terre mais le buste littéralement soulevé par le souffle oratoire qui l'animait; et puisqu'il n'y a pas eu offense, ne croyez-vous pas, messieurs les fermiers, que des excuses raisonnables permettraient de résoudre le différend qui m'oppose à... monsieur ? " acheva-t-il sur une note douloureusement fluette.

— Qu'est ce qu'y savent parler, ces youpins, fit le jeune Polonais d'une voix empreinte de conviction. Et balayant l'air d'un trait éloquent, il projeta Mardochée au sol.

Progressant à vive allure sur les coudes, ce dernier s'éloigna de quelques mètres. L'odeur de la glèbe montait à ses narines. Loin dans le temps et dans l'espace, les paysans s'esclaffaient de sa posture ahurie et craintive. Il détacha une plaque de boue figée contre sa mâchoire, laquelle avait porté la première dans sa chute.

Le jeune Polonais fit un pas. Mardochée posa un doigt contre sa joue, à l'endroit frappé. Il fallait démontrer à ces gens qu'ils faisaient erreur; on ne pouvait obliger à se battre un homme aussi religieux que lui, un Juif dont tous les principes s'opposaient à une manifestation si peu conforme aux enseignements des sages, un jeune Lévy qui n'avait jamais assisté à une scène de violence et ne savait ce qu'est un coup de poing que par ouï-dire. Mais comme son agresseur venait à lui en roulant absurdement des épaules, Mardochée pressentit en un songe que pareille démonstration était vouée à l'échec.

— Et comment comprendrait-il, *ce singe ?* proféra-t-il tout à coup, en yddish.

A peine se relevait-il pour fuir que le sabot l'atteignit au bas des reins, le faisant choir à pleine face contre la terre. Le jeune Polonais répétait placidement : sale Juif, sale Juif, sale Juif, et bottait vigoureusement les fesses de Mardochée chaque fois que celui-ci tentait de se relever. Un tel accent de triomphe courait dans sa voix que bientôt Mardochée sentit son mépris pour le *singe* se muer en une flamme douloureuse qui consuma toutes choses en lui, le livrant soudain à son corps tendu comme un arc !

Il ne sut comment cela se produisit : se retrouvant debout, il s'élança contre le jeune Polonais en criant :

— Mais que faites-vous donc ?

Il était indigné.

III

Quand les paysans le séparèrent de son adversaire en déroute et qu'il continuait à marteler du poing, du pied, du coude et l'eût-il pu de toute la masse raidie de son corps, Mardochée, hagard et presque ivre de sang, découvrit que l'univers chrétien de la violence venait de lui être donné d'un seul coup.

— Celui-là, dit un paysan, c'est pas un Juif comme les autres.

Une honte sèche envahit lentement Mardochée.

— Alors, déclara-t-il avec une arrogance naïve qui plut, je peux m'en servir, maintenant, de votre braise ?

Ce même soir, rentré à la maison, il sut qu'il avait désormais sur les siens l'avantage, ô combien dérisoire ! d'un corps étroitement lié à la terre, aux plantes et aux arbres, à tous les animaux inoffensifs ou dangereux — y compris ceux qui portent le nom d'hommes.

Les premiers temps, chaque nouvelle ferme nécessita une rixe; mais comme il rayonnait autour de Zémyock, sa réputation de " Juif méchant " lui ménagea la sympathie. Quant aux douces âmes juives de Zémyock, elles le regardaient de biais, avec le respect compatissant dû à un Lévy déchu, et le mépris secrètement jaloux qu'on porte à un grand pirate. Les Lévy l'observèrent avec suspicion : ses mains informes suscitaient leurs coups d'œil effarés et son maintien, hélas, ne témoignait plus de la courbure traditionnelle ni du détachement requis. On murmura, suprême scandale, qu'il devenait raide de la nuque aux talons.

Petit à petit, ce que voyant, il prit l'habitude de ne rentrer à Zémyock que le vendredi soir, aux approches exquises du Sabbat. Le samedi était tout en actes de contrition et le dimanche, dès l'aube, ses livre et châle de prière soigneusement rangés dans sa besace, il se perdait à nouveau dans la nature.

Un jour qu'il gagnait une ferme très éloignée de Zémyock, il fit la rencontre d'un vieil Israélite assis sur son ballot de colporteur, au bord de la route, les yeux emplis de malaise. Il porta le faix jusqu'à une ville voisine, où le vieux possédait, dit-il, " une miette " de famille. Le ballot contenait des romans populaires yddish, des rubans multicolores, quelque verroterie; Mardochée vendit un peu de tout, par jeu, dans les villages qu'ils traversaient. Le vieux colporteur le regardait faire en souriant. Mais quand ils eurent atteint la ville, trois jours plus tard, il dit à Mardochée : Ma carrière est finie, je ne peux plus marcher. Prends ce ballot et va. Je te laisse mon fonds de commerce, mes fournisseurs, mon itinéraire; tu es un Lévy de Zémyock, je ne risque rien. Quand tu auras quelques zlotys devant toi, tu reviendras ici me rembourser le fonds. Va, je te dis, va.

Mardochée mit lentement le ballot sur son épaule.

Un colporteur trouvait facilement à se loger dans les villages; il apportait un souffle d'air dans ces contrées toute l'année repliées sur elles-mêmes.

Mardochée affectait la désinvolture, riait haut, mangeait tant qu'il pouvait et disputait qui sur sa marchandise faisait la moue; mais sitôt en vue de Zémyock, il éteignait le feu agile de ses yeux et se sentait envahi par une marée lente et paisible d'angoisse. Et c'est avec une sorte de discrétion confuse qu'il déposait son bénéfice sur le coin de la table, au milieu du silence glacial des Lévy.

— Alors tu es revenu ? faisait le père un peu narquois, *ils* t'ont donc une fois de plus relâché ? Et comme Mardochée baissait honteusement la tête : Approche un peu, vaurien, que je regarde comment est fait mon fils, et s'il a toujours une physionomie juive. Mais viens donc dans mes bras, qu'est-ce que tu attends ? la journée d'hier ? Mardochée tremblait comme une feuille.

Quand il se retrouvait sur la petite route vicinale, laissant derrière lui les murs croulants de Zémyock, de singulières questions naissaient dans son esprit. Un jour, pris d'un mouvement de sympathie, un confrère lui offrit une datte. Depuis lors, tout le monde accourait pour contempler ce fruit rarissime. On feuilletait en toute hâte le Pentateuque, afin d'y savourer le mot " tawar " qui veut dire datte; et Mardochée lui-même, bien que vieux propriétaire, croyait voir tout le pays d'Israël en regardant cette unique datte. Or, voici qu'il traversait le Jourdain, atteignait la tombe de Rachel et le Mur des Lamentations de Jérusalem; voici qu'il se baignait dans les eaux savoureuses du lac de Tibériade, où les carpes farcissent au soleil... Et comme il revenait toujours à lui, sur le bord d'un chemin, sa petite datte toute grise et toute ridée au bout des doigts, Mardochée se demandait : Mon Dieu, que signifie tout cela, un colporteur perdu dans la plaine, un Lévy éloigné de Zémyock, une datte, un Juif méchant, le lac de Tibériade, un jeune homme devant la vie ?

Et mille autres questions.

Un jour qu'il arrivait en vue du bourg de Krichownick, à plus de vingt journées de Zémyock, il se demanda même pourquoi Dieu avait créé Mardochée Lévy. Depuis plusieurs années, il n'y avait plus de fou en titre à Zémyock, et, comme il est écrit : " Toute cité possède son sage et son fou. " Mais que pouvait-on faire, s'attrista-t-il soudain, d'un animal comme Mardochée, zébré à tort et à travers de l'une et l'autre vertus ?

Il était certes las en cet instant. Il marchait depuis l'aube, et maintenant la fatigue faisait comme danser les collines de Krichownick, au loin, dans la lumière tournante du soir. Toutes les minutes, il scrutait le ciel avec angoisse, craignant d'y trouver cette première étoile qui atteste que le Sabbat est descendu sur terre. Une fois, surpris par la première étoile du vendredi soir, il avait abandonné son " fonds de commerce " dans un champ, sous les hautes herbes.

A l'entrée du bourg, une jeune fille puisait de l'eau au trou communal, avec une grâce lente, un peu bestiale, qui semblait se jouer de la corde rincée d'eau froide. Sa mise était sabbatique : souliers plats à boutons nacrés, grande robe de velours verte et nuit, et les traditionnelles collerettes de dentelle autour des poignets et du cou.

De loin, Mardochée pressentit qu'il y avait en elle comme

l'amorce d'un fauve, la beauté souple de ses gestes comportait une menace en puissance.

S'approchant doucement dans l'herbe, il vit que c'était une vraie beauté de Juive, presque aussi grande et élancée que lui. A moins de trois pas, il fut saisi par son profil de chat, au nez court, à l'œil bridé, au petit front tiré en arrière par les lourdes tresses noires qui pinçaient la nuque. Que Dieu me pardonne, se dit-il, elle me plaît.

En jetant son ballot sur l'herbe, presque aux pieds de la demoiselle, il s'écria du ton d'un colporteur endurci :

— Ho ! ma colombe ! pouvez-vous m'indiquer le chemin de la synagogue ?

Il avait une voix caverneuse de stentor, la jeune personne tressauta de la tête aux pieds, lâcha la corde, la rattrapa, et enfin déposant le seau de bois sur la margelle :

— Quel diable de paysan ! s'écria-t-elle en tournant vivement la tête.

Presque aussitôt, sa grimace s'adoucit à la vue du jeune homme souriant, décharné, blanc de poussière.

— Suis-je un cheval ? dit-elle posément, en un yddish âcre et doux; un âne, un bœuf, un chameau ? Tout me porte à le croire.

Assurant le seau de bois sur la margelle, elle rejeta ses tresses en arrière, d'une secousse. Ses yeux de jais fixaient Mardochée avec une curiosité brûlante, dévoreuse; mais du bas de son visage elle faisait la petite bouche, bien résolue à marquer toute la quantité possible de dédain.

— D'ailleurs, dit-elle enfin, je ne parle pas aux étrangers; mais si vous voulez me suivre à dix mètres, je vous montrerai la synagogue en passant.

Et le toisant d'un regard fin, la taille orgueilleusement cambrée, elle s'engagea dans le village sans plus prêter attention à " l'étranger ".

Mardochée siffla longuement entre ses dents.

— Que Dieu me pardonne, soupira-t-il en hissant péniblement le faix sur son épaule, elle me plaît, elle me plaît même beaucoup, mais... je la battrais avec plaisir.

Mû par ce sentiment contradictoire, il s'appliquait, tout en conservant la distance de dix mètres, à lui lancer des " piques " qui faisaient s'accélérer le pas de la demoiselle et imprimaient une secousse coléreuse à sa nuque. Les tresses alors balayaient ses belles épaules, de part en part, comme la crinière agacée d'un cheval, et leur mouvement lourd, où se voyait une coquetterie animale, incitait Mardochée à inventer de nouveaux sarcasmes :

— Alors c'est comme ça, criait-il à s'époumoner, que vous recevez les étrangers dans ce pays ? A dix mètres ?... Savez-vous que Dieu élut Abraham pour avoir accordé l'hospitalité à des mendiants ? Réfléchissez, peut-être suis-je moi aussi un envoyé de Dieu ?

Mais allant droit et ferme au milieu de la route, la demoiselle feignait de ne rien entendre, et Mardochée n'osait diminuer la distance ridicule qui l'en séparait. Comme il lançait un éclat de rire excessif, il fut tout surpris de percevoir, venues de la fraîche silhouette qui dansait à dix pas, ces mots d'une sécheresse à peine adoucie par le vent qui les portait :

— A vous entendre, mon cher monsieur, on vous croirait plutôt envoyé par le Diable !

Mardochée n'en crut pas ses oreilles, et, comme il se demandait s'il convenait de se vexer, un rire étouffé lui parvint tandis que la crinière noire se soulevait en une secousse triomphante.

— Et le Diable, reprit-elle, pffèh ! c'est beaucoup dire...

Une singulière tristesse tomba sur Mardochée, il décida de se vexer et se tut, soudain attentif à cette plaie du ballot sur son échine. Après quoi, pour la première fois de sa vie peut-être, il s'affligea de sa touloupe dont la doublure jaune s'effilochait, de ses bottes qui montraient la dent, et même de la forme inusitée de son chapeau de velours, due au fait qu'il s'en servait de récipient pour les solides et certains liquides. Qu'est-ce que cela peut me faire, décidat-il soudain, suis-je un mark d'or pour plaire à tout le monde ?

Au même instant, il vit que la jeune fille avait posé son seau par terre, et, tournant vers lui un visage souriant, haussait narquoisement les épaules, comme pour dire : Allons, ne vous fâchez pas, c'est bien vous qui avez commencé, non ? Puis secouant la tête, elle se remit brusquement en marche tandis que le pesant seau de bois, réapparu à son côté, dansait plus vite au gré de son pas élastique. Elle semblait le tenir aussi aisément qu'un bouquet, mais l'écume nerveuse éclaboussait maintenant le velours de sa robe, y posant d'éphémères gouttes de lumière. Le jeune homme éprouva que l'instant était doux.

Derrière l'église du bourg apparurent les premières maisons juives, ratatinées, clochetées, serrées les unes contre les autres comme de petites vieilles craintives. Çà et là, une silhouette à barbe et caftan de moire glissait le long d'un mur. La nuit descendit tout à coup, en pluie fine : cette demoiselle, qui dansait devant Mardochée, n'était plus qu'une ombre. Soudain l'ombre se figea, et un

mince doigt blanc désigna l'entrée d'une rue : là se tient la synagogue, disait ce doigt. Puis il disparut, lui aussi.

" Et pour qui me prend-elle ? s'affola Mardochée, je ne suis pas
un chien qui... que... "

Déposant son ballot, il s'élança en avant, avec la flamme, la
soudaineté que procure le sentiment du bon droit.

La jeune fille, alertée par le bruit de cette course, s'était réfugiée
dans le creux d'un porche. Mais lorsqu'il la vit à trois mètres, si
belle dans l'ombre, avec douceur il pensa : Mais voyons, ce n'est pas
à elle de me remercier...

A peine crispée elle le guettait, une main sur la serrure du portail, prête à toute éventualité.

— Voulez-vous... bredouilla-t-il soudain, accepteriez-vous...
que je porte votre seau ?

— Vous êtes colporteur, non ? souffla-t-elle d'une voix oppres-
sée. Aujourd'hui ici, demain là... Comment osez-vous me parler
ainsi ?

Et lui adressant un large sourire narquois (où néanmoins il
crut lire une fine ombre de regret), elle agita son seau plus qu'à
moitié vide, l'amena le long de son mollet, salua le jeune homme
d'un bref plongeon de sa crinière, puis, se mettant brusquement
à courir, disparut dans un éclaboussement d'eau, sans qu'il pût
distinguer quelle ruelle l'avait engloutie.

Soulevant lentement son ballot, Mardochée se dirigea vers
la synagogue. Une étoile scintillait dans le ciel, entre les maisons
soudain noires. Mais cette étoile n'évoquait pas la lumière transparente du Sabbat, car le pan de ciel dans quoi elle était piquée
— telle une épingle à tête d'or — lui semblait taillé dans le velours
nocturne d'une robe de jeune fille juive.

IV

Après l'office du soir, toussant, piaillant, gesticulant dans la
fumée du petit poêle synagogal, les fidèles disputèrent à qui re-
viendrait la grâce insigne d'exercer l'hospitalité. Généralement,
se fiant à sa mine, on dirigeait Mardochée vers un notable connu

pour son goût immodéré du monde extérieur; mais ce jour-là, loin de fourrer Mardochée dans la catégorie des " colporteurs joyeux ", le rabbin le rangea parmi celle des " pèlerins vivant de négoce "; il l'invita à sa propre table.

— Rabbi, bon rabbi, dit Mardochée, ma place n'est pas à votre table. Je ne suis pas un bon Juif, je suis seulement un peu triste ce soir, vous comprenez ?

— Et pourquoi es-tu triste ? dit le rabbin surpris.

— Pourquoi je suis triste ? dit Mardochée souriant. Parce que je ne suis pas un bon Juif...

Le rabbin était un petit homme rond, aux yeux à fleur de tête, avec une bouche minuscule qui semblait pépier sous la barbe. " Viens donc, glapit-il soudain, et ne dis plus un mot ! "

Le repas fut royal, Mardochée n'aurait su rêver mieux : jus de poisson au court-bouillon, rôti de bœuf, et un exquis dessert de carottes sucrées. Tout au ravissement d'être si bien reçu, Mardochée ne desserra pas les lèvres, se conduisant avec autant d'austérité que s'il se fût trouvé à Zémyock, à la table méditative des Lévy. Mais quand l'hôtesse fit passer un plat de caroube, il ne put s'empêcher d'émettre, en se tapotant le ventre d'un air comique :

— Ah ! frères, frères, un bout de caroube, c'est d'une saveur paradisiaque, cela évoque la Terre d'Israël. Quand on le mange, le regard s'alanguit et on soupire : Ramène-nous, Seigneur, dans notre pays, dans la contrée où les chèvres broutent des caroubes à foison !

Sur ces mots, un déclic se produisit dans l'esprit des convives, et l'éternelle interrogation commença : Quand viendrait le Messie ? Arriverait-il sur un nuage ? Les morts seront-ils du voyage ? Et de quoi se nourrira-t-on, puisqu'il est dit : En ce jour-là, je ferai pour vous une alliance avec les bêtes des champs ? Et comment, mes doux agneaux, pouvons-nous hâter son arrivée ? proposa pour finir le rabbin, en un petit rond de bras désolé.

Ici, chacun des convives le savait, la discussion deux fois millénaire atteignait son faîte, le sommet redoutable duquel on percevait toute la Création.

— Il faut souffrir, commença un vieillard qui se tenait à la droite du rabbin, l'œil creux, la lèvre rose et pendante, ne cessant de dodeliner du chef; souffrir, encore souffrir, et toujours souffrir car...

— Monsieur Grynspan, l'interrompit l'hôtesse fâchée, et que croyez-vous que nous fassions ? Ça ne vous suffit pas, à vous ?

— Tut, tut, fit timidement le rabbin.

— ... car il est écrit, poursuivit le vieillard sans sourciller, car il est écrit : la souffrance sied à Israël comme un ruban rouge sur la tête d'un cheval blanc. Et car il est écrit : nous porterons les souffrances du monde, nous nous chargerons de ses douleurs, et nous serons considérés comme punis, frappés par Dieu et humiliés. Alors seulement, quand Israël souffrira de la tête aux pieds, de tous ses os et de tous ses tissus et de tous ses nerfs, étendu à la croisée des chemins, alors seulement Dieu suscitera un Messie !... Hélas, termina monsieur Grynspan le regard exorbité, comme s'il avait la vision de ces choses terribles à venir, alors seulement : pas avant.

— Monsieur Grynspan, pépia tristement le rabbin, je vous le demande, quel plaisir avez-vous à nous effrayer ? Sommes-nous des Justes pour vivre avec le couteau devant les yeux ? Savez-vous quoi, cher monsieur Grynspan, parlons plutôt de quelque chose de gai : quoi de neuf sur la guerre ?

Ayant dit, et quoique cette plaisanterie à *longue barbe* fût connue de tous, le petit rabbin se mit à toussoter et crachoter et s'étrangler tant et si bien qu'on prit véritablement peur. Mais après exorcismes et aspersions d'usage, la crise d'hilarité passa comme elle était venue et il se rassit à la table commune.

— Nous disions donc ? murmura-t-il avec gêne.

Puis, remarquant la réprobation générale, il se confectionna une mine absorbée :

— Je n'ignore pas, modula-t-il enfin, cher monsieur Grynspan, combien ma démonstration a pu vous paraître choquante, voire même vous être pénible. Mais je tiens à préciser qu'elle n'était pas dirigée contre vous, ni contre ce que vous dites, et que cet accès est dû uniquement à la joie que me procure un si beau Sabbat. Le croyez-vous ?

— Je vous crois volontiers, dit le vieillard ému, mais permettez-moi de vous faire remarquer que, selon l'école du rabbi Khennina...

La conversation s'engagea sur le rire; sa nature, ses lois, sa signification humaine et divine, et finalement, par une voie insidieuse, ses relations avec la venue du Messie.

Fidèle à son rôle de colporteur, Mardochée s'était tenu coi jusque-là. De temps à autre, une robe verte et nuit voletait avec mélancolie devant ses yeux. Comment la revoir ? Jouant le tout pour le tout, il se pencha en avant :

— Quant à moi, proféra-t-il gravement, de la voix que prenait son père en ces occasions; quant à moi, si je remarque que Yitz'hak signifie avant toute chose : celui qui rira dans l'avenir, et si j'observe que Sarah avait vu le fils d'Agar, Ismaël, alors qu'il était " Metza'hek " c'est-à-dire : riant, je conclus humblement que les fils d'Abraham, Ismaël et Isaac, se distinguent par le fait que le premier savait rire dans le présent, tandis qu'il était réservé à Isaac, notre père, de pleurer jusqu'à la venue du Messie, béni soit-il ! qui accordera à tous le rire éternel. Et dites-moi, mes frères, comment un cœur vraiment juif saurait-il rire en ce monde, sinon à la pensée du monde à venir ?

Sur ce noble envoi, Mardochée porta son verre de liqueur à la bouche, et, renversant la tête en arrière, engloutit tout le contenu d'un seul trait, comme un paysan, à la grande stupéfaction de tous les convives.

Puis faisant claquer sa langue contre le palais, il ajouta non sans finesse :

— Heureusement, notre cœur à nous n'est pas entièrement juif, car sinon comment pourrions-nous goûter pareille quiétude ce soir ?

Cette remarque finale fut très appréciée. Le rabbin lui trouva une saveur hassidique. Cependant il s'étonnait de ces merveilles en un simple colporteur, et c'est là que Mardochée paracheva son subtil ouvrage; penchant la tête avec coquetterie, il dit qu'il était un Lévy de Zémyock.

— Je l'aurais juré ! s'écria le petit rabbinot.

— Mais je suis loin d'être un Juste, rectifia modestement Mardochée, tout en adressant un large sourire enjôleur à la ronde. Que Dieu me pardonne s'il le peut, se disait-il en cet instant précis; elle est vraiment trop jolie !

Le lendemain matin, s'éveillant dans le grand lit conjugal (où par force l'avaient couché le rabbin et sa rabbine), Mardochée se plaignit d'un malaise, une étrange torpeur, une difficulté à se mouvoir — tous signes avant-coureurs de la fièvre tierce. Muni d'une cruche neuve, et soutenu par ses hôtes navrés, il se rendit aussitôt à la rivière voisine et lui dit : Rivière, rivière, prête-moi une cruche d'eau pour le voyage que j'ai à faire !

Puis dans le plus grand silence des nombreux spectateurs, il brandit la cruche par sept fois autour de sa tête et versant l'eau derrière lui, s'écria : Rivière, rivière, reprends l'eau que tu m'as donnée, ainsi que la fièvre qui me brûle. Je t'en prie, rivière, au nom de notre commun Créateur.

Ceci fut dit avec art, véritablement dans le style de Zémyock.
Lors, le malade et ses assistants s'en revinrent au logis du rabbin,
où Mardochée se coucha derechef. De nombreux villageois se
présentèrent à son chevet, attirés par le renom des *Lamed-waf.*
On lui trouva l'air dolent, la mine cadavéreuse, et le fait est qu'il
avait passé une nuit blanche de remords anticipés.

De fil en aiguille, et de fièvre tierce en quarte, il convint que reprendre la route serait une pure folie; et la fièvre ne le quittant pas,
il condescendit même à prendre ses quartiers d'hiver à Krichownick,
comme remplaçant du bedeau. Cet arrangement enchanta tout le
monde, à commencer par la jeune crinière qu'il revit à quelques
jours de là, comme il rôdait incidemment autour du puits. — Savez-
vous, lui dit-elle en riant, que votre maladie ne m'a pas trop in-
quiétée ?

— Est-ce possible ? s'écria le jeune homme éperdu.

— Vous étiez donc... balbutia-t-elle, *réellement ?...*

Ce disant elle reculait d'un pas, adossée contre la margelle du
puits, avec une telle pitié sur son visage que toute expression féline
disparut pour faire uniment place à la tendresse alertée de sa chair
de jeune fille. Mardochée ressentit un doux pincement dans la
poitrine; en un geste de colporteur, il troussa avec coquetterie sa
moustache.

— J'étais réellement malade, dit-il en souriant d'un air malin;
et je le suis toujours, plus que jamais, acheva-t-il d'une voix rauque
de sentiment contenu.

Elle partit d'un rire infini et Mardochée put, ce jour-là, l'accom-
pagner à une distance de cinq mètres; qui furent trois le lendemain,
puis descendirent à zéro : heureux comme un enfant, il tenait une
moitié de l'anse glaciale du seau.

Cette dernière faveur l'enivra; il se laissa aller à des mots doux,
et graves, et mélancoliques à souhait, tels qu'il les croyait convenir
à une jeune fille de Zémyock, de Krichownick ou d'ailleurs. Mais
on lui fit aussitôt comprendre qu'on le préférait en " colporteur
joyeux " et, la mort dans l'âme, Mardochée s'exécuta; cette marionnette que Judith aimait en lui, et dont certes il tirait les fils pour lui
plaire, voici maintenant qu'il avait envie de la briser !

— Quelle manie d'aboyer à la lune ? disait la jeune fille. Quand
on aime, il me semble, le grand mérite c'est de se rendre aimable.
Suis-je une lune ? Je suis Judith.

Un beau jour elle avoua, comme en badinant, n'avoir jamais vu
de colporteur aussi grand, fort, doux et amusant que lui. Et sans
doute, poursuivit-elle du même ton, c'était pour elle un honneur

d'être remarquée par un Lévy de Zémyock; mais voilà, elle était idiote, elle ne le ressentait pas, elle eût préféré un Lévy tout court. Que signifiaient toutes ces histoires affreuses, pleines de sang, qu'on racontait sur sa famille ? Brrrh, il y avait de quoi frissonner !

Et comme il prenait un air pincé, là-dessus elle explosa :

— Je ne veux pas de ça, tu m'entends ?... Je veux vivre, moi ! vivre ! vivre ! Quel besoin ai-je d'un Juste ?

— Mais je ne le suis pas ! protesta Mardochée avec l'accent du désespoir.

— On vous connaît, vous autres, répliqua-t-elle; qui. dit qu'il ne l'est pas, c'est justement qu'il l'est. Et quel besoin as-tu de souffrir pour le monde ? D'où cela te vient-il ? Et dis-moi un peu, est-ce que le monde souffre pour toi, hein ?

— Mais je ne souffre pas, je te le jure !

Cependant Judith ne l'entendait plus; ses mains se tordaient, elle roulait des yeux égarés, son petit nez vibrait tout entier et de sa bouche fusaient de fines gouttelettes de salive, comme il advient aux chats. Elle posa sur le jeune homme un regard étrange :

— Et pourquoi faut-il, proféra-t-elle, que de toutes les pluies et les pluies d'hommes que Dieu jette sur la terre, moi idiote, Judith Ackerman, je tombe juste sur la mauvaise goutte ? Il n'y a pas mille *Lamed-waf* sur terre, il n'y en a pas cent, trente-six seulement, trente-six ! Et moi *folle du pays de Folie*, à peine qu'il m'en tombe un sur l'œil, aussitôt voilà que je l'aime, tu m'entends ? soupira-t-elle avec une douceur poignante chez cette grande fille sauvage.

Mais comme Mardochée se taisait, ébloui :

— Tu m'entends, assassin ? lui lança-t-elle au visage.

Sur ce, Mardochée adopta une mine si soumise, si malheureuse, que se jetant contre son bourreau et lui bouchant la vue des deux mains, la jeune fille l'embrassa pour la première fois, inopinément, sur les lèvres. Affolé, souriant, vaguement mal à l'aise, Mardochée songeait qu'il y avait en elle un tel souffle de vie que toutes les raisons du monde se brisaient contre sa bouche, pour s'envoler comme fétus de paille, bien loin, bien haut, dans le ciel gris et immobile des idées. La serrant contre lui, il murmura : Je ferai... je me ferai même marionnette, tu veux ?...

L'esprit de Zémyock, qui couvait secrètement en lui, se fit jour après les fiançailles qui marquèrent à ses yeux un tournant décisif; enchaînée déjà, radieuse, la terrible bête fauve n'aspirait visiblement qu'à entrer dans sa cage, et sous le soupirant craintif pointa soudainement le mari, le Seigneur en puissance, protégé par les lois comme par autant de barres de fer. Au premier choc il l'emporta. — Si tu ne me comprends pas, s'écria-t-il avec aigreur, c'est que tu ne veux pas me comprendre ! Et se résignant à la vérité, il prit un masque d'orgueil qui appesantit son visage, étonnant Judith au plus haut point : Voilà, expliqua-t-il, *chez nous*, avant de se marier, un homme doit recopier le livre de notre famille, toute l'histoire des Lévy pour la donner à lire à ses enfants; et veux-tu que *tout cela* finisse à cause de ma jolie crinière ? Tu le vois bien, il faut que je retourne une fois à Zémyock.

— Va-t'en donc, s'écria Judith, mais ne reviens plus !

Mardochée la regarda fixement, hésita, lui tourna le dos avec le plus grand sang-froid.

A l'instant qu'il franchissait la porte, deux mains happèrent ses épaules et, tout contre sa nuque, il éprouva le souffle agité de sa fiancée : Reviens vite... murmura la fière Judith.

Il promit, pleura, promit encore. Si elle avait su jouer de sa défaite, Judith l'aurait retenu. Mais elle ignorait cette arme et Mardochée partit pour Zémyock, monté sur un cheval de trait qu'on avait chargé de tranches de bœuf fumé, de pots de confitures, d'une poule en cage avec quinze jours de grain, ainsi que d'une multitude de galettes, napperons brodés, bobines de fil, boutons, chaussettes et autres cadeaux destinés à la famille du gendre.

Il avait fort grand air ainsi, mais aux abords de Zémyock, trois semaines plus tard, toute sa griserie disparut. Il trouva la famille attablée autour d'un unique hareng. Sous le plafond bas, lézardé, que traversait une poutre éternellement vide, tous ces visages maigres lui firent mal. Le père ne daigna pas se lever.

— Je croyais, le railla-t-il avec majesté, que tu te marierais sans même écrire ton livre; encore heureux...

— Je l'aime, fit doucement Mardochée.

— Écoutez ça, il l'aime ! s'exclama son frère aîné, qui dressa ses bras minces vers la poutre, comme pour prendre le ciel à témoin de cette énormité.

— Et moi, n'ai-je pas aimé ? articula le père avec lenteur. Mais je croyais, reprit-il sur le ton du sarcasme, que la femme doit suivre son mari; tu n'es peut-être pas de cet avis ?

— Mais elle ne voulait pas venir !... fit douloureusement le fiancé ; au même instant, il se mordit la lèvre et rougit : un éclat de rire unanime accueillait cet aveu.

— *Paix !*

De cet unique mot dissipant le brouhaha, le père s'était levé, très grand malgré la courbure de l'âge; et symbole usé du devoir, les bras croisés sur la poitrine, ses yeux caves flamboyant comme des torches, il prononça très distinctement ces paroles peut-être pré-parées à l'avance :

— Souviens-toi, mon fils : pour l'homme que les femmes ont tué, il n'y aura ni juge, ni justice.

Puis s'asseyant avec raideur, il ignora l'existence de Mardochée.

V

Judith ne reconnut pas le " joyeux colporteur " qui la quit-tait quelques semaines plus tôt : sa barbe s'était allongée, son visage busqué avait revêtu une teinte d'ivoire; il la prit distraitement dans ses bras.

— Ma chair et mon sang, soupira-t-elle contre la poitrine de l'homme, comme tu es maigre et comme tu as l'air triste; es-tu malade ?

— Il est malade d'amour, oui, dit gaiement la mère de Judith, forte femme au teint rougeaud qui s'affairait dans la cuisine, dispo-sant tout le nécessaire à d'amples libations. C't'une bonne maladie, affirma-t-elle, péremptoire; c't'excellent pour la rate et la lumière des yeux !

— C'est vrai ça ? demanda Judith, palpitante d'aise; et comme Mardochée ne lui répondait pas, elle se rejeta en arrière et s'écria, prise d'une inspiration subite : Toi, tu ne m'aimes plus !...

Les yeux de Mardochée s'attachèrent à elle, mais sans vigueur, et leurs prunelles grises hésitaient sur le fond pâle de la sclérotique, comme des nuages égarés très haut dans le ciel. Ils s'emplirent d'eau.

— Mon père ne m'a pas béni, dit-il enfin, d'une voix mourante; puis il ajouta vivement, tandis que tout son visage se colorait de passion : Mais Dieu y pourvoira, non ? Et à la grande stupéfaction des assistants, reprenant son allure dégagée de colporteur, il se saisit d'un long verre à col qu'il fit gaiement tinter contre la bouteille de kwass, comme on frappe à une porte : Belle-maman, s'écria-t-il avec autorité, qu'est-ce à dire ?

Et citant malicieusement les Écritures, il déclama :

— *Donnez des liqueurs fortes à celui qui se meurt, et du vin à celui qui a l'amertume dans l'âme !*

Il entonna son kwass comme rien; il riait ! Judith se rassura. Mais à peu de jours de là, Mardochée lui parut à nouveau désireux de se replier sur lui-même. Autant il aimait, avant ce maudit Zémyock, se donner du mouvement et de la joie, autant il en fuyait maintenant toutes occasions, allant jusqu'à se mortifier de longues heures à la synagogue. Judith ne savait que penser. Il lui semblait qu'au lieu de se rapprocher d'elle, et que l'intimité le fît se découvrir davantage, son étrange fiancé s'enveloppait étroitement d'un manteau invisible à l'œil nu et contre lequel se heurtait affreusement son cœur.

Elle fit hâter la noce. Quand Mardochée brisa le verre symbolique du célibat, elle pleura. Puis le soir même le couple ravi s'installa chez les parents de Judith. Ceux-ci exploitaient un four à pain; ils s'enchantèrent des lourdes mains pétrisseuses du gendre que leur envoyait la *providence des vieux*.

Pour Judith elle respira; car les jours passant et les semaines, Mardochée ne se lassait pas du corps toujours accessible de sa femme et toujours lointain, secret, tissé d'innocence. Chaque nuit ils retombaient tous deux dans le même étonnement; c'était comme un gouffre de lumière, pensait-elle, un ciel renversé. Sa mère la plaisantait en aparté. — Qui a connu l'amour avant toi ? Qui peut en parler ?... Personne.

Mais de son côté, Mardochée se demandait honteusement si de telles délices ne comportaient pas une part d'excès, quelque nuance païenne : ne le retranchaient-elles pas de Dieu ?

Un malaise grandissait en lui, qu'il rattachait obscurément à son exil de Zémyock. Les jeunes filles de son village avaient ceci d'admirable que leur volonté fléchissait sous un simple regard; tout homme, fût-il aussi timide qu'une souris, y pouvait tenir la bride serrée à sa femme. Allez donc en faire autant avec Judith ! qui non seulement n'obéissait ni au doigt ni à l'œil, mais de plus vous rejetait un ordre formel du mari aussi aisément qu'on écarte une mouche de ses yeux !

Tout bien pesé, le plus troublant était sans conteste possible sa prétention à coqueter comme avant le mariage; pour un oui, pour un non, elle refusait obstinément ses faveurs, et, dans sa rage de plaire, cette malheureuse était fort capable de rester jusqu'à des deux et même trois jours sans aucune parole tendre ni aucun soupir : était-ce là un cœur de Juive ?

Ainsi, sans qu'il pût qualifier sa conduite d'impudicité, Judith avait par l'usage de ses charmes acquis un tel pouvoir sur le pauvre colporteur, qu'il en vint à se demander s'il n'avait pas épousé un démon sous le couvert d'une merveilleuse jeune fille. Ce gouffre qu'ils creusaient chaque nuit, où les conduisait-il ?

De plus en plus souvent, Mardochée se surprit à exprimer sa nostalgie de Zémyock.

Cette contre-offensive s'opéra très graduellement.

Lorsque Judith vit que son époux prenait toutes les apparences d'un homme de méditation et d'étude, il était trop tard pour revenir à leurs anciens rapports de bonne grâce et de civilité orageuse : les paroles qui sortaient maintenant de la bouche de Mardochée semblaient toutes marquées du sceau de Dieu, ses vœux paraissaient tous conformes à la volonté d'en haut, et il n'y avait jusqu'aux devoirs conjugaux dont il ne prétendît s'acquitter que par observance des commandements de l'Éternel.

Sur ce point, Judith réserva toujours son opinion. Mais vint cependant le jour où Mardochée donna des ordres, puis celui où son altière épouse obéit; peu après, il la persuadait de le suivre à Zémyock, pour toujours.

Tout de suite elle détonna outrageusement. Sa liberté de paroles, l'arrogance de sa démarche affligeaient les deux sexes : —Regardez-moi cette bohémienne ? disait-on, oye, quel malheur, voilà ce qu'on gagne à traîner les routes !... Et l'on marquait à l'étrangère toute la distance qui sépare les " Judith " des épouses convenables de Zémyock.

Dans les débuts, il lui arrivait de pleurer soudain, puis d'éclater en une déchirante colère où tous ses griefs inscrits un à un sur l'étendard de sa rancune, elle chargeait délibérément son mari qu'elle accusait de briser avec raffinement sa vie et son cœur :

— Depuis la première minute, depuis la première seconde tu m'as trompée et tu t'es joué de moi ! Ho ! ma colombe, puis-je porter votre petit seau, ma princesse ? Un colporteur, un grenadier, un Alexandre qui mange les kilomètres ! Moi, idiote, je pensais qu'on s'amuserait tous les jours, toute la vie; et puis qu'est-ce qu'il y avait là-dessous ?... un tout-tout petit Lévy avec une prière le matin, une prière le soir, et entre les deux... une seule grande prière !

" Mais tu te cachais, oh, tu la jouais bien ta comédie, tu l'apprivoisais ta colombe, hein ? Aujourd'hui je dois écrire mon livre, demain c'est mon père qui ne m'a pas béni, et après reste la dernière étape : Zémyock ! Zémyock ! Oye, oye, Zémyock, je ne te souhaite pas à mes pires ennemis ! Quelle ville est-ce là ? Des Lévy, partout des Lévy, on ne voit que des Lévy, la moitié de la ville est aux Lévy ! Qui aurait cru qu'il existe tant de Lévy ?

" Chez mon père tu faisais de bon pain, et ici ? Monsieur taille le cristal, ho-ho, le beau-le-joli métier, à ce régime on devient soi-même comme du cristal, on peut vous regarder au travers ! Mais qui s'en soucie ? Et que je radote, et que je priote à la synagogue, et que je philosophote avec toutes les barbes savantes, zim zim zim, que pensez-vous du ciel ? zom zom zom, et que pensez-vous de l'enfer ? A qui donc cela profite-t-il ? A Dieu peut-être ? Tel que je le connais, il est exactement du même avis que moi : quelle mouche a bien pu les piquer ? se demande-t-il. Et il se gratte la tête.

" Mais voilà, les meilleures choses ont hélas une fin : car je pars, je m'en vais, tu m'entends ? Je retourne dans mon Krichownick d'ânes et d'analphabètes ! Là je dirai que tu es mort, je prendrai ton deuil ; et crois-moi, même comme ta veuve, tu m'entends Alexandre de Zémyock ? je serai mille fois plus heureuse que comme ta femme ! Et que la peste m'étouffe si... "

Mardochée la regardait en silence, soulevait un sourcil navré, et murmurait un mot, un seul, toujours le même, avec la patience experte et résignée dont on use envers un animal : Allons... allons... allons...

Ce disant il passait une main dans la vaste crinière en délire ; et contemplant sa femme avec une tendresse insondable, soulevait ses moustaches en un sourire si jeune que la pauvre Judith affolée se jetait à son cou.

Toutes leurs disputes finissaient ainsi. Mardochée ne s'expliquait guère davantage, pour la simple raison qu'il ne comprenait rien aux reproches que lui faisait l'exilée. La nuit, tandis qu'elle reposait à son côté, il se prenait obscurément de pitié pour elle, pour lui Mardochée, pour ce couple d'inconnus que la folie rapide de l'amour avait jetés dans un même lit, et qui ne parvenaient pas encore à se parler comme des êtres de raison.

— Au moins, lui demandait-elle parfois, dans le recueillement du lit conjugal, si je pouvais comprendre le fin mot de toutes ces histoires de Justes... Mais qu'ont-ils donc à souffrir comme ça ?

Tiré d'une torpeur, Mardochée étendait son bras dans l'obscurité et enserrant ce qu'il pouvait, il se rapprochait de la bonne odeur de lait, mêlée de cannelle, qui s'élevait du corps languide de Judith.

— Merveille de mes nuits, exhalait-il plaisamment, ses lèvres appuyées contre la peau de sa femme; et qui donc ne souffre pas ? Regarde, ajoutait-il en poursuivant son manège, ce que tu me fais endurer, et ce que tu endures par moi. Mais voilà, notre souffrance est lourde de péché, elle se traîne au ras du sol, comme un ver, comme une mauvaise prière.

— De quel péché parles-tu ? faisait Judith en le repoussant non sans une perfide douceur.

— ... Mais le *Lamed-waf* la prend, notre souffrance, poursuivait-il avec enjouement. Et il la monte au ciel, la dépose aux pieds du Seigneur — qui pardonne. Et voilà pourquoi le monde continue... avec tous nos péchés, concluait-il tendrement.

Judith adorait le faire changer d'humeur :

— Alors explique-moi pourquoi les Justes de Zémyock meurent dans leur lit ?

Contrarié, Mardochée se détachait du corps ondoyant — fleuve ruisselant de vie — pour se retrouver subitement sur la berge rocailleuse et coupante du réel.

— C'est une vieille question, disait-il rêveusement, pour lui-même plus que pour sa femme. Mais pour y répondre, il faudrait savoir ce qui se passe dans le cœur d'un *Lamed-waf ;* et lui-même l'ignore, il ne sait pas que son cœur saigne, il croit que c'est la vie qui passe en lui. Quand un Juste sourit à un enfant, dit-on, il y a en lui autant de souffrance que dans un Juste qui subit le martyre. Et tu vois, quand un *Lamed-waf* pleure, ou n'importe quoi, et même quand il est dans un lit comme moi, avec la femme qu'il aime, il prend sur lui une trente-sixième partie de toute la souffrance répandue sur la terre; mais il ne le sait pas, sa femme non plus, et une moitié de son cœur crie tandis que l'autre moitié chante. Alors qu'ajoute le martyre ? Dieu a peut-être voulu, qui sait ? que les Lévy se reposent un petit peu, qui le sait ?...

— Il faut donc que je sois bien idiote, constatait doucement Judith sous les couvertures.

Puis elle éclatait de rire et d'une ruade se trouvait tout contre lui, piaffante d'une gaieté insolite :

— Sais-tu que je n'ai pas compris un mot ? pouffait-elle dans son oreille tout en y plongeant de petits baisers — par quoi elle se faisait pardonner cette révélation; sais-tu que je ne comprendrai jamais ? Parle-moi plutôt d'un rabbin miraculeux, qui vous retire un mauvais esprit comme une épine du pied. Il fait une prière, elle monte au ciel et hop là !... Tandis que tes Justes, où sont leurs miracles ?

L'homme s'émerveillait :

— Un Juste n'a pas besoin de faire des miracles; il est comme toi, il *est* un miracle... vivant. Comprends-tu cela, au moins, idiote ?

Dans la nuit molle, un instant, Judith ouvrait de grands yeux interrogatifs.

Un jour elle alla trouver le Juste en fonctions, rabbi Raphaël Lévy, avec qui elle eut un long conciliabule. Quelques mois plus tard, ce Juste mourait dans d'étranges circonstances : son témoignage étant la base unique d'une accusation de vol, il ne put se résigner à le fournir et toute la nuit avant le procès lutta contre lui-même; déchiré, dit-on plus tard, par les anges contraires de la Miséricorde et de la Justice. Quand l'aube pointa, il se coucha par terre, ferma les yeux, et mourut. Cette fin réjouit prodigieusement Mardochée.

— En quoi vaut-elle deux martyres ? lui demanda Judith intriguée. Regarde, chez nous à Krichownick, le bedeau qui te précédait s'est aussi *envolé* comme ça : un jour, quelqu'un lui a fait comprendre au sujet de sa femme avec Heschke-la-Gueule-en-Or. Il a dit : pauvre petite âme, si elle savait que je sais, surtout ne le lui dites pas, hein ? Il est entré chez lui, il s'est couché près d'elle et le matin il était froid. Le beau martyre que voilà ! D'ailleurs, il ressemblait comme deux perles à ton rabbi Raphaël : un petit bonhomme tout pointu qui se coupait la barbe de travers et tirait la langue en parlant. Tu comprends ?... un *pointu* mais qui ne pique pas !

Mardochée lui jeta un regard pénétrant :

— Et comment sais-tu que le *Lamed-waf* (oh ! que Dieu le prenne dans ses mains et lui souffle doucement dessus), comment sais-tu qu'il était un *pointu* ? Il ne se montrait jamais !

Les narines de Judith frémirent, elle tempêta, hennit, avoua.

— Tu sais comme je suis, commença-t-elle larmoyante; mais tout de même, je n'aime pas te faire honte; alors je suis allée le trouver pour un conseil. Depuis deux ans que je vis à Zémyock, que je lui ai expliqué, je n'ai pas bougé d'un millimètre, je suis toujours aussi *folle du pays de Folie*. Que faire ? Lui qui est si bien avec Dieu, il aurait peut-être une petite prière pour moi, non ?

Mardochée détourna les yeux avec gêne :

— Et qu'a-t-il répondu ?

— Oh ! des blagues ! s'écria-t-elle rageuse au souvenir de l'entrevue. D'abord il ne pouvait pas me répondre, tellement il riait.

Comme une poule, tu sais, kout kout kout... Après il a tiré sa
langue et il a dit : Tu es Judith ? kout kout, alors reste Judith,
kout. Le chameau, kout, kout, qui voulait des cornes, kout kout
kout, a perdu ses oreilles, kout. Voilà ! acheva-t-elle en secouant
sa crinière d'indignation.

Oubliant toute retenue, Mardochée s'écria :

— Oh ! toi, mon cheval fou...

Et se précipitant vers elle il empoigna solidement l'animal aux
naseaux, tandis que de sa main libre il tiraillait une tresse en riant
aux éclats.

Judith se cabra, entra dans l'une de ses merveilleuses colères;
mais au fond elle était ravie.

Elle comprit qu'elle resterait " bête " toute sa vie; elle s'en fit
d'abord une raison, puis une gloire. Moi qui ai l'esprit d'une pomme
de terre, se plaisait-elle à dire, annonçant ainsi une de ses incursions
dans le royaume de l'esprit; moi qui ne suis pas intelligente, pour-
suivait-elle en modulant sa voix de façon si ambiguë qu'on se
demandait si elle ne regardait pas l'intelligence comme une tare,
dont elle était, Dieu merci, exempte; moi qui ne suis rien du tout,
je pense que...

Néanmoins, de façon inexplicable, un sentiment d'orgueil lui vint
d'être alliée aux Lévy; et ce baume subtil aidant, elle finit par se
sentir tout aussi native de Zémyock qu'une autre.

La dot de Judith leur avait permis de s'installer dans une maisonnette de deux pièces, non loin des ateliers. Mais la crise allait
augmentant dans le cristal, et avec le chômage s'installa une misère
d'un autre âge. Les nouveau-nés succombaient à un mal inconnu
qui les prenait au deuxième mois, frais et roses, pour les déposer
en quelques semaines dans le coin du cimetière destiné aux enfants
— mais devenus entièrement bleus, rabougris, larves abominables
aux extrémités repliées comme des serres. Était-ce le froid, la
faim, ou ce mal bleu ?... les trois premiers fruits du ventre de
Judith se décomposèrent sur pied, elle en avorta. Chaque fois qu'il
ressentait la haute ivresse de progresser, fût-ce d'un fil, dans la
connaissance du Talmud, Mardochée songeait que c'était au prix
du sang innocent. Quand Judith se trouva à nouveau enceinte, il
décida, au risque de se couper de Dieu, qu'il renouerait avec le
colportage.

Ce fut par un banal matin d'hiver; confuse, Judith ajouta qu'elle le savait depuis quinze jours, mais n'osait le lui dire.

La première impulsion de l'homme fut pour serrer avec gratitude, mais prudemment, ce ventre contre le sien. Pourquoi n'osais-tu pas, lui demanda-t-il en souriant, ce n'est pourtant pas ton premier ?

Judith eut un pauvre sourire, doucement désolé.

— Je ne sais... Mon ventre est plein de joie, mais cette joie ne monte pas jusqu'à mon cœur.

Cependant elle s'était naïvement reculée, et maintenant elle se tenait hors de portée de son mari, derrière la table, enveloppée dans le grand fichu en lambeaux qu'il aimait autrefois. S'assimilant la crainte de sa femme, Mardochée devint atrocement pâle. Et comme sa joie à lui tombait, un froid de l'âme se répandit dans ses yeux et il vit avec une netteté cruelle les changements intervenus sur la merveilleuse Judith, depuis les cinq années de leur installation à Zémyock...

A deux mètres, de l'autre côté de la table, se tenait une femme dont le visage marquait la trentaine, et qui n'avait pas vingt-cinq ans. Si elle en paraissait plus, comprit soudain Mardochée, ce n'était pas que les années aient lourdement pesé sur son corps, mais plutôt parce que son caractère s'affirmant avec le malheur des temps, il imprimait à ses traits une sorte de vieillissement prématuré. Elle avait maintenant un visage de chat, qui ne varierait qu'à peine jusqu'à sa mort. Large et osseux à la base, son front s'infléchissait en une sorte de dôme ivoirin, pareil à un roc dont la pointe seule recevrait le soleil. Les sourcils prenaient naissance à la racine de son nez ferme et court, et la volute qu'ils traçaient, s'élevant jusqu'à mi-tempe, était si parfaitement dessinée qu'on eût dit les touches brûlantes du pinceau d'un copiste de la Thôra; deux rides nasales descendaient jusqu'aux commissures amères de sa bouche, soulevant les bajoues de chair dure et imposant au bas du nouveau visage de Judith une moue attentive de vieux chat.

Elle souffla doucement :

— Tu as raison, il faut nous réjouir.

Et contournant la table de son grand pas dansant, elle se serra vivement contre son mari.

Maladroite d'émotion, elle avait insinué son visage sous la barbe de l'homme et demeurait enfouie là-dessous, en bête molle, éperdue; ses mains se rejoignirent au creux des reins de Mardochée, qui la sentait à peine respirer contre sa gorge, d'un souffle humide, assoupie déjà de quiétude, tout entière douce et palpitante.

Il s'étrangla : " Oui, oui... réjouissons-nous. "
Mais le cœur pétrifié de tristesse, il ne songeait qu'au froid, à la faim, au mal bleu, à toutes les disgrâces qui attendaient ce ventre béni de Dieu et que déjà, comme les fois précédentes, il croyait sentir battre contre le sien. Osant une fine caresse, à peine sensuelle, du cou blanc de Judith, une question traversa son esprit : Le Seigneur, saint est son nom, veut-il donc la mort des enfants ?
Toute la journée, prostré dans la synagogue, il disputa avec le cœur insondable de Dieu. Sur la fin de l'après-midi, les fidèles surpris le virent éclater en sanglots, puis se précipiter comme un dément hors de la synagogue, la bouche éblouissante de joie : sa décision était prise.

VI

La maisonnette était tapie à l'autre bout de la ville, en bordure du sentier qui grimpe vers la colline des Trois Puits ; mais la neige était si haute, si bien étalée sur tout, qu'il dut chercher son chemin dans l'obscurité. Judith guettait son arrivée, elle tira le verrou à l'instant qu'il grommelait sur le seuil. Elle avait glané du bois mort, et les rougeurs mouvantes de la cheminée le disputaient à l'auréole jaune de la vieille lampe à pétrole qui fumait benoîtement au milieu de la table. Mardochée s'étonna de voir Judith revêtue de son ancienne robe de velours, celle qu'on réservait pour les jours de fête ; il n'eut pas le temps de secouer la neige de sa houppelande ; déjà sa femme l'enlaçait avec une fougue pleine de coquetterie, et souriante :
— Tu vois tout ce qu'il y a sur la table ?... La mère Fink m'a prêté un noyau de beurre, et j'ai idée que la farine vient de Mme Blumenkrantz ; alors, comment ça te plaît ?
Ramenant son regard vers elle, Mardochée la trouva si désirable qu'il en eut un éblouissement. Il se pencha vers le visage qui s'offrait. " Femme, cette fête n'est pas au calendrier. O mon cheval fou, ô toi... " La bouche de Judith brûlait, d'une flamme si claire que tout ce qui l'entourait devenait nuit.

— O ma femme, soupira-t-il enfin, ô mon cheval. C'est à moi maintenant de te faire une surprise, non ?

— Tais-toi, fit Judith incrédule.

Elle posa son index en travers des lèvres de l'homme, qui le mordilla.

— Voilà... poursuivit-il en retenant la main de Judith contre sa joue, je viens de parler avec Max Goldbaum. Euh... il a reçu un mandat de son frère, tu te rappelles ? le rouquin avec un nez comme ça qui est parti en Amérique il y a trois ans ? Max me prête 200 zlotys et je prends demain matin la route pour Zratow, où je trouverai un peu de marchandise. J'ai tout calculé : avec 200 zlotys, je peux certainement redémarrer ; alors qu'en dis-tu, de ma petite surprise à moi ? acheva-t-il en tirant à pleines mains la crinière de Judith de façon à ramener la face aimée sous son regard, comme dans l'étreinte nocturne.

— Quoi, tu ne dis rien ?

Les traits de Judith étaient durs, métalliques ; et son regard figé d'orgueil :

— Si, proféra-t-elle, je dis que tu n'as pas le droit !

— Mais c'est toi-même, il y a quatre ans ?... tu me suppliais de penser à la nourriture du... Tu te souviens... le premier ?

— Hier n'est pas aujourd'hui, trancha Judith ; tu le sais, ta place est dans la synagogue de Zémyock, et non sur la route, comme un vagabond.

Mardochée se récria :

— Et l'enfant, alors ?

Son trouble était extrême.

Écartant les pans de son châle, la jeune femme disposait naïvement ses paumes sous la coupe de velours de ses seins, qu'elle souleva en offrande : Regarde ma poitrine, regarde... La maladie de nos petits, ce n'était pas la faim : j'ai toujours eu là-dedans du vrai lait de femme, moi !

— Et puis... grommela-t-elle soudain.

— ... Et puis ?

Ici les doigts de Judith s'arquèrent comme des griffes et son corps félin, légèrement tendu vers l'avant, parut s'apprêter au bond ; tout d'un coup, projetant un regard indigné sur son mari, elle donna libre cours à sa colère :

— Et puis que dirait-on de moi si je te laissais mener une existence de chien errant ? Toi... Toi... Toi, un homme si pieux maintenant que la mère Fink me disait pas plus tard que cette après-midi — ah oui tiens, pas plus tard — que je dois me sentir plus près de Dieu depuis que je suis devenue ta femme ?

" Ces langues de vipères, elles seraient trop contentes : Regardez, qu'elles diraient, la madame mange du caviar pendant que lui avale sa honte sur les routes. Elles diraient aussi : Oh là là, dommage qu'il ait épousé cette poupée de terre, il serait peut-être devenu un saint avec l'aide d'une vraie Juive de Zémyock. Où fera-t-il ses prières ? Sur une meule de foin. Avec qui engagera-t-il la controverse ?... avec les vaches ! "

Secouant la tête avec fureur, Judith parut résister à la montée d'une idée plaisante, qui soudain effleura ses lèvres sous la forme d'un sourire humide et fin : *Et puis*...

Mardochée s'inquiéta tout de bon :

— Et puis ?

Alors désireuse d'échapper au regard de l'homme, Judith se jeta brusquement à son cou; et sur le ton d'une confidence amoureuse, sa forte voix devenue transparente comme celle d'une petite fille — elle murmura tout contre l'oreille un peu velue : Et puis moi, qu'est-ce que je penserais de moi-même, hein ?...

Mardochée dressa les bras avec humour :

— Dieu du ciel : un miracle !

Pendant qu'une voisine épongeait ses cuisses, lourdes de matières et de sang, Judith guettait intensément le cri du nouveau-né. Il ne vint qu'à la sixième minute. L'accoucheuse coula un doigt boudiné entre les gencives de l'avorton, et, à la grande surprise de la gisante, elle en retira un caillot de la grosseur d'une noisette. Gonflant ensuite ses poumons de matrone, elle introduisit sa langue dans la bouche de l'avorton et lui insuffla une lente et volumineuse goulée d'air. Un frémissement parcourut le petit paquet de chair violacée. Dans leur effort pour retenir le souffle vital, les minuscules doigts de la main et des pieds se nouaient, se crispaient, s'arc-boutaient comme les serres du mal bleu; enfin, la bouche s'ouvrit sur un cri grêle... A quoi bon ? grommela l'accoucheuse sceptique, tandis que Judith se renversait d'une pièce sur l'oreiller, humide jusque dans l'âme, réconciliée avec la vie.

Frêle arbrisseau, le nouveau venu n'offrait pas assez de champ à la maladie; contre toute attente, il survécut.

Dans un corps gracile, où courait à peine une gouttelette de vie, il affichait deux yeux ronds et pleins d'une malice dure, à laquelle on se blessait comme à toucher du doigt une pointe, selon l'expression de Judith qui ajoutait presque aussitôt : Mais sera-ce un *pointu* qui pique les autres, ou un qui se pique lui-même ?

— Il a une nature de moustique, j'en ai grand-peur, marmonnait Mardochée d'un air mécontent.

Outragé par la petite taille de son fils, il n'arrivait pas à se le représenter comme un descendant authentique et véritable de la dynastie; c'est une erreur du ciel, se disait-il à lui-même pour se consoler. Puis Judith l'ayant coup sur coup gratifié de trois Lévy richement dotés par la nature, il oublia sa déconvenue première, remercia le ciel clément, pardonna au moustique.

Ce dernier semblait animé de la frénésie propre à certains insectes; il ne cessait de bouger, de fureter, de remuer en tous sens, comme s'il voulait remplir de sa voltige tout l'espace que ses membres grêles laissaient béant autour de lui. Judith s'en extasiait : — Et comment l'arrêter ? demandait-elle à Mardochée furibond. Si je l'attrape par le bras, cela risque de se détacher; que ferions-nous alors d'une petite aile d'enfant ?

" D'ailleurs, j'estime que tu n'es pas juste envers lui; il n'est tout de même pas venu tout seul au monde, et c'est peut-être bien aussi un fils de ta chair, non ?

— De ma chair seulement, hélas !

En conséquence de quoi, Mardochée négligeait l'instruction religieuse du moustique, consacrant le plus clair de son temps aux trois derniers venus, lesquels dépassaient déjà leur aîné en taille autant qu'en savoir; et dès que Benjamin eut atteint l'âge de huit ans, son père s'empressa de le mettre en apprentissage chez un tailleur, ce qui du moins, à défaut d'amener un salaire, faisait l'économie d'une bouche au repas de midi.

Benjamin était certes un *pointu*, comme disait Judith; mais de ceux dont la pointe de l'âme se dirige volontiers contre soi.

Livré si tôt au caprice d'un patron, cette pointe s'aiguisa : il souffrit.

Bien qu'il s'appliquât au travail, l'immobilité le rendait nerveux, il se contenait mal, et tous les esprits animaux qui menaient une danse incessante en son corps, le faisaient se trémousser, à tout instant, sur l'escabeau qui le retenait prisonnier.

Ainsi réduit à lui-même, et se devinant tenu à l'écart de la communauté profonde des Lévy, il se mit à examiner le monde d'un œil non pas juif, mais, en quelque sorte, rageusement personnel. Par exemple, il savait maintenant que si le Juste est roi de Zémyock, d'autres puissances existaient de par le monde; et peut-être, se disait-il non sans malice, y avait-il quelque part un Juste plus grand que celui de Zémyock... qui sait?

Son doute se précisa le jour de sa *Bar-Mitzwah*, lorsque, selon l'usage, on présenta le communiant au Juste en exercice.

Ce dernier avait accédé à la dignité septuagénaire, perclus de rhumatismes. Comme ses infirmités le clouaient dans sa chambre, la nouvelle génération ne le connaissait que par ouï-dire et s'en faisait une représentation d'autant plus solennelle et fantomatique. Sa maison se trouvait à mi-hauteur de la rue des Fileurs de Verre, à l'entrée de laquelle se voyaient encore, enroulées autour de deux bornes, les chaînes rouillées de l'ancien ghetto.

Flottant dans le costume qu'on avait emprunté pour sa communion, Benjamin, tous sens exacerbés, fit son entrée dans un couloir fort sombre et fort malodorant; il pointait son nez de droite et de gauche, dans le vain espoir de déceler quelque signe caractéristique de la présence d'un *Lamed-waf*. Mais quand il pénétra dans une petite pièce obscure, flanqué de son père livide et de la pauvre Judith tout excitée de voir de près le " miracle ", Benjamin eut la sensation merveilleuse de découvrir un grenier : les masses d'air sombre, les objets et les meubles bizarres entassés en désordre, et ce rayon tremblant qui semblait émaner d'une lucarne, cette présence subtile de la poussière...

— Mais avance donc ! s'écria Judith en le projetant d'une bourrade au milieu de la pièce.

— Tuh tuh tuh, fit soudain une voix réprobatrice.

Écarquillant les yeux, Benjamin vit apparaître un vieillard qui jusqu'alors se tenait assis dans le coin du fond, derrière un étroit lit de fer; calotte noire sur un crâne rose, et la lévite ceinte d'un cordon argenté, le vieillard progressait maintenant à l'aide d'une canne qu'à chaque pas il portait un peu en avant, telle une frêle et insuffisante rame, tandis que son corps se courbait dans la pénombre avec un ahanement de bête épuisée. Quand il fut près de l'enfant, ce dernier découvrit avec un plaisir piquant que le *Lamed-waf* ne différait en rien des vieilles souches qui radotent sur le banc de pierre, devant la synagogue, et qui ne manquent jamais, si vous passez à portée de leurs mains noueuses, de vous caresser la nuque ou de vous tirailler les oreilles d'un petit coup gourmand. Tout revigoré, Benjamin se saisit de la main pendante du vieillard et la déposa, d'un petit air complice, sur sa propre tête qui en fut recouverte jusqu'aux oreilles.

— Mon Dieu, que le saint pardonne à ce galopin ! s'écria Mardochée en proie à une terrible alarme.

Puis se tournant vers l'enfant qui souriait là-dessous, il clama :

— Qu'est-ce que je t'avais dit ?... il faut *baiser* la main du saint !

— Oh c'est très bien comme ça, c'est... c'est très bien, chevrota le bonhomme qui semblait prodigieusement amusé. Bien, bien... l'enfant s'est béni lui-même.

Et caressant comme prévu le crâne de Benjamin, il descendit à son menton qu'il souleva avec une douceur pleine de nostalgie : Voici donc Benjamin fils de Mardochée ?

L'enfant acquiesça d'un aimable clin d'œil.

" Voici donc le nouveau Juif que Dieu nous amène aujourd'hui ? "

— Hé oui, répondit Benjamin avec condescendance...

Sous la voûte ombragée des sourcils, le regard du vieux bonhomme pétillait d'une ironie bleuâtre; l'œil était frais, sans ride aucune; mais à l'instant que les regards du vieux et de l'enfant se croisèrent, éprouvant une légère brûlure Benjamin abaissa subitement ses paupières étonnées.

— Et dis-moi, Benjamin, dis-moi un peu : que sais-tu du Pentateuque ?

L'enfant se tut.

— Que le saint pardonne, dit Mardochée; ce gamin n'étudie pas beaucoup, il est apprenti tailleur.

Un profond silence s'établit dans la pièce. Judith fixait son mari qui reculait lentement de honte, en direction de la porte; Benjamin laissa échapper un sanglot plaintif.

— Et moi, que sais-je du Pentateuque ?... émit soudain le Juste d'une voix dont la douceur semblait viser l'enfant.

Benjamin surpris releva les yeux : au-dessus de lui, la tête osseuse et blanche dodelinait avec mélancolie dans l'axe du cou, tandis que la bouche du vieux bonhomme s'ouvrait en un sourire noirâtre et doux.

— Tuh tuh tuh, un petit tailleur, hein ? chevrota le Juste.

— Introduisant son index sous la paume du garçon, il souleva la petite main jusqu'à ses lèvres enfouies sous la barbe, et... l'embrassa.

Puis paraissant revenir à lui, il renvoya ses visiteurs avec de grands gestes qui n'admettaient plus de réplique; l'entrevue était terminée.

Chacun voulut examiner la main que le Juste avait baisée; une auréole jaune s'y lisait encore, vestige de la vieille bouche pleine de chique, et l'on fit jurer à l'enfant de ne pas se laver tant qu'elle apparaîtrait. Elle semblait d'ailleurs avoir gagné toute la personne du garçonnet, choyé par les visiteurs, et auquel ses frères faisaient de plates avances. La proposition d'entourer la main d'une bande ne fut pas retenue. Seul Mardochée haussait les épaules, disant que c'était à n'y rien comprendre, qu'il s'agissait sans doute d'une de ces " bizarreries apparentes " dont les Justes sont coutumiers. Mais Benjamin inclinait plutôt au point de vue de sa mère Judith, laquelle laissa échapper qu'après tout le Juste lui paraissait un " bon petit vieux de chez nous "; il se rangea secrètement à cette opinion.

Les pâles illusions qu'il avait encore sur les Justes se dissipèrent lors de son séjour à Bialystok où, plusieurs années après tout ceci, devenu un jeune homme terne et bien appris, l'œil délicat et toutes pointes émoussées, il se rendit afin de parachever son apprentissage de tailleur.

Bialystok était une véritable cité, avec des immeubles, des tricycles, des automédons identiques en tous points à ceux qui se trouvaient dans le seul exemplaire de journal polonais que possédait son ancien patron.

Il y resta deux ans. On travaillait quinze heures d'affilée dans une petite pièce noyée par la vapeur constante du fer à gaz. Cinq sueurs y composaient un surprenant bouquet de parfums. Benjamin était à la fois compagnon et apprenti, garçon de courses, homme de peine, bonne d'enfant et même cuisinière à l'occasion, quand l'épouse obèse du patron se sentait par trop alanguie. Mais il croyait vivre une aventure unique dans les annales des Lévy car tout, jusqu'à l'air noir de l'atelier, provenait d'un monde infiniment plus réel que Zémyock, cette boutique de rêves...

A midi, il déjeunait en compagnie du presseur, M. Goldfaden, vieux garçon que le patron menaçait de mettre à la porte depuis que ses bras amaigris soulevaient mal l'énorme fer à gaz. Il s'était lié avec lui d'une amitié sans paroles, faite de petits gestes quotidiens. Un jour que le redoutable M. Roznek était sorti livrer une précieuse redingote, Benjamin souleva le nez de son point d'aiguille et dit sans y penser :

— Excusez-moi, cher monsieur Goldfaden, mais m'est-il permis de vous demander ce que vous ferez le jour où vous ne pourrez plus soulever le fer à gaz ?

Le presseur déposa le fer sur son trépied, et son visage mou, comme *soufflé* par quarante ans de touffeur, prit une expression déplaisante.

— Ce que je ferai ? articula-t-il lentement. Avec la permission de Dieu, mon enfant, je crèverai de faim !

— Mais vous êtes un bon Juif, monsieur Goldfaden. Et Dieu ne...

— ... Je ne suis pas un bon Juif ! le coupa durement le vieillard.

Sur ces mots, son visage s'affaissa de crainte et Benjamin reconnut le pas magistral de M. Roznek dans la chambre voisine.

Le jour suivant, Goldfaden s'enhardit et révéla à l'adolescent qu'il ne croyait plus en Dieu depuis près de six mois. Benjamin le regarda sans comprendre : M. Goldfaden, cet homme exquis, lui témoignait plus d'égards que personne au monde, sauf le *Lamed-waf*, n'avait jamais fait; assurément, il n'était pas un mécréant. Alors que signifiait ?...

— Qu'entendez-vous exactement par là, cher monsieur Goldfaden, lorsque vous me dites que vous ne croyez pas en Dieu ? Je ne suis pas très sûr, ajouta-t-il en souriant, de comprendre le fond de votre pensée.

Le vieillard détourna la tête; il semblait mystérieusement irrité par le ton de Benjamin, qui poursuivit avec la même indulgence sceptique :

— Dois-je donc en déduire, cher monsieur Goldfaden, que vous ne croyez pas que Dieu créa le ciel et la terre et tout ce qui s'ensuit !

Comme il prononçait ces paroles, un petit éclair se fit en lui et Benjamin comprit que le bon M. Goldfaden ne croyait pas, tout simplement, en Dieu.

— Mais voyons, cher monsieur Goldfaden, dit-il glacé d'effroi, si Dieu n'existait pas, que serions-nous donc, vous et moi ?

Le vieux eut un sourire compatissant, et le timbre de sa voix chercha vainement une note de gaieté disparue :

— De pauvres petits ouvriers juifs, non ?

— *C'est tout ?*

— Hélas, dit le vieux presseur.

Cette nuit-là, sur sa paillasse posée à même le plancher, Benjamin essaya de se représenter toutes choses telles que les voyait M. Goldfaden. De fil en aiguille, il en arriva à cette conclusion effarante que si Dieu n'existe pas, Zémyock n'était qu'une parcelle dérisoire de l'univers. Mais alors, se demanda-t-il, où va donc toute la souffrance ? Et revoyant l'expression désespérée de M. Goldfaden, il s'écria en un sanglot qui déchira la nuit de l'atelier : *Elle se perd, oh mon Dieu, elle se perd !*

Il ne put aller plus loin; il pleura longuement et s'endormit.

Le presseur devenait chaque jour plus maladroit. En l'absence du patron, il soulevait maintenant le fer des deux mains. Enfin, il le laissa tomber, dans un flamboiement âcre de tissu et de bois sec. L'incendie ne laissa qu'une tache noire sur le plancher mais le lendemain de cet incident, ne voyant pas revenir le vieil ouvrier, Benjamin se heurta au sombre mutisme de M. Roznek.

Dans l'après-midi, se présenta un jeune homme dont les bras étaient aussi maigres que ceux de M. Goldfaden, mais qui semblait décidé à ne pas lâcher le fer.

Benjamin ne se lia guère avec lui. Il racontait des histoires impudiques, portait une cravate, et affectait de mépriser les " petits cerveaux " qui ne voyaient pas la vie sous son vrai jour. C'était un authentique mécréant, alors que M. Goldfaden, Benjamin le sentait vivement, n'avait perdu que les apparences traditionnelles du bon Juif. Néanmoins, il valait mieux ne pas se mettre à dos un tel gaillard, et c'est ainsi que pris au jeu de sa diplomatie Benjamin se retrouva un soir dans une ruelle où se tenaient des femmes. Le mécréant arrangea tout. Comme dans un rêve, Benjamin monta des marches de velours et longea un couloir digne d'un palais. Il y eut ensuite une chambre d'un luxe effrayant, comme tapissée de glaces, puis une grosse dame qui se métamorphosait en une poupée de chair mauve et tremblotante. Quelque part, au-dessus de ce bocal de lumière électrique, se mit à luire doucement le soleil du Cantique des Cantiques :

Viens avec moi du Liban, ma fiancée...

Accroupie sur le bidet, la poupée de chair lui dit d'approcher, et son index se plia et se déplia à plusieurs reprises. Benjamin murmura en polonais : Pardon madame, tira le verrou de la porte et s'enfuit.

VII

Quand il s'en revint à Zémyock, Benjamin avait définitivement abandonné toute quête de la vérité; il n'aspirait plus qu'à retrouver des bribes de cette pureté quotidienne quittée deux ans auparavant, et que désormais il plaçait au-dessus de tout. — Le nez de Judith vibra, ses ongles se projetèrent en avant. Lorsque Benjamin émergea de sous son aile encore battante, Mardochée l'accueillit à son tour; il chercha le regard de son fils, le vit clair, et prononçant la prière de bienvenue frotta solennellement ses moustaches contre le front de Benjamin qui décida, de toute sa plénitude recouvrée : Mon Dieu, si tout ceci est une erreur, je la préfère aux petites vérités des mécréants !

Mais la ligne du partage des eaux demeurait imprécise, car si Zémyock n'était qu'un rêve, qu'était-il donc, lui, Benjamin, qui ne faisait même plus partie de ce rêve ?...

L'année de son retour au village natal, une guerre éclata, quelque part en Europe.

Les douces âmes de Zémyock n'en furent informées qu'au mois de février 1915, par les lettres venues de Paris, Berlin et New York. Des bruits singuliers se répandirent. Il en découlait que les Juifs de France et d'Allemagne étaient tenus de revêtir l'uniforme de la haine, pour se battre tout comme ces bêtes cruelles de chrétiens: on les y *obligeait* !

Ces faits épouvantables furent l'objet d'âpres controverses entre les Anciens, dont certains soutenaient qu'on ne pouvait jeter la pierre aux fidèles contraints de porter le fusil des Nations. Mais tout fit place au deuil le plus noir, à la prière et à l'affliction, quand par le courrier suivant l'on sut que des gamins du même hameau, des frères installés en pays antagonistes risquaient, dans ces tueries sans visage, de s'entre-assassiner chrétiennement. On se répéta en gémissant les paroles ténébreuses du Juste : " Tout ceci arrive, dit-il au Conseil des Anciens, parce que Israël s'est fatigué de porter dans sa gorge le couteau du sacrifice; l'agneau expiatoire est entré dans les Nations; il s'est agenouillé devant leurs idoles; il avait mal, il ne voulait plus demeurer en Dieu. Nos malheureux frères sont devenus français, allemands, turcs et chinois peut-être, s'imaginant que cessant d'être Juifs, ils en finiraient avec la souffrance.

Mais voici, l'Éternel voit aujourd'hui ce qui ne s'est jamais vu, depuis deux mille ans d'exil : revêtus d'armures étrangères, parlant des langues différentes et adorant des idoles sans visage, *les Juifs se tuent entre eux !* Malédiction !... " Et s'asseyant à même le sol, le Juste couvrit ses cheveux blancs de poussière et se balança en poussant des cris d'animal blessé.

Les femmes rapportaient une étrange histoire, dont on ne savait qui l'avait introduite à Zémyock : C'est la nuit sur le front, une ombre, un coup de feu ; le Juif qui vient de tirer perçoit une plainte...

" Alors madame, ses cheveux se hérissent sur son crâne, car à trois pas, dans l'obscurité, la voix ennemie prononce en hébreu la prière des agonisants. Mon Dieu, le soldat vient d'abattre un frère juif !... Oh tristesse, il laisse tomber son fusil et court au milieu du front, devenu fou de honte et de douleur. *Fou,* vous comprenez ? Ceux de l'autre côté tirent, et ceux de son côté lui crient de revenir. Mais il ne veut pas, il reste au milieu du front et meurt. Oh tristesse, oh !... "

La guerre n'était pas finie que filtraient des bruits de révolution, puis des rumeurs de pogrom qui s'élevaient comme un chuchotement des campagnes. L'Ukraine était à feu et à sang. " Comme la buse et le milan se partagent le ciel ", les bandes révolutionnaires de Makhno et les détachements à képi blanc du tsariste Petlioura s'abattaient à tour de rôle sur les communautés juives de la Grande Plaine. Les gens de Zémyock eux-mêmes, pourtant à l'abri derrière leurs collines, ne savaient plus que penser ; plusieurs fois, égarés par de fausses nouvelles, ils s'enfuirent dans les hauteurs boisées. Ceux qui étaient demeurés dans leur lit se moquaient au retour des fuyards, de sorte qu'à l'heure du danger véritable, devenues sceptiques, un grand nombre de personnes furent prises au piège subtil des fausses alertes qui précédèrent la vraie...

La nuit qui précéda la fin, on vit de grandes lueurs en direction du village de Prkow. Le mois d'août ayant été brûlant, on se rassura par l'idée que c'était un incendie de forêt. Les premiers cris retentirent à l'aube. Tout se passa très vite. Les Cosaques déferlaient déjà dans Zémyock, que certains Juifs à peine tirés de leur sommeil se montraient d'un air égaré aux fenêtres, en chemise de nuit et calotte penchée sur le crâne, demandant aux fuyards ce qui se passait.

Accompagnés de leur seul fils Benjamin, Judith et Mardochée atteignirent sains et saufs le sommet de la colline des Trois Puits. Avant de suivre les siens dans la futaie, Benjamin ne put s'empêcher de se retourner sur le spectacle de la ville livrée aux Cosaques.

Il fut d'abord touché par la beauté du paysage. Un anneau de brouillard encerclait le vallon à mi-hauteur, et les pentes vertes se per-
daient dans cette grisaille pour renaître cinquante mètres plus bas.
Des silhouettes noires s'évertuaient sur les collines avoisinantes,
comme autant de fourmis. Les toits roses de la ville se détachaient
avec une netteté aveuglante au centre de l'anneau de brouillard.
Benjamin chercha l'espace clair de la place de l'église et entendit les
cris au même instant. Puis il vit quelques flocons noirâtres qui semblaient naître par magie du rose des toits, tandis que les cris évoquaient maintenant (affinés qu'ils étaient par la distance), le piaille-
ment ridicule d'une nichée d'oisillons. Au-dessus de tout cela,
le ciel se maintenait immobile et bleu. Benjamin ouvrit la bouche
pour hurler, puis il se ravisa. Aucun tremblement n'agitait l'air.

— Mais qu'est-ce que tu attends ?

Quelqu'un avait chuchoté, Benjamin se retourna et sourit machinalement : à une dizaine de mètres, surnageant du sous-bois,
la tête livide et creuse de sa mère Judith montrait une bouche curieusement ouverte dans un appel muet, tandis que du fourré
surgissait une main de rêve dont l'index agité d'un va-et-vient
suppliant évoquait irrésistiblement la mimique d'un enfant jouant
à se cacher. Je suis vraiment bête de sourire, pensa Benjamin.
Souriant toujours, il franchit d'un pas lui sembla-t-il élastique les
dix mètres de terre silencieuse qui le séparaient de l'orée du sous-
bois, pour se retrouver soudain dans l'ombre craquelante des
fourrés et des fûts de sapin dont les cimes indifférentes contem-
plaient les petits toits roses et fumants d'en bas, de connivence
avec le ciel.

— Ils nous ont suivis ? haleta Judith; elle tremblait.

— Et pourquoi veux-tu qu'ils nous suivent ? dit absurdement
Benjamin. Il goûta l'odeur de résine. Il y avait le monde d'en bas
et celui-ci. Lequel était réel ? Sa mère Judith était engoncée dans
un manteau de drap noir, et ses pieds étaient nus, et nu le haut de
sa poitrine que le manteau très boutonné faisait légèrement déborder. Le visage massif et carré de sa mère Judith était blanc, et
cependant comme parsemé d'une fine poudre rouge qui s'agglu-
tinait en auréoles aux pommettes. Ses yeux n'avaient pas de paupières. Benjamin comprit soudain la raison de son sourire : sa mère
Judith n'avait pas eu le temps de saisir sa perruque de femme juive,
et son crâne nu récemment rasé ne montrait qu'une pelouse de
poils blancs qui lui faisaient une tête de vieille enfant. Détournant
les yeux, Benjamin souhaita qu'elle ne s'aperçût de rien. " Viens...
viens... " D'une brusque secousse, Judith l'avait attiré derrière le

fourré, tandis que son lourd visage devenait écarlate et suant de peur, d'essoufflement rétroactif, et de ce désarroi profond qui se voyait jusque dans les gestes un peu fous qu'elle avait, jusque dans ses expressions un peu folles.

Comme il s'était mis à suivre la haute et large et nerveuse silhouette de sa mère qui s'engageait dans le bois, Benjamin aperçut son père Mardochée demeuré en retrait, énorme masse de bûcheron de la Thôra, et qui non seulement était entièrement vêtu, mais de plus avait trouvé le temps et l'esprit d'emporter son grand châle de prière dont il s'enveloppait le buste comme d'une armure contre le mal qui sévissait dans l'air. Tout le long de leur fuite commune, Mardochée s'était hâté lentement, se contentant d'allonger le pas au lieu de se précipiter comme faisaient Benjamin et sa mère Judith. A chaque fois que Benjamin impatient se tournait vers son père, il avait cru voir une fine expression rêveuse posée sur le grand visage émacié du vieillard, tandis que cet énorme corps de bûcheron accomplissait en toute précision réfléchie et sereine, les gestes nécessaires de la fuite. Et à mi-hauteur de la côte, Benjamin avait vu sa mère Judith se tourner vers Mardochée, puis lui jeter d'une voix brève et sifflante : Tu nous retardes !... Es-tu si pressé de mourir ?

Le vieil homme s'était arrêté au milieu du sentier, et aussi paisiblement que s'il se fût trouvé au milieu du cercle de fidèles de la synagogue, avait déclaré d'un ton sentencieux :

— Femme, femme, crois-tu retarder l'heure de Dieu ?

Puis lentement il s'était ébranlé dans le brouillard, telle une colonne de pierre mue par une main-d'œuvre inférieure. Piquée par la pitié qui transparaissait dans le voix de son mari, Judith avait répliqué avec rage : Et toi, veux-tu absolument l'avancer ? Affolé, Benjamin sentit qu'elle voulait amorcer une dispute; mais un coup de feu venu du fond de la vallée la fit se jeter en avant, d'un bond désordonné... Et voici maintenant que son père Mardochée progressait tranquillement dans l'ombre du sous-bois, ne paraissant s'embarrasser ni des broussailles qui lui griffaient le visage, ni des cris ténus qui leur parvenaient encore du fond de la vallée ; ni même des regards chargés de haine que lui lançait la pauvre Judith s'arrêtant tous les dix pas pour l'attendre, puis soudain repartant comme une flèche, droit devant elle, indifférente à ses pieds devenus sanglants et à sa poitrine dont une moitié avait sauté hors du manteau. Au bout d'un certain temps, elle s'arrêta net et chuchota : Cachons-nous dans un fourré... Les lignes de son visage s'étaient déplacées sous la poussée de l'effroi, et Benjamin pensa qu'elle était affreuse à voir. Tout à coup, elle parut remarquer la poire blanche de son sein qui bougeait hors du manteau déboutonné. Elle fit lentement tourner un regard égaré sur les deux hommes, et rehaussant le col de son manteau, le maintint ensuite de ses deux poings crispés de honte. Puis se mit à pleurer. Mardochée s'adossa contre un sapin. Ses lourds yeux gris fixaient les éclaircies blanches et bleues qui se jouaient entre les rameaux supérieurs, et sa barbe remuait légèrement, comme s'il marmonnait une prière. Benjamin s'assit et demeura immobile. Tous trois étaient si profondément plongés dans leurs pensées, qu'aucun n'entendit approcher le Cosaque... Tous trois étaient seuls. De temps en temps, Judith laissait filer sa hantise entre ses dents : Mon Dieu, qu'as-tu fait de mes autres enfants ?... Mon Dieu, seulement moi et mes fils... Seulement nous...

On sut plus tard que des Cosaques isolés recherchaient spécialement les jeunes filles terrées dans les bois qui cernent le val de Zémyock. Brusquement, Benjamin vit apparaître dans son champ visuel un homme blond aux jambes prises dans des bottillons de cavalerie. Un mince cordon solaire projetait l'ombre du Cosaque jusqu'aux pieds de Benjamin. Il tenait son sabre droit devant lui, comme une étrave; le triangle de sa poitrine était velu; ses yeux liquides et jaunes miroitaient de ruse, et son visage carré était celui d'un paysan ukrainien. Il progressait en soulevant la botte avec d'infinies précautions... La tête toujours penchée sur les genoux, Benjamin se demanda si ses parents feignaient de ne pas entendre ce craquement de brindilles juste derrière eux, ou si véritablement ils n'avaient connaissance que de leurs pensées inquiètes. Benjamin s'étonna au même instant que sa propre poitrine ne battît pas plus fort, qu'aucun son ne sortît de sa bouche, que nul frémissement n'agitât ses membres. Aussitôt, lui vint la pensée rassurante que tout cela n'était qu'un spectacle auquel il n'avait nulle part, sinon contemplative. Mardochée était toujours adossé à son sapin et Judith, toujours debout au milieu de la clairière, les yeux clos, tremblante de toute son opulente chair, ses deux poings resserrés sur le col de son manteau. Benjamin constata que l'image du Cosaque faisait une sorte de bond étincelant sur sa rétine, pour se disposer à pieds joints entre Judith et Mardochée qui sursautèrent d'effroi. Le Cosaque regarda ses trois victimes d'un air méprisant, déçu; puis, portant son choix sur Mardochée, il dirigea lentement la pointe de son sabre vers la gorge du vieil homme. Jusqu'à présent, Mardochée ne s'était pas départi de son calme relatif. Mais quand la pointe du sabre fut à deux doigts de son cou, rejetant la tête en arrière, il plaqua ses bras contre le tronc du sapin et se mit à rouler des yeux furibonds vers le ciel, tandis que sa bouche hurlait les premiers mots de la prière des agonisants:

— *Chema Israël !...*

Il y avait dans sa voix un accent si sombre et si désespéré que Benjamin s'étonna d'un tel attachement à la vie chez son père.

Soudain le Cosaque se désigna du doigt la face terrifiée de Mardochée, parut saisi d'une idée extrêmement comique, ramena son sabre en un geste convulsif et poussa un effroyable hennissement de rire. Il s'était courbé en deux, agité de spasmes, et compressant son ventre de la main gauche il se retenait de la droite au sabre fiché en terre. Aucune parole n'avait été prononcée. Benjamin nota que sa mère Judith reprenait ses esprits, et devina que la moutarde commençait à lui monter au nez. Brusquement il la vit fâchée, à bout de nerfs, telle qu'elle était souvent à la maison. La suite ne lui apparut pas clairement. S'avançant d'un pas, sa mère Judith avait envoyé son poing gauche (ou peut-être tout simplement le plat vigoureux de sa main) contre le visage du Cosaque, et profitant de sa chute immédiate sur le dos, elle arrachait le sabre de la terre pour en assener de grands coups sur le crâne et les épaules de l'homme, comme elle aurait fait d'un hachoir à viande. Les mains du Cosaque se portèrent à sa tête. Benjamin vit distinctement la large lame du sabre pénétrer dans un poignet qui se sépara de son avant-bras, avec la passivité d'une viande de cuisine... Quand son père Mardochée se précipita sur sa mère Judith, il lui sembla qu'une peau se détachait de ses yeux. Tout cela était-il donc réel ? Il ne pouvait encore le croire.

A la nuit noire, Benjamin se risqua à l'orée du bois. Tout était silencieux au fond de la vallée, mais une odeur mauvaise s'en élevait, ainsi que des volutes noires qui se détachaient sur le bleu profond de la nuit.

A mesure qu'il descendait la colline, de fines luminescences apparaissaient çà et là. Il traversa la prairie du lavoir et se posta derrière une maison. Une silhouette juive traversa la rue — barbe

et caftan ; elle tenait une bougie à la main. Benjamin s'engagea
en tremblant parmi les rues désertes de Zémyock. Une sorte de
murmure s'élevait du centre de la ville. Il provenait de la place
de l'église, où des dizaines de silhouettes, bougie en main, recon-
naissaient leurs morts parmi les monceaux indistincts de cadavres.
Au petit matin, Benjamin découvrit ses trois frères sous le porche
d'une maison. Toute la journée qui suivit fut consacrée à creuser des
tombes. On improvisa un nouveau cimetière adjacent à l'ancien.
Benjamin et son père s'y reprirent plusieurs fois pour arracher Judith du tumulus sous lequel étaient enfouis ses trois fils. Huit jours
durant, Mardochée s'enferma avec elle dans une chambre. Elle
croyait que Dieu l'avait punie du meurtre de l'homme blond,
elle se voulait criminelle à la fois de ses fils et de leur assassin ;
son bras enfonçait un sabre imaginaire dans sa poitrine. Puis la
fièvre tomba.

On apprit que les pogromistes étaient des Gardes Blancs, qui
par le plus grand hasard traversèrent ce bourg perdu de Zémyock.
Ils se dirigeaient vers l'Ukraine, sur les directives d'officiers allemands, français, anglais, américains, afin d'abattre ensemble
le nouveau régime de la propriété. Kozyr Zyrko les conduisait,
un ataman célèbre. De nombreux Juifs de Zémyock purent gagner
les collines. Kozyr Zyrko fit rassembler le restant sur la place de
l'église et, pour encourager ses hommes, hissa un enfantelet sur
la pointe de sa lance : C'est rien !... hurla-t-il soudain, c'est rien,
c'est de la graine de révolution !

Chose singulière, tandis que les familles se nouaient en grappes
saignantes, et mouraient enlacées, le vieux *Lamed-waf* régnant trot-
tinait parmi les cadavres, suppliant en vain : Mais percez, percez,
percez-moi donc !... au grand bonheur des soldats qui, le trouvant
comique, se contentèrent de lui trancher la barbe. Plusieurs fois
aussi, ils simulèrent son exécution. A genoux, les yeux clos, le
vieux Juif s'y soumettait dans une sorte d'extase ; mais toujours
déçu en son désespoir d'homme, et en ses légitimes espérances de
Juste, il demeura seul vivant sur la place de l'église.

Le pogrom de Zémyock passa inaperçu parmi des centaines
d'autres. Peu à peu, l'aide arriva. Les Juifs d'Europe et d'Amérique
se cotisèrent une fois de plus. Mais quand la paix fut rétablie, après
les années vingt, les survivants du pogrom de Zémyock s'inter-
rogèrent sur la survie miraculeuse du Juste. Les uns y trouvaient
la mesure de la mansuétude céleste ; d'autres subodoraient cette
mystérieuse et terrifiante ironie de Dieu, entr'aperçue dans les textes
sacrés. Une rancune s'installa dans le cœur de certains habitants de

Zémyock. Les jeunes adhéraient à l'Union Générale Juive des Ouvriers de Russie et de Pologne, et le désir de vivre et mourir sur la terre interdite de Canaan envahit soudain l'âme juive telle une lame de fond puissante et dévoreuse. Devenue tranchante, Judith déclara ouvertement que la survie du Juste était chose si ridicule que les Lévy désormais ne pouvaient plus prétendre à rien. Benjamin l'approuva en silence. Mardochée projeta sur eux un regard fait d'étonnement et d'une amertume sans nom; il se sentait trahi, mais il n'aurait su dire si c'était par les siens ou par Dieu. Ses fils étaient morts, et le *Lamed-waf* vivait. Peut-être y avait-il là-dessous quelque intention particulièrement secrète du Très-haut ?

Dans le doute, il permit à Benjamin de s'exiler à l'étranger. Et ne l'eût-il pas permis, que son autorité déclinante n'eût pas résisté à la volonté désormais inflexible de Judith.

III

STILLENSTADT

I

Benjamin lanterna plusieurs jours à Varsovie, indécis quant au choix de son pays d'exil. Il avait le sentiment d'un jeu, d'une féerie enfantine. Les noms de pays qu'on lui proposait semblaient aussi peu sérieux, aussi fantasques en somme que ces cases tracées par les gamins au jeu de la marelle juive, et qui, chacune, figurent : un pain blanc, un soupir, une livre de pois chiches, une injure, une poule au pot, une gifle polonaise, un million de zlotys, le typhus, la semaine chez les anges et le pogrom enfin. La bille roulait dans son esprit, franchissait une à une les cases assignées par le Comité de Sauvetage et d'Émigration pour tristement revenir à son point de départ, bredouille.

En général, la bille passait très vite sur le mot Angleterre : une île, comment la fuir en cas d'extrémité ? Par contre elle s'attardait complaisamment sur le mot Amérique, avec la nonchalance curieuse et méprisante du touriste : ce vocable suggérait tout d'abord l'Océan furieux qui séparerait à jamais Benjamin de ses parents; puis il rappelait la danse biblique autour du Veau d'or, à laquelle son patron tailleur de Zémyock comparait autrefois la vie des Juifs américains; enfin il évoquait le Veau gras, salace, roulant des globes aveugles sur la Création. Quant au mot de France, il comportait l'inconvénient d'être associé à celui de Dreyfus, que Benjamin avait beaucoup entendu prononcer; on disait que les Français avaient envoyé ce Juif dans l'île du Diable; le nom seul vous imprimant déjà un frisson, alors que devait-il en être de la chose ?

Finalement, après ce tour du monde affligeant, Benjamin opta en faveur du mot : Allemagne.

81

Car les Juifs allemands, lui avait-on dit, étaient si gentiment installés dans ce pays que nombre d'entre eux s'estimaient " presque " plus allemands que juifs. Ceci était sans doute fort curieux sinon louable, mais n'en démontrait que mieux la bonhomie et la douceur du caractère allemand. Sur-le-champ et comme transporté d'enthousiasme, Benjamin imagina une sensibilité allemande, si exquise, si raffinée, si noble enfin que pris de scrupule et saisis d'admiration, les Juifs en devenaient Allemands jusque dans l'âme.

Berlin le déçut aussitôt. La ville n'avait pas de commencement ni de fin. Il n'y fut pas depuis vingt-quatre heures qu'il avait déjà l'envie de fuir — mais où cette fois, Seigneur ?... Le Comité l'avait installé dans une synagogue désaffectée, avec des centaines de réfugiés en provenance de l'Est. Des familles entières vivaient dans une grande salle divisée à la craie en appartements. Coupant la salle en deux, un sentier de cinquante centimètres permettait aux locataires de gagner la sortie. Chacun y feignait d'ignorer l'existence du voisin. Franchir un cercle de craie, c'était enjamber le mur de la vie privée; pour rendre une visite, on déclarait avec un sourire appuyé : toc, toc, et l'on attendait poliment que les gens vous disent d'entrer. Il semblait que tout ce monde fût devenu fou de ne plus posséder un toit. Certains faisaient descendre un fil du plafond et y suspendaient une glace, un tableau, un cadre de famille. Seuls les enfants s'obstinaient à ne pas tenir compte des " murs " tracés par les grandes personnes, ce qui entraînait continuellement des disputes et des cris.

— Ils attendent tous un appartement, lui dit, le premier jour de son arrivée, un jeune homme planté en bordure du sentier de craie. Ils y croient !

— Et toi qu'attends-tu ? dit Benjamin souriant.

Un visage sortit de la pénombre et se dressa au-dessus de Benjamin, qui souleva les yeux avec inquiétude. Le jeune homme quittait son lit. Ses cheveux roux en désordre semblaient déchirer la surface de son front où se voyait, tordue à la verticale, une ride boursouflée comme une cicatrice. Il ricana :

— Moi, j'attends le Messie; mais il ne se presse pas. Il a toute l'éternité, non ? Salut.

Telle fut la première rencontre de Benjamin avec le pauvre jeune homme de Galicie, qu'il devait souvent revoir dans les semaines à venir, sempiternel allongé, ou bien assis sur le bord de son lit et la tête plongée dans le rêve de ses mains tremblantes comme celles d'un vieillard. Il le soupçonnait de mourir de faim. Quand il recevait un secours du Comité, il invitait le jeune homme à partager l'omelette émouvante, les saucissonnettes *Kasher* qui font si bien rêver au pays, ou quelque autre mets rarissime qu'il fricotait à la flamme du réchaud. Selon son humeur, le jeune homme de Galicie le suivait en souriant d'un air contraint ou l'insultait à demi-mot.

— Qui me débarrassera de vous ? lui dit-il un jour.

— Excusez-moi, balbutia Benjamin, je viens justement de trouver du travail, alors je me suis permis de préparer un petit repas de gala... vous comprenez ?

— Allez-vous-en, fit l'autre d'une voix plus calme, presque indulgente. Je sais, je sais combien vous étiez désireux de trouver du travail, combien vous travaillerez ce jour-là et combien vous serez content de travailler : je vous félicite. Que voulez-vous de plus ?

Benjamin se lamenta lourdement :

— *Et qui ne mangera pas ce soir ?*

Une douce lueur juive apparut dans les prunelles sans éclat du jeune homme de Galicie; puis la lueur tremblota, et ce fut un éclair de méchanceté incompréhensible :

— Mangez donc pour moi !

Cette phrase avait jailli en coup de griffe. Benjamin battit prudemment en retraite, accompagné par les commentaires hostiles des " locataires " voisins qui tous honnissaient le jeune homme de Galicie, et semblaient tous ulcérés par la gentillesse de Benjamin en laquelle ils voyaient une injure subtile faite à leur discernement de braves gens.

Parvenu à sa chambre, Benjamin se retourna pour constater que le jeune rouquin avait repris sa posture habituelle, la tête entre les mains, prisonnier d'on ne savait quel songe qui l'isolait autant que s'il fût véritablement seul et non pas livré à l'examen continuel de deux cents regards ennemis. A quoi peut-il bien penser ? se demanda Benjamin non sans ce malaise aigu que suscitait toujours en lui la présence ou même la simple image mentale du jeune homme de Galicie.

Il piqua dans sa gamelle et entama sans joie une saucissonnette *Kasher ;* certes je l'embarrassais, ce malheureux garçon; mais il ne saura jamais quel misérable plaisir je goûtais en sa compagnie...

Et s'arrêtant pour un instant de mâcher, il se demanda pour la millième fois peut-être : Est-ce un *pointu* qui pique seulement les autres, ou bien se pique-t-il lui aussi ? Voilà toute la question.

Néanmoins et bien qu'il s'en fît reproche, fut-il grandement soulagé le lendemain matin, en traversant le sentier de craie pour se rendre à son travail, de constater que le jeune homme de Galicie l'effleurait à peine d'un regard blanc sur son passage. Il était allongé tout habillé sur son lit, ses pieds nus et noirs étalés sans vergogne à hauteur du visage des petits enfants qui jouaient à frapper aux portes invisibles du couloir. Il n'eut pas même un battement de cils. Il avait tranché le dernier lambeau de la frêle amarre qui le rattachait à la synagogue, et il sembla désormais à Benjamin que le jeune homme s'éloignait chaque jour davantage du rivage des siens, glissant sur son lit vers une haute mer, connue de lui seul, et qui se reflétait dans le morne roulis de ses yeux.

Mais le jeune homme de Galicie, dont Benjamin se croyait quitte, réapparut sournoisement dans son existence en la personne de ses compagnons d'atelier, qui tous bien qu'à un moindre degré lui parurent atteints du même mal, de cette " rage berlinoise " ainsi qu'il la dénomma quand il en eut fait, douloureusement, le tour.

Les ouvriers de M. Flambaum étaient tous rescapés de pogroms, tous portaient quelque trace du naufrage; mais il régnait dans l'atelier une atmosphère de moquerie hargneuse, de dépréciation ironique de l'ancienne vie de Pologne et de Russie; un esprit démoniaque soufflait en eux, changeant l'eau claire en sang, tuant les racines délectables du bien, déversant la pluie et la grêle sur toute pensée juive qui pointe de l'âme. Benjamin tendait une main et croyait voir surgir une griffe. Bien qu'il ne contredît personne, prudemment replié sur son aiguille, toutes ces lances, tous ces couteaux et toutes ces épingles qui erraient dans leurs yeux se retournèrent contre lui. On le tourna en dérision. Un jour, en l'absence du patron, Lembke Davidowicz sauta sur la table de coupe et le " rictus berlinois " accroché à la lèvre inférieure : " Écoutez, dit-il d'une voix tantôt grave et tantôt amenuisée en une sorte de petit sanglot acerbe; écoutez, si notre petit rabbin reste longtemps puceau, il lui poussera bientôt des ailes à l'omoplate. Alors savez-vous ? il sera tout à fait délicieux. Tout le monde pourra en manger. Vous, moi, le dernier petit mollusque allemand pourra tendre la main vers lui pour en arracher une aile ou une patte : tout le monde *voudra*, hi, en manger, hi, hi !...

" Et savez-vous mieux ?... Quand il ne lui restera plus que son petit cœur de rabbin angélique et délicieux (et qui mes chers concitoyens voudrait du cœur, cette partie molle et flasque, sans aucun avenir sur le marché et qui n'est même pas, remarquez-le, cotée à la Bourse de Berlin ?), alors oui, on l'assiéra sur une banquette de train et... sonnez ! sonnez trompettes du Seigneur : petit cœur juif rentrera à la maison ! Hi !... "

Ce discours déchaîna un enthousiasme délirant. L'orateur fit des mines, sauta de table, serra les mains qui se tendaient avec une feinte avidité. On avait oublié la victime.

— Regardez ! s'écria quelqu'un, il s'est piqué jusqu'au sang !

Benjamin stupéfait, contemplait le désastre de son pouce coulant sur la pièce de tissu clair.

L'atelier fit silence.

— C'est nous qui le piquons, dit doucement Lembke Davidowicz.

— C'est nous, dit un autre ouvrier.

— Avons-nous déjà tout oublié ? reprit Lembke en regardant Benjamin comme s'il ne l'avait jamais vraiment vu, tandis que son corps grassouillet s'affaissait sous le poids de la découverte que faisaient ses minces yeux agrandis soudain, rendus presque féminins avec leurs cils très longs qui battaient et palpitaient sur un regard entièrement désarmé, triste et nu.

"Sommes-nous donc déjà devenus de si parfaits gentlemen allemands ? " proféra-t-il enfin, avec une sorte de gêne dans les traits qui se reproduisit aussitôt sur tous les visages des ouvriers de M. Flambaum.

— Au moins, ça n'a pas touché l'os ? fit une voix inquiète.

Lembke s'approcha de Benjamin et se mit tout à coup à gesticuler :

— Allons, parle ! criait-il. Insulte-nous mais dis quelque chose : un mot ! Un seul !

Mais les yeux encore luisants de larmes contenues, Benjamin ne pouvait que hocher pensivement la tête, son pouce bien enfoncé dans la bouche, d'un air à la fois dérisoire et comique; cependant que, mêlée au gout âcre de son sang, il savourait déjà l'idée bouleversante qu'on ne le " piquerait " plus.

Benjamin s'arrêta devant la synagogue et songeant qu'un seul cerveau ne suffisait pas en ce bas monde, il racla vigoureusement ses bottillons polonais contre le paillasson gras de neige et de boue.

A l'intérieur, sous la haute nef d'ombre que repoussaient mal les petits cônes des bougies, l'étalement à nu de toutes ces vies le déconcerta une fois de plus ; ici, un vieillard geignant sous ses couvertures ; plus loin, ce jeune couple contraint à l'immobile enlacement de statues, sous les yeux, fort intéressés, d'une pâle gamine dont la mère se tenait accroupie sur un minuscule réchaud, entourant de ses mains tremblantes un doigt de flamme qui semblait fuir au ras des dalles glacées. Quant au tapage, à ces affreux cris d'enfants, il n'aurait su dire si ses oreilles y devenaient plus sensibles, ou si les gorges enfantines, cloîtrées depuis tant de mois en ce vaste dortoir sans air ni jour, n'en devenaient pas plus perçantes.

— Déjà rentré, monsieur Benjamin ?

S'arrêtant au milieu du sentier de craie, Benjamin, qui avait parfaitement reconnu la voix, feignit d'ausculter l'obscurité du lit dont elle émanait.

— Cher monsieur, vous ne voulez donc *plus* me reconnaître ?

Benjamin se troubla :

— Excusez-moi, on n'y voit goutte ici. Alors Yankel, qu'est-ce que vous me racontez de beau depuis... ?

Le visage souffreteux du rouquin sortit de la pénombre. " Rien, dit le visage, on vit. " Sa minceur adolescente accentuait le caractère incisif de la bouche nerveuse, du long nez mélancolique et crochu, et des yeux maigres et si froids que Benjamin soutint avec difficulté leur regard.

— Mais entrez donc, dit-il à mi-voix, comme si la chose allait de soi. Je ne perçois aucune taxe. Parole d'honneur.

Benjamin flaira aussitôt la " douleur de l'âme " dans le comportement insolite du garçon ; et, soulevant modestement un pied, il le déposa de l'autre côté du cercle de craie.

— Alors Yankel, comment te va la vie ?

— Elle ne me va pas du tout, dit le jeune homme de Galicie. Elle m'est trop grande de plusieurs pointures. Ou peut-être bien qu'elle m'est trop petite, je ne sais plus. Mais vous devez vous demander : Pourquoi ce jeune homme, qui depuis deux mois a

cessé de me saluer, m'adresse-t-il à nouveau la parole ? Certainement, il doit avoir envie d'une bonne omelette ou...

— Oh non ! se récria Benjamin, jamais une telle pensée ne me
serait venue !

— Excusez-moi, dit le jeune homme de Galicie, je ne sais pas
comment je m'arrange. C'est ma langue. Je la sens comme un couteau dans ma bouche. Et quand elle sort il faut qu'elle blesse. Mais
vous savez, elle n'était pas toujours ainsi, ma langue...

— Ah non ?

Le jeune homme s'esclaffa.

— Non, je vous le jure, autrefois ma langue était en velours.
Autrefois... Mais de grâce asseyez-vous, et s'il vous plaît, pas seulement sur une fesse. Bon. Et maintenant laissez-moi vous regarder,
laissez-moi admirer le nouvel homme ! Ah çà, vous avez gardé votre
casquette à poils, vos bottillons, votre caftan hasside et mon Dieu,
vous ne vous êtes même pas encore fait couper les cadenettes !
Comment est-ce possible ? Ignorez-vous encore que vous êtes à
Berlin ?

— Croyez-vous que je ne le sache pas ?

Le jeune homme eut un sourire indéfinissable.

— Que je ne le sache pas... *vraiment ?* reprit Benjamin avec émotion.

A ces mots les longues mains du jeune Juif se dressèrent tout
contre le visage de Benjamin, tordues en une danse brève, nerveuse, désespérée.

— Mais alors, chuchota-t-il d'un air de surprise extrême, tout
en coulant des regards inquiets vers les lits voisins, *si vous le
savez*, comment faites-vous ne serait-ce que pour... marcher dans
la rue, par exemple ? Oui, franchement, quand vous avancez dans
la rue ou même *comme ça*, ne sentez-vous pas sur vos épaules une
sorte de... poids... manteau... qui s'alourdit de jour en jour ?

Benjamin sursauta, effrayé de se voir si bien deviné.

— Oh si, c'est exactement ça : un manteau. Et... on ne peut
même pas se dépêcher, à cause des réverbères...

— Pardon ?

— Eh bien oui, dit Benjamin non sans dérision, dans les débuts,
je marchais au milieu du trottoir; vous savez, comme ils font, les
Allemands, au pas militaire ? Mais tous me regardaient, alors je me
suis mis à longer rapidement les façades. Seulement voilà : il y a
toujours quelqu'un pour sortir d'une porte, ou bien c'est un réverbère !

Yankel se réjouit discrètement :

— Alors comment faites-vous ?

— Que Dieu me pardonne, dit Benjamin gagné par le comique de la situation, figurez-vous que je les longe doucement, les façades : d'un bon petit pas juif.

— Aïe, aïe, *un bon petit pas juif !...* Mais les gens, croyez-vous donc leur échapper ainsi ?

— Ah les gens, murmura Benjamin, c'est ça le vrai manteau, comme vous dites; et je n'arrive jamais à l'enlever, ce manteau, non, même plus ici, et pas même quand je pense très fort et très longtemps à chez nous, à la Pologne... Les gens sont vraiment terribles ici, pires que les autos, hi ! Et même les Juifs, ajouta-t-il rêveusement, *ils me pèsent...* Mais quoi, faut-il donc s'arracher les entrailles ?

Assis sur le rebord du lit voisin, un homme ridé, à la barbe toute annelée, fixait une Bible ouverte sur ses genoux en s'éclairant d'une bougie qu'il tenait suspendue à hauteur de sa tempe, en une posture hiératique de guetteur nocturne. Benjamin eut l'intuition qu'il écoutait la conversation. Interceptant son regard, le jeune Yankel lança avec mépris : Compère juif, ne faites pas attention à ce vieux fou, il croit qu'il médite, il ne sait pas lui-même qu'il n'est qu'un hibou. La nuit, il se penche pour voir si je dors... L'homme au livre tressaillit légèrement, sans détacher les yeux du texte, cependant que de la bougie soudain penchée par l'émotion s'écoulait une goutte de cire qui chut sur le parchemin, en larme fantastique et muette.

Yankel gloussa méchamment.

— Vous voyez ? On vit tous dans la même eau.

Sa voix était redevenue sifflante et son bras coupa l'air sombre, arrachant d'un trait le gros châle brun qui emmitouflait son cou. Une blessure apparut sous la mâchoire. Un filet de sang noir et sec descendait vers les jeunes herbes de sa poitrine découverte.

— Hi ! C'est le dernier cadeau de Berlin !

Benjamin navré devina que le jeune homme s'efforçait encore de retenir la confidence lourde et venimeuse qui se lovait dans sa gorge. Il chuchota avec douceur :

— Frère, je vous en prie, dites-moi ce qu'ils vous ont fait...

Un petit rire grêle fusa dans l'ombre.

— Oh quel plaisir de se confier à vous : rien ne se perd, tout vous entre dans le cœur ! Aïe, mon Dieu, aïe aïe aïe, le cœur... Car vous êtes *un petit Juif de chez nous*, savez-vous ? Un petit ange de sang, hi, hi, hi !

Puis remarquant l'humble mine de Benjamin, le jeune homme de

Galicie réprima un frisson et, tandis que ses traits s'affaissaient doucement, son dos s'arrondit en bosse.

— Excusez, excusez, dit-il d'une voix sourde. Et pardonnez à ma langue, s'il vous plaît, car depuis deux ans elle ne sait plus se tenir comme il faut dans ma bouche. Elle s'agite. Elle se contorsionne. A croire qu'elle voudrait s'échapper !

La bosse du dos remonta davantage et les yeux du jeune homme se gonflèrent dans l'ombre, se couvrirent d'une nappe vitreuse. Sa voix maintenant avait des accents enfantins :

— Deux ans déjà, dit-il. Est-ce possible ? Et dans ma tête, les événements se sont produits hier seulement. Oui, chaque matin, quand j'ouvre les yeux, il me semble que le pogrom est arrivé la veille. En est-il de même pour vous, *cher frère ?* Curieux. Vraiment curieux que le temps s'arrête comme ça. Voyez-vous, moi, je suis toujours dans le puits où je m'étais caché; j'ai la même eau jusque dans la bouche, et je vois toujours le rond de ciel bleu, qui n'a pas changé lui non plus. Et puis, j'entends le silence. Pas les cris : le silence. Parce que chez nous, quand je suis remonté du puits, il n'y avait plus âme qui vive dans le village, il n'y avait plus de synagogue, il n'y avait plus rien. Sauf moi, bien sûr...

Le jeune homme clignota d'un œil avec malice, comme si ce fût là une prodigieuse farce qu'on lui avait faite.

" Hé oui, hé oui, chuchota-t-il en souriant. Et je les ai tous enterrés, vous savez, tout le village au complet, il ne manquait pas un ongle, hi, hi ! Et pour chacun, même pour ce sale petit menteur de Moschelé — c'était mon voisin — pour chacun, je vous le jure, j'ai dit toutes les prières de *a* à *z*, car en ce temps-là j'étais un fameux prieur devant l'Éternel, aïïïe ! Et ça a duré huit jours. Et personne ne venait; les paysans avaient peur. Et quand ce fut fini, je me suis senti tout drôle, vous comprenez ? C'était dans le cimetière. Je me suis réveillé, j'ai pris des cailloux et j'ai commencé à les jeter contre le ciel. Et à un moment donné, le ciel s'est *brisé*. Vous comprenez ?

— Oh oui, murmura Benjamin qui pleurait en silence; je vois, je sais, je comprends.

— Brisé comme une simple glace, et tous les morceaux étalés par terre ! Alors je me suis dit : Yankel, si Dieu est en petits morceaux, qu'est-ce que ça peut bien signifier d'être Juif ? Voyons ça d'un peu près, mon ami. Mais quoi, d'aussi près que j'aie pu regarder, je n'ai rien vu que du sang, encore du sang et toujours du sang. Mais de signification : aucune. Quelle est donc la place du sang juif dans l'univers ? Voilà. Et que doit faire un Juif... qui n'est plus Juif ? Hein ?

Maintenant, dans la pénombre de la synagogue, le regard halluciné du jeune homme de Galicie semblait déborder sur tout le mince visage que la fièvre découpait en plaques livides ou rougeoyantes ou humectées d'une sueur qui réfléchissait, par instants, la lumière jaunâtre des bougies fumant à l'entour.

— Et pourquoi, dit peureusement Benjamin, n'as-tu pas cherché une gentille petite femme de chez nous ? Un beau gaillard comme toi...

Le jeune homme de Galicie, interloqué une seconde, secoua la tête comme pour chasser cette intervention incongrue; puis saisissant le coude de Benjamin (qui poussa un petit cri mouillé) :

— Voulez-vous m'écouter, oui ou non ? vociféra-t-il.

Et sans transition, comme pressé d'en finir avec sa folle confidence :

— Voilà, ils avaient une manifestation, cette après-midi ! Non, voyons, pas les Juifs, que voulez-vous que les Juifs manifestent ? Leur nudité, leur faiblesse ? Vous imaginez-vous cela, une armée de petits cœurs étripés et saignants qui défileraient, une deux, une deux, Unter den Linden ? Hi, hi, vous êtes délicieux et vous le savez, n'est-ce pas ?

" Non, reprit-il avec une sorte de fureur contenue; c'étaient les Spartakistes, la faucille et le marteau. Alors moi quand je les ai vus avancer dans la rue, tranquillement, comme un fleuve avance, et... Oh ! ce drapeau rouge au-dessus des plus grandes têtes ! Je... j'ignore pourquoi, vraiment ! je me suis élancé au milieu d'eux ! — Et croyez-moi ou pas, d'abord ils ne m'ont pas *reconnu*. Je marchais. Je voyais le drapeau devant. C'était drôle... Comprenez-vous ?... J'ai fait trempette une minute, hi, hi, hi ! Et puis mon voisin s'est retourné vers moi : Juif, qu'est-ce que tu viens donc foutre ici, il y a des coups à prendre, tu sais ? Lui, il disait ça gaiement, l'air étonné. Mais celui qui marchait derrière moi s'est mis à crier : C'est un provocateur, pas possible autrement ! Et... Ils m'ont repoussé vers le trottoir, et... et... *vous verrez, je me vengerai !* acheva-t-il en une soudaine clameur, enflée et suraiguë, qui, alertant l'ensemble du dortoir, cerna aussitôt l'étrange conversation d'une haute muraille de silence.

— Mais que vous ont-ils donc fait ?

— Rien. Justement rien. Ils vous piétinent sans vous voir. Ils marchent et vous êtes par terre; alors ils marchent sur vous, quoi de plus normal ? Et moi je me disais pendant ce temps : Yankel, mon cœur, tu me feras le grand plaisir de ne plus te mettre dans une position aussi ridicule ! Seulement voilà : un Juif qui n'est plus

Juif, que doit-il faire pour ne pas tomber à quatre pattes ? J'y ai pensé toute cette après-midi, et je crois avoir trouvé : c'est simple comme bonjour, il suffit... *Ah tu veux me faire veau, eh bien je me ferai boucher !*

— Quoi ? Qui voulez-vous tuer ?

Yankel étira sa bouche en un sourire suave :

— Qui parle de tuer ? il n'y a pas d'homme à tuer. Ah si, vous peut-être pourriez remplir ce rôle, mais je n'en suis pas encore sûr; il faudra que j'y réfléchisse !

" Mais... à quoi bon parler ? " dit-il tout à coup d'une voix distraite.

Il s'était redressé sur le lit de toute la hauteur de son buste et épiait curieusement Benjamin de son œil perçant, à la gaine d'oiseau de proie, comme si lui apparaissait soudain la distance extrême qui le séparait de ce petit oisillon pâlot, chafouin, vibratile : " Voyez-vous ça, signifiait le regard attentif du jeune homme de Galicie; je me suis confié à cette ombre ! "

— Allons, dit-il en un mince sourire, ne vous torturez pas pour comprendre; vous ne pouvez pas, vous avez encore un pied dans l'ancien temps. Dans... *le rêve*, hi ! Comme tous ces pauvres gens, ajouta-t-il en balayant l'air noir d'un geste seigneurial. Allez, allez, grand-père, laissez-moi seul maintenant...

Benjamin protesta sans conviction :

— Mais c'est toi qui as voulu me parler ?

— Je sais. Merci. Car il y a encore en moi un petit... *Benjamin* qui bat de l'aile ! Aïïïe, il ne veut pas mourir; aïïe, voyez comme il se débat. Mais chut, chut, laissez-nous dormir maintenant, *lui et moi*, voulez-vous ?

Et prenant conscience de l'attroupement hostile qui se resserrait autour de sa couche, le jeune homme fit un large salut à la ronde, tapota en souriant le joue de Benjamin; puis élevant ses longs bras au-dessus de sa tête — aussi libre de ses mouvements que s'il se fût trouvé entre quatre murs, il retira paisiblement son vieux chandail sous lequel il apparut nu, le torse barré d'os et sali de sang.

Benjamin le fixa un instant en silence. Que s'était-il passé ? Se grattant la tempe de désarroi, il se leva et gagna sa " chambre " sans dire mot. Avec une sorte de soulagement suave, il franchit le cercle de craie qui marquait les limites de son gîte, et entreprit de cuisiner des boulettes de viande. Il dîna d'un rien. Grimpant sur sa paillasse, il se demanda si les punaises le piqueraient autant que d'habitude. Des murmures indignés se poursuivaient dans la synagogue, et avec la nuit se levait l'insomnie criarde des marmots ; Benjamin ferma les yeux et imagina que le rectangle de craie élevait lentement des murailles jusqu'au plafond. Ces murailles étaient si solides, si merveilleusement épaisses, qu'il eut bientôt le sentiment de s'y trouver à l'abri du monde entier.

Le lit de Yankel était vide le lendemain matin. Au retour de l'atelier, Benjamin le trouva occupé par une vieillotte dame toute caparaçonnée de noir et qui ressemblait à une tortue ; sitôt qu'il lui adressa la parole elle rentra le cou dans ses épaules, comme pour se garantir au plus vite sous la coquille de son âge. Benjamin riait de la voir.

Trois mois plus tard, le jeune homme de Galicie fit une dernière apparition. Il était assis sur le bord du lit de Benjamin, l'air perdu, indifférent à tout et ne regardant personne. Sa main jouait avec une bobine de fil qui traînait sur les couvertures. Il y mettait de la douceur. Et son long corps dégingandé était serti dans un costume de tissu anglais, un col rigide s'arrêtait à mi-hauteur de son cou de poulet ; une cravate ahurissante s'y trouvait suspendue. Ralentissant le pas, Benjamin constata que l'ancienne tignasse rousse de l'adolescent couvrait maintenant son crâne d'une pellicule mince, chatoyante, soigneusement rayée en son milieu. Le visage semblait toujours aussi maladivement creux et décoloré, mais une graisse dure gonflait le contour de sa bouche et portait avidement ses lèvres en avant.

Le jeune homme se leva, tendit une main soignée :

— Excusez-moi, je me suis permis d'entrer dans votre appartement.

Les yeux restaient tristes et froids, mais la graisse autour des lèvres frémit d'ironie.

— Que la peste m'étouffe, dit Benjamin, si vous n'êtes pas devenu un vrai " monsieur " !

Il regretta aussitôt ce ton admiratif.

— Je suis *devenu*, dites-vous ? fit Yankel avec amertume.

— Mais comment, par quel... miracle ?

— Rassurez-vous, compère juif, je n'ai tué personne. C'est peut-être encore pire : je suis commerçant, j'achète et je vends.

— Quoi, qu'est-ce que vous vendez ?

Le jeune homme de Galicie eut un sourire de vieux renard, mais le haut navré de son visage contredisait la ruse du bas.

— Petit compère juif, énonça-t-il avec une sorte d'affectation puérile, à Berlin, tout s'achète et se vend.

Au même instant, Benjamin ressentit un profond élan de pitié pour le jeune homme de Galicie. Sa main s'éleva toute seule et, oiseau craintif, vint se poser sur l'épaule de Yankel tandis que sa bouche s'ouvrait pour des paroles venues d'il ne savait où : Frère, prononça gravement la bouche de Benjamin, pourquoi toute cette honte et ce malheur ? Réveille-toi, je t'en prie...

Le jeune homme ne paraissait pas entendre, et Benjamin retira précipitamment sa main, surpris par l'audace de son geste. Mais tout à coup, mû par un terrible ressort, le rouquin se redressait de toute sa hauteur et, plaquant cet indéfinissable sourire sur sa face de carême, il murmurait d'une voix traînante de lassitude.

— Juif, petit Juif de chez nous, vous êtes très gentil savez-vous ? Si gentil qu'on aimerait vous casser toutes les dents : une à une.

Puis tournoyant sur lui-même, le jeune homme de Galicie gagna le sentier de craie; traversa la synagogue de son grand pas cassé de nervosité; disparut à jamais.

Une heure plus tard, se glissant dans ses couvertures, Benjamin découvrait l'enveloppe cachée entre la paillasse et le polochon. Il estima qu'elle contenait une petite fortune. Quelques lignes étaient tracées en yddish, d'une élégante écriture de clerc : Cher petit homme, cet argent est le bénéfice légitime d'une transaction légale. Il a été volé honnêtement, selon les lois du commerce; avec patente et bientôt je l'espère pignon de voleur sur rue. Quittez le grand Berlin pour la province et faites venir votre famille; si toutefois il vous en reste une. Car en Pologne, mon ami, un Juif pouvait tenir debout tout seul, avec un hareng et une synagogue. Mais ici, croyez-moi, si vous n'avez que deux pieds pour toutes racines, la vie ne monte plus jusqu'à votre cœur. Même le vôtre, cher petit homme. Ne me jugez pas. Merci. Yankel.

III

Benjamin posa un pied sur le quai de la petite gare rhénane, ramena à lui la caisse ficelée qui lui tenait lieu de bagage, et se trouva nez à nez avec un individu vêtu à l'allemande et qui prétendait être le rabbin de Stillenstadt. Suspicieux en diable, il refusa de lui laisser porter sa " valise ", arguant, contre toute évidence, qu'elle avait la légèreté d'une plume. Le rabbin, chemin faisant, lui vanta l'aubaine qu'il faisait avec cette boutique de la Riggen-strasse.

— M. Goldfuss, c'est le propriétaire, a voulu accorder la préférence à une victime des persécutions slaves; dont vous êtes, n'est-ce pas, cher coreligionnaire ? Un fer à repasser, une machine à coudre et quelque mobilier ancien sont également compris dans le prix, disons-le : *plus que charitable* de la location.

Tout ceci s'avéra exact, à la seule réserve que Benjamin n'imaginait pas le mobilier ni les lieux dans un tel état d' " ancienneté ", comme disait le rabbin. — Mais aussi, rétorqua ce dernier en souriant, on n'examine pas les dents d'un cheval reçu en cadeau !

Cependant qu'ils discouraient ainsi, la boutique se trouva investie par une dizaine d'Allemands qui se précipitèrent droit et les mains tendues vers Benjamin. Il poussa un cri d'effroi; pensa s'évanouir; puis reconnut avec soulagement deux ou trois barbes juives dans le lot de faces germaniques qui l'entouraient et se le disputaient comme une marchandise.

— Vous n'avez pas honte ? s'écria une mâle voix féminine. Vous le triturez, vous l'écrasez et le " dénoyautez " comme un fruit !

Et se taillant un passage jusqu'à la " Victime des persécutions slaves ", une plantureuse Juive, en robe à fleurs et chapeau à plumes, étala devant Benjamin le sourire de ses lèvres outrageusement fardées. — Puisque c'est comme ça, proféra-t-elle du ton sans réplique d'une maîtresse de maison, *c'est à moi qu'il appartient !*

— Que voulez-vous dire ? exhala Benjamin en un souffle, tandis que ses mains se posaient prudemment sur la " valise " auprès de laquelle il montait une garde angoissée.

— Mais laissez donc votre caisse ici, dit la commère étonnée; craignez-vous que ces messieurs ne vous la grignotent ?

Benjamin sentit augmenter sa méfiance :

— C'est rien, c'est rien, balbutia-t-il. Vous voyez, je la soulève comme une plume ?

Mais comme il disparaissait maintenant sous le volume de sa caisse, soufflant et ahanant là-dessous, l'excellente dame ne put s'empêcher de lui demander :

— Compère juif, qu'avez-vous donc là-dedans de si précieux ?

— *Tout*, dit Benjamin mourant de fatigue.

Depuis son départ de Berlin, la veille au soir, à compter de l'instant où le train s'était élancé dans le tunnel qui préfigurait pour lui cette nouvelle plongée dans la nuit de l'exil, Benjamin ne s'était pas séparé un instant de cette caisse qui contenait effectivement tout son bien sous le ciel, les quelques morceaux de tissu en solde, les trois ou quatre fers plats, le mannequin et son pied dévissé, le banc de presse ainsi que toutes les fournitures accessoires qu'il avait pu réunir grâce au don incompréhensible du jeune homme de Galicie. Se fiant plus à la caisse, objet difficile à escamoter, qu'à sa propre sensibilité aux pickpockets, il avait cousu le restant de sa " fortune " sous le séant du mannequin. Dans le train la crainte et l'angoisse, la méfiance aiguë qui étreignaient son cœur se transformèrent mystérieusement, à l'étage de la pensée, en résolutions dont l'héroïsme farouchement sentimental lui faisait prendre des attitudes de défi; et lancer, par instants, de courtes interjections qui alertaient ses compagnons de voyage — provinciaux fascinés par ce petit bout d'homme vêtu " à la russe " et frottant désespérément ses poings contre son menton barbichu, tandis que ses yeux, humides et vitreux, jetaient comme de multiples petits éclairs de souffrance.

Il se figura même, au milieu de la nuit, qu'il voyait désormais toutes choses comme le jeune homme de Galicie : Oui, proféra-t-il soudain en yddish, au grand émoi de ses voisins, je le dis et je le proclame, dans ce monde de fer l'épée est la plus fine réplique à l'épée !

Une vieille dame étouffa un cri et sortit du compartiment; elle eût poussé ce cri, que Benjamin tiré de son délire " berlinois " se fût peut-être évanoui.

Ainsi bardé contre le pire, terrorisé, hagard, rompu de lassitude et d'inanition, il ne vit dans les Juifs de Stillenstadt que leurs manières allemandes et ce souci étrange qu'ils avaient de sa précieuse caisse. Il ne se demanda pas même où l'emmenait l'imposante dame qui avait pris possession de lui. C'est rien, c'est une plume, se contentait-il de lui dire lorsqu'elle faisait allusion au fardeau sous lequel il peinait.

Il ne voulut pas s'en séparer dans le salon, où M. Feigelbaum, mari de l'élégante à plumes, tenta vainement de le dérider par un accueil bonasse, certes, mais peu fait pour tromper notre " Berlinois " averti de la vie; ni même dans la salle à manger où il pénétra en tirant obstinément derrière soi sa " valise ". Néanmoins, lorsqu'il retrouva sous son nez le fumet d'une certaine soupe juive à la moelle d'os et qu'il croyait l'apanage exclusif de sa mère Judith, ses narines se mirent subitement à picoter de " bonheur humain "...

Et comme il redescendait rêveusement la cuiller sur l'assiette, un phénomène étrange se produisit : tout d'abord, une bulle légère et semblait-il élastique naquit dans la poitrine de Benjamin et s'élevant, obstrua exquisément sa gorge; puis sous l'onde mousseuse et jaunâtre de la soupe, apparut le visage de sa mère Judith, crâne rasé et les yeux jetant des éclairs de honte. Apparurent ensuite dans la soupe, le profil impérial de son père Mardochée, dont la barbe curieusement disparut en coup de vent; la face exsangue du pauvre jeune homme de Galicie aux cheveux roux tournoyant et se mourant comme des flammes; et les trois visages enfin, embrassés sous le porche sanglant, au petit matin du pogrom de Zémyock... Et tout cela, naissant et disparaissant comme par miracle sous la pellicule dorée de la soupe, répandait une chaleur bienfaisante en Benjamin penché sur l'assiette, fasciné...

— Mon Dieu, il pleure ! s'écria Mme Feigelbaum.

Benjamin rougit, grimaça, esquissa un sourire.

— Tuh tuh tuh, modula-t-il d'un timbre flûté; ce que cette soupe est chaude, alors !

Et devinant plutôt qu'il ne la sentait l'enivrante larme qui s'écoulait le long de son nez, il amena la cuiller vide près de ses lèvres et souffla longuement dessus, avec une sorte d'application experte, bien qu'aveugle; puis l'introduisit dans sa bouche.

Incontinent, M. Feigelbaum, qui jusqu'alors ne s'était manifesté que par des sourires barbus et malicieux, se mit à injurier sa femme, tandis que ses joues se couvraient d'une pourpre incendiaire : Tu ne vois donc pas que cette soupe est trop chaude, non, tu ne le vois pas ? Bête, bête stupide que tu es ! Cent fois je t'ai dit de ne pas servir de la soupe trop chaude ! *Oh bête stupide que tu es !* Cent fois...

Puis changeant à nouveau d'humeur, M. Feigelbaum se mit brusquement à réclamer " la bouteille " à tue-tête, en scandant joyeusement du poing, comme font les buveurs, chacun de ses appels endiablés. Mais son épouse répétait avec lui : " La bouteille, oui, la bouteille... " et demeurait immobile à la table, souriante et gonflée d'amour. Enfin, sur un dernier juron, M. Feigelbaum déboula vers le buffet pour en extirper une verte bouteille à col de cygne et qui renfermait, dit-il, du vin authentique et véritable de Palestine.

— Ça fait trop longtemps qu'elle dort, s'écria-t-il en soulevant sa bouche ronde d'un air fanfaron. Ah, mes enfants, je vous promets qu'elle sera bue avant l'arrivée du Messie ! Ah çà, déclara-t-il avec emphase, j'en prête serment !

Benjamin surpris remarqua que le brave M. Feigelbaum ne tenait pas en place et que sa main pourtant solide tremblait en versant la liqueur du Carmel. Mais déjà l'hôte tendait son verre à bout de bras (un peu à la hussarde, sembla-t-il à Benjamin) et entonnait à plein gosier un vieux couplet yddish :

> *Chante, ô mon compère juif*
> *Chante je t'en supplie...*

Comme Benjamin s'étonnait d'une telle fougue et d'une telle véhémence apportées à cette complainte plutôt sentimentale, il observa qu'à la fin de chaque strophe une épingle brillante naissait au coin de la paupière de M. Feigelbaum, pour disparaître aussitôt que ce dernier entamait la strophe suivante.

Le chanteur s'interrompit soudain :

— Bonté divine, je vous gorge de *canards* et vous rassasie de fausses notes !

— Permettez, dit Benjamin.

— Pas un mot ! dit monsieur Feigelbaum.

Après cela, chaque plat fut à Benjamin un exquis dessert. Mais avant qu'on arrivât à la conclusion de ces tendres agapes, des Juifs firent irruption dans la salle à manger, à la queue leu leu. Et priant qu'on ne se dérangeât pas pour eux, ils se disposèrent silencieusement tout autour de la table et plus spécialement en face de Benjamin qu'ils regardaient mastiquer en hochant la tête d'une mine approbative, comme s'il accomplissait là une fonction sacrée-adorable et pleine de mystère et qui était en effet d'incarner l'in, visible, la souffrance et la mort des Juifs polonais qui se voyaient à travers lui, en filigrane. La conférence éclata juste avant qu'on ait pu attaquer le *Strudel* féerique qui trônait au milieu de la table. Elle fut aussitôt passionnée. Après deux heures de disputes et de tractations compliquées, Mᵐᵉ Feigelbaum, qui tenait à conserver la haute main sur l'alimentation de Benjamin, en vint au compromis suivant : tous les repas de midi pour elle, et ceux du soir à partager entre les autres tables juives de Stillenstadt; si toutefois, dit-elle non sans perfidie, notre cher frère *veut bien aller ailleurs*...

Le nez sur son assiette, tout frémissant de " bonheur humain ", Benjamin songeait que midi et soir il aurait son couvert mis à une table juive où il pourrait, sous le couvert de la cuisine traditionnelle, se régaler de tendresse. N'y tenant plus, il se leva soudain et entreprit de raconter " une bonne petite histoire juive de chez nous, capable, dit-il, de secouer d'allégresse un mort ".

Mais conteur exécrable, il pouffait nerveusement à chaque mot, perdait le fil à tout instant, le renouait avec un autre de couleur différente, et s'excusant mille fois, reprenait son histoire du début avec des : " Cette fois, je l'ai... Cette fois, je la tiens... " qui s'achevèrent finalement en un " Ça y est, elle s'est envolée " plaintif, tandis que de sa main droite, battante comme une aile, il figurait tristement la fuite définitive de sa bonne petite histoire.

Cependant, chose qui le mortifia un peu, on rit tout au long de son étrange récit; et certains, dont M. Feigelbaum, y allaient de si bon cœur qu'il leur en coulait jusque dans la barbe.

IV

Stillenstadt était une de ces charmantes villes allemandes d'autrefois. Avec ses milliers de maisonnettes à poupées, tuilées de rose, ornées de fleurs en pots, elle semblait une sécrétion matérielle de la vieille sentimentalité germanique qui pénétrait et liait intimement toutes choses, de même, par un fil invisible, la bave de l'hirondelle maintient ensemble les brindilles qui composent son nid. Mais Stillenstadt n'avait rien d'aérien. Simplement posée sur la plaine, elle était prise en fourche par une rivière qui se divisait juste à l'entrée de la ville. Le bras principal alimentait des fabriques de chaussures disposées tout du long, ainsi que des ateliers de teinture industrielle où se fanaient surtout des femmes; trop mince et fragile, le petit bras filait délicatement à travers la campagne. La Schlosse — c'était son nom — ne servait qu'à la pêche et aux plaisirs d'été.

Des planches mal clouées barraient la devanture exiguë de la boutique de Benjamin; un couloir sur rue la séparait de l'habitation à deux étages qui accompagnait la location. Désireux de vite reprendre en main l'ancienne clientèle, il commença par aménager sommairement le " magasin ", comme il se plaisait déjà à dire. Et tout d'abord, minute émouvante, une pancarte maladroitement tracée en allemand annonça l'inauguration prochaine des établissements : AU GENTLEMAN DE BERLIN.

Il coucha les trois premiers mois sur un matelas étalé au fond du réduit; puis ses angoisses diminuant, il put songer à peintur-lurer les " appartements ".

Au début, il se vit installé en milliardaire américain : une ma-chine à coudre et pavillon sur rue. Mais les commandes se faisant désirer, il décida de changer ses batteries. Le quartier était ouvrier, les suites d'une guerre perdue frappaient lourdement le peuple allemand, et nul ne voyait poindre la fin de la crise; fort de toutes ces considérations, Benjamin réfléchit tant et si bien qu'il eut son illumination. Un beau matin, les voisins éberlués découvrirent la nouvelle enseigne du petit émigrant : un immense placard, bouchant une moitié de vitrine et grimpant en charmille jusque sous la fenêtre du premier étage, portait ces mots dessinés en belle et noble écriture gothique (bleu tendre sur fond rose) : MAISON SPÉCIALISÉE DANS LE RAPIÉÇAGE ET RETOURNAGE DU VIEUX — PRIX MERVEILLEUX — C'EST VIEUX, HOP, C'EST NEUF ! ! !

Dans son désir de " faire tourner la boutique ", il avait établi des prix ridiculement bas et qui frisaient la concurrence déloyale. Le jour même il eut trop d'ouvrage en chantier. Le lendemain il abattait seize heures d'aiguille et s'estimait un homme heureux. Il se voyait au bord de la faillite; ce trait de génie l'établit à Stil-lenstadt. — Et peu à peu, les jours passant et les semaines, il oublia la basse origine de cet engouement pour le GENTLEMAN DE BERLIN et en vint même à se bercer du rêve — bleu tendre sur fond rose — qu'il avait fait l'unanimité de la sympathie autour de sa machine à coudre.

Comme il s'appliquait à la langue indigène, en modulant chaque syllabe avec soin, il arrivait que les clients comprissent quelques bribes de son jargon. Aussi aimait-il à les entretenir de tous sujets compatibles avec leur cerveau d'Allemands, sa dignité de Juif, et son extraordinaire difficulté à prononcer certains mots. Les essayages surtout, favorisaient ces rapports idylliques entre l'église et la synagogue; plantant une épingle, faufilant un revers, Benjamin tourbillonnait comme une mouche autour de son chré-tien, et mettait à gagner ce cœur toute la politesse, toute la grâce, tous les raffinements qu'il aurait mis à séduire une femme.

La réception de la clientèle avait nécessité une lente et pénible élaboration :

— Monsieur, articulait-il en serrant tendrement la main du nouvel arrivant, pouvez-vous me dire à quelle heureuse circonstance je dois votre visite ?

Qu'ils fussent en bleu de chauffe, en cotte paysanne ou digni-

fiés par une cravate, les clients avaient tous droit à ce même traitement, qui ne laissait pas cependant d'en inquiéter quelques-uns.
Mais Benjamin tout à ses mondanités ne voyait pas un sourcil se
lever, interrogateur, suspicieux, ou franchement acerbe. Il se plaisait à croire que ces petites gens abdiquaient leur antisémitisme en
sa faveur, qu'elles avaient su déceler, sous son enveloppe juive,
cette nature humaine universelle qui s'exprimait avec moins d'éclat,
peut-être, chez les autres Israélites de la ville. — Il faut donner
l'exemple, jubilait-il en secret; l'estime qu'ils ont pour moi profite
à tous les Juifs; à travers moi, ils s'ouvrent à la simple vérité, hé,
hé !

Mieux, au bout de quelques semaines, il s'essaya à certaines
expressions populaires qui consacraient sa familiarité avec les
ouvriers du faubourg; non pas, évidemment, qu'il prononçât le
mot impie de merde ou des jurons de même étage; mais il lâchait
si roidement des expressions telles que " flûte alors ! " ou bien
" tu parles Charles ! " ou bien encore " ne me faites pas rigoler ! ",
il mettait tant de conviction à peser sur les mots, de toute sa frêle
carcasse, à l'allemande, qu'il lui semblait, bien qu'il en vît tous
les avantages — pouvoir honnêtement se passer du mot de merde.

Parfois cependant, après s'être assuré qu'aucune oreille juive ne
traînait dans les environs, il condescendait jusqu'à jurer le saint
nom de Dieu, en allemand, tout comme un homme du peuple :
Euuuh... bon Dieu !... s'écriait-il timidement, à l'extrême stupeur
de son client. Puis il marmottait une prière en esprit.

Par un sentiment voisin il afficha discrètement des idées moder-
nistes, se plaisant à évoquer " les gros, monsieur, notre ennemi commun ", sans se douter le moins du monde que certains ouvriers
— surtout ceux en chômage — le comptaient parmi les plus noirs
capitalistes de la rue. Aussi lui arrivait-il, après quelque essayage
où il avait goûté un " bonheur humain " sans mélange, de se demander jusqu'où l'entraînerait sa sympathie craintive pour l'ouvrier;
mais le lendemain un œil glacé, un sourire narquois, un doigt tendu
au milieu de la rue lui rappelaient heureusement qu'il était, sans
plus : *youpin*.

De fait, il ne trouvait de véritable " bonheur humain " que dans
la douce compagnie des Juifs de Stillenstadt, qui non seulement
l'avaient adopté, mais de plus semblaient révérer en lui quelque
propriété secrète, attachée à sa chétive personne et la parant, tel le

manteau de douleur dont les fidèles de Zémyock revêtaient le *Lamed-waf*. Se pourrait-il ?... se demandait parfois Benjamin inquiet. Mais aucune ouverture ne lui fut jamais faite, et s'il advint que la conversation portât sur les 36 Justes qui hantent le monde, du moins put-il se convaincre que les Juifs allemands n'avaient pas connaissance du mystère qui entourait les Lévy de Zémyock. Une fois seulement, le rabbin fit allusion à une légende selon laquelle, oui, l'un des 36 Justes serait choisi par Dieu parmi les descendants du fameux Yom Tov Lévy, vous savez bien, celui qui mourut pour le Saint Nom à York ? Mais peu d'entre eux savaient, et Benjamin se rassura par l'idée que ces " Juifs du samedi ", comme eux-mêmes s'intitulaient à regret, révéraient en lui la flamme brûlante du judaïsme polonais, et sa grande pitié.

Au bout de six mois on lui découvrit, comme on ferait d'une tare honteuse, que plusieurs Juifs convertis au catholicisme sévissaient dans la ville. Ils habitaient le quartier noble, dans ces blanches bâtisses à six étages étincelant derrière l'église. On les lui traça méchants, pervers, plus patriotes que des singes et détestant tout spécialement les émigrés de Pologne et d'Ukraine qu'ils traitaient de " horde asiatique, lie de la terre, métèques ", etc.; et lorsqu'on lui en désigna un qui traversait posément la rue, aussi lourd et impénétrable qu'un Allemand, Benjamin ne put réprimer un frisson.

Le second apostat qui lui fut montré habitait la Riggenstrasse, à quelques maisons de la boutique; Benjamin le voyait parfois longer sa vitrine, un regard fin émanant de sa tête penchée. Mais selon les jours, le menton de l'apostat se tendait vers l'avant, tel une proue; ou bien se rapprochait humblement de sa poitrine. Toute son allure était d'un immarcescible bourgeois allemand, morose et bien établi dans son vêtement sec, terne, de coupe militaire et définitivement boutonné sur l'estomac. Il travaillait dans l'administration et s'était converti par patriotisme, disait-il, et par grâce. Benjamin sut bientôt que l'apostat répandait des rumeurs sur son compte, l'accusant de manger le pain des ouvriers allemands. — Il a dit, lui rapporta insidieusement une voisine, que vous ne connaissiez même pas les couleurs du drapeau allemand !

— Moi ? s'écria Benjamin avec indignation; puis, faute de pouvoir donner la preuve du contraire, il se replia dans sa boutique, honteux au dernier chef.

Il guetta le passage de l'apostat, afin de lui dire énergiquement son fait; mais à peine l'aborde-t-il en tremblant, que l'autre vous lâche un " pfuiiit " glacé du bord de la lèvre et le menton haut, la canne méprisante, continue son chemin comme si lui avait été imposé un spectalce ignoble de la rue !...

Or, voici qu'un jour cet apostat du nom de Meyer se présente à la synagogue et se jette aux pieds du rabbin, dont il baise avidement les genoux : — Je n'en peux plus, reprenez-moi, mon cœur est resté juif, etc. Grand émoi du rabbin qui chasse l'homme avec courroux et convoque d'urgence une assemblée extraordinaire des fidèles de Stillenstadt. Établi à l'entrée de la synagogue, l'apostat salue chaque arrivant d'une humble courbette; il a posé une calotte sur son crâne, ses cheveux sont pleins de terre et de cendre et ses vêtements déchirés : nul ne répond à son salut. Ne sachant quel parti prendre, Benjamin entre la tête haute dans la synagogue, mais lui adresse de biais un clin d'œil absurdement complice.

Le procès s'engagea.

Tapi au dernier rang des fidèles, Benjamin était fasciné par la silhouette étonnante de l'apostat qui se détachait sur la chaire centrale, devant l'armoire du Saint des Saints dont les deux lions accroupis sur leurs jarrets d'or, semblaient, de part et d'autre du malheureux, veiller sur lui comme des gendarmes de cour d'assises. Au milieu de son visage blanc, presque de farine, deux cavernes rouges lui faisaient un terrible regard; et la sueur diluant la cendre répandue sur sa tignasse, traçait sur son front des rayures noires qui donnaient à cette face au supplice le caractère aberrant d'un masque de carnaval. A chaque insulte il pliait des genoux et piquait du nez, afin de témoigner qu'il consentait à tout le mal; et du poing droit battait son cœur, tel un métronome. Sa bouche était pincée.

Les yeux vrillés sur l'apostat, Benjamin se souvenait qu'autrefois, à Berlin, n'imaginant aucune issue à sa tristesse, il avait médité de se rendre carrément aux chrétiens (il ne savait qui au juste, le pape, un prêtre ou quelque dignitaire mystérieux de l'Église) *et que tout soit fini pour lui*. Aussi se voyait-il présentement en lieu et place de l'apostat, et chaque invective lui faisait rentrer la tête dans les épaules, en un mouvement convulsif, comme si lui eût été asséné un horion. Tout à coup, livide de rage, M. Feigelbaum grimpa sur la chaire et déclara qu'ami d'enfance de l'inculpé, il avait assisté au martyre psychologique de ses parents : " Non content de s'être converti, ce bec de Satan venait déchirer ses père et mère dans leur boutique, les traitant de sales Juifs et d'autres noms que je ne veux pas prononcer dans cette sainte maison. Qu'il fût un apostat ?... la belle affaire ! C'était d'abord, c'était surtout un assassin; voilà. "

A ce point du débat, un fidèle émit l'idée que, s'étant sincèrement converti au christianisme, l'apostat était devenu sincèrement antisémite; " puisqu'il est, hélas, dans la nature de cette religion de ne pas nous souffrir, n'est-ce pas ? "

— Le croyez-vous ? s'écria M. Feigelbaum; et se tournant vers l'apostat qu'il foudroya du regard : Monsieur Heinrich Meyer, anciennement Isaac, peut-il prétendre à cette excuse ?

Ici se produisit un fait qui échappa à l'entendement de Benjamin; car au lieu de saisir au vol sa justification providentielle par la foi, l'apostat se redressa lentement, avec une fierté non dissimulée, et le sarcasme à ses lèvres soudain pendantes :

— Mais comment voulez-vous, dites-moi, déclara-t-il en martelant aigrement ses mots; comment voulez-vous que j'aie cru un instant à un Dieu qui, pour soulager les pauvres gens, n'a rien trouvé de mieux que passer par le corps d'une vierge, se faire homme, souffrir mille tortures puis la mort... Et tout cela, sans aucun résultat appréciable ?

Et reprenant sa mine soumise :

— Mon ancien ami Feigelbaum a raison; j'ai *percé* mon père et ma mère, car je voulais vivre comme les chrétiens. J'avais honte d'être juif; tout simplement honte.

— Et qu'as-tu gagné ? dit M. Feigelbaum avec mépris.

— Une plus grande honte.

Ceci admis, on délibéra de la peine. C'était à qui la choisirait plus infamante. On décida pour finir que l'apostat se coucherait à l'entrée de la synagogue afin d'être enjambé par toute la communauté. L'apostat frappait sa poitrine et implorait une plus grande pénitence; il se déclarait " résolu à souffrir ". Soudain quelqu'un prononça le nom de Benjamin :

— ... Ce frère qui nous vient de Pologne, peut-être saura-t-il nous donner un avis utile, nous signaler un précédent; pourquoi n'intervient-il pas ?

Benjamin se tassa sur son banc et rabattit sa calotte sur l'œil, comme pour se garantir de tous ces regards convergeant sur sa petite personne et la perçant d'un unique trait de feu.

— Écoutez, balbutia-t-il enfin, je ne sais pas trop, vraiment. Chez nous à Zé... Enfin chez nous, le cas ne s'est jamais produit. Mais je me souviens, oui, au quinzième siècle, rabbi Israël Isserlein... Il disait que celui qui retourne au judaïsme, vous me suivez n'est-ce pas ?... celui-là s'impose de lui-même une pénitence continuelle. Oui, c'est bien ça : une pénitence continuelle.

— Et alors ? s'écria un voisin de Benjamin, homme solide et

rubicond dont les binocles tressautèrent, soudain, au milieu de
toute sa chair énervée.

— Et alors ? Et alors ? répéta Benjamin d'une voix blanche.
Et s'emportant tout à coup :

— Mais vous ne comprenez donc pas ? piailla-t-il en désignant
l'apostat avec désespoir. Regardez, il tourne le dos aux avantages
et aux félicités chrétiennes, et il charge ses épaules des... qu'ont à
souffrir les... n'est-ce pas ? Donc il expie sa faute, par le simple
fait qu'il redevient... non ? Alors pourquoi ajouter une pierre à son
cou ? acheva-t-il en un trémolo douloureux qui surprit les fidèles
plus que tout le reste.

Puis promenant un regard égaré sur l'assemblée réduite au
silence, le petit homme parut se ressouvenir de sa taille. Tressaillit.
Tordit ses frêles épaules. Ramena ses bras sous son châle de prière
et se rassit avec une promptitude telle que sa calotte recouvrit
derechef son front.

Néanmoins, un filet de voix tremblant se frayait bientôt un passage sous la calotte frémissante :

— Ah oui... c'est rabbi Israël Isserlein... rabbi Israël Isserlein
l'a dit... Je vous le jure... Et qui n'a jamais songé, hein ? Qui ?

Une stupeur incrédule accueillit ces paroles, suivie aussitôt par
un tumulte de foire au cœur duquel, abîmé sur son banc, Benjamin
percevait vaguement des lambeaux étonnants de phrases : Voilà
qui s'appelle parler en Juif ! Avons-nous déjà tout oublié ? etc.
Surgie du groupe des Anciens tassés autour du poêle de l'oratoire,
une voix perçante s'éleva en flèche : Qui n'a jamais songé, qui ?...

Le calme enfin revenu, le rabbin de Stillenstadt pria doucement
l'apostat de se ranger parmi les fidèles; " comme avant ", dit-il.

C'est alors que se produisit l'événement.

L'apostat, jusque-là demeuré sombre et silencieux, laissa tout à
coup échapper un vaste éclat de rire persifleur, voire démoniaque
selon certains; et du haut de la chaire désertée par le rabbin, se
mit à insulter toute l'assistance que terrifiait ce renversement théâ-
tral. Sa face était convulsée de rage. Il prononça des paroles de
mort à l'endroit de Benjamin. Dans une envolée blasphématoire, il
prit sa calotte et la jeta par terre avec dérision, la piétinant et la
martelant comme s'il se fût agi d'une chose à tuer. Enfin, tantôt
riant à perdre le souffle, et tantôt lâchant des bordées d'injures
obscènes : vous ne trouvez pas que ça pue la carne juive, ici ?... il
traversa l'assemblée consternée et gagna la sortie.

V

On sut le lendemain qu'il avait quitté la ville. Les langues allèrent leur train. Le rabbin en vint jusqu'à dire que Benjamin n'aurait pas dû empêcher l'apostat d'expier, et notre bon apôtre se vit examiné avec suspicion; on lui trouva des ridicules, des manies. Seuls les époux Feigelbaum admirent qu'il y avait là des circonstances étranges, qui échappaient à l'entendement humain.

Mis à l'index des bonnes tables, regardé comme un oiseau de mauvais augure, Benjamin acheta une somptueuse feuille de papier et rédigea la lettre qu'il méditait depuis le jour de son départ de Zémyock.

Cette missive, qui demeure dans les annales, commençait ainsi : " Très cher et très vénéré père, et toi, ô ma si chère et si vénérée mère. Voici bientôt deux ans que votre fils soumis vous a quittés pour aller à la recherche d'un nid quelque part dans le monde. Aujourd'hui, c'est le cœur débordant de joie qu'il vous dit : venez, ô mes aimés, car l'instant est enfin arrivé où l'oiseau, avec la bénédiction du Seigneur... "

Quand elle put discerner, sous le flot des images et comparaisons bibliques, le sens précis et immédiat de cette invitation, Judith s'écria transportée :

— Et maintenant, *fini Zémyock !*

— Tu es trop contente, hein ? fit Mardochée amer. Allons, qu'est-ce que tu attends, pourquoi ne sommes-nous pas encore dans le train ?

Il demeura figé durant tout le voyage. Judith se préoccupait moins des absurdités que lui proposait la vitre du monstre de fer, que de ces plis de grise résignation, de cette prostration sans recours qui alourdissait le masque busqué de Mardochée, liquéfiant son regard. Parfois le vieil homme secouait la tête comme s'il ne pouvait croire à ce qui s'accomplissait, et Judith l'entendait marmonner faiblement dans sa barbe; mais comment est-ce possible... un Lévy de Zémyock ?

Benjamin les attendait à la petite gare de Stillenstadt. Deux ans auparavant, c'était un jeune homme aux traits dévorés par une amusante barbichette, un personnage assez leste bien que minuscule; en tout cas, indubitablement juif. Judith pensait retrouver un Benjamin similaire, noyé dans l'accoutrement traditionnel : bottes polonaises, caftan noir, chapeau de velours à bords plats. Elle ne se souvenait plus, à vrai dire, de ses traits; et lorsqu'elle l'évoquait, c'était surtout grâce à sa taille qui vous restait bien dans l'imagination. Descendue du train, elle se trouva en face d'un petit monsieur allemand qui avait de longues oreilles, un nez courbe en museau de lapin, des mâchoires fines et osseuses et le regard de Benjamin. Cette apparition l'impressionna péniblement. Était-ce le fait de ce visage imberbe ?... mais elle eut le sentiment navrant que Benjamin était une sorte de lapin dépouillé de sa peau et qui continuerait de brouter et sautiller, comme si de rien n'était, tous muscles et nerfs au vent; mais avec une grimace constante sur le museau. Que s'était-il donc passé ? — "Ah, j'en ai eu de la chance", répétait misérablement Benjamin. Elle ne put rien en tirer de plus et s'aperçut qu'elle ne le connaissait pas, qu'elle ne l'avait jamais connu.

Mardochée serra froidement contre soi cette parcelle de Lévy et se laissa guider jusqu'à " la maison ", comme disait déjà Judith.

Le vieux couple fit sensation dans les rues de Stillenstadt. Tous deux semblaient surgir d'un autre temps. Noirs de la tête aux pieds, ceints de la majesté naïve des figures d'estampes anciennes, ils avançaient d'un pas lent, assuré, pleins d'eux-mêmes et ne regardant rien d'autre que la petite silhouette de Benjamin qui sautillait à trois pas, ses bras fluets arrondis autour des multiples petits bagages que Judith voulait avoir immédiatement avec soi. Mardochée portait une malle en peau velue sur l'épaule droite, et sa main gauche s'appuyait doucement sur le cou de Judith. L'un et l'autre étaient encore beaux, de cette hiératique splendeur des êtres forts et qui les accompagne jusqu'au terme de la vie.

Benjamin avait minutieusement mis au point le repas de re-trouvailles. Dans la crainte que Judith ne soit éprouvée par le voyage, il avait supplié Mme Feigelbaum de cuisiner une tablée de gala. — " Qu'est-ce que c'est, qu'est-ce que c'est ?... s'écria Judith en pénétrant dans la cuisine luisante comme un sou neuf; tu n'as donc plus confiance en ta propre mère, que tu fais préparer ton repas par je ne sais quelle fausse Juive d'ici ?... " Et soupçon-neuse elle renifla longuement les plats, trouvant à l'un trop de cuisson, à l'autre une pâte mal pétrie, etc. Benjamin nota avec fer-veur qu'il n'y avait jusqu'aux fruits que sa mère n'examinât avec suspicion.

C'est juste après la soupe que se produisit la mystérieuse poussée de fièvre.

Assis au bout de la table, Benjamin avait Judith à sa droite et Mardochée à sa gauche, comme il en allait dans les derniers jours de Zémyock, après le vide du pogrom. Ainsi encadré par ces deux noirs piliers, la cuisine lui devenait familière; les murs blanchis de ses mains, le carrelage qu'il avait presque léché, les objets achetés un à un, tous produits de sa sueur, lui devenaient lentement siens maintenant, il s'en délectait tout à coup, leur trouvant mille vertus insoupçonnées. Quelque chose fricotait douillettement sur le fourneau à trois pattes, mais Benjamin honteux n'osait se pencher pour vérifier la teneur odorante de la poêle. Le père suçota un brin de moustache, déposa sa cuiller en travers de l'assiette, et grommela avec lassitude : Alors comme ça, personne à Stillenstadt ne sait qui nous sommes *réellement* ?

A la grande surprise de Judith, Benjamin ne se troubla guère :

— Non, dit-il avec autorité, personne ne sait. Et personne ne saura, acheva-t-il non sans une menace aigrelette.

— Bon, bon... dit simplement Mardochée.

Les bras croisés sur la nappe, il témoignait maintenant d'une tristesse profonde et digne. En face de lui, Judith glissait un peu de soupe entre ses dents, faisait claquer sa langue avec une grimace mi-approbative, mi-dégoûtée, puis se tournant vers Benjamin ravi : Pas trop mal pour une Allemande; mais moi, j'y mets toujours un peu de persil. Alors cette Mme Feigelbaum, tu dis que... ?

Comme le pauvre Benjamin considérait le rectangle paisible de la table, lui-même inscrit dans celui de la cuisine laquelle, sans nul doute possible, était comprise dans l'espace strictement clos de la maison, il lui sembla tout à coup se défaire du cauchemar qu'il avait endossé à Berlin, dans l'étroit et fragile rectangle de craie. Pour se donner une contenance, il se mit à tripoter une infinitésimale miette de pain. Au même instant, il éprouva le battement d'un sang lourd qui se réveillait dans ses veines, après un long et froid sommeil...

— Mais c'est pas possible, il est trempé de sueur ?

— Moi ?... fit Benjamin incrédule; et portant la main à son front, il sentit son bras grelotter d'une pièce.

Quelques minutes plus tard, Judith ronchonnante le bordait dans son lit.

Le troisième jour de cette curieuse maladie, il se réveilla avec enthousiasme et se remit aussitôt au travail. Son œil était vif, son teint frais, il mettait à toutes choses une sorte d'allégresse amoureuse qui rajeunissait ses traits, et le rendait plus sautillant que jamais. Judith en conclut qu'il avait changé de sang.

Depuis le pogrom de Zémyock, Mardochée avait pris un aspect qui resterait le sien jusqu'à sa mort. Il blanchirait, se courberait, se riderait davantage; mais l'essentiel demeurerait intact — la haute masse pensive de son corps, dont les déplacements assez lents exprimaient une prédilection pour l'immobilité, qu'il rompait toujours avec peine, avec cette sorte de regret pesant qui s'exprime dans la démarche d'un vieux pachyderme, chaque pas semblant arraché d'une vaste étendue immobile. Sur cette énormité de structure se greffa à Stillenstadt un épaississement de taille qui renforçait cette impression de grand animal ou d'arbre massif et chenu que donnait Mardochée. Mais son visage demeura vierge de toute graisse, comme si l'exercice de l'esprit dégageait continuellement ses traits menacés, maintenant la longue arête fléchissante du nez et le dur surplomb des pommettes qui supportaient le regard un peu fixe de ses lourds yeux gris, lesquels, sans qu'on pût y déceler la moindre distraction, semblaient toujours regarder et voir au-delà des choses vues.

Si Judith se fit rapidement à sa troisième existence, il n'en fut pas de même pour Mardochée qui ne vivait plus qu'à demi, enroulé à l'intérieur de la coquille plus dure chaque jour de sa piété.

A Zémyock déjà, elle avait remarqué que la mort des trois " vrais " fils lui avait causé une blessure plus que mortelle, détruisant en lui tout espoir de voir se perpétuer la lignée des Justes par son sang; ne prenant plus part à rien, Mardochée lui demandait conseil comme un enfant qui se réfugie dans l'obéissance.

Peu après l'exil de Benjamin, elle crut cependant assister aux prémices d'une renaissance : Mardochée la regardait d'un œil plein de rêverie, lui affirmait en souriant qu'elle était toujours aussi belle; et aussi se mit à lui témoigner une si folle ardeur que Judith, partagée entre son deuil tout récent et la joie de voir l'homme revenir à son corps, ne put que réserver son jugement par l'emploi de formules ambiguës, telles que " le démon de midi ", " le chant du cygne ", etc. Mais bientôt, Mardochée lui posant des questions de plus en plus précises, et allant jusqu'à lui demander, ouvertement, si elle ne sentait rien " venir ", la pauvre Judith comprit que son vieil arbre de mari espérait un dernier fruit. Elle lui rappela qu'elle avait cinquante ans. Néanmoins, ajouta-t-elle, tout est encore possible avec l'aide du Tout-puissant. Qui aurait dit à

Abraham : Sarah allaitera un enfant ? Et cependant elle lui enfanta un fils dans sa vieillesse. Etc.

Ce fut à Stillenstadt qu'ils cessèrent tout à fait d'être mari et femme.

Une nuit qu'il la serrait avec force, elle se sentit rejetée par les épaules et devina que son rude amant, s'étant ravisé, se tournait pesamment vers la muraille de l'alcôve.

— Bonne nuit à toi, ma femme, fit la voix de Mardochée dans le noir.

Judith fut surprise au plus haut point; elle concevait mal la soudaineté de cette décision; et cependant, à la réflexion, elle fut obligée de s'avouer que le refus de Mardochée ne la prenait pas tout à fait au dépourvu. Car dans la passion toujours égale de son mari, elle avait maintes fois pressenti comme une secrète rancœur, comme le secret reproche qu'il lui faisait d'être si belle et si désirable. Plus il avançait en âge, et plus il semblait que ses débordements fussent forcés par le désir, et non pas librement consentis, joyeusement appelés, ainsi que dans les premières années de leur union. Mais de cette nuit où il cessa de lui témoigner ses désirs, elle nota qu'en échange il lui marquait une plus grande amitié dans la vie quotidienne, une indulgence bonifiée, une manière de nouveau respect.

Certes il devenait aussi plus lointain chaque jour, astre froid, tournant sans relâche dans le ciel paisible de ses prières et actes de contrition; mais Judith pressentait qu'à cette distance, de laquelle désormais il posait sur sa femme le regard de ses yeux gris, lourds et lents comme des nuages d'hiver, il n'y avait plus qu'amour pour elle. Et bien qu'elle fût encore femme, ce détachement volontaire la réjouit, elle y vit un secret hommage à sa beauté, une dernière gerbe déposée sur son corps.

Le dernier fil qui reliait Mardochée à l'existence quotidienne se trouva rompu, insidieusement, par les petits doigts prestes et délicats de Benjamin.

Dès son arrivée à Stillenstadt, Mardochée avait entrepris de chercher un emploi; car il ne voulait pas être, disait-il d'un ton singulier, à charge de son fils. Il avait l'habitude, n'est-ce pas ? de gagner son pain.

Mais le chômage qui sévissait en Allemagne n'offrait guère de ressources à un vieil homme, étranger et juif par surcroît; après d'humiliantes démarches et se voyant rejeté sur le sable de la vie, il s'échoua un jour dans la boutique de son fils, l'emplissant tout entière de son encombrante carcasse. Il voulait apprendre à coudre des boutons, à repasser, à défaire les bâtis, etc. — toutes besognes à la mesure d'un apprenti de dix ans.

Mais le travail de ses doigts " raides comme du bois " (disait-il en s'excusant), devait être repris par les mains fuselées de Benjamin qui pestait secrètement contre cette manie de se rendre utile; puis protesta au grand jour. Lors, Mardochée renonça à gagner son pain.

— Ne pas abandonner, se dit-il à lui-même, un monde qui vous abandonne, c'est ajouter une folie à son malheur : prêterais-je à rire ?

Il quitta la boutique, se retrancha dans la petite chambre du premier étage, derrière ses parchemins sacrés.

Benjamin le rassurait, le cajolait, l'humectait de petites phrases onctueuses, disant qu'il fallait, à un foyer juif, un homme pur qui intercédât pour tous auprès de Dieu. Et volontiers, à table, Benjamin soulignait la prééminence de la prière sur l'activité bassement matérielle (entendant par là son travail journalier de " tailleur sur papier ", comme on disait à Zémyock, par opposition au travail noble du cristal).

Ainsi bercé de mots, et s'enfonçant chaque jour davantage dans son monde intérieur, le vieux Mardochée finit par oublier lentement la blessure béante de sa virilité : son fils tirait l'aiguille, sa femme tenait les cordons de la bourse, et lui œuvrait pour les âmes.

Un jour cependant, comme il rêvait, entre deux versets, au cheminement obscur de sa vie, et à cette conclusion sans gloire, il résolut en désespoir de cause d'avoir des petits-enfants. Cette pensée le ragaillardit. Il fit rapidement le tour des filles à marier de Stillenstadt. Une minuscule demoiselle Blumenthal s'offrit, qui semblait faite sur mesure pour le petit tailleur de vingt-cinq ans. C'est à peine si Mardochée regarda plus haut que la taille de sa future bru, en espéra davantage que la promesse recelée en ses hanches rondelettes. Benjamin s'affola, puis comprit que son père désirait se consoler de la perte de ses trois " véritables " fils; il accepta l'entrevue qu'on lui ménageait avec la petite demoiselle Blumenthal.

Elle ne lui déplut pas. Elle paraissait si bouleversée par lui, qu'il considéra avec sympathie son visage plutôt allongé, sa robe qui semblait pleine, et surtout ses yeux sans malice où se jouaient, sur un fond de crainte bleuâtre, presque d'effroi, les multiples feux follets d'une curiosité enfantine. Quand elle se mit à rougir, il la trouva désirable.

— Alors ? s'enquérit Mardochée à son retour.

Benjamin le fixa en silence.

— Non ? dit le vieux inquiet.

Benjamin sourit finement :

— Oui...

Et sans attendre les compliments, il se plongea à nouveau dans la course quotidienne de sa vie, grimpant se changer au premier étage et se précipitant ensuite vers la boutique où il se mit à sautiller, nerveux et indécis quant au choix de la besogne la plus pressante. " Tout ça ne met pas de beurre dans la soupe, n'est-ce pas ? " se dit-il tout haut, avec une affectation d'importance qui le surprit ; mais soudain, au moment où il s'y attendait le moins, quelque chose se défit en lui et il éclata de rire.

VI

Une heure plus tard, Mardochée le trouvait assis en hindou sur la table de coupe, une veste en travers des genoux et poussant, à coups vifs, son pouce et son index repliés sur une aiguille invisible. L'ampoule descendue à quelques centimètres de son crâne l'enveloppait dans un globe de lumière crue.

— Pourquoi ne portes-tu pas de lunettes ? lui dit-il d'un ton affectueux.

Benjamin souleva le regard de ses paupières rosies, aux cils clairsemés par le travail d'aiguille :

— Alors tu es content ?

— Je suis content, dit Mardochée. Je regrette seulement qu'ils ne sachent rien; il faudra leur dire vite !

— Oh, ils ont vu tout de suite que la petite me plaisait...

— Ce n'est pas ça, mon fils, dit Mardochée d'un ton oppressé.

Il respira avec bruit et ses moustaches se soulevèrent au passage de son souffle, tandis qu'il émergeait, timidement, d'une longue et étouffante plongée au fond de lui-même amorcée le jour de son arrivée à Stillenstadt.

— Euh... il faudra leur dire qui nous sommes. Qui nous sommes *réellement*, tu comprends ?

A ce mot vertigineux de " réellement " Benjamin avait interrompu son geste d'aiguille, et sa main demeurait suspendue en l'air, comme flottante dans la lumière électrique.

Il énonça enfin :

— Je regrette, mais on ne leur dira rien du tout.

Ses yeux clignotaient sous l'effet de la fatigue conjuguée à la vieille crainte que lui inspirait son père.

— Rien du tout ?

— Rien du tout, confirma sèchement Benjamin.

— Et elle, tu ne lui révéleras pas non plus ?...

La bouche de Benjamin se pinça.

— Je m'en doutais, grommela sourdement Mardochée, tu es un abominable païen; mais... et les enfants ?

— Quels enfants ? dit froidement le petit tailleur, cependant que la bouche de Mardochée se distendait, s'ouvrait sur les pierres jaunes et fracassées de ses dents comme pour faire place au grondemen' torrentiel qui soudain débârla sur Benjamin terrifié :

— Quand il y a mariage, il y a des enfants dans l'air, non ?

Deux silhouettes curieuses s'immobilisèrent devant la vitrine de la boutique.

Benjamin courba les épaules et d'une pression discrète des talons, s'écarta un peu de la vague coléreuse qui déferlait sur lui; puis la voix rendue mince comme un fil, il rétorqua humblement :

— Les enfants sauront plus tard, s'ils deviennent des hommes. Je ne les troublerai pas avec des histoires auxquelles, je dois te le dire, vénéré père, je ne crois plus...

Il ajouta aussitôt, sur une haute note d'amertume :

— Auxquelles je ne veux plus croire ! Oh ! papa !

Comme il terminait cette singulière profession de foi, prudemment replié au fond de la table de coupe et la tête si basse qu'elle touchait presque ses genoux, son père Mardochée se mit à poussei des cris déchirants et tels que Judith accourut de la cuisine, une casserole à la main.

Elle s'informa d'un mot et brandissant sa casserole avec feu, s'engouffra dans la discussion, traitant aussitôt du futur Lévy comme s'il était déjà présent, sur sa poitrine, en lieu et place de la casserole qu'elle étreignait amoureusement : " Qui veut mettre au courant qui ? s'écria-t-elle indignée. Si le Seigneur, béni soit-il, en a décidé de quelque façon pour son petit oiseau (et comment l'appellera-t-on ?), ce dernier le saura toujours à son heure, toujours assez tôt, hélas. Mais que Dieu nous épargne, acheva-t-elle en un cri léger, d'avoir un Juste ! "

— Oh papa, papa, reprit Benjamin avec émotion. Tu le sais bien, il ne vaut à peu près rien d'être un *Lamed-waf* en ce monde... sinon dans l'autre.

Vaincu sous le nombre Mardochée reculait lentement vers la porte; l'ayant ouverte, il fit surgir de l'ombre un gros doigt accusateur et sur le ton de la dérision suprême :

— Pour la vie, perdre les raisons de vivre ?...

Puis il battit en retraite, définitivement coupé de son fils.

C'est à peine si le jour de la noce il salua les parents de la mariée; quant à la petite demoiselle Blumenthal, il feignit de ne pas la voir, elle ne lui servait plus de rien, elle n'autorisait plus le Rêve de sa vie. Cette fois, il était tout à fait replié au fond de son âge.

Ce vieil éléphant, disait désormais Judith de son mari, ce vieux Solitaire, ce roc.

Quoique petiote et fort mince, mademoiselle Léa Blumenthal était bien faite; mais l'on ne s'en aperçut que le jour de ses noces, une voisine l'ayant aidée à se composer une beauté. Elle semblait dépourvue de coquetterie naturelle. Sa figure était toujours propre, mais non engageante; ses cheveux toujours en ordre, mais non véritablement coiffés; et sa mise constamment soignée, mais neutre.

Monsieur Benjamin Lévy, son époux, se demandait comment elle faisait pour avoir des mains si longues et blanches, aux doigts de femme riche. Jamais il ne soupçonna que cette blanche virginité nécessitait une quantité inouïe d'attentions quotidiennes, de menus soins si subtils qu'on ne s'apercevait pas, à la voir éplucher un légume, de quelles précautions elle s'entourait pour ne pas écorner l'ogive d'un ongle, entailler l'hermine précieuse d'un bout de peau.

Judith proclamait que sa bru maniait toutes choses avec des pincettes.

Mais Benjamin s'en délectait, il aimait à mouvoir, durant le sommeil de sa femme, l'une de ces mécaniques osseuses qui prenaient dans sa paume, la nuit, toutes les formes que leur donnait son imagination; animales, végétales, et jusqu'à celle, presque délirante, de cinq cheveux qu'il peignait sur la peau souple de l'oreiller.

Néanmoins, dans les premiers temps du mariage, il s'étonna qu'elle fût infatigablement à se " lécher et pourlécher comme un chat ". A chaque étreinte, elle descendait à la cuisine faire une toilette complète. Ceci aurait fini par l'impatienter, si, chaque fois, elle ne posait un soupçon de parfum sous ses aisselles, ce qui embaumait tout son corps fraîchement savonné. Et puis quand elle réapparaissait, drapée dans sa chemise de nuit et tenant la bougie le plus loin possible de ses cheveux, la fraîcheur enfantine et confuse de sa personne illuminait soudain la chambre d'une clarté vibratile, cernée d'ombres, et faisait vivement battre le cœur de monsieur Benjamin Lévy.

— Eh bien, mademoiselle Blumenthal, lui disait-il en souriant d'émoi; avez-vous eu une bonne promenade ?

— C'est que je voulais te faire une surprise, disait-elle avec soumission; et s'asseyant sur le bord du lit, elle poussait contre la bouche de son modeste suzerain une pomme, une tartine beurrée, un morceau de sucre par quoi elle se faisait pardonner sa désertion du lit conjugal.

Un jour il la surprit qui ondulait et minaudait toute seule au milieu de la chambre, comme une sirène de salon de coiffure. Elle avait serré sa chemise de nuit autour de la taille, ses cheveux étaient follement répandus sur ses épaules, lui donnant un air de luxuriance animale qui tout ensemble vieillissait son visage de jeune fille, et lui restituait une expression coquette d'enfant. Benjamin éclata de rire... Sur l'exemple unique de son épouse, il savait maintenant que toutes les femmes sont des petites filles montées en graine, toutes douées d'un corps plus vaste et plus important que leur esprit, et qui adorent s'entourer de mystères sans objet. Plus tard seulement, il sut que mademoiselle Blumenthal habitait un mince univers hanté par la crainte et deux ou trois sentiments aussi terribles de simplicité : l'amour de quelques êtres, le plaisir étouffé d'avoir un corps.

La crainte lui venait en droite ligne de sa mère, femme impériale d'aspect et de caractère et qui s'était faite un parfait esclave de monsieur Blumenthal. Elle avait des accès de cruauté, elle trouvait une volupté à ces choses. Mais quand madame Blumenthal mourut de la maladie qui la rendait si acariâtre et cruelle, monsieur Blumenthal ne vit rien de mieux que d'épouser aussitôt une personne de méchanceté égale; mademoiselle Blumenthal subit alors le joug de l'étrangère, jusqu'à son mariage auquel œuvra frénétiquement la belle-maman. Peu après, cette dernière découvrit que Berlin était une ville d'avenir et mademoiselle Blumenthal fut abandonnée aux

Lévy. Elle regarda partir son père comme on prend congé d'une vie : elle était cette fois tout à fait perdue.

Naturellement, la personne au monde que désormais elle craignit le plus était Judith; un ordre ce celle-ci la faisait tressaillir; et bien que la violence de " Mutter Judith " se répandît uniquement en paroles, toujours la petite madame Lévy courbait l'échine et soulevait légèrement un coude, comme si elle se fût attendue à recevoir, un jour ou l'autre, un coup de griffe véritable. Cependant elle fixait droit les prunelles du monstre, au point que Judith se troublait parfois de ce doux œil posé sur sa violence comme un phare sur une mer absurdement agitée. Mais jusqu'à son premier enfant, mademoiselle Blumenthal agréa au moindre froncement de ces terribles sourcils. Mutter Judith était seule maîtresse de maison, et dans la crainte qu'on empiétât sur son territoire, elle prenait deux précautions plutôt qu'une, ne confiait de tâche à sa belle-fille qu'à regret, et ne lui cachait jamais qu'elle l'eût mieux exécutée. Il en fut ainsi jusqu'aux premières couches de mademoiselle Blumenthal.

Durant sa grossesse déjà (qui fut immédiate), la nouvelle maman Lévy s'était offusquée de ce que Mutter Judith la traitât comme la simple dépositaire d'un objet précieux appartenant de premier chef aux Lévy; et plus exactement, comme le simple vase d'un parfum dont ses flancs ignoraient le prix. Mutter Judith veillait à l'enfant qui se recueillait en elle, ordonnant au vase de rester allongé, de boire un maximum de bière et d'avoir conscience, à tout instant, de l'honneur immérité d'être le vase d'un Lévy.

Attention à l'enfant, disait-elle, d'un ton qui signifiait presque : souviens-toi que tu portes notre descendance.

Dans un mouvement de révolte instinctive, la petite madame Lévy fixait sur Mutter Judith le jet tremblant mais têtu de ses yeux au regard d'oiseau domestique; et se penchant, elle entourait son ventre énorme de ses deux bras, en un geste grave de porteuse, devenu familier depuis que l'enfant bougeait en elle.

Le conflit éclata à l'hôpital. L'accouchée mince et laiteuse reposait sur l'oreiller, le buste en légère surélévation; au pied du lit, la chose emmaillotée à son bras, Mutter Judith recevait les félicitations des visiteurs. On admirait le marmot, on écoutait les commentaires savants de Mutter Judith; de temps à autre, on se tournait vers l'accouchée comme pour dire : ah, c'est vrai, c'est un peu grâce à elle.

Tout à coup, la petite demoiselle Blumenthal se dressa à demi et jeta un appel perçant.

— Rendez-le-moi, il m'appartient !...

Il y eut un moment de gêne. Des lits voisins de la salle commune s'élevait un murmure. Mutter Judith était rouge et gardait les sourcils froncés sur sa bru blanche, haletante, arc-boutée sur ses avant-bras et toute durcie par sa nouvelle haine et son nouvel amour. Cependant, quand on lui rendit le bébé, le posant au creux de sa poitrine elle s'allongea sur le côté et s'endormit presque instantanément, tant cette exceptionnelle explosion d'énergie l'avait épuisée.

Monsieur Benjamin Lévy exulta secrètement, tandis que Mardochée déclarait sur un ton de respect attendri : Que Dieu nous protège, voici que nous avons une véritable louve à la maison. Mutter Judith se tut : tant qu'elle ne les aurait pas sevrés, mademoiselle Blumenthal resterait la mère de ses enfants.

Le drame resurgit plus tard. Les enfants ne respectent que l'autorité suprême. Mardochée fut toujours assez sage, en leur présence, pour s'effacer devant monsieur Benjamin Lévy; mais il n'en fut pas de même pour Mutter Judith qui devenait la mère-en-chef sitôt que les petits étaient en âge de lui obéir. Mademoiselle Blumenthal se trouva ainsi reléguée à ses nourrissons. Elle finit par s'habituer à ces abandons successifs, elle y vit un destin inéluctable, Mutter Judith ne figurant à ses yeux que la première marche vers le détachement final de l'adulte, qui était pour son cœur de mère une montée au néant. Même, elle emprunta son autorité à celle de Mutter Judith; et lorsqu'on ne lui obéissait pas assez vite, le cœur toujours un peu pincé, elle allait quérir la Mère supérieure en personne. Elle ne se doutait pas qu'elle restait pourtant la vraie source, l'unique puits de maternité, creusé de façon mystérieuse dans le cœur de chacun de ses enfants. C'est à la cuisine, auprès de ses petites jupes, que les ingrats venaient s'asseoir lorsqu'ils étaient en proie à une tristesse sans raison, ou à l'une de ces angoisses impalpables qui viennent du fond de l'être et ne s'apaisent qu'au son d'une certaine voix.

Son mari ne différait guère du reste de l'humanité : manifestement, il la tenait pour quantité négligeable, ne lui adressant la parole que pour se moquer, comme si elle fût une enfant.

Autrefois, sotte jeune fille, elle avait rêvé d'un homme pour qui elle aurait de l'importance, auprès de qui elle jouerait un rôle, si mince soit-il.

Mais monsieur Benjamin Lévy se souciait d'elle comme d'un bout de fil et plusieurs fois elle refréna l'envie de lui demander soudain, à brûle-pourpoint, quelle était la couleur de ses yeux. Elle pensait qu'il ne saurait y répondre, elle imaginait avec désespoir ses manières désinvoltes : Ah oui, tes yeux, mais ils sont... et puis ne m'ennuie pas avec ces enfantillages, veux-tu ? Elle était sûre et certaine qu'il ne les avait jamais regardés.

En quoi elle se trompait, comme pour le reste; car non seulement le tendre Benjamin n'ignorait pas la couleur des yeux de son épouse, mais de plus, entrepris sur ce chapitre, il eût pu disserter à l'infini sur la moindre particularité des cils, du blanc de l'œil droit légèrement plus blanc que le gauche, des infinitésimales paillettes roses qui gravitaient dans le fond grisâtre des iris, et que sans doute il était seul au monde à avoir remarquées. Mais pouvait-on dire ces choses ?... Mademoiselle Blumenthal s'était mise dans son lit par devoir, et décemment il était un peu tard pour lui faire une cour qu'elle ne sollicitait guère. Aussi, fort longtemps après le mariage, Benjamin continua-t-il d'appeler sa femme : mademoiselle Blumenthal, mi par affectueuse moquerie et mi par cette folle pudeur qui le retenait d'avouer le lien profond, définitif, qui l'unissait à cette épouse de circonstance. Leurs amours étaient comme sourdes et muettes mais parfois, de ces grands fonds nocturnes du silence, une crête d'écume et de cris s'élevait au hasard d'une étreinte et tous deux goûtaient une élévation extraordinaire, — à laquelle toutefois, ils ne faisaient jamais allusion, car c'était là manifestement une chose qui n'appartenait pas à ce monde. Il fallut, plus tard, la vieillesse et surtout la mort prochaine, violente, au camp de concentration, pour que Benjamin se décide à exprimer son amour à sa femme : elle ne comprit pas ce qu'il voulait dire.

Pressée par tous les membres de la famille Lévy, elle avait mis bas son premier avant terme. Il pesait néanmoins neuf somptueuses livres à la naissance. De qui tenait-il ? La question ne se posa pas. Il allait de soi que c'était là le format traditionnel des Lévy, que le petit monsieur Lévy père avait transmis à son corps défendant. Mutter Judith ne s'attarda pas à l'examen des yeux, du nez, de la bouche, comme elle l'eût fait si le moindre doute avait subsisté quant à " l'appartenance " du nouveau-né. S'adressant à l'ancêtre, elle résuma la situation en ces termes : " Il tient de nous. " Mademoiselle Blumenthal eut beau rappeler la forte nature de sa défunte mère, détailler une lèvre cousue à petits points symptomatiques, s'appesantir sur un nez court qui visiblement relevait du côté Blumenthal : rien n'y fit, l'enfant n'était pas de son sang. Et bien que l'histoire des Justes lui parût comporter un élément malsain, Mutter Judith se vit presque tentée de la flanquer au visage de sa bru, afin de clouer définitivement le bec à ses prétentions sur l'enfant. Dans son désir farouche de s'approprier le rejeton, elle allait jusqu'à s'identifier elle-même à l'illustre lignée, elle s'attachait à certains détails domestiques du culte, elle se faisait davantage Lévy.

En grandissant, la vivante énigme renvoya les parties dos à dos : il s'avéra qu'elle n'était point Lévy ni Blumenthal, mais on ne savait quelle créature humaine mâtinée de brute germanique. Le nouveau venu, Moritz, semblait avant tout désireux de ne point faire tache parmi ses petits voyous de camarades, et y réussissait fort bien d'ailleurs, servi par un physique approprié. Depuis sa mise au monde, il arborait un léger ventre qui était chez lui comme l'expression de sa joie animale d'être, et la charpente tôt constituée de son corps annonçait la force véritable tapie sous la pellicule réjouie du bon vivant. Au milieu d'une face qui demeura longtemps poupine, il avait une denture carrée, un nez court aux assises épaisses, ainsi que de lumineux yeux marron, pleins de convoitise, et dont le regard se projetait toujours en avant, vers les choses, comme une main joyeusement tendue.

Au début, Mardochée pensa retrouver en cet enfant le garçon scandaleux qu'il était à Zémyock, et son indulgence se renforçait de la conviction que le diablotin, tôt ou tard, déposerait lui aussi ses cornes. Il le nourrissait discrètement d'anecdotes sur les Justes, supputant ses chances d'accéder à la dignité. Mais dès que Moritz fut en âge de trotter, on ne le vit plus à la maison. La rue l'attirait. Il y retrouvait une meute de galopins parmi lesquels, chose affligeante, ne se voyait pas le moindre nez juif.

Moritz était chef de bande, il inventait des jeux et n'aimait rien tant que la petite guerre aux alentours de la Schlosse. Quand il avançait parmi les roseaux, son arc mi-tendu contre la cuisse, il avait le sentiment d'être tout autre chose que ce à quoi on le destinait à la maison. C'était comme lorsqu'on se déshabille pour se jeter à la rivière : soudain les vêtements du présumé Moritz Lévy s'évanouissaient dans l'air, révélant un corps d'Indien engagé dans la forêt menaçante de roseaux. Il se jetait avec fougue sur l'ennemi. Et dans l'instant que tous deux chutaient dans la vase, il eût aimé que les cris fussent de bon aloi, et les couteaux de métal véritable... Il revenait le visage en feu, genoux et vêtements en lambeaux; puis il défaisait ses bretelles et attendait patiemment que Mutter Judith achevât de se mettre en colère. Il y avait une justice immanente : on jouait à " donner la mort ", comme disait faiblement

Mme Lévy mère; puis l'on recevait une bonne fessée. Après quoi, l'on pouvait s'estimer quitte avec Dieu.

L'école acheva de partager la vie de Moritz en deux moitiés irréductibles. On ne le vit plus qu'aux heures des repas. Il arrivait invariablement en retard, s'asseyait d'un air contrit, exécutait ses actions de grâces, puis se penchait sur son assiette et oubliait ciel et terre jusqu'à ce qu'elle fût vide et nettoyée à la mie de pain; alors seulement, relevant sa tête ébouriffée, il devenait présent au monde des Lévy.

— Notre païen a terminé sa soupe ? faisait tristement Mutter Judith.

— Et quand trouveras-tu une minute pour l'étude du Talmud ? lui demandait l'ancêtre d'une voix résignée. A ton âge, j'étais déjà plongé dans le Midrasch jusqu'aux oreilles. N'es-tu pas juif ?

Moritz ennuyé marmottait des propos incompréhensibles :

— ... Ma faute... devoirs... école ?

Benjamin, tout étonné d'avoir donné le jour à un tel sacripant, prenait aussitôt sa défense :

— C'est tout de même vrai, il n'y avait pas d'école chrétienne à Zémyock; tandis qu'ici, comment peuvent-ils devenir de bons Juifs ?

— Mais c'est toi qui as voulu partir ! s'écriait le vieillard, ulcéré par tant de mauvaise foi.

Benjamin souriait imperceptiblement :

— Eh ! je le sais bien. Mais il est trop tard maintenant, et comme dit le Talmud : Ne dites même pas, dans la maison d'un pendu : " Va me *suspendre* ce poisson. "

— Moi, reprenait alors Mutter Judith, je ne vois cet enfant " suer " ni pour nous, ni pour les chrétiens; et elle concluait bizarrement : Dieu nous a punis, nos petits seront des Juifs du dimanche.

Un silence pensif s'établissait. Puis la petite madame Lévy mère servait le plat suivant, et la conversation reprenait sur un autre sujet, grave ou narquoisement sentimentale, comme si de rien n'était. Une vague lente envahissait Moritz qui s'enfonçait avec délices dans l'atmosphère clapotante du repas de famille. Les propos échangés passaient au-dessus de lui, à très haute distance : oiseaux traçant des signes indéchiffrables dans le ciel, mais qu'il aimait à suivre du regard.

Un abîme séparait ce petit monde gracieux du vaste univers que Moritz reniflait dès qu'il mettait un pied dans la rue. Il en ressentait parfois un réel vertige : comme à se maintenir sur la cime du grand marronnier de l'école, debout entre deux branches et le vide insoutenable au milieu. Pourquoi tous les chrétiens n'étaient-ils pas juifs ? et pourquoi tous les Juifs ?... Ne pouvait-on savourer tous les bonheurs ensemble ? Et que lui voulait donc l'ancêtre, que manigançait-il derrière ses anecdotes sanglantes, ses mines douloureuses, ses allusions continuelles aux *Lamed-waf* ?

Quand il s'engageait sur ces pistes déconcertantes, bientôt Moritz en avait la " tête cassée "; et son cœur, lui semblait-il, se dédoublait affreusement, avec un bruit sec de déchirure.

Il s'y risquait donc très rarement.

VII

Ernie fut le second produit de Mlle Blumenthal. Il vint au bout de neuf mois. Mais quand elle le vit plus dérisoire de moitié que Moritz, Mlle Blumenthal étouffa un cri de joie en son lit d'accouchée : celui-là ne serait pas revendiqué par Mutter Judith, petit oisillon tenait indubitablement d'elle.

On vit bien que Mutter Judith était en difficulté. Plusieurs mois après sa délivrance, Mlle Blumenthal la surprenait encore à détailler l'enfant à la loupe :

— C'est drôle, hasardait Mlle Blumenthal, je ne vois pas à qui cet enfant ressemble...

Et Mutter Judith de toiser dédaigneusement sa bru, puis de reconnaître avec perfidie :

— Il a bien le gabarit de son père, mais la tête... la tête n'est à personne. Ça se *décidera* plus tard, disait-elle presque menaçante.

De fait, la tête d'Ernie Lévy n'offrait rien de connu : au sortir des eaux-mères, son crâne portait un fin revêtement de duvet noir, frisclé, s'inclinant jusqu'à la nuque; et ses yeux qui furent bleus trois semaines, virèrent tôt à ce bleu de nuit, comme parsemé de points brillants, stellaires, qui lui demeura.

Mutter Judith ne comprenait pas d'où lui venait ce mince nez droit, aux ailes repliées jusqu'à dérober l'ouverture des narines; cette coupole blanche et allongée du front, et surtout l'étirement du cou " pas plus gros qu'un doigt ", qui supportait l'ensemble de l'édifice avec une grâce inimitable d'oiseau. Mais lorsqu'elle étreignait la merveille, Mutter Judith souriait dans le vague, tout uniment admirative; et de son plantureux regard elle enserrait très étroitement cette mystérieuse chose vivante, qui portait une goutte au moins de son sang, et qui cependant lui paraissait si différente de toute chair connue qu'elle la dénommait uniquement : Angelot.

Rendu prudent par l'exemple de Moritz, le grand-père prit en main Ernie à moins de quatre ans. Il avait fait venir de Pologne un alphabet hébraïque en relief, il initia l'angelot par la voie ancestrale qui est douce et attrayante, qui est la bouche : enduits de miel, les caractères en bois de rose étaient tout bonnement remis à sucer au jeune étudiant de la Loi. Plus tard, quand Ernie fut en mesure de lire des bouts de phrases, Mardochée les lui remit moulées sur des gâteaux pour lesquels Judith, de son côté, déployait toute sa science.

Ernie se mit à trottiner derrière l'ancêtre. Leurs relations devinrent si intimes que Mlle Blumenthal s'en émut. Ils avaient de grandes conversations dans la chambre du second; lorsqu'elle collait son oreille à la porte, Mlle Blumenthal n'entendait qu'un chuchotis, tantôt grave, tantôt si fin et si doux que sa poitrine se serrait affreusement. Un jour, elle entendit : Alors, tu me la prêtes, ta barbe ?

Puis ce fut un long chuchotis grave.

Mais plus que tout, la façon dont ils se tenaient ensemble l'affectait singulièrement. De sa cuisine, elle les observait parfois en la salle à manger, pendant ces maudits cours d'hébreu; l'attitude du vieillard semblait aussi révérencieuse que celle de l'enfant; lorsque Ernie posait une question, l'ancêtre hochait pensivement la tête avant de lui répondre, comme si ce fût là une savante dispute talmudique. Et tout au plus de temps à autre, sa main se posait sur le crâne bouclé, divisant une mèche.

Mlle Blumenthal ne comprenait pas. Elle pressentait une sorte de cordon ombilical entre le vieillard et l'enfant, mais ne pouvait s'imaginer la substance nourricière qui s'y écoulait. Un jour, épiant par la fenêtre de la cuisine, elle vit l'enfant penché sur un abécédaire et se caressant dignement une barbe imaginaire; une vérité insolite lui apparut : Ernie *imite* l'ancêtre. Avertie, elle remarqua d'autres détails : quand il s'estimait seul, l'enfancelet croisait ses mains au bas de son dos, alourdissait ses yeux, penchait la tête par-devant, et d'une pesante démarche de vieillard faisait le tour de la table, comme plongé dans une méditation rabbinique ; d'autres fois, assis devant son abécédaire, il se mettait soudain à psal-

modier d'un air inspiré, comme font les anges et comme font les
Juifs pieux. Elle le surprit également en train de priser une pincée
de vent, qu'il introduisait délicatement dans sa narine droite puis
aspira avec lenteur et pénétration, en relevant la tête d'une manière
propre à l'ancêtre.

Sur ces entrefaites, un vendredi soir, après les chants du sabbat,
l'ancêtre grimpa dans sa chambre et en redescendit un énorme
bouquin relié en peau. Mⁱˡᵉ Blumenthal avait eu connaissance de ce
livre par M. Lévy père, dont les lèvres s'ouvraient à certains mo-
ments de calme intimité. Elle avait ainsi ouï dire des Justes,
de Zémyock, et du mandat variable qui tous les mois prenait le
chemin de Pologne. Elle aurait pu en savoir davantage, mais elle
n'était pas curieuse de ce monde souterrain à la vie quotidienne
des Lévy; elle n'y faisait jamais allusion auprès de son mari, feignait
l'oubli. Aussi fut-elle surprise autant que Judith et Benjamin
lorsque le vieillard ouvrit lentement le livre et commença la lecture
du premier chapitre. Un lourd silence s'établit. Les enfants regardaient Mutter Judith blanche, couronnée de rage et qui brusquement
laissa échapper une sorte d'exclamation rauque, gutturale. L'ancêtre souleva ses paupières et la foudroya du regard.

Sa voix était glacée :

— Ces enfants ne savent pas ce qu'est un vrai Juif...

Et broyant d'une main tourmentée le bois de la table, il ajouta :

— ... Et toi, tu ne sais plus que je suis un homme.

Puis il poursuivit sa lecture de la même voix lente, âpre, traversée de frémissements. Il en fut ainsi le vendredi suivant.

Mⁱˡᵉ Blumenthal savait assez l'hébreu pour comprendre ces vies
linéaires de martyrs. Elle s'efforçait d'en rejeter l'horreur loin de
ses pensées. Aussi fut-elle peinée de voir que l'angelot, tendu
vers le récitant, et les yeux terriblement ouverts, " imitait " de
tout son cœur les personnages ensanglantés du livre. Puis le quatrième vendredi, alors que l'ancêtre achevait sa lecture, Ernie leva
un doigt obéissant et demanda au vieillard " *si que toutes ces histoires
sont vraies...* "

M. Benjamin Lévy laissa échapper un rire grêle, déplaisant.

Puis Mutter Judith parut se gonfler de fureur, tandis que ses
yeux se tournaient avec supplication vers l'ancêtre qui hésita,
mordilla ses moustaches; enfin murmura d'une voix sèche, véritablement brisée :

— Mais qu'est-ce que tu crois, mon petit oiselet, de pareilles
choses peuvent-elles arriver ?

Un trait fin se posa entre les sourcils de l'enfant.

— Non, bien sûr, répondit-il avec amertume.

Sur ces mots, l'ancêtre referma le livre et quitta la salle à manger ; tard dans la nuit, Mlle Blumenthal entendit les échos de la dispute que lui faisait Mutter Judith ; il ne redescendit plus jamais le livre de la fabuleuse Maison des Lévy.

Mutter Judith avait toujours considéré d'un œil sombre l'assiduité d'Ernie aux leçons de l'ancêtre.

— Celui-là, il ne lui faut pas de miel pour avaler son A. B. C. ; mais qu'est-ce qu'il y a de tellement bon là-dedans ?

Elle appréhendait qu'à plonger cette vulnérable conscience dans les " vieilles histoires ", Mardochée ne lui transmît insidieusement le virus du *zémyockisme*, comme disait Benjamin. Mais le remède était proche du mal ; car bientôt, la fréquentation de l'école amènerait le petit Ernie aux jeux de son âge : c'est du moins là ce qu'espérait l'aïeule.

Or, tout se passa comme si l'étude de la Loi avait créé un mécanisme non moins sensible aux programmes païens, qu'à la divine Thôra et aux prophètes. Mutter Judith trouva néanmoins une consolation dans le fait qu'Ernie, visiblement, délaissait l'enseignement de Mardochée pour se consacrer aux études profanes.

Il travaillait de préférence à la cuisine, sur un coin de table que lui abandonnait Mlle Blumenthal. Mutter Judith trouvait alors quelque prétexte pour y faire intrusion ; et, tandis que l'écolier tirait une langue soucieuse, les deux rivales, s'épiant mutuellement, lui coulaient chacune leur tour de grands regards empreints d'une curiosité inquiète.

Par un jour funeste, on le vit revenir avec une brassée de prix. Ni Mardochée, ni Mutter Judith ne le félicitèrent outre mesure : quoique pour des raisons diamétralement opposées, tous deux émirent de graves réserves (et dramatiques à certains égards), sur ce qui fut pour Benjamin prétexte à mille embrassades. Quant à Mlle Blumenthal, partagée entre la panique et l'admiration, elle ne sut que joindre les mains et supplier :

— Qu'il n'en sorte que du bien, mon Dieu, qu'il n'en sorte que du bien.

Comme Ernie gagnait gravement l'escalier, Mutter Judith le suivit sur la pointe des pieds ; le voyant pénétrer d'un air mystérieux dans la chambre des jeunes époux, elle approcha en catimini : un bruit de voix en émanait. Collant une oreille à la serrure, elle entendit ces paroles stupéfiantes (prononcées par l'angelot d'un ton doctoral, en son allemand curieusement noyé de modulations yddish) :

— Encore vous ? Félicitations, mon garçon, félicitations, mon bonhomme. Encore vous ?

Puis elle perçut un rire de souris et comprit que l'angelot pouffait ironiquement devant la glace; prise par la contagion, elle ne put s'empêcher de partir elle-même d'un énorme rire de bonheur — qui fit aussitôt le silence derrière la porte.

Jusqu'à ce jour, ne traînaient à la maison que des ouvrages de prière, des textes talmudiques ou quelque livre de classe oublié par les enfants. Au début, lorsqu'elle vit Ernie plongé jusqu'aux oreilles dans les volumes à lui remis en prix, Mutter Judith ne s'en méfia guère; l'admit comme un fait inhérent aux mœurs du pays. Mais un soir, prise de scrupule, elle pria Benjamin de l'éclairer sur les nouvelles lectures de l'angelot. La réponse de son fils la surprit : deux recueils de contes de fées, un roman d'aventures qui se passaient en Chine et trois récits de chevalerie allemande ! Après une demi-heure d'explications confuses, elle s'emporta :

— Je ne comprends rien à ce que tu me racontes. Ce que je veux savoir, c'est si oui-oui, ou non-non, tout ce qui est écrit là-dedans est arrivé !

— Non-non, dit résolument Benjamin.

— Alors c'est des mensonges, prononça Mutter Judith avec une répugnance marquée.

— C'est pas des mensonges, c'est des histoires.

Les yeux de Judith papillotèrent, une sorte de sifflement filtra de ses lèvres pincées :

— Dis-moi tout de suite que je suis folle, hein ?

Ainsi s'acheva l'entretien.

Mais la conviction de Mutter Judith était faite; et le jour même, pour la première fois, elle observa que si l'on tirait brusquement Ernie de sa lecture, il soulevait vers vous un blanc regard, gonflé de rêve et de délire, et qui soudain vous reconnaissait à regret.

— Où es-tu ? lui demandait-elle doucement.

Et comme l'enfant la fixait sans joie, elle regrettait de ne pouvoir le suivre dans cette sphère où les choses invisibles à l'œil nu sont si belles, pour qui sait lire, qu'on n'a plus envie d'en revenir pour ce monde-ci.

A peu de là, sans qu'elle sût comment, de nouveaux livres apparurent entre les mains de l'enfant : tous plus inquiétants les uns que les autres. Certains comportaient des dessins au milieu, où se voyaient des hommes à cheval, des femmes en longues robes tapissées de diamants, ainsi que des êtres et des plantes bizarres qui provenaient sans doute de Chine. Mais les ouvrages que Judith craignait le plus étaient ceux qui ne dévoilaient rien de leur contenu. Lorsqu'il en sortait, l'enfant avait l'air complètement égaré. Au bout de quelques semaines, le bord de ses yeux prit une mauvaise apparence rosée, tandis que des veinules bleues se dessinaient sur la nappe exquise du blanc. Un beau soir, à table, les paupières d'Ernie se mirent à larmoyer de fatigue. Affolée, Judith prit toute la famille à témoin, car non, non, les choses ne pouvaient plus continuer de ce train :

— Ces maudits livres lui mangent les yeux et ça ne m'étonnerait pas, un de ces quatre matins, qu'ils lui dévorent tout l'intérieur !

De sévères mesures furent votées ce soir-là. Aussitôt qu'elle eut rallié tous les suffrages, Mutter Judith se précipita dans les chambres et subtilisa tous les volumes de " mensonges ", sans exception.

Les jours suivants, la lutte gagna en opiniâtreté.

Il s'avéra que l'enfant ramenait des livres dans le fond de ses culottes.

Ce moyen éventé, il redoubla d'ingéniosité et fit tant et si bien que Mutter Judith en donna, comme elle dit, sa langue au chat. Cependant, battue sur le terrain du matériel, elle se fit espionne des faits et gestes de l'angelot, veillant à ce qu'il ne se livrât pas à son vice au grenier, ni à la cave, et non plus au petit endroit qui lui tenait maintenant lieu de cabinet de lecture. Repoussé dans ses derniers retranchements, Ernie tenta de profiter des conversations d'adultes qui le soir se poursuivaient au salon. Se glissant pieds nus dans le couloir, il parvint à user du rai de lumière que découpait la porte du salon — entrouverte avec art. On le découvrit passé minuit derrière le panneau, hagard, les yeux fous et ne réalisant point ce qui lui arrivait.

Mais désormais, aux moindres signes d'approche, et le loquet n'émît-il qu'un soupir, douce et compréhensive, la voix de Mutter Judith se faisait entendre de l'autre côté :

— Ernie, mon agneau de douleur, va te coucher.

VIII

Remportée la victoire du livre, Mutter Judith alla jusqu'à souhaiter que l'angelot prît exemple sur son païen d'aîné.

Mais hélas, elle dut bientôt reconnaître que chassant un démon, elle en avait introduit un autre dans la place et plus dangereux parce que insaisissable. Qu'il fût à table ou fît ses devoirs (et même durant les ébats qu'il prenait avec les tout-petits de Mlle Blumenthal), soudain l'angelot s'immobilisait d'une pièce, ses traits se figeaient, une fine buée rose chargeait ses yeux, et il devenait aussi lointain que s'il se fût trouvé au milieu du pays des livres. Elle soupçonna qu'il se racontait à lui-même des récits de chevalerie. Car, chose stupéfiante, il affichait, au sortir de ces rêveries, un air digne autant que martial, le port ténébreux d'un héros.

Elle résolut d'employer la manière forte; pour peu qu'il y eût un grain de soleil, elle poussait tout crûment l'enfant à la rue; un beau jour, enfin, on sut que l'angelot rencontrait des gamins du voisinage : elle triompha.

La bande tenait ses assises dans le haut de la Riggenstrasse, en l'arrière-cour d'une maison tombée en désuétude. L'herbe et les moellons, les tas d'ordures et le puits désaffecté composaient un paysage riche en possibilités magiques. Deux élèves de la classe d'Ernie faisaient aussi partie de " la bande du puits ", dont une fine blondinette, nommée Ilse Bruckner, et à laquelle Ernie n'osait adresser la parole car ses yeux étaient deux lacs, et ses cheveux d'or s'écoulaient avec discipline et majesté sur ses épaules, lui donnant à s'y méprendre l'air d'une figure à hennin. Elle avait un tricot à carrelures blanches et rouges, un collier de fer avec une croix autour du cou, et quand on le lui demandait elle chantait d'une voix qui vous rendait léger, inexistant, des comptines dépourvues de sens.

L'admission d'Ernie dans la bande tenait du miracle. Depuis que Mutter Judith le chassait du logis, il avait pour accoutumé de se promener au fil de sa rêverie, mains dans les poches, le torse raide et la tête bien droite sur son long cou jaillissant comme une

tige de la chemise blanche à col ouvert. Ne prêtant guère attention
au mouvement de la rue, il butait contre les passants, les caisses
ou les objets posés en travers du trottoir; de telle sorte que, rendu
prudent, il portait volontiers ses pas hors de la ville, aux abords
des prés gras qui cernent la Schlosse. Cependant, un jour, averti
par une voix reconnaissable entre mille, il se glissa dans les ruines
de la vieille maison; et tapi dans l'ombre, il regarda Ilse chanter
au milieu du groupe, tous les regards suspendus à sa bouche, et
le soleil piquant d'un cône de lumière sa coiffe blonde comme la
chevelure du maïs. Le jour suivant il s'avança à découvert, les
mains intentionnellement croisées derrière le dos, montrant par
toute son attitude qu'il n'était qu'un petit œil posé avec ravissement sur les courses et les rires de la bande. On s'habitua à sa présence muette. On lui donna des petits rôles. Il fut gardien des
troupeaux de pierre, arbitre de tournoi, prisonnier professionnel,
page du roi Tristan; toutes charges qui n'exigeaient point le
port d'une épée. Quand le jeu s'annonçait par trop violent, il
abandonnait prudemment le terrain : la simple vue des heurts
le blessait. Et lorsque se prenant au jeu ses camarades donnaient
de grands coups d'épées de bois, Ernie se demandait pourquoi ils
rêvaient de tout leur corps, alors qu'il est si doux de n'y mettre
que l'âme. Un jour Wilhelm Knöpfer, un garçonnet boulot avec
des yeux rieurs et deux mentons, proposa qu'on joue au procès de
Jésus.

— Mais qui fera les Juifs ? demanda Hans Schliemann, qui était
le maître incontesté du groupe.

Chacun se récria. On découvrit enfin Ernie Lévy accroupi derrière un pan de mur voisin : blanc d'effroi. Il fut tiré à grands éclats
de rire auprès du puits contre lequel Ilse Bruckner s'adossait déjà,
les bras en croix sur la margelle croulante de mousse, sa tête penchée pour l'agonie et la pointe des pieds dressée de manière à
figurer le cloutage des extrémités inférieures du Christ. Sur le
champ, Wilhelm Knöpfer improvisa un Ponce-Pilate bedonnant,
hilare, qui tantôt se frottait les paumes de façon significative;
et glissant un coup d'œil malin à la ronde : Vous comprenez,
je m'en lave les mains ?... et tantôt enfonçait cinq doigts sous sa
chemisette, en un geste inexplicablement napoléonien.

— Hu ! hu ! pouffa-t-il à l'adresse d'Ernie, t'es not'seul Juif,
alors faut bien qu'on te prenne, sinon qui veux-tu qui *les*
fasse ?

Et imposant silence à la bande excitée, il fronça les sourcils,
souleva une lippe majestueuse, proféra gravement :

— Ho ! les Juifs, quèque vous voulez que j'y fasse à Notre-Seigneur ? Je le relâche-t-y ?

— C'est pas comme ça, intervint une fillette sagement nattée, l'air docte et le timbre sans appel : au catéchisme, c'est Barabbas d'abord.

Wilhelm Knöpfer claironna :

— Laisse-nous tranquilles avec ton catéchisme ! Ici, c'est moi M. le curé...

" Alors, reprit-il énervé par l'interruption, et comme désireux de regagner son prestige ébranlé ; tu veux-t-y que je le relâche, oui ou non ?...

Une pointe voilée émergeait cruellement du regard bon enfant de Wilhelm, de ses pupilles comme dilatées par une vision intérieure, griffue et lourde de réminiscences : Ernie battit des cils douloureusement. Ainsi ligoté par la poigne solide de deux gamins, et soumis à l'action corrosive de tous ces regards, il lui semblait que son être de chair se dissolvait dans l'air pour renaître de façon mystérieuse dans l'esprit de ses compagnons de jeu ; mais revêtu d'un masque, porteur d'oripeaux sanglants, comme en ces rêves d'épouvante où l'on se voit réduit à l'état de vermine abjecte. Il coula un regard défait vers Ilse dont la tête dorée penchait sur une épaule, avec un abandon coquet bien qu'émouvant. Et tandis que la croix qui battait sur le tricot de la fillette éveillait, soudain, au plus profond d'Ernie, le souvenir quasi fabuleux des atrocités chrétiennes, une faiblesse alanguit ses genoux. " Oh, relâchez-la ", murmura-t-il en un souffle.

Ce fut aussitôt un concert de protestations : Ah non, c'était pas comme ça, pas vrai, pas vrai ! Vous avez dit qu'il faut le crucifier ! Crucifiez-le, que vous avez dit ! Alors dis-le, toi, dis-nous-le, dis, dis, dis ! reprit toute la bande en chœur, cependant qu'Ernie Lévy hochait pensivement la tête, sa lèvre inférieure saignant déjà entre ses dents qui refusaient de s'ouvrir à la parole de mort.

— Merde alors, s'écria Hans Schliemann avec furie, tu l'as dit ou tu l'as pas dit ?

Dans le silence déférent qui suivit l'intervention du chef, la voix mélodieuse de la crucifiée se fit entendre :

— Ah ! là, là, les clous, les clous y m'font mal...

— Oh mon Dieu, quelle pitié... dit une fillette sur un ton voisin de la douleur, et qui subitement pénétra tous les membres de la singulière assistance, glaçant les sangs, coupant les souffles et faisant lentement tourner les yeux des filles, aux longs cils lu-

mineux qui battaient maintenant, palpitaient, ou se refermaient
sur leur globe avec la pudeur des larmes.

— Mais non, je l'ai pas dit, fit Ernie bouleversé.

— Si, tu l'as dit ! gronda Hans Schliemann de la voix qu'il
prenait pour établir la justice, cependant que son bras de fer s'abattait avec sévérité sur l'épaule d'Ernie, qui soupira.

— Et même, reprit la petite savante aux nattes, t'as dit : Re-
lâchez Barabbas, et crucifiez Jésus. Pas vrai qu'y l'a dit ?

— Il l'a dit ! Il l'a dit !..

— Je l'ai pas... je l'ai pas... balbutia l'accusé dont une larme
filait le long de la joue.

— Tu l'a dit, tu l'as dit, répétaient les enfants avec une violence multipliée, cependant qu'Ernie Lévy, cachant son visage
entre ses mains, murmurait maintenant d'une voix de plus en plus
hésitante, — comme si le gagnait la conviction de l'entourage :
" Je l'ai pas dit, je l'ai pas, non, je l'ai pas... "

Une voix de fillette fusa tout contre son oreille :

— Oh ! sale Juif !

En même temps, le poids visqueux d'un crachat s'introduisit,
lui sembla-t-il, jusque dans le fond de son conduit auditif.

Puis Wilhelm Knöpfer glapit avec indignation :

— Assassin !

Et rabattant une des mains d'Ernie, il le souffleta, par en dessous,
de si verte manière que l'enfant tournoya, égaré, dans l'air chargé
de cris, de poings fantastiques et de ces fins ongles que les petites
filles retournaient dans la chair de ses épaules et de ses cuisses en
lui lançant des insultes plaintives : " Méchant, méchant, t'as tué
le bon Dieu !... "

Une poigne l'arrêta dans sa chute vertigineuse et il vit tout contre
lui le visage de Hans Schliemann, gris d'une fureur concentrée,
méconnaissable :

— Regarde c'que t'y as fait ! s'écria Hans Schliemann en désignant la petite Ilse qui pleurait sur elle-même, toujours adossée
en croix contre la margelle du puits, la tête mourante et penchée,
cependant que dans sa pieuse imitation de Jésus-Christ elle laissait
filer un soupçon de bave au coin de sa bouche rose et tordue de
souffrance. Quand elle prit conscience qu'on la regardait, elle
exhala d'une voix touchante :

— Oh mon Dieu, qu'est-ce que je vous ai fait, les Juifs ? Oh
mon Dieu, les clous, les clous...

A ce moment, n'y tenant plus, Wilhelm Knöpfer ramassa un
moellon et se glissant derrière Ernie, lui en assena un grand coup

au-dessus de la nuque en s'écriant : pour Jésus ! L'enfant juif tomba d'une pièce dans l'herbe, les yeux révulsés, les bras en croix. Une fleur rouge naquit sur la pelouse noire et friselée de sa nuque. Après quelques instants de contemplation, la troupe s'égailla en silence, chacun gagnant précipitamment son domicile. Seuls demeurèrent Wilhelm Knöpfer et un gamin d'une dizaine d'années, qui murmurait oh ! oh ! et ne se lassait pas de voir la fleur grandir sur la nuque d'Ernie Lévy.

— Il est mort, dit Wilhelm Knöpfer en lâchant son moellon sanglant par terre.

— Faudrait voir, fit l'autre consterné.

— J'ose pas.

— Moi non plus.

— Y nous avait rien fait, dit Wilhelm d'une voix étrange.

— Ça non, l'approuva le deuxième gamin.

— L'était gentil, reconnut soudain Wilhelm en hochant la tête comme s'il ne pouvait se retracer le cheminement obscur de son acte.

— Pour sûr, dit l'autre surpris.

— On le ramène ? demanda Wilhelm.

— C'est forcé, dit l'autre qui se baissait déjà.

Il saisit Ernie par les épaules ; et Wilhelm, s'engageant dans la fourche des jambes, souleva le corps par le haut des cuisses. " Y pèse pas plus qu'un moineau ", remarqua Wilhelm en un soupir larmoyant. Puis il se mit à pleurer de façon silencieuse et continue tout le long de la Riggenstrasse, les yeux fixés sur la nuque sanglante d'Ernie qui ballottait à chaque pas, cependant qu'un petit groupe de curieux suivait le singulier transport. Mutter Judith fut la première alertée. Poussant un cri déchirant, elle se saisit de l'enfant qu'elle transporta dans une pièce du premier étage, suivie par Wilhelm silencieux. Nul ne fit attention à lui. Quand le docteur appelé en hâte posa un flacon sous les narines de la petite victime, Wilhelm fit machinalement un signe de croix, et troublé, se souvenant de la scène, il crut y voir un signe de mort. Mais l'enfant juif, la tête surélevée sur un oreiller rouge déjà, émit soudain un long soupir et murmura : " Je l'ai pas dit, je l'ai pas dit... " Wilhelm se glissa discrètement dehors, inaperçu. Sur le trottoir, il se mit à courir de toutes ses forces.

Bien que son origine demeurât toujours mystérieuse, l'agression contre Ernie prit place avec le temps dans la série des actes antisémites qui annoncèrent l'arrivée d'Adolf Hitler au pouvoir. Les communistes étant peu nombreux à Stillenstadt, et les démocrates ne se manifestant guère, il s'ensuivit que la section locale du parti nazi dirigea rapidement les pleins feux de sa propagande sur les quelques familles juives qui " sévissaient " dans la ville. Après l'accession d'Adolf Hitler au poste suprême de chancelier du Reich, les Juifs allemands se sentirent pris au piège, comme des rats, condamnés à tourner en rond dans l'attente du pire. " Nous n'aurions pas dû quitter la Pologne, reconnut un jour Mutter Judith. Je te demande pardon, c'est moi, moi... "

— Allons, allons, lui répondit doucement l'ancêtre, si le mal est partout, comment veux-tu lui échapper ?

C'était l'année 1933 après la venue de Jésus, beau messager de l'impossible amour.

IV

LE JUSTE DES MOUCHES

I

Ce fut M. Lévy père qui donna l'alerte. A peine avait-on quitté
la Riggenstrasse qu'Ernie sentit son père tendu, aux aguets. Il
en était ainsi tous les samedis, sur le chemin de la synagogue; dès
qu'on mettait un pied hors du territoire de la Riggenstrasse, M. Lévy
père ne se sentait plus en sécurité; tournant la tête dans toutes
les directions, il dressait soudain son cou de lapin et Ernie croyait
voir bouger ses oreilles, hautes et décollées. Mais aujourd'hui
la rue était si calme et dépourvue de monde, les tuiles rouges des
maisons luisaient si gaiement au soleil, que l'enfant ne put s'empêcher de trouver une saveur irrévérencieuse à l'agitation de son
père. Soulevant la tête par côté, il remarqua que les lèvres minces
de M. Lévy étaient agitées elles aussi d'une sorte de tremblement,
se rapprochant et se décollant silencieusement, comme la bouche
d'un poisson qui étouffe. Soudain les lèvres de M. Lévy père se
pincèrent tout à fait, et il en émana un sifflement :
— Chut... fit la bouche de M. Lévy père.
Et il s'immobilisa au milieu de la rue.
— Qu'est-ce que tu as ? dit Mardochée.
Une fois de plus, Ernie s'étonna du calme de l'ancêtre qui semblait ne jamais s'inquiéter de rien qui ne touche à l'observance des
prescriptions de la Loi. Le vieillard fit deux pas en arrière, et
remontant lentement sa main à hauteur de sa barbe, il en tirailla
posément une mèche. " Alors qu'est-ce qu'il y a ?... " répéta-t-il
non sans une légère nuance d'impatience; mais ses lourds yeux
gris demeuraient fixes dans leurs orbites, et ne semblaient prendre
aucune part à l'agitation de M. Lévy père. Ce dernier porta ses
deux mains autour de son oreille droite et dit : " Vous entendez ?... "
— ... Moi je n'entends rien, dit Mutter Judith qui arrivait tout

essoufflée, luisante et rebondie dans son éternelle robe de taffetas noir.

— Moi j'entends... dit faiblement mademoiselle Blumenthal.

— Moi aussi, dit Moritz.

— Ils arrivent par la Roundgasse, reprit monsieur Lévy père dont l'oreille droite, savamment dressée, demeurait toujours suspendue aux ondes musicales qui se rapprochaient d'instant en instant.

Le groupe entier des Lévy s'immobilisa peureusement au soleil, cerné par la lumière jaune et soudain cruelle qui le livrait à l'attention publique.

— Hop là ! glapit Mutter Judith, tout le monde chez Mme Braunberger, vite !...

Sur ces mots, attrapant un enfant sous chaque bras, elle traversait en flèche la chaussée, le trottoir; et déjà elle s'engloutissait dans une maison voisine, suivie du reste de la famille. L'ancêtre était en queue de la file, son corps avançait pesamment, et son esprit se souvenait d'une fuite ancienne.

Ernie atteignait le fond du couloir d'entrée, quand Mutter Judith dévala du premier étage, annonçant d'un air effaré que la porte de Mme Braunberger était close : " Elle est déjà partie à la synagogue, dit l'ancêtre qui s'adossait tranquillement à la paroi. — Qu'allons-nous devenir ? s'écria Mutter Judith; elle tendit son bras vers le rectangle jaune de la rue, puis le ramena avec douceur autour de Jacob qui se pressait contre sa cuisse. — Allons, dit l'ancêtre en souriant dans la pénombre, ne te fais pas un deuxième enfer... Bien sûr que s'ils te prennent dans la rue, ils te frappent. Mais ils ne rentrent pas te chercher dans les maisons, ils ne vont pas spécialement venir ici pour toi, non ? — Écoutez-le !... " s'écria sourdement Mutter Judith dont Ernie entrevit soudain une rangée étincelante de dents, en l'espace d'un rictus.

Puis elle prit sa décision :

— Hop !... dans les étages !

Elle s'élançait déjà, accompagnée de toute la troupe silencieuse; même l'ancêtre, remarqua Ernie, grimpait chacune des marches sur la pointe attentive de ses pieds.

Sur le palier du troisième, une fenêtre fermée donnait sur la rue. Ernie parvint à se glisser entre les jambes arquées de l'ancêtre, juste à temps pour voir apparaître la troupe de S. A. à l'angle du carrefour. Leur chant frappa tout à coup les vitres, et le bruit de leurs pas sembla résonner sur le plancher du palier. Vus de si haut, avec leurs bottes de cuir, ces larges ceinturons dont par instants la boucle scintillait au soleil, et surtout les petits crânes taillés court, ils semblaient une sorte d'inoffensif et cliquetant insecte rampant sous la face du soleil. Comme ils arrivaient à hauteur de l'immeuble, leur chant mourut sur un déclic subit, puis un nouveau chant s'éleva dans l'air chaud, très familier aux Lévy, mais qui cependant leur imprima à tous un frisson.

Quand le sang juif gicle sous le couteau...
" Un — deux — trois !... " cria le chef de section.
Cela nous fait du bien, du bien !...
" Un — deux — trois !... "
Puis la troupe obliqua dans la rue des Échevins, et il n'en subsista qu'une rumeur lointaine, qui semblait irréelle.

— Comme ils ont l'air méchants, dit plaintivement mademoiselle Blumenthal. Oh là là...

— ... Bon, ça va, l'interrompit Mutter Judith, n'en parlons plus. Maintenant il faut se dépêcher, car nous sommes un peu en retard.

Jacob geignit :
— Moi je ne veux pas y aller !
— Où ça ? fit distraitement Judith.
— ... A la synagogue...

Pour toute réponse, la vieille femme étreignit d'une main son épaule et lui fit tourner la tête d'une maîtresse gifle. Puis apaisée, le torse bien d'aplomb sur la double colonne de ses jambes, elle statua : Aujourd'hui ils ont l'air de vouloir manger du Juif, alors on va aller à la synagogue par petits paquets. Chacun prendra un autre chemin; il ne faut pas se faire remarquer un samedi. Toi, Ernie, prends Jacob et passez par derrière le Gymnasium... Oui, tout de suite, hop !

Et tournant le dos aux deux garçonnets qui déjà se tenaient par la main, elle mit au point la suite des opérations.

Ernie serra la main du " petit " Jacob, et, comme il la trouvait plus large de paume que la sienne, il contracta fortement ses doigts afin d'avoir meilleure prise. A chaque marche descendue, les reniflements de Jacob diminuaient. Lorsqu'ils arrivèrent en bas, Jacob était silencieux.

— Ça va ? cria Mutter Judith dans la cage de l'escalier.
— Ça va, cria Ernie le plus doucement qu'il put.

Mais déjà, séparé des siens par les trois étages de pierre obscure, il découvrait sa solitude; et quand il déboucha d'un pas hésitant sur la lumière éblouissante de la rue, tirant au bout de sa main droite la patte courtaude et frémissante de Jacob (dont il devinait, un peu en retrait, la bonne figure rondouillarde un peu gonflée de peur, et surmontée bizarrement de cette casquette bleue qu'il affectait toujours de rabattre sur son front, comme un jockey; dont il pressentait, renaissante déjà, la crainte qui suintait en un léger reniflement éperdu), Ernie fut pris d'une si perçante angoisse qu'il voulut aussitôt retourner là-haut, sur le palier du premier étage, revenir à ce havre précaire mais coiffé par l'ombre de Mutter Judith.

— Ah, je peux pourtant pas te tirer, murmura-t-il avec douceur.

Jacob le fixa sans comprendre, porta légèrement son ventre en avant et, crochetant du bout de son bras tendu la main d'Ernie, comme si ce fût un attelage de trait, il emboîta lourdement le pas de son aîné. Il se lamenta presque au même instant : " Tu marches vite... "

Ernie s'impatienta :

— Tu es plus grand que moi, dit-il d'un ton sec.

— Oui, mais je suis plus petit, rétorqua Jacob, sous-entendant : je suis plus jeune.

L'un tirant l'autre sous le soleil, les deux enfants s'engagèrent dans d'étroites ruelles noires. Tout alla bien jusqu'à la rue des Passereaux. L'enfant Ernie avait enlevé cette énorme pochette mauve, cadeau obligatoire de Mutter Judith et qui attirait visiblement les regards des passants. Peu à peu, les rues s'élargissaient, le soleil illuminait davantage les façades; on approchait des beaux quartiers. Les enfants se rassuraient, personne ne semblait animé de mauvaises intentions à leur égard. Mais bien qu'il vît à peu près le chemin à suivre, et s'orientât aisément d'ordinaire, Ernie avait de plus en plus de difficultés à s'y retrouver parmi ces belles maisons qui toutes se ressemblaient, quoiqu'elles fussent toutes différentes; tandis qu'aux alentours de la Riggenstrasse, courtes, ramassées, véritablement identiques, les maisons avaient chacune, comme des visages, un signe distinctif qui permettait de les reconnaître au premier coup d'œil. Ernie pensa que les maisons des beaux quartiers n'avaient pas d'odeur : elles étaient comme de l'eau.

Jacob haleta :

— C'est encore loin ?

— Faut qu'on arrive au Gymnasium, dit posément Ernie ; alors je m'y retrouverai mieux.

— Moi je connais pas ces rues-là, je les ai jamais vues. Vaudrait mieux qu'on demande, non ?

— On peut pas demander, dit Ernie après une courte réflexion.

— Et pourquoi ça ?

— C'est à cause de notre voix, dit Ernie soucieux; on a une voix yddish.

Jacob se fit narquois :

— Et tu crois, toi, que les gens y voient pas qu'on est des Juifs ?... C'est pas la peine qu'on ouvre la bouche, ils le voient bien, non ?

D'un seul regard tournant, Ernie compara les enfants blonds qui jouaient en tenue de semaine, sur les trottoirs environnants, avec la courte silhouette neuve de Jacob, ses souliers bien brillants, ses vêtements bien repassés, sa peau bien propre et sa chevelure drue et noire surmontée bizarrement de sa casquette à carreaux bleus; son œil juif, la courbe juive de son nez craintivement rabattu sur la lèvre supérieure : C'est vrai, dit-il, c'est samedi et on est habillés en dimanche...

— Et pis on a des chapeaux, ajouta Jacob d'un ton insinuant.

— Ça aussi c'est vrai, dit Ernie, l'été, " y " mettent pas de chapeaux.

— Alors, tu demandes ?

Ernie ne répondit pas; il observait les alentours, jaugeant le monde chrétien. Enfin, après maintes hésitations il avisa une minuscule ménagère qui balayait le pas de sa porte. Tirant Jacob derrière lui, il souleva son béret et demanda, de son plus bel accent allemand, " si que le Gymnasium était par là... "

— Ah, c'est tout droit, dit la femmelette surprise.

Puis regardant mieux Ernie, elle posa son menton contre le manche du balai et sourit un peu de la bouche, mais surtout de ses minces yeux clairs :

— Vous avez raison, mes petits, fit-elle compréhensive; vaut mieux prendre ce chemin parce que la grand-rue est devenue mauvaise pour " vous autres " maintenant qu' " ils " y défilent sans arrêt. Seulement voilà, ça serait peut-être encore plus prudent de pas y aller du tout, à vot' synagogue...

Soudain une deuxième ménagère surgit du couloir :

— Ah ! ceux-là... s'exclama-t-elle, vous pouvez toujours leur parler !

Puis se tournant vers les deux enfants, elle ajouta à leur intention :

— Cocorico, les Juifs, ça va barder aujourd'hui !

Et se renversant en arrière, elle posa ses mains contre son tablier ventru et pouffa d'aise. Aussitôt plusieurs museaux curieux de gamins apparurent, cernant le groupe. Déjà Ernie et Jacob s'éloignaient précipitamment. Ils entendirent des cris aigus et le bruit d'une course sur leurs talons... Accentuant sa prise de la main de Jacob, Ernie se mit à courir de toutes ses forces. A l'angle de la rue, étonné qu'on ne les ait pas rattrapés, il se retourna et vit au loin le groupe d'enfants s'esclaffant avec de grands gestes d'allégresse. Une petite silhouette traversa la chaussée, un balai à la main et un enfant dans l'autre. Arrivée sur le trottoir, la silhouette gifla l'enfant et l'entraîna dans une maison. Ernie et son frère Jacob se remirent en marche. Jacob soufflait bruyamment. Il dit de sa voix aiguë, changeante, légèrement flûtée : " Quand je serai grand, j'irai plus à la synagogue. "

— Quand tu seras grand, dit Ernie, on sera tous morts.

Après quelques instants, Jacob reprit innocemment :

— Si j'enlève ma casquette, on verra pas que je suis juif, non ?

Et avec une modulation craintive :

— Oh ! Ernie... ma casquette... je pourrai la remettre juste avant d'arriver à la synagogue, tu crois pas ?...

Ernie s'arrêta de marcher. Le visage de Jacob se rapprocha du sien, les bons gros yeux noirs luirent avec une ferveur suppliante, tandis que la lippe gourmande de Jacob se mit à tressauter avec tant d'abandon qu'Ernie se sentit envahi par une douleur extraordinaire. Il souleva sa main gauche et la posa sur la joue de son frère : " Mais moi, on verra bien que je suis juif ", dit-il avec une grande douceur.

— Oui, fit Jacob de sa voix flûtée, t'as l'air beaucoup plus juif que moi. Mais...

Cependant, les sourcils froncés, Ernie réfléchissait :

— De toute façon, remarqua-t-il soudain, si t'enlèves ta casquette, tu meurs. Alors ?...

— C'est pas vrai, dit Jacob, je l'ai déjà fait plusieurs fois.

Ernie réfléchit à nouveau :

— Dieu l'avait pas voulu, mais il peut le faire ce coup-ci.

— Tu crois ? s'écria peureusement Jacob.

— C'est sûr, dit Ernie dans un songe. Mais tu sais... puisque t'as si peur... on peut peut-être... Oh mon Dieu, pourquoi tu as si peur, hein ?... Est-ce que j'ai peur, moi ?

Jacob le scruta attentivement :

— Forcément, dit-il, *tu sens jamais rien.*

Au même instant, Ernie sentit son dos se courber, son cou se pencher légèrement sur son épaule droite; et, tandis que ses yeux

se couvraient d'une terne buée d'ennui, il murmura de son ordinaire voix molle et indifférente :

— Bon, alors tu me donnes ta casquette, je marche devant, et
tu me suis de loin derrière. Comme ça, on saura pas que t'es avec
moi.

Et comme Jacob soulevait avec empressement sa casquette,
Ernie la lui retira des mains et, les yeux tournés vers un ciel qu'il
devinait proche, alerté, aux écoutes, il murmura solennellement :
" O Dieu, que son péché retombe sur moi... "

Puis à l'intention de Jacob surpris :

— Comme ça, dit-il avec indifférence, tu meurs pas.

— Mais toi ?

Ernie sourit d'un air gêné :

— Moi ?... Moi ?...

Puis avec désinvolture :

— Oh moi, Dieu y peut rien me faire, puisque j'enlève pas mon
béret. Tu comprends ?

Et tenant la casquette de Jacob sous son bras, comme si ce fût
un cahier d'écolier, Ernie lança son pied gauche, puis le droit, puis
le gauche à nouveau, en un mouvement de mécanique grêle et
fragile qui ne lui donnait pas véritablement l'impression de marcher. Aussi, lorsqu'il se retourna après avoir compté vingt pas
exactement, fut-il tout surpris de voir Jacob trottiner à distance,
la tête nue posée bien ferme sur ses épaules rondes, l'œil franc, la
bouche épanouie. Il lui fit un clin d'œil discret, pivota sur lui-
même, et se remit en marche, le cou penché et son mince dos subitement courbé, en un arc de détresse...

Comme il regardait autour de lui, détaillant le trottoir, les façades anonymes, et le ciel qui, telle une immense flèche bleue, s'effi-
lait en angle aigu au bout de la rue, Ernie sentit soudain la crainte
se glisser en son ventre, puis s'insinuer plus haut, dans sa poitrine,
glaçant et perforant son cœur comme un ver de terre. Il était si
seul dans la rue, si petit, si léger, si peu important que nul ne se
soucierait si une bande de S. A. le rouait de coups, ainsi qu'il
advint la semaine passée au pauvre monsieur Katzman; ni même
s'ils lui arrachaient la tête.

Tout en marchant, il se mit soudain à écouter. Il porta d'abord
son attention sur son oreille droite, qui ne lui signala rien de particulier; mais lorsqu'il entreprit de dresser l'oreille gauche, un grésillement inquiétant fit vibrer son tympan, un instant, puis se mua en
une faible onde musicale que ponctuait un infinitésimal martèlement de pas. Enfin, l'oreille droite vibra elle aussi. Dès lors, il

essaya de localiser les chants ; mais il ne put y parvenir, car tantôt ils venaient de l'avant, tantôt de l'arrière, de la gauche, de la droite, et parfois même il lui semblait que les ondes musicales provenaient d'en haut, du ciel.

Arrivé à un croisement, il se glissa le long d'un mur, se porta jusqu'à l'angle du bâtiment et, avançant un œil, scruta la rue transversale. Elle était calme et presque déserte. " Alors d'où viennent les bruits ? "... se demanda l'enfant avant de s'engager de l'autre côté. Au moment qu'il traversait, une main happa la sienne. Il poussa un petit cri et se retournant, vit Jacob blanc de peur.

— Je préfère rester avec toi, dit Jacob en un sanglot.

La main de Jacob broyait la sienne, mais le contact des mains était liquide.

Ernie ne savait pourquoi, mais cette chose liquide entre leurs deux paumes le terrifiait... Et tandis que Jacob haletait à son côté, il essaya de quitter le moment présent, comme il faisait autrefois, du temps où il aimait à jouer avec son âme. Il souleva donc fortement ses paupières et exorbita ses yeux tant qu'il put, dans le mince espoir que, comme autrefois, les maisons, le ciel, les passants, et Jacob, et lui-même aussi, tout, tout le moment présent se mettrait à vaciller sur son plateau puis à glisser paisiblement et verser dans le brouillard de ses yeux, jusqu'au fond du gouffre de sa gorge. Mais il eut beau essayer... aujourd'hui, ni les maisons, ni le ciel, ni les gens ne s'estompaient devant ses yeux dilatés ; toutes choses demeuraient nettes, luisantes, d'une visibilité cruelle, et il sentait toujours cette poisse légèrement gluante dans la paume de Jacob.

— Tu sues, fit une voix.

— Tu sues, insista douloureusement Jacob.

Ernie le fixa avec impatience :

— Je ne sue pas ! déclara-t-il avec force ; et dans le même temps, il comprit que cette lourde gêne répandue sur son visage était sueur. Il fut alors sensible à la lumière jaune qui s'écoulait lentement dans la rue, charriant dans ses eaux molles un cycliste, deux commères qui se pressaient, un panier à la main, un jeune homme au visage rougeoyant et dont le col de chemise était ouvert ; au-dessus des maisons, les remous dansants de la lumière dégageaient une fine vapeur bleue. Il se tourna vers Jacob et dit :

— Y fait chaud.

Jacob se tut, puis reprit d'une voix fluette.

— Tu sues parce que tu as peur...

Comme Ernie furieux se tournait vers lui, il vit le visage de Jacob s'effondrer doucement.

Les deux enfants s'immobilisèrent sur le trottoir.

... Soudain les yeux tout en pleurs de Jacob, sa bouche affaissée, son poing qu'il poussait vigoureusement dans un œil, sa bonne tête un peu ridicule sous cette bizarre casquette à carreaux; et les tressautements grassouillets de sa poitrine sous la chemisette blanche, son attitude désemparée, pieds écartés et bras ballants, tout cela pénétra d'un seul trait dans les prunelles grandes ouvertes d'Ernie Lévy, qui perdit au même instant conscience de sa crainte et de sa sueur : un groupe de Jeunes Hitlériens sortit alors de son doux cerveau... Ils étaient bottés, casqués, armés de longs poignards à manches d'os noir, et ils hurlaient à la poursuite du petit Jacob qui ne savait où se cacher, où blottir la chair ronde et fragile de son corps... Et voici qu'il se vit lui-même, Ernie Lévy le chevalier, se précipitant au-devant des méchants hommes et fracassant des crânes tandis que le petit Jacob fuyait au loin, indemne et souriant. Et de son doux cerveau, une phrase jaillit telle une épée, une phrase blanche, vive, acérée : S'ils arrivent, je leur saute dessus. Et tandis qu'il posait sa main tremblante sur la joue humide de Jacob, de fortes et dures paroles éclatèrent de ses lèvres crispées : " Oh ! Jacob, si y viennent je leur saute dessus !... "

Interloqué, Jacob dévisagea son aîné; et d'un regard le mesurant de la tête aux pieds, se mit à rire.

Entre deux éclats, tout égayé, il dit :

— Même moi, si je te pousse tu tombes comme une plume !... Hi !...

Et d'une petite bourrade, il repoussa effectivement Ernie.

Celui-ci gonfla son cou, cria entre ses dents :

— Je te dis que je leur saute dessus !

Mais Jacob hochait la tête en souriant, et c'est avec une sorte de condescendance narquoise qu'il mit sa main dans celle d'Ernie. Rassuré maintenant, le visage illuminé de plaisir, il marchait d'un pas élastique au côté de son frère; son bras libre se balançait avec une véritable allégresse, et de temps en temps, il émettait un petit rire persifleur...

Ernie avait de la peine à respirer. Sa main gauche reposait comme morte dans celle de Jacob. La première minute, il tenta de répéter mentalement : Je leur saute dessus, je leur saute dessus... mais cette phrase n'éveillait plus aucune conviction en lui. Puis revenant à une appréciation plus objective, il imagina qu'en se lançant

comme un caniche dans les jambes des Hitlériens, il donnerait
à Jacob le temps de fuir. Enfin, désespéré, il admit qu'il ne pouvait
rien et soulevant ses yeux, regarda calmement le ciel sous lequel il
était si petit. Autrefois, il se voyait aisément dans des postures
héroïques, soit une épée à la main, soit la poitrine nue et la bouche
fleurie de belles et pieuses paroles juives. Mais tout cela était fini
depuis très longtemps, et il ressentit avec amertume que si une
noble occasion se présentait, non seulement son petit corps lui
interdirait le moindre mouvement, mais de plus, sa vertu de courage
serait strictement proportionnée à sa taille. Que pouvait-il à cela ?
... Il n'était rien, rien du tout, un petit bout d'il ne savait quoi...
Et sans doute n'existait-il pas tout à fait.

La voix flûtée de Jacob le tira de ces réflexions :

— *Alors comme ça, tu leur sautes dessus ?*

Et sans transition aucune, Jacob s'écria à pleine gorge: "Idiot,
on y est !... ", puis lâchant la main de son protecteur s'élança le
long d'une façade, petite boule de joie lancée dans l'espace.

Surpris, Ernie distingua la pointe grise et vermoulue de la synagogue, à cinquante mètres du carrefour, au-dessus des gaies toitures allemandes qui environnaient la cour pavée. Une seconde
plus tard, il reconnaissait la silhouette noire et rebondie de Mutter
Judith, dominant un groupe constitué à l'entrée de l'impasse. Une
joie l'inonda. La petite boule atteignit le groupe et s'y confondit.
Ernie ressentit une folle envie de courir; mais se retenant de toutes
ses forces, il recourba son dos, dodelina avec lourdeur du chef, à
la manière de l'ancêtre; et abaissant ses paupières sur le feu inquiet
de ses yeux, il se remit lentement en marche du pas mou, grave,
réfléchi, qui convient au vrai Juif impassible devant la mort.

Mutter Judith l'accueillit sans plus d'émotion que s'il revenait
d'une promenade :

— Tu en as mis du temps, ronchonna-t-elle. Allons, approche.
Mais qu'est-ce que tu as donc à te dandiner comme un ministre ?

Ernie rougit, pencha la tête sur son épaule.

— ... Et il a perdu *ma* pochette ! s'exclama la grosse femme.

Confus, le garçonnet tira le carré mauve de sa culotte et l'enfonça
non sans mélancolie dans la petite poche de sa veste, à l'endroit du
cœur.

— Pressons, pressons, énonça posément l'ancêtre, comme si
rien ne s'était passé qui méritât le moindre commentaire juif; je
vous dis que l'office va commencer !

— Moi je ne peux pas, se récria Moritz d'un air important.

Et désignant du menton l'avenue menaçante :

— Je suis de garde aujourd'hui.

Déjà la foule pénétrait dans la cour de la synagogue, où s'opérait la séparation traditionnelle des deux sexes. Ernie se glissa derrière l'ancêtre, dont la main soudain s'enroula autour de son cou, tel un gigantesque collier de tendresse; un instant, un court instant, il ferma les yeux de plaisir; puis la patte fabuleuse passa, l'abandonna distraitement, et la haute masse de " l'éléphant " franchit le portail. Revenant soudain sur ses pas, Ernie gagna l'entrée de l'impasse devant laquelle se tenaient les trois guetteurs hebdomadaires, mains rabattues en visière contre le soleil, et sondant l'avenue de leurs yeux luisants dans l'ombre. De son index, il piqua le coude de Moritz aux aguets, qui sursauta :

— Moi, je reste avec toi, lui dit-il avec componction.

II

— " Ils " ne viendront plus maintenant, dit Paulus Wichniac.

— " Ils " se gêneront, peut-être, dit Moritz. C'est vrai, j'oubliais; on ne leur a pas envoyé d'invitation...

Il s'exprimait distraitement, tout en traçant de la pointe d'un soulier, une étoile à six branches au pied de la borne sur laquelle il siégeait. Les trois autres garçons restaient accroupis, dans l'ombre, derrière les deux bornes qui s'élevaient aux coins de l'impasse. Franchissant la haute muraille, des bribes de mélodies hébraïques retombaient dans l'impasse. Les oreilles des guetteurs étaient dangereusement assourdies par ces chants qui pourtant semblaient, à Ernie, en accord mystérieux et définitif avec le bleu du ciel, le jaune éclatant des façades, et la verdure ombrée de l'avenue : comme si rien ne pouvait jamais porter atteinte à la rêverie des choses sous le soleil, comme si Dieu était là, dehors, à veiller sur les prières de la synagogue, et non pas quatre garçons renfrognés, nerveux, soufflant par instants de malaise.

Paulus Wichniac essuya son front et revint à la charge :

— Si ces salauds devaient venir, ils seraient déjà là. C'est pas normal. Je vois pas pourquoi ils attendraient encore; si c'est dans leurs idées, de venir, aujourd'hui...

Puis se tournant vers Moritz, qui continuait, du haut de sa borne, à tracer méticuleusement des étoiles dans la poussière :

— Au moins ne reste pas comme ça, dit-il suppliant. Tu sais bien qu'on te voit de l'avenue !

La face charnue et carrée de Moritz se contracta. Il murmura d'un ton froid :

— Quelle importance ? Ils nous voient, on les voit, on file dans la cour comme des rats. Moi je vous le dis, c'est idiot tout ça. Surtout avec le coup du portail...

Il cracha son dégoût en un long jet rageur, et découvrit Ernie qui se tenait derrière sa borne, depuis le début du guet : pétrifié.

— Tu es donc toujours là, l'haricot ?

Les grosses lèvres de Moritz, contrariées par le pansement qui barrait son visage, esquissèrent l'ombre d'un sourire :

— Ma parole, encore un héros !

Ernie contemplait la face meurtrie de son frère.

— Tu sais bien, dit Paulus d'un air pincé, qu'on est tous aujourd'hui des héros. Dieu nous en tiendra compte, c'est garanti, le rabbin l'a juré.

— Moi, reprit Moritz avec une lassitude marquée, je dis que tout ça c'est idiot, idiot, idiot. A quoi bon s'entêter, puisqu'on a plus le droit de refermer le portail ? Laissons couler, abandonnons la synagogue, faisons nos prières dans les appartements... Mais non, ça serait trop facile, ça ne serait pas digne de Juifs, hein ? " Et gonflant ses joues de manière à contrefaire la mine luxuriante et figée du rabbin, il susurra : " *Mes chers frères, la persécution augmente, mais notre cœur ne faiblit pas ; qu'ils nous chassent de la maison du Seigneur, qu'ils ne nous demandent pas de l'abandonner !* "

Le troisième guetteur, presque un jeune homme, ne cessait de lapper un brin de moustache inondé de sueur. Interrompant son manège :

— Il n'y a pas de quoi rire, dit-il. Avec la marmaille et les femmes, ça peut se terminer comme à Berlin...

— A Berlin ? s'écria Ernie d'une voix aigrelette d'émoi, tandis que ses yeux sautaient de l'un à l'autre des trois jeunes gens soudain gênés ; qu'est-ce qu'il y a eu à Berlin ?

— Rien, rien, dit placidement Moritz.

Mais l'instant suivant, à la grande surprise d'Ernie, son frère sautait à bas de la borne et grandi par la colère qui animait ses traits belliqueux, planté droit sur ses magnifiques pantalons de serge bleu marine, il envoyait un maître et fantastique coup de poing contre le creux de sa paume ouverte.

— Ah ! ah, s'écria-t-il rageusement; qu'on me donne seulement un revolver, *et clac !*

— Moi, dit finement Paulus Wichniac, dont les yeux se plissèrent de malice contenue, qu'on me donne seulement un milliard, un petit milliard, tu m'entends ?

Soulevant ses lunettes, il savoura l'attente muette de ses trois auditeurs; et tout à coup se pliant en deux, congestionné :

— Je les *achète !* exprima-t-il avec difficulté, hi, hi, je les achète *tous !*

— C'est malin, dit lentement le troisième guetteur; puis il se rabattit sur l'avenue, tournant délibérément le dos à cette " jeunesse inconsciente, mais inconsciente... "

Moritz chevaucha à nouveau la borne, ses mains courtaudes sur ses pantalons retroussés avec soin. Deux cyclistes traversèrent l'avenue, sans porter un regard sur la synagogue chantante; l'acier de leurs machines laissa comme des paillettes dans l'air non recouvert par l'ombre des platanes. Très haut dans le ciel planaient des corbeaux qui semblaient attendre eux aussi, en jouissant par avance du spectacle, l'événement soudain follement redouté par Ernie qui referma les yeux sur tout cela, pensant avec désespoir : Dieu n'est pas là, il nous a oubliés, c'est sûr...

La voix grasseyante de Moritz le tira de son angoisse :

— Et toi, disait-elle avec une lourde bonne humeur, qu'est-ce que tu voudrais qu'on te donne, hein ?... Une paire de ciseaux pour les couper tous en deux, pour les mettre à ta taille ?

" ... Sacré veinard, ajouta Moritz, tu en as de la chance d'être petit. Moi, il faut que je me batte, que je me batte, et que je me batte encore. Oh là là, y a des jours où je signerais bien la paix avec " eux ", hi !

— Y ne veulent donc pas la signer ? dit Paulus Wichniac.

Il s'approcha de Moritz et lui tapota jovialement l'épaule, d'un air complice.

— Aïe non, " y " ne veulent pas ! Et pourtant, ajouta Moritz d'une voix soudain grave, comme fêlée; je commence à en avoir assez de me battre, *sans blague...*

— Tu vas donc toujours à l'école ? s'écria le troisième guetteur avec stupéfaction.

Moritz plastronna naïvement :

— C'est ma dernière année. Je cours seulement sur mes quatorze ans : on me donnerait plus, hein ? Remarque, dans les débuts, j'aimais rudement ça, me battre...

Le troisième guetteur s'apitoya :

— Alors ceux de ta bande, ils t'ont donc laissé tomber ?

Et comme Moritz détournait son visage couturé de cicatrices, le troisième guetteur reprit avec empressement :

— Ah, je me rappelle, moi aussi, *dans les débuts* — oh, il y a des lustres de ça, j'aimais... Oui, c'était dans *l'ancien temps*. Y a deux ans, quoi ! Qu'est-ce qu'on en avait comme châtaignées, tiens, ici même, à la sortie de l'Office. Je faisais partie du groupe d'Arnold, vous savez, celui qui est parti en Israël ? Mais saigne que je saigne, on pouvait plus tenir, je vous le jure ! Ils amenaient des grands de 18 ans au moins. Puis ç'a été les Casques de Fer et un beau jour, on a vu les S. A. Alors tu comprends.

— Ceux-là, dit Paulus Wichniac, ils ne viendront plus maintenant.

— Tu as raison, dit aigrement Moritz. Mais regarde un peu vers le carrefour, mon vieux...

A cet instant précis, le rêve se déclencha...

Ernie vit Paulus Wichniac se pencher par-dessus l'épaule de Moritz, toujours assis sur sa borne, et soudain se rejeter en arrière comme si l'air ensoleillé lui avait brûlé la figure. Puis les premiers accents d'une mélodie nazie lui parvinrent, comme entrelacés aux implorations terminales de l'Office Sabbatique, — hébreu nostalgique et rocaille allemande se rejoignant juste au-dessus de l'impasse qui tressaillit sous le choc. " Et maintenant les rats dans la ratière ", fit la voix grasseyante de Moritz qui subitement debout, les dents ouvertes sur un trait de langue pointu, accrocha son jeune frère à l'épaule et l'attira d'une secousse dans l'ombre de l'impasse.

Paulus Wichniac et le troisième guetteur étaient de grands corbeaux dont les ailes se heurtaient aux murs étroits de l'impasse; Moritz en ses magnifiques pantalons et sa jaquette gris perle avait un vol lourd de perdrix, rasant à chaque pas les pavés de l'impasse qui se mirent soudain à tressauter sous les chaussures vernies d'Ernie, cependant que les murs penchaient tantôt d'un côté, tantôt de l'autre, comme s'ils étaient ivres eux aussi de la crainte qui grisait Ernie, comme si leur cœur à eux aussi tournait. " Alors la limace ?... " D'un rude coup d'aile Moritz l'avait projeté entre les battants du portail et maintenant Ernie flageolait dans la cour de la synagogue, au milieu des fidèles qui voltigeaient par instants autour de lui, puis se repliaient progressivement contre le mur du fond où les plus grandes familles étaient déjà tassées et immobilisées d'effroi. " Non, non, on ne rentre pas dans la synagogue, il faut que tout se passe au grand jour !... ", s'éleva la voix criarde du rabbin qui de ses gros bras étendus interdisait l'accès du portillon à quelques grasses dames jacassant dans leurs parures, et qui soudain,

comme prises d'enthousiasme, s'écrièrent à sifflants coups de bec :
" Au grand jour ! au grand jour ! au grand jour ! " Puis il y eut un
grand silence, les choses reprirent leurs couleurs normales d'été, le
plancher de la cour vacilla encore un peu, comme par une dernière
malice, et s'immobilisa, enfin. Tout devint étrangement net. A
trois pas, au premier rang des fidèles, madame Lévy mère toute pâle
et ruisselante d'effroi, la joue penchée sur Rachel emmaillotée de
rose, faisait entendre un petit miaulement timide :

— Ernie... Ernie... Ernie...

Il fit les trois pas souffrants qui le séparaient d'elle et nicha sa
tête dans la chaleur soyeuse d'un ventre qui palpita, avec une sorte
de hoquet intérieur. Puis il saisit la main de sa mère et la posa contre sa joue humide. Et comme il se rassurait malgré lui, un vaste
soupir surgi de toutes les poitrines des fidèles l'enveloppa, suivi
d'un han général d'angoisse. Nul bruit n'émanait plus de la foule,
nulle respiration, pas même une plainte d'enfant. Se retournant
aussitôt, il constata que les nazis étaient là.

Ils bouchaient le portail, interdisant l'impasse.

Stupéfait, Ernie crut reconnaître l'ancien épicier de la Friedrichstrasse en uniforme de S. A., un peu en avant des autres, bien campé
sur ses bottes noires. Derrière, fermant la nasse, ses hommes
constituaient maintenant une muraille en travers du portail ; mais
dominant la scène, le ciel, vide de tous corbeaux, était intensément
bleu, et Ernie eut l'intuition bouleversante que Dieu se tenait au-
dessus de la cour de la synagogue, vigilant, prêt à intervenir. Un,
deux, trois gamins se faufilèrent entre les bottes des nazis, armés
de cailloux qu'ils projetaient contre la masse agglomérée des Juifs.
Mademoiselle Blumenthal fut secouée d'un tremblement qui projeta
sa maigre hanche contre la joue d'Ernie. Se soulevant sur la pointe
des pieds, le garçonnet amena sa bouche le plus près possible des
oreilles de la petite femme, et, de sa voix cristalline, l'œil fou, une
ombre de sourire traînant sur ses lèvres :

— Aie pas peur, Mman, dit-il soudain implorant, Dieu va descendre dans une minute...

Les fenêtres s'ouvrirent et quelques huées jaillirent de la haute
façade lézardée qui surplombait la cour de la synagogue.

Ernie eut le sentiment que les vingt mètres d'espace torride qui
séparaient les rangs juifs de la muraille nazie, stabilisée devant le
portail, comme hésitante devant le silence des victimes, se rédui-
saient maintenant à un fil.

Puis il prit conscience que les huées s'adressaient aux S. A. qui levaient le menton avec gêne, les bras soudain ballants sur leurs matraques, cependant que dans l'esprit d'Ernie le fil grossissait vertigineusement, pareil à une corde qui retiendrait le flot nazi aux abords du portail. " *Les fenêtres les gênent* ", comprit-il avec une exaltation dans l'espérance qui le fit soulever son nez lui aussi vers le bâtiment voisin, lequel semblait maintenant tout couvert de têtes d'hommes, de femmes, et même d'enfants dont les yeux vifs miroitaient sous les parapets, dans la lumière blanche et salvatrice du soleil qui tombait de tout son poids sur les pierres de la façade et sur les regards. " Comment se fait-il ? se demanda-t-il en un éclair joyeux; jusqu'à présent, les fenêtres ne s'étaient jamais ouvertes que sur des bras qui déversaient des ordures au passage des Juifs allant et venant dans la cour de la synagogue; qu'y avait-il donc de changé là-haut ?... " Puis il vit poindre tout au faîte de la façade, comme un oiseau posé sur le rebord d'un pigeonnier, la tête familière et moustachue de monsieur Julius Krémer, son professeur à l'école communale.

Une grêle exclamation en jaillit :

— N'avez-vous pas honte ?... s'écria monsieur Krémer à l'intention des nazis pétrifiés, cependant que son index (Ernie le remarqua avec une sorte d'allégresse moqueuse), se profilait tout contre le bleu du ciel, comme pour gronder des élèves défaillants.

Autour d'Ernie, pas un murmure ne s'élevait des rangs juifs; madame Lévy mère émit un fin miaulement de gorge, mais sa bouche restait muette. Ernie sentit que Dieu se tenait là, si proche qu'avec un peu d'audace on aurait pu le percevoir du doigt. " *Halte là, ne touchez pas à mon peuple*, murmura-t-il comme si la voix divine avait pris place dans sa gorge fluette. Et fermant les yeux avec abandon, il imagina que la masse des fidèles s'élevait rapidement dans l'azur, les pavés de la cour donnant à l'équipage une élégance impétueuse de caillou lancé dans l'espace, et paradoxalement : la dignité cérémonieuse d'un fiacre, lequel maintenant s'élevait à si fantastique hauteur, devenu un point dans la nudité étale du bleu, qu'Ernie distinguait uniquement le nez de madame Lévy mère, demeuré aussi précis bien qu'infinitésimal, que la trompe érigée d'un moustique. Et peut-être déjà, se dit-il en souriant, les yeux toujours clos, le fiacre des Juifs évoluait-il présentement au-dessus des terres miraculeuses de Palestine, baignées de miel et du lait délectable des ânesses.

" *Dites donc là-haut !* "

Réveillé brutalement, transi, les yeux dessillés, Ernie s'aperçut que l'officier nazi avait fait un pas de côté, vers la façade, et que son buste d'homme fort était secoué de rage.

— Fermez-moi donc ces fenêtres ! ajouta-t-il en élevant ses poings noueux au-dessus de sa grosse tête rasée.

Et les bras toujours raidis vers les fenêtres, il tourna sur lui-même, en un grave mouvement giratoire d'homme ivre.

Mais Ernie terrorisé perçut nettement que le nazi s'enivrait de sa propre fureur, de son propre sang qui faisait luire la peau rougeoyante de son visage, tandis que sa bouche s'ouvrait et se refermait, hoquetante d'écume, à la recherche de mots libérateurs :

— Oh ! dites donc là-haut... reprit soudain l'homme en traçant un arc de cercle de son bras en furie. Dites, vous ne connaissez pas encore ces cochons de Juifs ? Vous ne savez donc pas tout le mal qu'y nous ont fait ?... Oh ! camarades, ce n'est-y pas eux qui ont voulu nous détruire le pays, non ?... Le pays, ah, la terre de nos ancêtres... acheva-t-il d'une voix larmoyante qui surprit l'enfant plus que tout le reste.

Un instant, la bouche du chef nazi se tordit toute seule au milieu de son visage, sans qu'il pût émettre un son. Puis son bras poilu s'abaissa en direction du troupeau craintif de fidèles, tandis qu'un index rougeâtre jaillissait littéralement du poing.

— Oh ! dites donc là-haut !... cria-t-il d'une voix qu'Ernie ne reconnut pas, une voix limoneuse et qui semblait jaillir à flots pressés de son ventre. Oh ! messieurs dames, si vous avez envie d'accueillir ces cochons foireux et ces chiures de l'enfer; si vous voulez vous laisser pisser dessus la tête par ces ordures, eh bien ! qu'est-ce que vous attendez ?... Descendez donc ici, et si ça ne vous suffit pas, vous pouvez toujours ramper dans leur cul et adorer ce sanctuaire, ha !

Dans le feu de sa diatribe, il lançait des sortes de coups de poing en direction des fenêtres qui presque toutes se refermèrent avec pudeur, abandonnant les Juifs à la façade dénudée. Mais une dizaine de témoins allemands demeuraient accoudés sans mot dire, bien penchés sur la cour de la synagogue, comme s'ils éprouvaient le regard suppliant des fidèles qui dressaient maintenant, un à un, les femmes et les enfants d'abord, puis quelques adultes mâles, leurs bras tremblants vers les fenêtres compatissantes. Pris par la contagion, Ernie dressa l'angoisse de son cœur au creux de sa main ouverte en coupe : O Dieu, implora-t-il avec ferveur, ô Seigneur, regarde un peu par ici, s'il te plaît...

Au même instant, la vieille Mme Tuszynski se détacha du rang juif.

Elle était en fureur. Ses longs bras décharnés s'agitaient autour de sa tête, comme un nid de serpents, et elle prononçait des imprécations à l'adresse de la muraille nazie soudain pétrifiée : " Was *vhilh thyrh* von uns, s'écriait-elle en son allemand contaminé de yddish, que voulez-vous de nous, dites ce que nous vous avons fait ?... Mais savez-vous parler seulement, n'êtes-vous donc pas tout à fait des bêtes ?... Le jour du Seigneur arrive, écoutez, il vous prendra dans ses mains, il vous émiettera comme ça !... " acheva-t-elle en broyant ses longues mains dans l'air, en un geste indicatif, tandis qu'Ernie subitement dégrisé de sa peur, de son angoisse mystérieusement évanouie, même de tout sentiment religieux, n'était plus qu'une paire d'yeux exorbités sur la vieille femme qui pas à pas, maudissant et gesticulant, approchait de la muraille menaçante de chemises brunes et de bottes luisantes, nerveuses, aiguës.

Quand elle fut à toucher du doigt le nazi en uniforme, elle lui lança à la face, pesant chaque mot, en parfait allemand :

— Vous cuirez tous pour l'éternité ! Oui, oui, oui, vous cuirez...

Une seconde s'étira, sans limites. Puis le chef nazi fit un pas en avant, modéra ses hommes du geste, et souriant visiblement à Mme Tuszynski :

— Mais toi, proféra-t-il, c'est tout de suite qu'il va t'en cuire...

Et comme il la giflait à la volée; et comme la perruque de la vieille femme voltigeait au soleil; et comme Mme Tuszynski tombait à la renverse, couvrant de ses doigts osseux la honte publique de son crâne soigneusement poli, Ernie fit deux petits pas en avant, ébloui. " Non, non, non ", se répéta-t-il, tandis que ses yeux recevaient maintenant la blessure de Mme Tuszynski couchée aux pieds du nazi, face contre terre, entourant cette bizarre coquille d'œuf de ses deux mains. Au même instant, il s'aperçut que sa bouche était ouverte et qu'il en émanait un hurlement. Mlle Blumenthal, s'étant avancée, posa sa main sur la bouche hurlante de l'enfant, mais celui-ci se libéra presque aussitôt et fila en avant, lâchant toujours son cri aigu. La chose se fit si vivement que personne n'eut le temps de réagir. Déjà l'enfant se trouvait à deux mètres de l'officier nazi, ses bras nus ballant le long des culottes courtes, et possédé d'un trouble si violent qu'en dépit de la distance, Mlle Blumenthal statufiée voyait distinctement les jambes roses d'Ernie trembler à hauteur de genou; entendait le cri fin tout contre son tympan !

Deux hommes juifs se portèrent en avant du groupe : ils avaient un air dur et absent...

Dès la sortie de l'Office, Mardochée s'était trouvé porté par les
remous violents de la foule, isolé des siens, rabattu invinciblement
dans l'angle que faisait le mur d'enceinte avec le petit abattoir
sacramentel de volaille, juste sous l'auvent qu'il touchait de son crâne
plongé dans le triangle d'ombre. Chaque émotion de la foule déferlait sur lui en un pauvre ressac humain, l'écrasant contre les
moellons, et qu'il essayait vainement de contenir tandis que ses
yeux survolant la marée de chapeaux, de calottes, de coiffes et de
chignons défaits s'acharnaient à déceler, au creux d'une vague,
un signe de la présence des siens. Mais seule la face de méduse
de Judith, toutes tresses dehors, apparaissait au milieu du flot
qui la portait, la roulait, lui imprimait des secousses marines. Plein
de résignation Mardochée attendait le pire. Une voix ancienne au
fond de lui appelait l'holocauste, depuis toujours, depuis Zémyock,
depuis un an surtout que la barbarie chrétienne avait posé sa griffe
sur le judaïsme allemand. Mais ceci, la folie de ces femmes et de
tous ces enfants venus craintivement à la rencontre des nazis, — il
ne l'avait pas désiré; il s'y était même opposé; et il avait fallu le
délire unanime des fidèles de Stillenstadt, pour qu'il acceptât, à
leur exemple, d'offrir ainsi les siens à la synagogue. Quel instinct
mystérieux les poussait ? se demandait-il, tandis que sous ses
yeux étonnés, les visages, à l'apparition des S. A., prenaient une
contenance plus digne; jusqu'à ceux des plus criardes commères,
jusqu'à ceux des plus minces enfants qui semblaient eux aussi découvrir une grandeur dans l'instant présent. Quel feu ancestral
et sévère s'était donc allumé au sein des tièdes âmes juives de Stillenstadt, assoupies depuis cent ans en cette calme province rhénane, et qui brusquement découvraient, avec la persécution, le
sens vertigineux de la condition juive ? Eux qui avaient perdu
presque jusqu'au simple souvenir des martyrs d'antan, eux qui
semblaient entièrement désarmés, nus devant la souffrance, l'événement subit les avait trouvés prêts, raidis déjà...

Ainsi soliloquant, Mardochée avait assisté à l'ouverture inespérée
des fenêtres, et il s'était demandé, tandis qu'un soulagement
amollissait la pression de la vague : " Qu'adviendra-t-il, mon Dieu,
le jour où les fenêtres allemandes ne s'ouvriront plus sur la souffrance juive ? " Puis froidement, il avait analysé la fureur grandissante du nazi; et, non sans mélancolie, il avait vu les croisées se

refermer une à une, les mains juives s'élever une à une vers le ciel, comme si brusquement elles découvraient leur faiblesse insigne.

Et comme la vieille folle s'était élancée dans le no man's land, Mardochée soudain avait entrepris de se frayer un passage parmi les têtes qui surnageaient à hauteur de ses épaules, parmi les joues suantes des femmes, le front penché des hommes et les yeux renversés des enfants qui pleuraient maintenant, noyés sous les affres des adultes, tandis qu'à l'étage supérieur la même réflexion sautait de bouche en bouche : Seigneur, seigneur, que la folie de Mᵐᵉ Tuszynski ne retombe pas sur la tête des petits !

Le cri d'Ernie l'atteignit alors qu'il se trouvait à quelques têtes de l'espace vide et brûlant qui séparait les deux mondes.

Déjà, l'enfant se tenait devant la terrible " Chemise brune ", si petit qu'il en semblait servilement aux pieds; si malingre que tout entier le recouvrait l'ombre portée de l'homme sur le pavé réfléchissant, avec une cruelle splendeur, le soleil.

Et soudain, comme Mardochée distinguait mieux la petite silhouette tremblante; comme vibrait dans sa lourde âme de Juif, venu de ces fines jambes qui flageolaient, de ces bouclettes noires que recouvrait mal ce ridicule béret allemand, le grêle bêlement d'horreur que poussait encore Ernie... le vieillard eut une sorte de vision : " C'est l'agneau de douleur, c'est notre bête expiatoire ", se disait-il, désespéré, tandis que des larmes embroussaillaient ses yeux.

La suite se déroula très loin, dans un de ces mondes rêvés au travers des Légendes, et auquel la lumière étincelante du soleil, qui répandait son mystère sur chaque détail de la scène, apposait la couleur vive des enluminures. D'abord le nazi se mit à rire, désignant l'enfant du doigt, tandis que derrière lui les autres uniformes entraient dans la partie, s'esclaffant et s'administrant mutuellement de grandes tapes. " Regardez le défenseur des Juifs ! ", s'écriaient-ils. Le ciel, chauffé à blanc au-dessus des têtes hilares, élargissait leur rire à l'infini; Mardochée comprit que cette vague joyeuse entourait l'enfant d'un revêtement protecteur. Celui-ci parut s'en apercevoir, car se baissant soudain, il ramassa la perruque à ses pieds et la posa sur le crâne de Mᵐᵉ Tuszynski qui s'en saisit avidement, avant de se replier à nouveau sur le côté, ses genoux ramenés par-devant et touchant ses coudes; long corps osseux noyé dans ses vêtements de deuil qui lui faisaient un plumage de corbeau mort. Mais comme l'enfant se redressait, le nazi cessa de rire et d'une forte tape ouverte le renvoya bouler contre le corps de Mme Tuszynski, dont la jupe se défit sur un haut de cuisse blanchâtre et fripé. Puis les yeux du nazi papillotèrent, il recula avec gêne, — ses hommes refluant derrière lui dans l'impasse. C'était fini pour ce jour. La foule respira.

III

Mme Tuszynski s'était rompu la clavicule dans sa chute, mais l'enfant était intact; néanmoins, glissant un bras sous les genoux à peine éraflés, Mardochée souleva Ernie jusqu'à hauteur de son torse et s'engagea sans mot dire dans l'impasse, indifférent aux conseils de prudence que lui donnaient les fidèles s'attardant dans la cour. Bien qu'il le lui interdît sèchement, Mlle Blumenthal s'obstina derrière lui, morne, menue, marmottante, prise d'une vague crainte religieuse.

Une perle filtrait à la tempe d'Ernie, il protesta, il pouvait marcher...

Cependant l'ancêtre avançait silencieusement dans les rues blanches de soleil, et les Allemands s'arrêtaient pour voir passer cet énorme vieillard portant un garçonnet blessé à la synagogue peut-être.

La seule mauvaise rencontre fut de gamins qui les poursuivirent, toute une rue, d'un refrain auquel leurs gorges limpides donnaient une grâce inattendue de comptine :

Juifs, juifs, juifs aux Matzos
Demain viennent les couteaux
Après-demain les fagots
Et après... tire-lire-lo
Et après c'est le Méphisto !

Mais les yeux noyés dans son rêve, pesant déjà les termes de la " révélation ", Mardochée n'entendait pas les appels effilés des gamins qui se lassèrent enfin de son indifférence. De temps en temps seulement, reprenant une conscience charnelle de l'agneau qui reposait dans ses bras, il abaissait une moustache distraite sur la toison friselée et poisseuse de sueur. Arrivé au 8 de la Riggenstrasse, il monta l'enfant dans sa chambre et le déshabilla avec de gros gestes maladroits. Celui-ci ouvrait des yeux effarés et Mardochée répétait sourdement : " N'aie pas peur, amour, n'aie pas peur... " Puis l'enfant se trouva dûment bordé, jusqu'au cou, tel un nourrisson. Alors poussant le verrou de la porte, Mardochée revint au chevet étroit et commença, d'une voix rauque, comme étouffée par toutes ces années de silence qui pesaient encore sur elle, à raconter de bout en bout l'histoire prodigieuse des Lévy.

Souvent il s'interrompait, essayant de lire sur le visage enfantin les signes d'une intelligence du sens ; puis, appropriant ses paroles à la rougeur émue d'une pommette, à une langue attentive qui perçait entre les dents de lait, à l'éclat bleu de nuit d'un œil entrouvert, il descendait encore une marche pour atteindre et soulever, exhausser vers lui, le niveau de compréhension d'Ernie. Mais à chacune de ses tentatives, et tout au long de ce singulier monologue, il ne lui sembla pas réveiller en l'enfant allongé entre les draps, dans la pénombre que versait le jour déclinant au travers des rideaux de tulle, rien plus que le souvenir des mille Légendes classiques courant sur les *Lamed-waf*. Simplement, quand il fit observer que le dernier Juste de Zémyock était mort, voici trois ans, sans désigner de successeur (de sorte que les *Lamed-waf* Lévy, plongeaient maintenant dans la nuit indistincte des *Lamed-waf* inconnus), il crut voir s'allumer, tout au fond des iris bleuâtres, une petite lueur inquiétante qui s'éteignit presque aussitôt.

" Et pourquoi, dit-il inopinément, as-tu fait ce que tu as fait... tout à l'heure... dans la cour de la synagogue ?

L'enfant rougit :

— Je ne sais pas, vénéré grand-père. Ça... Ça m'a fait mal, alors...

Puis se renversant sur l'oreiller, il émit un rire de souris, posa poliment deux doigts contre sa bouche :

— Alors je lui ai *sauté dessus* ! tu comprends, grand-père ?

— Ne ris pas, oh ! ne ris pas, murmura désespérément Mardochée qui regrettait déjà sa folle confidence, déjà en éprouvait une ébauche de remords, le sentiment d'un crime invisible non moins que délicat, mais comme tout crime d'âme : irréparable.

Le " vieil éléphant " se pencha sur le lit, embrassa en silence le front étonné d'Ernie, se dirigea vers la porte qu'il ouvrit avec une lenteur de coupable ; un léger appel le fit se retourner, d'une pièce :

— Oh, dis-moi, grand-père !

Mardochée revint d'un pas traînant, empreint de lassitude, vers la couche étroite et comme recueillie dans l'ombre.

— Qu'est-ce que tu veux, mon âme ?

Ernie sourit d'abord pour le rassurer; puis une rougeur insolite aviva ses joues :

— Oh, dis-moi, vénéré grand-père, chuchota-t-il d'une voix à peine audible. Qu'est-ce qu'y doit faire un Juste dans la vie, hein ?

Sur l'instant, saisi d'un fort tremblement, l'ancêtre ne sut que répondre : la figure du garçonnet se vidait lentement de son sang, se faisait blafarde dans la pénombre; mais ses larges yeux de nuit, piquetés d'étoiles, luisaient d'un éclat émouvant sur le fond indistinct de l'oreiller, à la manière des yeux juifs d'autrefois, des prunelles extatiques de Zémyock. La main de Mardochée se posa sur le crâne oblong, qu'elle revêtit d'une coquille de chair. Et tandis que ses doigts s'enroulaient autour des jeunes boucles : " Le soleil, amour, murmura-t-il avec hésitation, est-ce que tu lui demandes de faire quelque chose ? Il se lève, il se couche : il te réjouit l'âme. "

— Mais les Justes ? insista Ernie.

Cette insistance attendrit le vieillard, qui soupira :

— C'est la même chose, dit-il enfin. Les Justes se lèvent, les Justes se couchent, *et c'est bien*... Mais voyant que les pupilles du garçonnet demeuraient liées aux siennes, il poursuivit non sans inquiétude : " Ernie, mon petit rabbin à moi, que me demandes-tu là ? Je ne sais pas grand-chose et ce que je sais n'est rien, car la sagesse est restée loin de moi. Écoute, si tu es un Juste, un jour viendra où tu te mettras tout seul à... *luire* : tu comprends ? "

L'enfant s'étonna :

— Et en attendant ?

Mardochée réprima un sourire :

— En attendant, dit-il, sois sage.

A peine l'ancêtre se fut-il éloigné, son pas lent et précautionneux se perdant sur les marches de l'escalier, qu'Ernie entreprit sérieusement le rêve de son propre martyre.

L'ombre tardive adoucissait les fils de soleil qui traçaient des formes incertaines, écharpes et volutes autour du lit, de la chaise, et sur la frange légère avoisinant les rideaux : un clignement d'œil habile épaissit tout cela, ne laissant subsister qu'un joli filament jaune qui dansa contre la chaise, puis se dilua lui aussi dans la nuit ambiante. Venue du salon, une rumeur agonisait discrètement dans les oreilles d'Ernie, tandis que des personnages fantomatiques, d'ores et déjà, ondulaient au pied de son lit. Il déclencha un second déclic — à l'intérieur même, cette fois, de son cerveau — et la silhouette appelée se dressa dans la clarté lunaire que distillaient ses yeux.

S'adossant à l'oreiller, Ernie reconnut avec satisfaction la chère Mme Tuszynski, dont les doigts d'araignée assuraient un échafaudage de perruques sur la pointe luisante de son occiput.

Puis la colonne se défit, il y eut un envol confus de perruques et Ernie découvrit soudain l'ovale cabossé du crâne de Mme Tuszynski, posé comme une bizarre coquille d'œuf au-dessus de sa face ridée, comme une bizarre coquille au-dessus de sa bouche que la colère maintenait ouverte. " Allez, vous en faites pas, dit-il à l'apparition, et surtout mouchez-vous tranquillement, madame Tuszynski. Pa'c'que je suis un Juste, un *Lamed-waf*, vous comprenez ?

— C'est pas croyable, fit-elle souriante.

— C'est comme j'vous l'dis, énonça gravement Ernie.

Puis, sans plus attendre, bien carré maintenant sur l'oreiller et fronçant un sourcil sévère, il donna naissance à un groupe de chevaliers qui jusque-là se tenaient cachés dans l'armoire.

Agitant des boules hérissées de pointes, les chevaliers empanachés se rangent contre la porte et tressautent sur place, avec une sorte de plaisir métallique et beaucoup de sérieux. " Et maintenant, dit l'épicier de la Friedrichstrasse, bien garanti sous son masque de fer, si nous vengions le Christ ? "

La croix de son écu porte, à chacune de ses extrémités, la griffe cruelle des svastikas.

Tenu de révéler sa voix secrète, qu'il sait roulante et majestueuse comme l'idée d'un fleuve, et non plus sautillante et timide comme un ruisselet, Ernie gonfle ses poumons d'air :

— Monsieur, répond-il à l'épicier, je suis à vous dans un instant.

Et sur un soupir à fendre l'âme, il souleva la couverture, se déposa dignement sur le plancher où, d'un glissement calculé de parade, il se mit en marche vers la porte, vers son martyre.

Les fidèles s'immobilisent en signe de respect.

Mais le bras inflexible de Mutter Judith s'allonge au-dessus des têtes et sa main crochue tente de happer Ernie. Pour comble d'ennui, Mme Lévy mère a disposé son corps en travers du plancher, sur le passage du Juste. Repoussant avec douceur la main de Mutter Judith, Ernie pose l'extrême pointe de son pied nu au sommet du ventre de Mme Lévy et, en un élan délicat, franchit le douloureux obstacle.

— C'est donc toi le Juste ? s'étonne l'épicier narquois. C'est donc toi le défenseur des Juifs ?

— C'est moi, répond sèchement Ernie Lévy. Allez-y, sauvage, ajoute-t-il d'une voix étranglée, tuez-moi.

— Clac, fait l'épicier.

Son gantelet se projette contre le cou d'Ernie Lévy qui titube sous le ciel bleu de la synagogue; et aussi dans l'ombre inquiétante que saisissaient ses yeux filtrant, en même temps que le rêve, les objets épars de la chambre à coucher au milieu de laquelle il tournoyait, petit fantôme blanc en sa chemise de nuit. Se décidant enfin à mourir, il s'allongea de façon romantique près de l'armoire, les yeux toujours mi-clos, son visage tourné vers le plafond où la figure de son bourreau se décomposa soudain, puis disparut, escamotée par une violente irruption de lumière.

— Bel ange du ciel, s'écria Mlle Blumenthal d'une voix tremblante, que fais-tu donc comme ça dans le noir ? es-tu malade ?

Conscient du regard vigilant de Mutter Judith, Ernie feignait l'assoupissement. Enfin, pris d'audace, il laissa fuser de ses lèvres un sifflement alangui. " Tu dors ?... chuchota Mutter Judith au bout d'un quart d'heure. — ... Bziiiiii... " répondit subtilement la bouche d'Ernie. La vieille femme aussitôt se leva, soupirante et craquant des reins. A travers le filtre de ses cils, amusé, il la vit se diriger vers la porte sur le bout des pantoufles, avec des gestes heurtés de conspirateur. L'ignoble ampoule enfin s'éteignit, les marches de l'escalier gémirent, puis une porte se referma au second étage et ce fut le silence complet. Toute la maison dormait, sauf lui.

Rendu méfiant, il attendit une heure environ dans l'air noir et étouffant de sa première nuit de *Lamed-waf*. Le souffle le plus léger, le moindre bruissement faisaient vibrer toutes les cordes surtendues de son corps. Mais ses pensées suivaient avec rigueur et pénétration le chemin fantastique que leur traçait sa conscience de Juste, et les yeux ouverts dans la nuit, se tournant et se retournant sur le gril de certaines évocations, il en vint même à établir des différences marquées entre les diverses fins de ses prédécesseurs. Par exemple, il se rendit à cette conclusion que le fait d'être traîné comme rabbi Jonathan, à la queue d'un coursier mongol, comportait une valeur moindre que celui d'être plongé tout cru dans les flammes d'un bûcher, comme il advint à d'autres *Lamed-waf* plus méritants. La viande et la graisse rôtissant affreusement autour des os, et s'en détachant par gouttes, par filaments enflammés, oh ! mon Dieu, bien qu'il s'y efforçât de tout son cœur, il n'arrivait pas à supporter l'idée même de ce dernier supplice. Tout à coup, se résignant à l'épreuve, il se laissa doucement glisser hors du lit.

Il commença par un modeste " arrêt de poitrine ".

Au début, ce supplice lui parut dérisoire. Mais lorsque ses oreilles se mirent à tinter, et qu'il éprouva un arrachement rougeâtre au cœur du thorax, il se demanda, en un éclair triomphant, si la chose n'était pas comparable au martyre plein d'un Juste. Puis il se retrouva sur le plancher, faute d'avoir repris sa respiration à temps.

" C'est assez comme ça ", fit une petite voix en lui.

— O Dieu, se répondit-il aussitôt, faites pas attention à ce que je dis là ; c'était pour rire.

Tâtonnant dans l'obscurité, il gagna ensuite le coin où il savait trouver la boîte aux trésors de Moritz.

D'une main il soulevait, telle une dame, la longue chemise de nuit dans laquelle ses pieds nus se prenaient, tandis que l'autre allait et venait dans le noir, remuant ses antennes de mouche. Il s'agenouilla près de la table, défit le couvercle de carton, tapota les ficelles, les soldats de plomb, le couteau à six lames et découvrit enfin la boîte d'allumettes soufrées.

La pointe de la flamme était bleue.

" Fais donc voir qui c'est que t'es ", marmonna-t-il afin de se donner du courage ; et exhalant un soupir, il guida l'allumette sous la paume de sa main gauche.

Cependant que le fin grésillement des chairs, l'odeur forte lu soulevaient l'âme, il fut surpris du peu de réalité de la douleur.

L'allumette acheva de se consumer au bout de ses doigts, et avec la nuit revenue, des larmes s'écoulèrent de ses yeux ; mais elles étaient gouttes de joie, vives, polies, douces à la langue comme le miel.

" C'est pas possible, pensa-t-il soudain, en un éclair désolé ; j'ai pas dû approcher l'allumette d'assez près ! "

Et comme il voulait craquer une seconde allumette, il s'aperçut que les phalanges de sa main gauche ne lui obéissaient plus, devenues rigides et malgré lui écartées en éventail autour de sa paume brûlée.

Soulevant les paupières, il vit que tout était nuit; il rangea l'attirail de Moritz, regagna sa couche.

Lorsqu'il fut allongé, il posa, non sans précautions, son bras gauche au-dessus des couvertures, car la paume blessée répandait une chaleur de fournaise contre sa mince chemise de nuit. Une joie immense l'étreignait. S'il s'entraînait méthodiquement, peut-être Dieu lui accorderait-il, plus tard, à l'heure du sacrifice, la force de souffrir un authentique martyre. Oui, s'il endurcissait son corps, peut-être serait-il prêt, le jour venu, à l'offrir héroïquement en holocauste; afin que Dieu prenne en pitié Mutter Judith, l'ancêtre, Mlle Blumenthal et M. Lévy, et Moritz et les tout-petits et les autres Juifs de Stillenstadt; et aussi, qui sait ? tous les Juifs menacés de par le monde !... Et comme il s'étonnait encore de la facilité de l'opération, Ernie perçut soudain une secousse extravagante au bout de son bras gauche, cependant que la paume se révulsait et de toutes parts crevait en eau qui déborde. " Tout de même, se dit-il ravi, je crie pas. "

Puis il desserra les dents, et c'est alors seulement qu'il commença d'éprouver la douleur toute nue.

IV

La paume au matin étalait un stigmate splendide, béant jusqu'à la naissance du poignet. On ne put rien obtenir du petit Juste fiévreux et quasi délirant d'insomnie. Brûlure au fer rouge selon le médecin, cette plaie descendue la nuit offrait matière à exorcisme; Mutter Judith s'empressa de glisser, sous l'oreiller de la victime, un certain sachet rouge renfermant sept grains de cendre de sept fours, sept grains de poussière de sept trous de gonds de porte, sept grains de pois, sept pépins de sept cumins, et enfin, chose singulière, un unique cheveu. Puis elle se perdit en conjectures.

— Je ne comprends pas, dit-elle plus tard en la cuisine, devant l'assemblée des Lévy, hier l'angelot saute comme une puce héroïque à la tête des nazis, et ce matin le voici estropié. Or, non content de nous faire souffrir avec sa blessure, monsieur se pavane dans son lit et se rengorge et vous prend des airs de général qui vient de ga-

gner une bataille. Et si moi, sa pauvre grand-mère, je lui demande :
" Angelot, que t'est-il donc arrivé cette nuit ? " voici qu'il me
pouffe sous le nez et se drape dans un silence de je ne sais quoi.
Écoutez, j'ai comme l'impression qu'il nous regarde... de haut !

— Impossible, dit Benjamin.

— *De haut*, répéta Mutter Judith. Et joignant les mains de désespoir, elle s'écria vers le ciel : " Doux Seigneur, qui a donc pu lui
jeter un mauvais sort de cette taille ?

— C'est peut-être, intervint Mlle Blumenthal, qu'il est un petit
peu tombé sur la tête hier, non ?

Apeurée elle aussi, elle n'osait livrer le fond de sa pensée qui
était que l'enfant se livrait à quelque nouvelle et fort extraordinaire " imitation ".

Quant à l'ancêtre, qui ne soufflait mot, il était à la torture. Pré-
textant un malaise, il se glissa discrètement dans la chambre du
possédé qui l'accueillit avec un sourire triomphant et révéla, non
sans superbe, avoir voulu s'entraîner. Ses yeux cernés, ses pommettes irradiant la fièvre, et cet énorme pansement qu'il dressait
comme un étendard marquaient sa confession du sceau évident de
la folie.

— Mais s'entraîner à quoi ? dit Mardochée frémissant.

En dépit de l'heure matinale, les rideaux à " nids d'abeille "
préservaient dans la pièce une fausse pénombre où se jouaient des
fils de soleil. Le nez de l'ancêtre recevait un fil tout au long de son
arête, deux ou trois brindilles d'or sautillaient sur sa barbe. Ernie
sourit pour le mieux rassurer.

— ... A mourir, déclara-t-il gaiement.

Et il accentua son sourire, afin de démontrer à l'ancêtre que tout
allait on ne peut mieux.

Le vieillard se hérissa :

— Juif, que me chantes-tu là ? s'écria-t-il cependant qu'Ernie,
soudain conscient d'une monstrueuse erreur, se pliait en deux et
disparaissait en un clin d'œil sous la couverture qu'il rabattit
vivement sur lui, comme pour se perdre dans le tissu des choses,
bestiole effrayée. Mais tout à coup, feutrée par la nuit des couvertures, une douce caresse enveloppa ses épaules. La main de l'ancêtre remonta le cours de sa nuque, chercha l'empreinte du crâne,
la trouva.

— Allons, la paix sur toi, la paix sur toi. Je n'en croyais pas mes
oreilles, voilà tout. Mais tout de même, ne veux-tu pas m'expliquer pourquoi tu as fait cela ? t'ai-je parlé de mourir ?

Du fond de sa petite nuit, Ernie hésita :

— Non, dit-il surpris.

— Par la barbe de Moïse, grommela l'ancêtre, tandis que ses doigts fantastiques se faisaient encore plus déliés, d'une touche presque suave; par la verge miraculeuse d'Aaron, que signifie donc cette histoire d'entraînement ? Hommes, acheva-t-il en un soupir, qui d'entre vous a jamais entendu chose si... singulière ?

La frêle voix sous les couvertures se cassa :

— Je croyais, ô vénéré... que si j'meurs, vous vivez.

— Si tu meurs, nous vivons ?

— Voilà, dit Ernie en un souffle.

Mardochée s'abîma dans une longue contemplation. Sa patte demeurait posée sur le crâne caché d'Ernie, en un geste un peu fauve que démentait la rêverie liquide de ses yeux.

— Mais alors, reprit-il enfin d'une voix très douce, quand je t'ai expliqué, hier soir, que la mort d'un Juste ne change rien à l'ordre du monde, tu n'as donc pas compris ce que je voulais dire ?

— Ça non, je l'ai pas compris.

— Et quand je t'ai dit que personne au monde, pas même un Juste, n'a besoin de courir après la souffrance, qu'elle vient sans qu'on l'appelle... ?

— Ça non plus, dit Ernie inquiet.

— Et qu'un Juste est le cœur du monde ?

— Oh non, oh non, répéta l'enfant.

— Alors qu'as-tu compris ?

— Que... que si je meurs...

— C'est tout ?

Ernie se lamenta tout de bon :

— Oye, j'crois bien !

— Alors écoute-moi, dit Mardochée après un nouveau temps de réflexion, ouvre tes deux oreilles : Si un homme souffre tout seul, c'est clair, sa peine reste sur lui. Vu ?

— Vu, dit Ernie.

— Mais si un autre le regarde et lui dit : " Comme tu as mal, frère juif... ", que se passe-t-il ?

La couverture remua, découvrit la fine pointe du nez d'Ernie Lévy.

— Cela aussi je comprends, dit-il poliment. Il prend le mal de son ami dans les yeux.

Mardochée soupira, sourit, soupira encore :

— Et s'il est aveugle, crois-tu qu'il puisse le prendre ?

— Bien sûr, par ses oreilles !

— Et s'il est sourd ?

— Alors par ses mains, dit gravement Ernie

— Et si l'autre est loin, s'il ne peut l'entendre ni le voir, et pas même le toucher : crois-tu qu'il puisse prendre son mal ?

— Il peut peut-être le deviner, dit Ernie d'un air prudent. Mardochée s'extasia :

— Tu l'as dit, amour, voilà exactement ce que fait le Juste ! Il devine tout le mal qui se tient sur terre, il le prend dans son cœur !

Un doigt sur le bord de la lèvre, Ernie suivait le cours d'une pensée. Il exhala tristement :

— Mais à quoi sert de deviner, si ça change rien ?

— Ça change pour Dieu, voyons.

Et comme l'enfant fronçait un sourcil sceptique, Mardochée redevint tout à coup terriblement songeur : Ce qui est loin, murmura-t-il comme pour lui-même, ce qui est profond, profond, qui peut l'atteindre ?

Cependant Ernie poursuivait son idée, fasciné par sa propre découverte :

— Si c'est pour Dieu seulement, alors je comprends plus rien. Ça serait donc lui qui demande aux Allemands de nous *persécuter ?* Oh ! grand-père, on est donc pas comme tous les hommes, on a dû lui faire quelque chose, à Dieu; sinon y nous en voudrait pas comme ça, à nous autres les Juifs, hein ?

Dans son exaltation, il s'était mis sur son séant et soulevait bien haut sa main lourdement pansée. Soudain il s'écria d'une voix aiguë : " Oh ! grand-père, dis-moi la vérité, on est pas des hommes comme les autres, hein ?

— Sommes-nous des hommes ? dit Mardochée.

Dressé au-dessus du lit, il posait maintenant sur l'enfant un regard empreint de mélancolie. Ses épaules s'affaissèrent. Sa toque glissa par côté, lui donnant un air grotesque d'écolier. Puis un singulier sourire souleva ses moustaches, creusa davantage ses yeux au fond de leurs orbites. Un sourire d'une tristesse affreuse.

— C'est comme ça, dit enfin l'ancêtre.

Se penchant il étreignit l'enfant avec force, le repoussa avec violence, l'embrassa à nouveau et sur un haut-le-corps incompréhensible, prit la fuite. Ernie nota que les chaussures de l'ancêtre s'immobilisèrent, un instant, sur l'escalier. Enfin la porte du salon claqua. Pauvre grand-père, se dit Ernie, aïe... pauvre grand-père.

S'asseyant sur le bord du lit, il porta sa main valide à son cou et reprit lentement ses esprits. Sur son genou, reposait cet énorme pansement qu'il trouva soudain ridicule. Le sourire de l'ancêtre trembla devant ses yeux éteints de sommeil. Des millions de paroles se tenaient dans ce sourire, mais Ernie n'arrivait pas à les déchiffrer, elles étaient tracées dans une langue étrangère.

Désorienté, il considéra à nouveau son pansement, l'examina avec soin, dans l'espoir d'en tirer une légitime satisfaction. Mais le sourire de l'ancêtre recouvrit tout cela, et bientôt il lui parut que, si grandioses pût-il les imaginer, tous ses exercices de souffrances ne seraient jamais que jeux d'enfant. Comment avait-il osé faire tant de remous autour de sa petite personne ? causer tant de soucis ?... Deux fines aiguilles percèrent ses yeux, ouvrant la voie à deux larmes de sable.

— Je suis rien plus qu'une fourmi, dit doucement Ernie.

Le nez de l'ancêtre apparut en premier. Il semblait tissé sur l'humidité de l'œil d'Ernie, et sa courbe osseuse exprimait un déchirement sans nom. Puis ce fut la colline majestueuse du front de l'ancêtre, surmontée de sa toque de soie noire. Enfin le sourire innommable de ses vieux yeux et de sa vieille barbe : *Ce qui est loin, ce qui est profond, profond, qui peut l'atteindre ?*

— T'sais, dit aussitôt Ernie, je toucherai plus aux allumettes. Et demain je retourne à l'école. Et pour les arrêts de poitrine aussi, c'est fini.

Mais l'ancêtre ne semblait pas décidé à se consoler; et la tristesse de son sourire excédait tant les bornes de l'univers d'Ernie, que celui-ci se sentit redevenir petit, plus dérisoire qu'avant la "révélation", amenuisé au point de n'être rien; pas même une fourmi.

A ce moment, quand il se fut rendu à l'idée qu'Ernie Lévy n'existait pas, brusquement l'ancêtre se dressa tout entier devant ses yeux émerveillés, métamorphosé en un quelconque vieillard, avec toutes les marques de l'âge inscrites sur sa face, gravées dans tous les plis de son grand corps de pachyderme.

— T'es donc un vieil éléphant ? dit Ernie apitoyé.

L'ancêtre l'approuva gravement :

— Voilà ce que je suis.

— J'prends ton mal, tu veux bien ? dit Ernie suppliant — sa main valide jointe à celle du pansement.

Puis il ferma les yeux, les rouvrit; et délicatement, tira Mutter Judith de son cerveau...

Quand il en eut fini avec elle, il sanglotait à l'idée surprenante que c'était une simple vieille femme; et tout baigné de ces larmes, il fit apparaître la personne de M. Lévy père; puis celle de Mme Lévy qui lui sourit de sa bouche timide, une seconde, avant de réintégrer son cerveau. Mais lorsqu'il voulut donner naissance à Moritz,

sa vue intérieure se brouilla tant et si bien qu'il se retrouva bêtement sur le bord du lit, devant la fenêtre ouverte sur un torrent de
soleil.

— Je suis pas assez *petit* devant Moritz.

— Pourtant, t'es rien plus qu'une fourmi.

A ce moment, en une lente expiration, il parvint à chasser tous
les restes d'Ernie Lévy qui traînaient encore dans sa poitrine.

Alors apparut un garçon rondelet, aux cheveux taillés court
sur un gros visage poupin, et dont les yeux marron bien sertis
de part et d'autre du nez diffusaient une sorte d'électricité joyeuse.
Ernie reconnut avec stupéfaction son frère Moritz. Mais comme il
se réjouissait de le voir si vivant, avec ses pantalons de serge bleu
marine, sa jaquette gris perle, sa gentille bedaine et sa grande
bouche ouverte sur de fameuses dents carrées, il découvrit soudain
les balafres de la joue de Moritz, ses genoux écorchés et son pantalon en lambeaux. Moritz fit un pas en avant.

— Tu vois, grasseya-t-il, je ne suis plus maintenant le chef de
ma bande. Ça leur fait mal d'être commandés par un Juif. Euh...
pour dire la vérité, j'fais même plus partie de la bande. Et dis-moi,
Ernie, pourquoi les Allemands nous en veulent-ils comme ça ?
ne sommes-nous donc pas des hommes comme les autres, non ?

Ernie se troubla :

— Je... je ne sais pas. Il ajouta précipitamment : Oh ! Moritz, Moritz, Moritz, ce qui est loin, ce qui est profond, profond,
qui peut l'atteindre ?

— Un petit poisson, dit Moritz.

Là-dessus, la vision de Moritz lui fit un clin d'œil complice, le
salua d'un signe de main expert et se dissipa sur place, laissant
derrière soi la fumée émouvante du clin d'œil.

Ernie réalisa alors que son âme contenait véritablement les
visages de l'ancêtre et de Mutter Judith, de M. Lévy père et
madame, de Moritz et peut-être aussi les visages de tous les
Juifs de Stillenstadt. Pris d'enthousiasme, il se précipita vers la
fenêtre qu'il ouvrit largement sur le marronnier de la cour, les
toits voisins, les hirondelles au vol tactile de chauve-souris; le bleu
du ciel si proche. Et tendant son cou vers la face hilare du soleil :

— Que j'reste seulement *tout-petit* ! s'écria-t-il, implorant, d'une
voix inarticulée. Oh ! mon Dieu, sois bon avec moi, fais que j'reste
seulement *tout-petit* !...

Tel cet idiot de légende qui découvrit un jour, sur le bord de la route, les clés du paradis, ainsi Ernie Lévy mis en présence du monde banal et extraordinaire des âmes, et subodorant leurs misères secrètes, se fia-t-il aveuglément à cette petite clé dérisoire que lui avait remise l'ancêtre : la compassion.

Le cœur se prend à tressauter d'hilarité si l'on songe que tout à la joie de sa " découverte ", et les joues encore étincelantes de pleurs, il s'habilla et descendit en souriant à la rencontre des âmes dont il pensait avoir la charge.

La première qu'il rencontra fut celle de Mutter Judith, toute rebondie dans le fauteuil du salon, et s'appliquant de toute sa chair à un minuscule ouvrage de couture. Elle ne l'avait pas entendu approcher. Attentif, il s'immobilisa sur la dernière marche de l'escalier. Et tandis qu'il s'efforçait de se faire " tout-petit ", ses yeux dilatés s'enivraient lentement du spectacle de la vieille Juive ramassée sur ses ans et dont les multiples rides et crevasses, soudain, lui parurent des cicatrices de la douleur. Une idée le frappa : contre toute vraisemblance, Mutter Judith avait eu autrefois une âme et un corps de jeune fille. Quel mal avait donc déferlé sur elle ? quelle immense douleur ?... se demanda-t-il, cependant que d'un pas menu il glissait vers le fauteuil.

Quand il fut à bonne portée, en un bond léger, il atteignit Mutter Judith prise au dépourvu ; et se saisissant de sa lourde main tavelée comme une feuille morte, il la baisa, avec crainte et tremblement, ainsi que l'on touche à un mystère défendu.

— Quoi, que se passe-t-il ? s'écria la vieille. Que fais-tu donc ici ?

Cependant une douceur électrisante s'insinuait dans son morne et aveugle sang, et c'est plus surprise que fâchée qu'elle poursuivit :

— Quelle nouvelle fantaisie est-ce là ? Qu'est-ce qui te prend à descendre et me lécher la main ? Mais c'est à devenir folle, dans cette maison, depuis hier ! Allez hop, droit au lit !

Ses cris d'orfraie attirèrent Mardochée. Tant bien que mal, il réussit à la séparer de sa petite proie transie. Et tandis qu'il contenait la vieille de ses bras écartés, lui barrant le passage :

— Je t'en prie, répétait-il, ne sois pas une pierre sur le cœur d'un enfant. Tu sais bien qu'il est tout " chamboulé " depuis hier, non ?

Puis se retournant vers Ernie suspendu, pantelant, à ses basques :

— La colère de Mutter Judith, énonça-t-il avec emphase, est comme le rugissement du lion. Mais sa faveur est comme la rosée sur l'herbe. Ne tremble plus, regarde : le lion sourit.

— Je ne souris pas !

— Et moi je ne puis te croire, dit Mardochée en tortillant ses moustaches d'un air caressant. — Mais toi, mauvais drôle, m'expliqueras-tu pourquoi tu te mets à lécher les mains ?

— Je ne sais pas, balbutia Ernie, rouge de confusion; je... *c'est arrivé.*

— Comme ça ? lui demanda Mutter Judith.

Elle pouffa dans son poing :

— Comme ça, oui, dit gravement Ernie.

Là-dessus, Mardochée tirailla sa barbe avec force, pour se donner une contenance; mais n'en pouvant plus soudain, il éclata de son fier rire d'autrefois. Judith le suivit en un hennissement. Tout penaud, Ernie se faufila entre les jambes de l'ancêtre et battit en retraite vers la cuisine.

Mlle Blumenthal l'accueillit avec de légers cris d'émoi.

Il lui fallut d'abord la rasséréner :

— Je m'ennuyais dans mon lit, dit-il en souriant, mi-figue mi-raisin; cependant que ses yeux avides partaient déjà à la recherche du secret visage de sa mère — celui qu'il devinait tapi sous les traits pauvres et comme engrisaillés de timidité, sous son apparence de servante ; et jusque sous les gestes menus et précautionneux qu'elle avait pour saisir tous objets, les tapoter de ses longues mains dont il remarqua pour la première fois la mystérieuse blancheur aiguë.

— Pourquoi tu me regardes comme ça, dit-elle surprise. Est-ce que je t'ai fait quelque chose ?

Tout en lui parlant, elle continuait de tourner la soupe d'une main haut dressée sur la marmite fumante, tandis que, de son coude libre, elle ne cessait d'imprimer de petites secousses expertes au landau qui abritait Rachel, la dernière-née. Ernie navré buvait des yeux le visage de sa mère, sans pouvoir y saisir le reflet de sa face intérieure. Mais tout à coup, il eut l'intuition éblouissante de l'âme de Mlle Blumenthal, qui était un fin poisson argenté et craintif, en fuite perpétuelle sous les vaguelettes usées de son visage d'eau grise et peu profonde.

Prise d'inquiétude, elle répéta :

— Je t'ai donc fait quelque chose ?

— Oh non, dit Ernie bouleversé, tu m'as rien fait.

— Alors c'est ta main qui te fait mal ?

— Oh que non, c'est pas ma main, dit Ernie.

Fasciné par la mimique inquiète de Mlle Blumenthal, il ne la quittait pas du regard, lui découvrant des abîmes de vertu, une insignifiance digne d'un Juste. Il l'admirait ainsi lorsqu'elle laissa échapper la louche de bois dans la marmite, poussa un petit cri plaintif, et, comme pour masquer le trouble qu'elle ressentait à l'examen des grands yeux humides de son fils, lui dit subitement en souriant : " Tu sais, il manque du pain, je t'aimerai beaucoup si tu vas m'en chercher une miche. Mais t'as peut-être pas envie ?

Ernie s'empressa :

— Oh si ! j'en ai bien, bien envie !

Et comme elle lui tendait la monnaie, stupéfaite, Mlle Blumenthal constata que le petit bonhomme retenait ses doigts et les palpait avec des mines d'amoureux transi; puis il parut se résigner au pire, se souleva sur la pointe des pieds et tirant l'argent à soi, posa les lèvres et la pointe de son nez contre la paume blanche.

Il s'esquiva vivement, en courbant les épaules de confusion.

La rue était fraîche et vivante à ce point qu'Ernie se demanda si elle ne recelait pas aussi une âme, quelque part, sous les pavés rebondis comme des joues. Cette idée le transporta de plaisir : " Et tout ça pa'c'que j'connais maintenant le secret : tout-petit, tout-tout-petit, hi ! " Puis s'efforçant à plus de sérieux, il se dirigea d'un pas tantôt grave, empreint de majesté, et tantôt guilleret vers la boulangerie de Mme Hartman, au-delà de la Hindenburg Platz, où les Juifs de la Riggenstrasse s'approvisionnaient depuis que M. Kraus avait apposé, lui aussi, cette singulière pancarte sur sa vitrine : Interdit aux Juifs et aux chiens.

Comme il arrivait gaiement à l'angle de la Hindenburg Platz, M. Moitié en surgit tel une figure de cauchemar.

Simple torse posé sur sa caisse, comme une sculpture sur son socle, M. Moitié se propulsait par l'action de ses poings aux phalanges racornies en semelles; son crâne informe venait à la hauteur d'Ernie; un casque à pointe, piqué dans le fond de la roulotte, lui tenait lieu de sébile. Et sa défroque était diaprée de rubans multicolores et de médailles.

— Pitié pour un pauv' héros, psalmodiait M. Moitié, cependant qu'un rictus malin indiquait le sens qu'il fallait donner à cette antienne.

Poussé par une inspiration subite, Ernie fit un pas de côté et se plantant, sans plus de cérémonie, en travers du passage du cul-de-jatte, il le considéra d'un air attristé et propre, estimait-il, à témoigner de la part qu'il prenait au " mal " de monsieur Moitié.

Et comme il se sentait devenir " tout-petit ", bulle infinitésimale, le visage flasque de monsieur Moitié enfla dans des proportions fantastiques. Les cavités noires de sa bouche se rapprochèrent d'Ernie. Puis les billes bleues serties de chair rouge sautèrent de la face de monsieur Moitié, en un double bond douloureux, pour venir se loger dans les orbites d'Ernie d'où s'écoulaient maintenant deux minces filets de sang clair et brûlant et affreusement dépourvu d'âme.

— *T'as pas fini de m'ausculter, non ?*

Ernie fit un bond en arrière. Les petites billes bleues irradiaient de haine; par courts éclats, suivis d'éclipses mornes et froides. Le garçonnet découvrit, non sans stupeur, que le poing aplati de l'infirme était brandi dans sa direction. Il se recula encore quelque peu, et d'un air navré, expliqua :

— J'lai pas fait exprès, monsieur Moitié. J'voulais seulement vous montrer... J'voulais seulement vous dire... C'est que j'vous aime bien, monsieur Moitié, *moi*.

Le vétéran se tassa davantage dans sa caisse. La tête molle pencha d'un côté, pencha de l'autre; s'inclina sur la poitrine. Les traits hésitaient entre la grimace et l'apaisement. Ernie sut alors que l'âme de Moitié était une sorte de lune, luisant avec désespoir au milieu de la nuit.

Tout à coup, d'une seule envolée, l'homme atteignit au faîte de la rage :

— T'sais ! j'ai toujours mes poings !

Et comme Ernie s'éloignait craintivement, son pansement ramené sous le coude en un geste de voleur, soudain l'infirme pivota sur les assises du tronc, distendit sa bouche poilue et, savourant par avance le mot de son choix :

— Graine de Juif ! lâcha-t-il avec volupté, sur le ton suprême du mépris chrétien.

Ernie contourna au pas de course l'angle de la Hindenburg Platz; puis il s'adossa à la façade, car le cœur lui battait très fort. Ses jambes aussi lui semblaient battre, à pulsations tranchantes, en un mouvement de scie à hauteur des genoux. En dépit du mauvais caractère de monsieur Moitié, il était extrêmement difficile de ne pas imaginer l'endroit où les cuisses avaient été emportées par l'obus français : cette immense cicatrice qui supportait tout le poids du corps. Comment de si grandes blessures étaient-elles possibles ?... Pourtant, le ciel était ordinairement bleu; des voitures frôlaient les trottoirs; çà et là des êtres se mouvaient sur leurs membres intacts, et la fontaine de la Hindenburg Platz était recouverte d'un nuage de colombes. Quelques-unes, assises au bord de la margelle, picoraient l'eau. Et que s'était-il passé ?

Ernie murmura avec componction :

— Ça vient peut-être que je l'ai trop regardé. Alors, c'est donc qu'il faut prendre le mal des gens sans qu'y s'en aperçoivent ? Oui, c'est comme ça qu'y faut le prendre.

Mais comme l'enfant se louait de cette nouvelle découverte, il constata avec stupéfaction qu'au lieu de rester " tout-petit ", il grandissait subitement à telle allure que le monde entier ne lui venait plus à la cheville; et que toutes choses, du haut du compliment qu'il venait de s'adresser, s'éloignaient prodigieusement de son propre regard. " Voilà maintenant que j'suis plus un Juste ", se dit-il effrayé.

<h2 style="text-align:center">V</h2>

Ce qui advint encore au cours de cette journée où Ernie se trouva plongé, comme en un bain ruisselant de merveilles, dans le monde autrefois insoupçonné des âmes; les multiples tours qu'il imprima à son cœur, cette clé magique révélée par l'ancêtre, pour ouvrir chacune des portes et pour accéder à chacun des arrière-visages qui l'entouraient; ses efforts pour comprendre dans une même affliction toutes les poules, tous les canards, veaux, vaches, lapins, moutons, poissons d'eau douce et de mer, oiseaux de graisse ou de plumage, y compris les rossignols et les oiseaux de paradis qu'il savait, par ouï-dire, journellement assassinés pour l'estomac; le balancement élastique de son moi entre la petitesse de cristal, la glorification de sa petitesse, et l'allongement irrépressible vers les cimes enténébrées de l'orgueil; la foule d'incidents domestiques occasionnés par son désir de recevoir le mal par les yeux, les oreilles, et son inexplicable besoin de le toucher de la lèvre et du doigt — toutes ces choses, si on les rapportait en détail, feraient se détacher trop de mâchoires. Indiquons toutefois qu'en fin d'après-midi, les singularités d'Ernie passaient la mesure; et que, rabroué par tous, discrètement menacé par l'ancêtre, il opéra un repli stratégique sur l'échoppe de M. Lévy père, qui l'accueillit avec une méfiance non dissimulée : " Qu'est-ce que tu viens faire, dit-il aigrement, voir si je me pique ? "

Comme saisi d'une étrange panique, l'enfant prit le gros aimant de tailleur et s'affaira dans le local, ses frêles épaules soudain creusées, un fin trait noir entre ses sourcils et l'œil affolé, scrutateur, fouinant et furetant jusque sous la table de coupe à la recherche de quelque problématique épingle. Quand il eut, de son aimant, prospecté une à une les lattes du plancher, il déposa un petit tas d'épingles aux pieds de M. Lévy père assis en tailleur sur le socle de presse. Puis la mâchoire pendante, les yeux renversés, il s'installa devant la vitrine et feignit d'observer le mouvement de la rue. Une fatigue inconnue alourdissait son cœur. Sa main prisonnière sous le bandage émettait des pulsations de plus en plus aiguës. Et tandis qu'il s'efforçait de ne pas fondre en larmes, ses pensées galopaient contre ses tempes, en un martèlement déchirant de sabots. Mais chaque fois qu'il les croyait sur le point d'aboutir à une simple vérité, elles se précipitaient comme des chevaux désespérés vers une grande fosse noire qui béait au milieu de son cerveau; et pris d'angoisse, terrifié de ne rien comprendre aux événements de la journée, le petit bonhomme coulait un regard furtif vers la silhouette de M. Lévy père, vers son visage de lapin aux lèvres qui semblaient suçoter l'aiguille; non plus pour découvrir l'âme de Benjamin ou partager son " mal ", mais avec le désir obscur d'y raccrocher sa propre âme comme flottante et égarée, avec l'espoir insensé d'y étancher sa propre douleur, cet inexplicable " mal " qui lancinait sa conscience toute neuve de Juste.

Se croyant observé, Benjamin répondait à ces timides avances par un regard hérissé d'une multitude d'épingles qui venaient, comme sur un aimant, se déposer sur les globes larmoyants d'Ernie. Puis il poussait un soupir réprobateur — nuancé d'affliction; et Ernie rougissait jusqu'aux oreilles.

Une heure s'écoula ainsi. Au beau milieu de ce manège, la porte grinça et un client fit irruption; un ouvrier, qui souhaita d'un air humble qu'on mît une pièce à son pantalon. Après mille politesses préparatoires, Benjamin lui laissa entendre qu'il ne pouvait pratiquer l'opération sur le vif. L'honorable client en convint, accepta la suggestion de l'artiste, puis s'installa derrière la table de coupe, une couverture en travers de ses genoux poilus : goguenard.

La pièce posée, il apparut que les pieds de l'homme se refusaient à réintégrer leurs chaussures. Benjamin lui offrit une cuiller à soupe, qui ne fit pas tout l'effet attendu. Le malheureux soufflait et peinait et assenait de grands coups de talon sur le plancher.

Benjamin dit :

— A la fin des fins, depuis le temps que je réclame un chausse-pied, je devrais déjà en avoir une collection. Mais allez donc compter sur la parole d'une femme ! Tiens, Ernie, au lieu de me regarder comme un chien de faïence, prends donc ça et va m'acheter un chausse-pied. Mais attention, ne recommence pas tes folies; ou sinon la bile nous étouffera tous et tu resteras seul au monde. Non, tais-toi, et va.

L'ouvrier intervint, triomphant :

— Ne prenez pas cette peine, monsieur Lévy. J'en ai déjà rentré un, de pied, dans ces maudits croquenots. Et je vous jure bien que l'autre ne va plus résister longtemps !

— Va tout de même, reprit Benjamin. D'une brusque envolée des deux bras, il chassa brutalement l'air devant lui. Au moins, ça me débarrassera de toi.

Ernie se sentit étrangement vide. Il sortit sans dire mot et découvrit la Riggenstrasse plongée dans le crépuscule du soir : bleue, avec des traînées mauves sur les toitures, et des confetti de lumière jaune flottant entre le lit des maisons. Les confetti s'agglutinaient en auréoles autour des réverbères et dans l'encadrement des fenêtres. Au-dessus de ce carnaval, une feuille de papier lisse et sombre ondulait au vent, on la devinait d'une fragilité soyeuse : c'était le ciel.

Longeant la vitrine illuminée de l'épicerie, il savoura, d'un long regard, une boîte de conserves aux armes de palmiers sur fond de singes dansant. L'inscription portait ce mot mystérieux : Ananas.

Devenu tout songeur, Ernie ouvrit machinalement la porte et découvrit la petite fille de l'épicière, une maigrichonne de neuf ans qui gardait souvent le magasin en l'absence de sa mère, laquelle aimait s'absenter. Et comme il lui revenait que les chausse-pieds se prenaient chez le quincaillier, il s'écria " oh pardon ! " et vit la fillette alarmée filer prestement derrière le comptoir. Pris de remords, l'oreille basse, il referma la porte avec la douceur même et cet excès de précautions dont on use pour un moribond.

L'épicerie étant contiguë à la boutique de M. Lévy, on entendait distinctement, certains soirs, les cris de la fillette : aigus et continus, quand elle se trouvait sous la poigne de l'épicier, gros homme dont l'ivresse de bière s'émouvait à cette musique; plus finement aigus, mais jaillissant d'interminables silences quand il s'agissait de madame, qui avait les oreilles sensibles. Aussi Ernie, avant de s'éloigner, jeta-t-il un regard alangui dans l'épicerie.

Seule la tête de la fillette dépassait le comptoir de marbre, comme tranchée au ras du cou. La petite bouche pincée tirait une langue grasse; et quand elle se vit observée, la fillette roula des yeux blancs, un peu louches, comme font les têtards de la Schlosse, et avec cette expression éternellement inquiète qui caractérise ces bestioles.

" Faut que je lui explique, se dit aussitôt Ernie, que je lui dise tout : le chausse-pied, la boîte de conserves, le loquet. Elle comprendra. "

Et rouvrant onctueusement la porte, il s'avança d'un pas aimable dans le magasin, sa main pansée discrètement ramenée dans le dos.

— C'était rien, j'voulais que prendre un chausse-pied.
— Un quoi ?

Il la contempla douloureusement, aux anges de la trouver si proche et en communion si parfaite avec son âme. Pourtant, elle ne l'avait guère attiré jusqu'à ce jour. Elle n'avait pas même la grâce d'une mouche, bien qu'elle en eût le vol appliqué et craintif — toujours à sauter sur une marchandise, à filer sous une caisse ou à se perdre en haut de l'échelle, encollée au plafond. En un bref éclair, il imagina sa peau zébrée de coups, admit avec émotion que tout était susceptible de la faire souffrir : un éclat de voix, un regard trop appuyé, et peut-être le simple contact de l'air.

— C'est trois fois rien, reprit-il en souriant d'un air tendre, j'voulais seulement acheter un chausse-pied.

Il avait usé d'un timbre de voix chuchoté, à peine audible.

— On n'en a pas, dit-elle résolument.
— Je le sais bien, dit Ernie en souriant de plus belle. C'est justement pour ça...
— Ah ! bon.
— Parce que les chausse-pieds, poursuivit-il avec prudence, c'est chez le quincaillier.
— Peut-être bien. Mais nous, on n'en a pas.

Et elle lui adressa un vague sourire que la crainte réduisait à si peu de chose qu'Ernie déjà fort mal en point, éméché, presque ivre de compassion, acheva d'en perdre la tête :

— C'est pour un client, balbutia-t-il. Y voulait un pantalon, euh... Alors j'ai ouvert la porte... euh... euh...

Puis amenant sa voix à un fil mélodieux :

— Je *vous* l'jure... dit-il, souriant aux larmes.

Décidé à rassurer la fillette, il l'épouvanta : *elle ne connaissait rien aux chausse-pieds ; n'en avait jamais entendu parler ;* cependant, elle reculait derrière le comptoir, se faisant de plus en plus petite dans l'ombre des casiers. Le prenait-elle pour un fou, un criminel ?... Toutes ces suppositions pénibles traversèrent le cerveau délectable du Juste, qui se résigna à battre en retraite.

Se retirant à reculons, il tenta de lui expliquer clairement ce qu'est un chausse-pied et à quel usage cela servait d'*habitude ;* mais pris au jeu de sa démonstration, tenu croyait-il de lui adjoindre un exemple, l'angelot soudain se laissa aller à ôter l'une de ses sandales ; à introduire, sous les yeux ronds de son public, deux doigts dans l'espace adéquat ; et, de façon très ressemblante, à imiter scrupuleusement l'action " habituelle " d'un chausse-pied.

— Et voilà, dit-il pour conclure, en se redressant avec bonhomie. Un chausse-pied, c'est rien autre que ça !

La réaction de la fillette le glaça : affolée par ce comportement insolite, elle s'était à demi enfoncée dans le casier à sucre ; du bout de ses doigts fins, elle palpait nerveusement ses joues.

— Je m'en vais, dit Ernie.

Puis la sandale d'une part, et son pansement de l'autre, il revint derechef au comptoir dans le but d'expliquer à la malheureuse qu'il désirait uniquement s'éloigner au plus vite. Mais à mesure qu'il approchait du petit paquet de chair terrifié, il lui semblait qu'il grandissait prodigieusement : ses bras et jambes s'étirant aux quatre coins du local, tandis que de sa tête il crevait le plafond. " Oh non, dit-il suppliant, c'est que je voudrais pas... "

A ce moment, la fillette posa ses mains à plat contre ses joues, distendit le rond de sa bouche, prit une pincée d'air et lança son cri.

De la porte basse du fond surgit une créature à faire frémir. Deux mottes de rouge gonflaient sa bouche, ses sourcils filaient en volutes au-dessus de sa tempe, ce qui tassait et semblait enfoncer dans la joue les escarboucles taillées de son regard ; et de multiples bigoudis, des dizaines de rubans roses divisaient sa chevelure en mèches qui chutaient lourdement sur ses joues exsudantes de crème. Surprise dans sa toilette, elle parcourut d'un trait furieux la scène puis s'ébranla en direction d'Ernie, qui referma les yeux avec philosophie.

Quand il put les ouvrir, étourdi par le choc, sa main valide tenait toujours la sandale mais il ne percevait de l'épicière que le relief imposant d'une croupe.

— Qu'est-ce qu'y t'a fait ? s'écria-t-elle aigrement.

Toujours blottie derrière le comptoir, la fillette scruta longuement la face piteuse du petit Juif : mais c'était en vain, elle n'y décelait plus ce qui l'avait effrayée. Enfin, levant les yeux sur le courroux maternel, elle fut saisie d'une légitime appréhension et... se remit à crier de plus belle.

— Je vois, prononça gravement l'épicière qui pivota sur ses talons hauts, agrippa la nuque d'Ernie et glapit avec l'accent du triomphe : " Sale petit vicieux !... "

Elle l'entraîna dehors aussi aisément qu'un chat par la peau du cou.

Noyé dans un rêve douloureux, le seul souci d'Ernie était de ne pas lâcher sa sandale; quant au reste, il s'en remettait désormais aux grandes personnes : il se sentait d'une petitesse extrême, insoupçonnée.

Mlle Blumenthal se pencha par la fenêtre du premier étage : sur le trottoir, dans le halo du réverbère, un groupe de ménagères entrait en transes; l'une d'elles, en bigoudis et peignoir à fleurs, hurlait à tout rompre : Le Juif ! le Juif ! le Juif !... C'était l'épicière, elle secouait violemment un objet inerte contre le trottoir. Le cône blafard du réverbère emprisonnait toute la scène. Entre deux échines convulsives, Mlle Blumenthal reconnut le croissant familier d'une boucle qui disparut aussitôt, tel un fin poisson dans un bouquet d'algues. Sur-le-champ, elle perdit toute conscience d'elle-même, de sa timidité, de son insigne faiblesse. Elle s'était toujours vue femmelette de rien; cependant elle fut dans la rue en un instant et déjà, de ses coudes pointus rapprochés en étrave, elle coupait irrésistiblement la marée criaillante et houleuse.

Quand elle fut à portée d'Ernie, d'un trait silencieux elle l'arracha des mains de l'épicière puis s'enfuit sans demander son reste. Elle avait plaqué l'enfant contre sa maigre poitrine; toute son attitude marquait un sentiment si désespéré et si résolu pourtant, que nulle femme n'eut à cœur d'empêcher sa retraite.

Une minute plus tard, Mutter Judith faisait son apparition. On s'écarta pour lui livrer passage, car son volume inspirait le respect. Les femmes de la Riggenstrasse ne s'en tenaient pas toujours aux coups de langue; aussi toute dispute, même anodine, se déroulait-elle sous le signe du format physique de l'adversaire, de sa robustesse rebondie ou de sa férocité de femelle sèche. L'épicière comptait parmi les meilleures " empoigneuses " de la rue. Mutter Judith se dressait comme une énigme. Mais sa corpulence dure, son masque incisé de chat, et la fixité mortelle du regard qu'elle braquait sur l'épicière faisaient augurer le meilleur.

Le cercle se referma sur ces deux adversaires de marque.

— Quoi ? quoi ? quoi ? aboya Mutter Judith en son allemand réduit à la plus simple expression.

Et croisant majestueusement les bras, elle attendit.

Un ange passa.

— Regardez-les, elles s'admirent !

— Jésus Marie, et ma soupe qu'est su' le feu !... Alors mesdames, c'est pour aujourd'hui ou demain ?

Une troisième émit, désabusée :

— Que voulez-vous : *à force égale*...

Puis l'épicière frémit de la tête aux pieds, tandis que ses épaules secouaient un invisible fardeau; un fil, manifestement, séparait les combattantes.

— Attention, dit froidement Mutter Judith.

L'épicière semblait fascinée par les ailes nasales de la grosse Juive, qui palpitaient avec une sorte de lenteur calculée.

— Ma... ma petite fille, balbutia-t-elle éperdue.

Puis elle se retira en désordre, quêtant derrière son dos la porte du magasin. Mais dix secondes plus tard, elle en surgissait transformée, sa fillette à bout de bras.

— Quoi ? quoi ? quoi ? répéta Mutter Judith, non sans une nuance d'hésitation.

— Alors, dis-le ce qu'y t'a fait...

La foule se recueillit. Épouvantée par cette attente solennelle sur le bord de ses lèvres, la fillette exhala un soupir, renifla, et... se tut.

— Nom d'un chien, tu le dis ou j'te *bourre ?*

Et crispée d'impatience, l'épicière laissa filer sa main sur la joue de l'enfant, qui croisa les bras, et replia vivement la tête sur sa poitrine, en une posture de pénitente.

— Y... y m'embêtait.

— Raconte, raconte comment y faisait !

— J'peux pas.

— C'était sale, c'était sale, hein ?

— O... ui...

— Pas possible, proféra Mutter Judith. Lui pas méchant.

Mais dans le regard apitoyé qu'elle déversait sur la maigre victime en larmes, toutes les commères lisaient en clair sa pensée véritable; et c'est dans un murmure hostile qu'elle se retira, silencieuse, pesante, toute morgue éteinte et songeant tristement : Il n'est pourtant pas *bien* méchant, d'ordinaire...

Elle découvrit Ernie à la cuisine, dans les bras de Mlle Blumenthal. L'interrogatoire s'acheva sur deux maîtresses claques où elle mit toute son ancienne adoration, et la répulsion obscure que lui inspirait désormais cet être un peu venu de son ventre, mais dans lequel elle ne se reconnaissait plus.

La tête d'Ernie pivota légèrement sur son épaule. Il était un peu pâle. Ses yeux perdus sous les longues boucles noires de son front se refermèrent à demi. Il secoua la tête, une fois à droite, une fois à gauche, puis sortit lentement de la cuisine; de son pas de cérémonie.

La porte se referma, les deux femmes prêtèrent attentivement l'oreille; et comme elles s'étonnaient de n'entendre aucun pas dans le salon, soudain la porte tourna silencieusement sur ses gonds et le profil minutieux d'Ernie Lévy se glissa dans l'entrebâillement. Dirigeant son attention vers Mlle Blumenthal, il l'aspira pensivement du regard. Ses yeux étaient deux larges flaques d'eau scintillante et noire. Soudain les flaques se décomposèrent et il ne subsista plus qu'un étroit visage d'enfant dont les joues baignaient de larmes.

— Je m'en vais pour la vie, dit-il d'une voix ténue.

— C'est ça, disparais, prononça Mutter Judith avec mépris; mais surtout, prends bien garde à ne pas manquer l'heure de la soupe !

La tête s'éclipsa à nouveau et la porte se referma, définitivement cette fois.

Mutter Judith trancha :

— Ma bru, cet enfant n'a pas de cœur.

Mlle Blumenthal réfléchit.

— Et pourtant, dit-elle, il est si joli.

VI

Passé le pont de la Schlosse, Ernie buta contre un caillou, étendit les bras et ferma les yeux; s'aperçut que son corps reposait sur le bas-côté de la route, dans l'herbe. Il lui parut que l'ombre au-dehors et la nuit en lui étaient une. Se tournant sur le ventre, il ouvrit grand sa bouche et laissa couler ses dernières larmes;

car c'était l'évidence même, jamais il ne reprendrait son souffle ; et jamais non plus ne cesserait le roulis de la terre et du ciel, qu'en vain ses bras écartés comme des rames tentaient de modérer : il avait couru trop vite, peut-être il allait mourir.

" Alors t'es bien comme ça, Ernie ? t'es bien comme ça ? "

— Alors Ernie ? reprit-il à voix haute.

Il y eut un bruissement humide dans son palais. Puis rondes et légères, transparentes comme des bulles, les paroles sortirent de sa bouche et s'envolèrent en direction de la lune, sans plus éveiller en lui qu'un sentiment de surprise éblouie.

Concentrant toute son attention, il hasarda une formule différente :

— Hep ! Ernie... murmura-t-il non sans délices.

Et voici qu'aussitôt la personne interpellée se retourne, lui adresse un salut obséquieux : Quoi, qu'est-ce que tu veux ?

S'arc-boutant prudemment sur les coudes, il s'agenouilla, s'assit, releva les genoux qu'il entoura de ses deux bras. Tout se passait comme si deux petits bonshommes bavardaient dans sa tête, ainsi que deux commères autour d'une tasse de thé. Il pensa à nouveau : Hep, Ernie... mais un troisième Ernie survint, sautillant sur un doigt, et tout se tourna en confusion.

Une rafale se fit entendre au loin et le coup de vent fouetta le haut des arbres comme une vague. Par terre, les feuilles mortes coururent sur quelques mètres. Au-delà des herbages, les eaux de la Schlosse clapotèrent contre le petit pont de pierre.

Le vent tomba aussi vite qu'il s'était levé, et la campagne redevint silencieuse. Immobile, la lune attendait. Tout au bout de la route, naissaient de petits lumignons qui n'avaient rien de menaçant. Au contraire, ils clignotaient timidement, disposés comme une rangée de bougies sur la ligne foncée de l'horizon ; un chuchotis en émanait : c'était Stillenstadt.

" Ce sale enfant !... "

Le visage de Mutter Judith ressemblait vraiment à celui d'un vieux chat. Elle avait arqué ses doigts comme des griffes, et son corps effrayant, légèrement tendu vers l'avant, semblait s'apprêter à quelque bond.

Étouffant un sanglot, Ernie tourna le dos à la ville et se mit lentement en marche. Plus tard, après bien des années, il retournerait à Stillenstadt. Il connaîtrait un grand nombre de paroles, et tout le monde pleurerait à entendre le Juste. Le cœur de Mutter Judith s'ouvrirait. Il y aurait la nappe jaune avec le grand chandelier à sept branches. Et puis il y aurait...

Depuis le temps qu'il marchait, Ernie ne devait pas se trouver loin d'une grande Cité. Le blé vert, croqué par fringale, était resté dans sa gorge. Quand la sueur se mit à dégouliner sur son torse fiévreux, il cala, en écharpe, le bras invalide dans l'ouverture de sa chemisette. Mais bien que sa soif grandît de minute en minute, le petit fugitif persista à ne pas traverser les villages : ceux-ci étant infestés de chiens, rien n'était plus désagréable que leurs aboiements dans la nuit : et vous concernant.

Cependant, sa soif tournait au délire et le garçonnet se glissa, mètre par mètre, dans la cour d'une ferme où il atteignit sans encombre l'abreuvoir à bétail; un long tuyau à forme de canne distribuait un filet d'eau. Ernie se pencha sur l'abreuvoir, offrit sa langue au filet.

— C'est pas comme ça qu'on boit. Ze vais te montrer.

Un garçon de même âge se tenait dans la clarté lunaire de la cour, en culottes tyroliennes et les pieds nus. Son visage était masqué par la visière d'une énorme casquette, retenue par les oreilles; mais son attitude penchée exprimait des intentions pacifiques. Il se coula en silence devant Ernie pétrifié; et, lui faisant signe de bien observer, but démonstrativement dans le creux de sa main. Ernie l'imita peu après, ravi.

— C'est que je bois toujours dans des verres, dit Ernie en s'essuyant la bouche.

Le garçon opina discrètement de la casquette.

— Ze te comprends, dit-il avec gravité.

Il ne parut pas le moins du monde surpris par les aventures étonnantes du fugitif. Au début, l'entretien se déroula dans des conditions de parfaite égalité; mais peu à peu, impressionné par le mutisme significatif de la casquette, Ernie subit inconsciemment son ascendant. Il alla jusqu'à reconnaître dans quels termes il était avec les chiens de ferme. " Attends un peu, s'écria la casquette, ze vais te montrer ! " Et se saisissant d'un bâton imaginaire, il se livra à une pantomime très compliquée, au terme de laquelle, d'un maître coup, le chien agresseur se vit briser les deux pattes de devant. Puis sans transition, il fila vers la bâtisse éclairée dont il revint, une minute plus tard, les bras encombrés de carottes, d'un quignon de pain bis et d'une splendide baguette de coudrier.

Il hésita, tira un canif rouillé de sa poche.

— Si zamais t'es attaqué par un loup...

Ernie sourit :

— Alors, comment je fais ?

— Pour un loup, c'est ezactement comme pour un léopard.

Et jetant sa camisole sur l'avant-bras, pour les griffes, dit-il, le curieux gamin entama une nouvelle danse guerrière où le canif cette fois jouait le rôle dévolu tout à l'heure au bâton.

Bien que la personne du loup ne laissât pas de l'inquiéter, Ernie fut surtout sensible à la désinvolture avec laquelle les pieds nus du paysan se posaient sur les cailloux dont les pointes scintillaient à la lune.

Le gamin l'accompagna jusqu'à la sortie du village. Aux abords du calvaire, il ralentit son pas et murmura avec gêne :

— Maintenant, faut que ze rentre. A cause de mes vieux, tu me comprends ?

— T'as tout bien fait, dit Ernie.

L'autre, soudain mélancolique :

— Moi aussi, ze partirai un de ces zours.

La visière de la casquette s'effondra.

— T'es donc pas aimé chez toi ? s'écria Ernie dans une explosion de pitié.

— Oh ! tu sais comme y sont : tous pareils.

Lugubre :

— Y savent pas...

Puis le garçon souleva une main et en plia les doigts avec tristesse, en signe d'adieu. Ses bras chargés de provisions, Ernie l'imita comme il put, atteint par le pathétique du cérémonial. Les deux enfants se tournèrent le dos en même temps. Ernie fit très vite une centaine de mètres : le paysan avait disparu, et son village baignait tout entier dans la nuit; il ne semblait plus que ce fût une agglomération humaine. La campagne elle-même s'était mystérieusement fondue au ciel : les arbres flottaient dans l'air doux. On sentait qu'on se trouvait à des kilomètres et des kilomètres de Stillenstadt, qui finalement n'était qu'une toute petite idée, pas plus grosse que la pointe d'une aiguille, et dont Ernie pouvait fort bien se passer.

Un champ voisin de luzerne l'accueillit pour sa première nuit de vagabond.

Comme il y choisissait sa couche, un moustique tournoya autour de son oreille et se posa sur une marguerite qui s'élevait à ses pieds. Soudain un rayon de lune se concentra autour de la marguerite, découvrant une petite mouche au centre jaune de la fleur. Ernie retint son souffle, se pencha, admit qu'il s'agissait d'une jeune mouche, apparemment de sexe féminin; cela se voyait à la finesse de sa taille, aux attaches déliées des ailettes, et surtout à la grâce mignarde dont elle frottait ses pattes l'une contre l'autre, esquissant un ravissant pas de danse immobile.

Sans se presser, d'un petit pas de notaire, la mouche se mit à grimper le long d'un pétale.

Ernie éprouva un léger picotement à l'endroit du cœur. Il ne sut comment son bras accomplit le geste. Un nuage passa devant ses yeux et la jeune fille vint stupidement se jeter dans le creux de sa main, qu'il referma avec empressement. Ça y est, je l'ai... se dit-il non sans regret.

Le bruissement des ailes attira son attention : frénétique, lancinant le bout de son doigt comme une extrémité d'aiguille. Il fut sensible aux tressautements qui agitaient cette particule d'existence. Le reflet de la lune sur les ailes de l'animal produisait deux étincelles bleues. Approchant le misérable joyau de ses yeux, l'enfant s'extasia sur le dispositif minutieux des antennes, qu'il remarquait pour la première fois. Ces fins branchages, eux aussi, s'agitaient sous les rafales de la tempête intérieure. Ernie frissonna de douleur. Il lui semblait que les antennes hachaient l'air d'effroi. Pris d'angoisse, il se demanda si le sentiment qui faisait battre les ailes de la mouche entre ses doigts, était aussi important que celui de la fille de l'épicière. A cet instant, une partie de son être glissa insidieusement dans la mouche et il admit que cette bestiole, fût-elle infiniment plus réduite, invisible à l'œil nu,... son sentiment de mort ne diminuerait pas. Il ouvrit alors ses doigts en éventail et suivit une seconde le vol de la mouche, qui était un peu Ernie Lévy, un peu la petite fille de l'épicière, un peu il ne savait quoi... une mouche. Elle a pas perdu de temps, elle a tout de suite filé, se dit-il avec amusement. Mais aussitôt il regretta sa compagnie, car il ne s'en retrouvait que plus seul au milieu du champ de luzerne.

Un fil se détacha quelque part dans la nuit.

S'agenouillant à terre, l'enfant renifla les odeurs ambiantes. Puis il s'allongea sur le dos et referma instantanément les paupières de son corps, afin de lui signifier de s'endormir au plus vite pour échapper aux cercles de la crainte qui se nouaient de plus en plus étroitement à son âme.

Mais chose étrange, il avait beau serrer les paupières, lentement, fortement, à s'en faire mal à l'intérieur de l'œil, il lui sembla qu'elles ne le séparaient en rien de la lune, ni des étoiles, ni de la route ou du champ de blé qu'il devinait à distance, ni de la luzerne présente par sa fine odeur de salade, ni de la mouche, ni des vaguelettes

de vent qui s'écoulaient sur ses joues; devenues deux cloisons trans-
parentes et poreuses, ses paupières n'enfermaient plus que le vide.
Alors pris de peur l'enfant s'appela longuement, comme on hèle
quelqu'un à très grande distance : Ernie Lééééééééévyyy, Ernie
Lééééééééévyyyyyy... Mais rien ne répondait plus à l'intérieur de
son crâne, et la poche de vide demeurait aussi transparente et noire
que le ciel. Il ouvrit la bouche et murmura très vite : " Ernie !...
Ernie !... "
Il attendit un court instant.
Puis il se sentit traversé par une clarté déchirante; et, tandis que
ses membres se fondaient délicieusement à la luzerne, il lui vint
une idée merveilleuse de simplicité : puisque tout le monde le re-
poussait, il serait le Juste des mouches. Une pointe de luzerne
effleura affectueusement sa narine gauche. La terre se fit plus douce.
Bientôt ses deux narines se retroussèrent, énormes, béantes, frissonnantes d'aise, et se mirent à aspirer lentement la nuit. Lorsque
la nuit se fut tout entière coulée dans sa poitrine, il répéta avec soulagement : " Oui, le Juste des mouches. " La poche de vide s'emplit alors d'herbe et il s'endormit.

— Holà ! gamin, tu fais le mort ?
Ernie aperçut un sabot jaune tout contre son nez; puis ce furent
des pantalons gris, un rond de chapeau noir entourant une trogne
rouge et ronde comme une pomme. La voix n'avait rien de menaçant.
D'une légère traction, le paysan souleva Ernie de terre et le
mit debout dans la luzerne; puis il l'observa un instant, renifla
avec sévérité et projeta un énorme éclat de rire sur l'enfant. Comme
Ernie reculait sous l'avalanche, le paysan s'arrêta net et dit :
— T'as l'air du poisson qui s'est fait attraper par la queue.
Puis s'estimant pleinement justifié, il plia des genoux, renversa
le torse en arrière, et se donnant de lourdes tapes sur les cuisses
il projeta cette fois son rire contre le ciel.
— Quel poisson ? demanda Ernie intéressé.
— Hein ?
— Oui, quel poisson ?
Les globes pers enveloppèrent Ernie d'une frange soupçonneuse.
— Et d'abord, qu'est-ce que tu fais là ?
A une dizaine de mètres seulement, un attelage de deux chevaux
patientait sur le bord de la route. Le paysan suivit le regard d'Ernie.

— Oui, c'est à moi ça, dit-il apaisé. Je m'en vais à la ville, et toi j'parie que t'en viens. T'es venu sur les genoux, on dirait; ils sont rabotés que c'est pas ordinaire... Et ton bras... c'est ta famille qui te bat, pas vrai ? Pauvre petit bout de cul, t'as bien fait de filer.

Ernie secoua la tête en souriant.

— Oh non, m'sieur, c'est pas pour ça.

— Alors quoi ? T'aurais pas fait une grosse farce, des fois ?... volé des sous, cassé une précieuseté ?

— Oh non, dit Ernie, souriant derechef.

Le bonhomme prit un air soucieux.

— Je me doute : tu voulais voir du pays. Et dis-moi, ça fait longtemps que tu t'es ensauvé ?

— Hier soir, dit l'enfant après réflexion.

Le bonhomme hésita, sa main s'appesantit sur le crâne bouclé, qu'elle parcourut avec une sorte de délicatesse maladroite.

— Tu sais, l'ami, y doivent se faire du mauvais sang chez toi. Alors non, tu veux pas me dire d'où tu viens ?

Quelque chose remua dans la poitrine d'Ernie; il y avait cette main d'adulte posée sur sa tête, et cette montagne de chair qui répandait son ombre sur lui.

— Tu sembles pourtant pas méchant, grommela le paysan d'un air bonasse.

— Stillen...stadt, balbutia le fugitif.

Au même instant, il entrevit toute l'étendue de sa faute et fondit en sanglots.

... La charrette allait bon train. De toute sa fantastique hauteur, Ernie assistait aux métamorphoses du paysage; quand ses yeux se lassaient, il revenait au déhanchement solennel des chevaux de labour, à leurs crinières qui ondulaient comme des vagues blanches sur le roc de l'encolure, s'élevant et retombant sans fin. " C'est pas que ce légume soye lourd à porter, avait dit monsieur le paysan; mais je les attelle ensemble parce qu'ils s'entendent bien... parce qu'ils aiment pas se séparer. Mais t'en mangeras peut-être une de pomme, hein ? Et comment que tu la trouves ma pomme... un velours, pas vrai ? Ah ! dites donc, les amis, je te vous ramène un drôle de légume au marché ce matin, moi. " De temps à autre, l'homme traçait des arabesques avec son fouet, au-dessus des croupes à robes grise et pie. Lorsqu'il ne parvenait pas à en extraire un beau claquement, il se contentait de fouetter sa langue contre son palais; ce qui était loin, très loin, de présenter les mêmes avantages.

Mais plus que tout, le défilé du panorama retenait l'attention d'Ernie. S'évertuant aux quatre points cardinaux, il tentait vainement de reconnaître quelque détail entrevu la nuit précédente. Déjà, tout à l'heure, s'éveillant dans la luzerne, il n'avait pu retrouver les impressions curieuses de la veille. Le ciel et les arbres et la route et jusqu'au moindre brin d'herbe semblaient diminués ou appauvris à la clarté du grand jour. Quant aux villages traversés, ils n'évoquaient en rien les masses d'ombre croulant sous la lune; les maisons avaient maintenant des toits roses dont on pouvait compter chaque tuile.

— Alors comme ça, répéta le paysan, t'es le fils des Lévy de la Riggenstrasse ?

Ernie opina sobrement du chef.

— Oh, c'est pas que je regrette, poursuivit l'homme d'un ton ennuyé. Y a des bons et des mauvais partout... à ce qu'on dit. Mais faut tout de même avouer que c'est drôle, pschiiiii... Dites donc, les amis, pschiiiii...

Il glissa un coup d'œil rapide vers son voyageur, puis se détournant avec gêne, émit sur le ton d'une remarque impersonnelle :

— J'aurais dû m'en douter pasque... des têtes menues et noires, ça pousse pas tellement dans ce pays.

Une question brûlait les lèvres d'Ernie ; fronçant les sourcils, il risqua d'une voix déférente — bien qu'empreinte d'une nuance amicale de regret :

— Vous êtes contre *nous* ?

De brique les bajoues du paysan tournèrent à l'indigo le plus cru. Un hennissement jaillit de sa bouche, et son époustouflante carcasse tressautait si allégrement sur le siège qu'Ernie appréhenda de la voir passer par-dessus bord. "Ho ! ho ! quel bout de cul !... s'exclama-t-il à plusieurs reprises, quel formidable bout de cul ! "

Plus que tout, cette singulière appellation de " bout de cul " toucha Ernie au vif. Décidé à n'en rien laisser paraître, il se replia dans le fond du siège, de manière à porter son dos contre un cageot de patates; puis il esquissa un sifflement détaché. Mais au bout d'une minute, la main gauche du paysan abandonnait les rênes, se rapprochait de lui tel un gros oiseau aveugle, velu; atterrissait doucement sur sa tête. La voix de l'homme eut un accent goguenard :

— Aie pas peur, bout de cul : Lévy ou pas, on arrive dans cinq minutes. Et puis quoi, t'imaginais tout de même point que je vais te débarquer, je suis pas assez malin pour ça. Prends un type qu'est vraiment malin, c'est bien rare qu'il soit un bon gars.

Cependant, sans doute dégrisé, il ne souffla plus mot jusqu'à la Riggenstrasse. Les chevaux renâclèrent devant la boutique des Lévy, dont Ernie découvrit avec étonnement que l'étroite vitrine, en son absence, avait été remplacée par des planches mal équarries. Mais il n'eut pas le temps de faire une remarque : le paysan l'avait agrippé à l'épaule, et sans bouger de la banquette, le soulevant d'une main ferme il le déposait en souplesse sur le bord du trottoir. Puis il lui lança un " adieu bout de cul " réjoui et d'un seul trait de fouet, il enleva son attelage, au grand trot, comme s'il craignait de s'attarder dans les parages de la famille Lévy.

La veille, au repas du soir, désignant la place vide d'Ernie, Mutter Judith avait entamé son jugement par contumace ; deux heures plus tard, l'enfant absous de tous péchés, elle s'était répandue en accusations contre le reste de l'univers.

Soudain revêtant son fichu, elle avait fait irruption dans les rues de Stillenstadt, ameutant Juifs et Gentils sur son passage; et quand elle se fut assurée que l'angelot n'était pas en ville, elle s'était mise à sillonner les campagnes environnantes : on la retrouva trois jours plus tard, dans une ferme très éloignée, où elle avait échoué malade, pieds nus, sa robe déchirée par les ronces.

De son côté, Mardochée avait passé la nuit assis sur une chaise. Aux premières lueurs de l'aube, la vitrine de la boutique fut traversée d'un pavé : l'épicière donnait libre cours à la fougue raciale de son mari. Mardochée assembla hâtivement quelques planches en prévision des voleurs. Puis il poussa un long soupir, alluma la lampe à pétrole, et guetta la venue du jour à travers les interstices lumineux qui séparaient les joints mal accordés du panneau : Pourvu que ça ne finisse pas en ghetto, songeait-il secrètement. — Par la suite, pour mille raisons dont une seule eût suffi, et qui était d'argent, le panneau de bois demeura cloué à la devanture — frontière pour les Allemands et prison symbolique aux Lévy.

Au bruit de charrette il se précipita dehors; déjà, les chevaux s'éloignaient au galop; mais sur le trottoir, les bras encombrés de carottes, le pansement déroulé jusqu'aux pieds, couronné d'her-

bes, maculé de terre et de sang, se tenait rêveusement l'enfant pro-
digue. Il ne bougea pas d'un pouce lorsque le vieux se rua sur lui,
le corps fou et le regard tremblant, comme s'il craignait de le voir
disparaître à nouveau.

— Ne parle pas, ne crains plus, balbutia Mardochée. Tu
m'entends : il ne s'est rien passé ? Oh ! que Dieu est bon, bon, bon,
répéta-t-il avec fureur en serrant le gosse contre son pantalon.

Ernie semblait avoir gardé tout son calme; quand sa bouche
fut à l'air libre, il demanda, intrigué :

— Mais pourquoi la vitre elle est en bois ?

Le triporteur du laitier se détacha du coin de la Hindenburg
Platz, tel un insecte cahotant ; hormis lui, la Riggenstrasse était
encore déserte dans les vapeurs matinales. Mardochée s'accroupit
sur le trottoir; vérifia, de la joue, la température du front de
l'enfant; puis lui trouvant un regard de divinité placide, lui expliqua, non sans précautions oratoires, tout ce qui s'était passé depuis
la veille.

— Tu comprends, dit-il tendrement, si tu étais un vrai Juste,
les choses ne se seraient certainement pas déroulées ainsi...

— Je comprends tout, dit Ernie.

— Alors il faut redevenir comme avant, dit l'ancêtre patelin.
Tout faire comme avant.

Les grands yeux sombres s'emplirent de réflexion, puis de
larmes qui en dorèrent les bords nacrés.

— Pourquoi pleures-tu ?

— Pasque j'crois bien, maintenant, que j'aurai toujours
mal à tout... quand même que j'suis pas un Juste !

— *Chema Israël !*

Et attirant le gosse dans son giron, Mardochée se redressa
avec lui de toute sa hauteur, la tête pleine de soleil et pensant :
" Seigneur, les cieux dans leur élévation, la terre dans ses profondeurs et le cœur des enfants sont également... impénétrables. "

V

MONSIEUR KREMER ET MADEMOISELLE ILSE

I

Après trente-deux ans de service, toute la personne de monsieur Krémer portait la marque sereine, cette nuance contemplative de l'enseignement démocratique... Professorale, sa haute silhouette comme atteinte d'élongation, et qui semblait onduler, au moindre mouvement, moduler, telle l'ombre d'une flûte, quelque harmonie grave et secrète. Et ce masque rectangulaire, jaillissant du faux col telle une étrange fleur de son pot : professoral.

De même, son sourire comportait une infinité de nuances didactiques : demi-sourire, quart de sourire, huitième, etc. Dans les périodes de calme scolaire, il arborait généralement un demi-sourire prudent, circonspect, à mi-chemin de la douceur de vivre et des rigueurs polaires du devoir.

Dès le début de sa carrière, il s'était signalé par la fâcheuse alliance d'une suavité naturelle, et de théories pédagogiques périmées. Le vénérable Hoffmeister ne lui mâcha pas ses mots : " Ne vous penchez donc pas tellement sur vos élèves, s'écria-t-il en plein conseil de professeurs, c'est la position idéale pour recevoir un bon coup de pied au cul ! " Devenu pourpre, le jeune pédagogue avait médité trente secondes, puis répondu avec beaucoup de dignité :

— En dépit de sa forme discourtoise, je dois convenir que l'avis de monsieur le Recteur me paraît très autorisé.

Et cependant, bien qu'il affichât désormais une baguette, il avait continué secrètement de croire en la pureté de l'enfance, qu'il opposait aux imperfections humaines ; l'enfant, disait-il à son ami monsieur Hartung, descend de l'homme, oui... au même titre que ce dernier descend du singe !

Il estimait que l'Instruction Civique et l'enseignement de la poésie, étendus à tout le genre humain, dresseraient une digue éternelle contre la barbarie. A cet égard, les poètes romantiques allemands lui paraissaient une nourriture rêvée, surtout Schiller, dont le moindre vers irradiait de conscience civique. Le jour où Schiller serait connu de tous les habitants du globe, serait un beau jour. On ne se soucierait plus de politique, ni d'argent, ni de femmes de mauvaise vie. Ce jour béni, songeait monsieur Krémer, l'Enfance ne serait plus en minorité sur terre; tous les adultes resteraient enfants, tous les enfants deviendraient des hommes véritables, et... ainsi de suite.

Ces réflexions l'amenaient à négliger l'actualité politique, au point qu'il ne se souvenait plus, soudain, si l'Allemagne se trouvait en république ou toujours sous l'empire des Hohenzollern. Il avait connu plusieurs régimes; aucun n'avait de conséquences profondes sur l'enseignement de Schiller. D'ailleurs ces querelles de régime se ramenaient à des questions de mots : république, empire, à l'infini. Il ne songeait nullement à s'en mêler, éprouvant qu'un jour tous ces mots feraient silence devant la poésie.

Sans doute il avait eu son histoire d'amour, tout comme un autre, et dont il conservait un souvenir aussi honteux que de cette blessure reçue à la guerre — au bas-ventre précisément. " O ma chère Hildegarde, avait-il dit en rougissant; je t'assure que ce... que cette... en moins... ne me rend pas inapte au mariage. Et en voici la preuve... "

Les années déposant là-dessus la patine cynique du temps, monsieur Krémer se demandait s'il n'eût pas mieux valu administrer, à sa fiancée, une preuve plus convaincante que ce dérisoire certificat médical. Leurs relations s'étaient espacées. Monsieur Krémer avait fini par s'impatienter que la jeune fille regardât son infirmité " partielle, ô ma chère fiancée, partielle ", comme le fruit d'une action vicieuse dont il eût été obscurément complice. La Croix de Fer aidant, il eût pu terminer sa guerre dans le fauteuil directorial; mais le souvenir d'une autre croix, inavouable, qu'il portait en sa chair, avait malheureusement tiédi son ardeur patriotique. On le soupçonna de défaitisme. Et cette mollesse qu'il mettait à être allemand, acheva de convaincre la demoiselle que ses parties nobles étaient réduites à rien; en femme de cœur, elle épousa un héros unijambiste au patriotisme rigoureusement intact.

Ainsi allant, ses souvenirs de guerre se fondirent si intimement à ses réminiscences sentimentales, que bientôt monsieur Krémer les envisagea du même grand œil blessé, confondant dans une même amertume le trou ouvert dans sa chair par les hommes, et le vide de son existence. Et bien que sa haute opinion de l'amour l'arrêtât sur cette voie, parfois il lui semblait qu'un seul et même coup l'avait frappé — au cœur, et au testicule gauche.

" Le fascisme, estima-t-il au début, c'est la taverne dans les rues et au gouvernement. Bientôt tous seront renvoyés à leurs brasseries ou prisons ; bientôt, la vieille Germanie corrigera ses mauvais enfants. "

Il accueillit les premières mesures avec la philosophie, la prudence et le tact à toutes épreuves d'un vieil humaniste. Le décret relatif aux châtiments corporels le fit sourire ; mais lorsqu'il sut que ses confrères, pour plus de commodité, appliquaient ce décret sur le dos des enfants juifs, une fine mauvaise herbe naquit doucement sur son front pur de toutes atteintes du mal... Et l'incendie de la synagogue fit le reste.

Cet incendie se déclencha tard dans la soirée ; au petit matin, il ne restait que des pans de murs noircis. La synagogue morte fuma deux jours sur Stillenstadt. De son sixième étage sur cour, monsieur Krémer observa qu'une longue poutre, au milieu des tuiles et des gravats, se tendait comme un bras accusateur vers la façade chrétienne. Heureusement, depuis l'irruption des Chemises brunes, les Juifs ne se rendaient qu'épisodiquement dans leur temple ; de sorte qu'il n'y eut qu'une seule victime, un fidèle attardé que l'incendie enfuma dans ses prières. Mais une semaine durant, les gens du voisinage se plaignirent d'une odeur subtile flottant aux alentours des ruines, et qu'ils croyaient celle du vieux Juif parti en fumée dans le ciel paisible de Stillenstadt.

Cet encens funèbre flatta fort désagréablement les narines de monsieur Krémer. A son collègue et ami, monsieur Hartung, qui l'entreprenait régulièrement sur le chapitre des Juifs, il fit remarquer que ses paroles étaient *pleines de feu*. L'autre fit mine de ne pas comprendre. Mais le charme était rompu ; et à la sortie des classes, les deux amis firent route chacun pour soi, cheminant à quinze mètres de distance tout le long de l'avenue que, matin et soir, depuis le 1er octobre 1919, ils arpentaient de concert.

Cependant, le mécanisme ne s'était pas encore déclenché, qui devait conduire notre délicat humaniste en camp de concentration. Et quand la roue de mort se mit à tourner, son déplacement initial fut si léger que monsieur Krémer n'y fut pas sensible...

L'école comptait une quinzaine d' " invités juifs ", comme on affectait de les désigner maintenant; et un nombre à peu près égal de Pimpfe — pionniers des Jeunesses hitlériennes. Mais par un tour imprévu de l'âme enfantine, lorsque ces derniers s'élançaient à l'attaque du carré juif, dans le coin du marronnier de la cour, de nombreux élèves " apolitiques " se joignaient à eux pour cette petite guerre si récréative. La formation juive rompue, on traînait les prisonniers au milieu de la cour, où, sous l'œil prudemment distrait des professeurs, on s'en amusait.

Ces jeux romains laissaient monsieur Krémer pensif; mais craignant de s'attirer quelque foudre impériale, il se contentait de faire les cent pas le long du mur opposé au marronnier des Juifs. Parfois cependant, ne pouvant se boucher les oreilles, il pénétrait dans le cabinet réservé au personnel enseignant et, dans le noir, se mouchait le nez à tout rompre. Chaque fois qu'il croyait la boule humide sur le point d'éclater, il soufflait fortement dans son mouchoir. Quand il ressortait, il avait le nez rouge, douloureux. Ce manège ne passa pas inaperçu.

Un jour, au milieu de la récréation, Ernie Lévy vint bouler aux pieds de monsieur Krémer.

Il avait deux Pimpfe à ses trousses. Hans Schliemann enfonça un genou dans le creux des reins de l'enfant juif, dont les bras versaient par terre et les paumes saignaient; dont les yeux étaient clos. Puis saisissant Ernie par les cheveux, Hans renversa son fin visage vers le ciel, dans une posture de suppliant. " Alors comme ça, tu ne voulais plus jouer ?... " La bouche de Hans Schliemann était grande ouverte et ses dents étincelaient. Il semblait indifférent à la proximité de monsieur Krémer, qui porta la main à son crâne chauve, d'un air égaré; puis soupira; tangua sur ses longues pattes; murmura entre ses longues dents jaunes : " Voyons, mon enfant... " et crochetant soudain le Pimpfe au collet, le souleva à hauteur d'homme et le lança à trois pas !

A cette vue sacrilège, la cour tout entière s'immobilisa.

Monsieur Krémer se remit lentement en marche, d'un pas traînant, harassé, portant avec gaucherie son pied en avant et le posant à terre avec prudence, comme une vieille rosse trop lourdement chargée qui assure bien son sabot avant d'élever la patte suivante. Mais comme il atteignait le mur d'enceinte, il perçut un léger pas derrière lui : l'enfant juif marchait dans son sillage, les bras croisés, la mine ravie, se mettant ouvertement sous sa protection. Que faire ?... Monsieur Krémer se résigna, et à la fin de la récréation c'étaient deux garçonnets et une petite fille, aux anges, qui trottinaient derrière lui, fort sagement, la main dans la main et lui constituant un cortège des plus compromettants. Le lendemain ils étaient quinze. Enfin trois jours plus tard, Marcus Rosenberg, le grand Marcus, ultime défenseur des couleurs juives, se rangeait à son tour sous la bannière de monsieur Krémer, une règle d'acier sous le bras. Tout était consommé.

Ce jour-là, lorsqu'il remonta dans sa classe, une inscription enfantine s'étalait sur toute la largeur du tableau noir : *à la porte l'ami des Juifs !*

Il s'approcha du tableau noir, saisit le chiffon à craie, et, se ravisant, le remit négligemment dans sa boîte. Une minute, il demeura le dos tourné à ses élèves. Quand il se retourna vers les quarante regards braqués, son visage était géométrique et froid. Et soudain grandi, durci, la mâchoire portée vers l'avant comme le naseau désespéré d'un vieux cheval de fiacre (auquel les brancards et la couverture superbement jetée sur les épaules infuseraient l'illusion d'une vigueur), monsieur Krémer s'avança solennellement vers son pupitre, sanglé par trente-deux ans de respectabilité quotidienne. Et comme un brouhaha s'esquissait dans la classe, le professeur pinça sa baguette entre le pouce et l'index, la souleva à la verticale et la fit osciller contre son oreille, en un mouvement léger, gracieux, tandis que sa physionomie maintenait une impassibilité supérieure. Un silence de mort plana aussitôt.

— Très bien, articula-t-il avec un misérable sourire. Et pour continuer la journée, je vous propose...

Il frotta une main à plat sur ses lunettes, comme pour en effacer quelque poussière; derrière l'armature métallique, ses grands yeux bleus et doux clignaient à n'en plus finir.

— ... une jolie petite dictée, poursuivit-il enfin. Prenez vos porte-plume et papier. C'est aussi vrai pour vous, mademoiselle Leuchner. Attention, je commence : une, deux, trois !... Qu'il-est-doux-virgule-le-chant-des-mé-san-ges-virgule...

Penchés sur leurs devoirs, les élèves s'appliquaient. Il entrevit au premier rang le visage de sa préférée, Ilse Bruckner, dont les prunelles vertes se dirigeaient vers son pupitre chaque fois qu'il amorçait une nouvelle phrase. Quant à Ernie Lévy, il n'en distinguait qu'une touffe bouclée et la pointe méditative d'un nez, tout au fond de la classe. " Toutes ces têtes sont pleines de vie, pensa le vieil homme; pourtant, une menace toute particulière pèse sur les quatre petites têtes juives... " Et comme il comparait la destinée des quatre à celle des autres élèves, brusquement monsieur Krémer eut la sensation étrange qu'un monstre innommable, une sorte de pieuvre attablée dans la classe, les dévorait indistinctement...

Le soir de cette ultime défaite, monsieur Krémer eut la faiblesse de retenir les deux âmes élues de l'année en exercice : Ernie Lévy, premier en allemand, et Ilse Bruckner, première en chant. Sous un vague prétexte scolaire, il les invita toutes deux à venir prendre le thé : " Demain jeudi, à trois heures tapantes ", déclara-t-il afin de simuler, par cette artificieuse précision, le caractère officiel de son invitation. " N'oubliez pas, leur dit-il en les congédiant : trois heures tapantes ", et il leur adressa un singulier sourire qui tâchait de concilier ce rien de bonhomie qui leur rendrait la venue plaisante, et cette distance professorale qui leur en faisait une obligation.

Quand les deux élèves se furent éloignés, monsieur Krémer découvrit soudain qu'ils fermaient le cercle de ses relations. Cependant, un instant plus tard, l'idée du lendemain le faisait glousser d'aise : il avait toujours connu ses enfants de loin, séparé d'eux par la distance que lui imposait sa fonction ; mais il ne mourrait pas sans les voir une fois de près, leur parler, leur sourire comme s'ils étaient de sa chair. Il pensa qu'ils avaient tous deux les mêmes jambes fines, la même tige du cou, la même taille gracile et menue. Portant son regard vers la fenêtre ouverte, il découvrit le bleu du ciel comme une promesse. La cime du marronnier de la cour affleurait en bordure ; il s'approcha et détacha une feuille qu'il regarda vivre dans le creux de sa main, brillante de toute sa fraîche moelle verte. Il se pencha par la fenêtre et reçut la révélation du marronnier, dont les myriades de feuilles bruissaient au vent comme une folle chevelure. Il avait tout perdu, mais ces choses-là se poursuivaient sans lui : le ciel, la terre, les arbres, les petits enfants. " Et si je meurs, pensa-t-il attendri, tout cela ne s'en ira pas. " Il lui sembla qu'il venait d'inventer le monde, il se sentit tout à coup heureux extraordinairement : il ne savait pourquoi.

La maison de M. Krémer n'était pas d'un homme de poésie. Elle ressemblait à tous ces immeubles du quartier de l'ancienne synagogue, dont Mutter Judith, esquissant une moue dubitative, se déplaisait à reconnaître : " On voit tout de suite que c'est du beau monde, là-dedans. "

Mais l'appartement se trouvant au sixième étage, ce détail rendit du champ à l'imagination d'Ernie (personne dans le quartier de la Riggenstrasse n'habitait si haut, faute d'étages aux maisons), pour qui précisément le nombre d'étages marquait une sorte d'élévation de l'âme. Son plaisir s'accrut du fait que le palier du cinquième offrait un escalier en colimaçon, aussi étroit, louche et sombre et doré de la poussière d'événements mystérieux, que celui conduisant au grenier des Lévy. L'idée que M. Krémer avait taillé son appartement dans un grenier, lui parut pleine de poésie; et la chose, digne d'un tel homme.

Au moment de sonner, la pensée d'Ilse Bruckner l'arrêta; depuis un an, il n'avait positivement adressé la parole à une petite fille. Dans le quartier de la Riggenstrasse, les langues marchaient encore leur train : certaines assuraient que le " youpinot " avait tiré son sexe de la braguette, et voyaient dans le fait la confirmation éclatante de tout ce qui se rapporte au diabolisme sexuel et financier des Juifs; plusieurs nazis avaient réclamé une enquête, mais l'on n'avait rien pu tirer de la petite qui fût relatif à la braguette d'Ernie Lévy...

— Alors tu es venu ? prononça une voix étouffée.

M. Krémer, en habit à queue et visage de gala, se courbait dans l'embrasure noirâtre de la porte; une main grise ondula et vint caresser la joue d'Ernie, qu'elle tortilla en un geste d'une légèreté infinie.

Puis le vieux professeur, désignant, non sans effroi, le carton à chapeau qu'Ernie assurait gracilement sur sa poitrine :

— Mais qu'est-ce que c'est que ça ? J'espère que tu ne nous amènes pas une bombe au moins ?

Ernie hésita, comprit, sourit :

— Ma grand-mère, elle ne fait pas de bombes.

Dans l'antichambre, il se sentit frustré; mais le salon l'émerveilla : quatre petits vitraux y diffusaient une lumière bleuâtre sur les

fauteuils, tous recouverts de dentelle, et sur les cadres dorés
répandus sur la tapisserie comme d'immenses feuilles mortes.
" Je vous laisse ", dit M. Krémer; et c'est alors seulement qu'Ernie
aperçut la sage chevelure blonde d'Ilse, posée comme un papillon
sur la peluche herbeuse d'un fauteuil. Puis il distingua la petite
fille, qui se souleva d'un mouvement vif et fit trois pas, sa main
tendue au bout du bras lisse et si blanc qu'il semblait naître, à tout
instant, de la manche courte bouffant sur le coude, tel le pistil
démesurément long d'une fleur.

— Enchanté de vous connaître, monsieur le premier en allemand.

Ernie toucha cérémonieusement cette main, rougit, et prononça
avec beaucoup de gravité :

— Très heureux, mademoiselle la première en chant.

Il n'aurait su dire exactement ce qui le gênait en ces formules
distinguées; soit qu'elles lui parussent disproportionnées à sa
personne, soit qu'elles rendissent un étrange son dans la bouche de
la petite fille, soit enfin qu'elles le frustrassent d'une partie du
plaisir timide et enjoué qu'il éprouvait à fixer le bleu d'eau du regard d'Ilse. Néanmoins, il fut assez satisfait de la manière dont il
s'était tiré d'un pas aussi délicat, aussi surprenant.

— Hi, hi, fit Ilse Bruckner, qui éclata de rire.

— Vous m'avez bien eu, dit Ernie souriant.

Ilse Bruckner s'inquiéta :

— C'est vrai ?

Et comme les pupilles d'Ernie Lévy demeuraient souriantes
contre les siennes, elle rosit, pirouetta sur la pointe élastique d'un
soulier, et courut se jeter dans le fauteuil pistache qu'elle emplit
de ses bras étalés sur les accoudoirs.

— C'est chic, ici, hein ? dit-elle avec conviction.

A cet instant, M. Krémer se trouva au milieu de la pièce; il
déposait, sur le guéridon, un plateau recouvert de petites tasses en
porcelaine, et d'autres objets non moins saugrenus entre ses mains :
sucrier, théière, etc. Défaisant le carton à chapeau, il parut surpris
d'y trouver la tarte à laquelle, tard dans la nuit, Mutter Judith avait
apposé une dernière retouche. La manière dont il fronça les sourcils donnait à croire que cette attention n'était pas de son goût.
" Qu'est-ce que c'est ? Non ?... Mais c'est de la folie pure et simple..."
Et soudain se tournant vers Ernie consterné, il fronça davantage
les sourcils tandis que ses yeux délavés se piquetaient de points
brillants : " Il a l'air délicieux, c'est de la folie vraiment, ah ! mon
Dieu ! "

Puis il découpa l'émouvante folie en tranches, et fit le service du thé.

— Quelle *splendeur* ! minauda Ilse Bruckner, la bouche pleine. Elle tenait sa tasse à trois doigts, l'auriculaire vertical, et produisait un gazouillis du bout de ses lèvres arrondies comme pour siffler.

— Comment appelez-*vous* ça ? demandait M. Krémer.

Ernie Lévy jubilait :

— C'est un lékhech !

Et M. Krémer se faisait répéter, disant que c'était de la folie, mais que c'était délicieux.

Tout à coup, il déposa précipitamment sa tasse sur le guéridon, et, tirant de sa poche un vaste mouchoir à carreaux, y plongea toute la figure et souffla à perdre l'âme. Les deux enfants furent épouvantés. Une mélopée déchirante s'exhalait des narines de M. Krémer, dont les yeux pâles et sans vie se couvraient à nouveau de petits points brillants. " Rien... rien... " balbutia-t-il en s'esquivant, mouchoir au nez.

— Il est vraiment drôle, dit Ilse Bruckner, qui, de ses coudes, se souleva de manière à glisser au fond du fauteuil.

— Drôle, acquiesça Ernie Lévy.

— Mais il est rudement gentil !

— Gentil, fit Ernie circonspect.

Sa mésaventure de l'an passé dansait devant ses yeux.

— Dis donc, fit soudain Ilse, tu ne m'en veux pas trop ?

Le garçon s'étrangla de peur :

— Pourquoi ça ?

— Pour il y a trois ans, quand on a joué au Christ...

— Oh non, oh non, dit chaleureusement Ernie.

— Et pour mon cousin Hans, tu ne m'en veux pas non plus ?

— Un cousin, c'est un cousin, non ?

— Toi, conclut la fillette, tu n'es pas bavard.

Et modulant un fin rire de gorge, elle s'enroula sur soi et disparut dans les profondeurs du fauteuil.

Le fauteuil d'Ilse craqua. Un rire étouffé s'en élevait. Ernie ressentit une déchirure soyeuse dans sa poitrine. Tout se passait comme si la fillette s'arrangeait pour lui donner envie de participer à sa petite joie blonde, en même temps qu'elle lui en enlevait toute possibilité réelle. Car Ilse n'était pas un animal ou un fil de soleil dans quoi l'on se glisse sans demander consentement, et elle n'était pas tout à fait une personne qui peut délibérément vous interdire l'entrée de son âme. Du côté du visage et des mains, il y avait une sorte d'animal ou d'oiseau; et du côté de la voix, du regard : une manière de personne. On pouvait s'attendre à tout avec Ilse, se dit Ernie rêveur; car elle était ci et ça, et peut-être bien plus qu'il ne pouvait imaginer...

— Qu'est-ce que tu vois ? dit-elle.

— Je vois que vous êtes cachée, dit Ernie Lévy.

Et comme il achevait sa phrase, il éclata en un rire dont la fraîcheur le surprit comme d'un ruisseau ricochant sur les pierres de sa bouche, et dont pourtant il n'avait jamais deviné la source en lui : cette joie étrange, qu'Ilse avait éveillée.

— Tu ris comme un fou, prononça Ilse tapie dans son fauteuil.

Puis sans transition aucune, elle se mit à divaguer doucement : liiiiii... liiiii... comme si le rire en elle eût suivi un lit finement taillé dans sa gorge, avec beaucoup de lenteur et de précision, sans déborder les rives d'un fil. Devenu ce lit de cristal, Ernie abaissa les paupières sur toutes ces choses et murmura d'un ton très poli :

— Vous chantez bien.

Quand il rouvrit les yeux, la tête de la petite fille surplombait la dentelle de l'accoudoir, et tout son visage faisait une moue à l'intention d'Ernie Lévy. Mais dans l'ombre où naissaient les cils, tout recourbés en pétales, Ernie distinguait fort bien les pointes ironiques et tendres du regard divisé en un pistil foisonnant, doré, poussiéreux, exprimant la subtilité naïve d'une fleur.

— Comment ça va ? dit alors Ilse d'une voix feutrée.

— Je ne sais pas, dit Ernie.

Au son de cette voix, Ilse s'émut; les yeux du garçon juif étaient comme deux cerises noires enfoncées dans la chair blanche des joues; elle pensa qu'en y mettant un léger coup de dent, il en dégoutterait ce fin jus rouge, le sang délectable des cerises.

— Tu sais, dit-elle en confidence, je veux être chanteuse.

Le lendemain, au nom d'une étiquette dont il ne s'était guère avisé jusque-là, M. Krémer fit solennellement asseoir Ernie Lévy au premier rang — tout contre Ilse. Le lauréat s'installa d'un air malheureux; ne bougea plus. C'est à peine si elle l'entendait respirer, à petits coups rapides et bien mesurés. Coquette, elle s'inclina, vit que le front de son doux idiot était couvert d'une fine sueur. Elle s'en émerveilla. " Jésus ! comme il a peur, se dit-elle;

oh oui, c'est comme ça, c'est comme ça, c'est comme ça qu'il me plaît ! "

Mais à la récréation, elle ne put éviter l'interrrogatoire de Hans Schliemann.

— Alors, dit-il, tu te mets avec un Juif maintenant ?

Appuyé contre la porte des cabinets, il croisait négligemment les jambes. Ses fins cheveux blonds pendaient de chaque côté du front, il secouait la tête avec fureur, il était beau.

Ilse sourit, méprisante :

Qu'est-ce que t'as ? C'est pa'c' que le père Krémer nous a mis au même banc ?... T'es pas jaloux de lui, hi, hi ?

Elle balaya distraitement une poussière dans les cheveux du garçon, qui frémit :

— Qu'est-ce que tu veux que j'en fasse, de ce petit youpin idiot, c'est pas un homme comme toi ? Stupide Hansi, minauda-t-elle en lui faisant la moue qu'il aimait, sa lèvre inférieure s'offrant humide de salive.

— Attention, dit Hans, je suis un Pimpfe. Je vous casse la gueule à tous les deux...

— Essaie voir, dit Ilse.

Glacée, elle tendit sa joue.

— Alors ?

Hans se lamenta :

— Tu sais bien que non !

— Ah bon, remarqua-t-elle froidement. Mais rappelle-toi que je m'appelle pas la Sophie, moi. Je suis Ilse, je fais ce qui me plaît. Et ce Juif, c'est l'idiot des idiots : si tu le touches, eh ben... tu ne me toucheras plus. Et maintenant vas-y, dépêche-toi, pa'c' que la cloche va sonner...

La fillette se pencha en avant avec ennui; Hans Schliemann chercha de ses index les renflements qui s'esquissaient sous le tablier; et, fermant soudain les yeux, pinça et vivement avec ensemble les pointes de la poitrine naissante d'Ilse.

— Aujourd'hui, c'est gratuit, dit-elle en le repoussant. Mais rappelle-toi...

À la sortie des classes, sous l'œil impuissant de Hans Schliemann, elle prit familièrement Ernie par le bras. Ils firent en silence le tour d'un carré de maisons; puis, sur une poignée de main timide, se quittèrent sans dire mot. Déjà, Ilse se débattait avec elle-même. " Quoi, qu'est-ce que tu lui trouves donc à cet idiot ? " se disait la première Ilse avec exaspération. Mais aussitôt, l'Ilse d'en dessous s'attendrissait au souvenir d'un détail : "Jésus- Jésus-

Jésus, il s'est laissé emmener comme un tout-petit. Y t'a posé aucune question, hein ? L'est vraiment pas curieux pour un sou, celui-là. Ah non, pas pour un sou, se répéta-t-elle enivrée. Mais à quoi pense-t-il donc tout le temps ?... "

Les promenades au bord de la Schlosse lui plaisaient chaque jour davantage; mais le voisinage scolaire la chagrinait, qui la dénonçait ouvertement " concubine ", comme disait Hans, d'un Juif : Ilse en avait de brefs mais déchirants accès de honte.

Quant aux visites du jeudi, devenues rituelles, c'était le miel de sa semaine : la cérémonie du goûter, les petits concerts vocaux dont elle régalait ensuite les convives, le parquet ciré, les bibelots et les fauteuils en habit, tout lui faisait toucher du doigt un monde planant à cent coudées au-dessus du taudis familial. M. Krémer variait sa tenue, allant jusqu'à essayer d'un haut-de-forme; et Ernie, lui aussi, était invariablement comique, avec ses énormes pantalons bleu marine — mis pour la circonstance — et qui, remontant très haut, "dégoulinaient" cependant par terre, l'obligeant à une démarche précautionneuse, du plus curieux effet. Parfois M. Krémer s'éloignait, parfois il se mouchait sur place. Et sur le coup de quatre heures (Ilse s'en délectait par avance), le vieux monsieur prenait un air faussement détaché.

— Écoutez, disait-il, si vous n'êtes pas décidés aujourd'hui, remettons la chose à jeudi prochain. Quant à moi, je vous l'avoue, ça me laisse complètement indifférent.

— Vous n'avez donc pas envie ? faisait Ilse pour l'appâter.

— Mais voyons, ma pauvre enfant, s'écriait-il d'une voix aiguë, je ne suis qu'un partenaire de complaisance !

— On y va ? énonçait tranquillement la petite fille.

Ernie hochait la tête avec indulgence :

— Allons-y, faisait-il.

On jouait aux dominos.

Un jour, Ernie rapporta le plateau d'argent à la cuisine, et, comme elle trouvait son absence longue, Ilse se glissa dans le corridor pour le surprendre. Soulevant un coin de rideau, elle vit Ernie courbé sur la table et tout à l'examen d'un point noir au milieu d'une flaque de lait. Il saisit le point noir, qui était une mouche, et, le bras tendu, s'approcha du fourneau rougeoyant. Ilse eut l'intuition qu'Ernie se livrait à un rite maléfique des Juifs; et tout, en lui, la dégoûta soudain : ses attaches minces et blanches, cette incurvation du cou, et jusqu'au mouvement gracieux de son bras arrondi au-dessus du foyer béant... Mais aussitôt, décontenancée, elle vit la mouche s'agiter au bout du pouce d'Ernie, puis se mettre à trottiner paisiblement sur le plat de sa main; enfin, chassant un dernier reste de vapeur, la mouche fut d'un trait léger au plafond !

Dans le mouvement d'Ernie pour suivre l'insecte, Ilse surprit alors son visage; et, n'eût été le risque d'attraper des boutons, elle l'eût volontiers embrassé : il avait la même expression béate et ahurie qu'à écouter la fillette en ses vocalises...

Ce soir-là, sitôt qu'elle vit sa mère, Ilse devina que son charmant cousin Hans avait dévoilé le pot aux roses. En prévision du mariage, Mme Bruckner avait pour principe de ne pas porter atteinte à l'esthétique de sa fille; néanmoins, elle utilisa le tisonnier. Après l'opération, elle s'expliqua :

— Dorénavant et à partir d'aujourd'hui, plus de jeudi, plus de professeur, plus de Juif; qu'il vienne te demander ici celui-là, et je le recevrai. Fais voir ta figure, t'as pas encore des boutons ?

— On s'embrasse pas, hoqueta Ilse allongée sur le ventre.

— Pas vrai, rétorqua Mme Bruckner, tu sens la crotte juive à plein nez ! Ah, Jésus-Jésus-Jésus, mais fallait que t'y ailles, et avec çui-là surtout ! Je sais tout, Hans m'a tout raconté. C'est lui qui l'a attaquée, la petite de la Riggenstrasse, que ça a fait toutes ces histoires dans les journaux. Et tu le savais pas, peut-être, bougre de putain que t'es ?

— *Si, je le savais !* hurla Ilse. Mais moi y m'fera jamais rien...

Et dans un souffle délicat :

— ... y m'aime.

M. Krémer l'écouta d'un air de profonde mélancolie et dit que ça n'avait pas d'importance; car les amis, ajouta-t-il, un peu ironique, rien au monde ne pouvait les séparer. " Et notre petite bande continuera de vivre à l'école, n'est-ce pas ? " susurra-t-il d'une voix engageante. Mais le lendemain, M. Julius Krémer arrivait non rasé; et le jour suivant, ivre.

Ce fut Hans Schliemann qui donna le signal du hallali. Déjà les inscriptions se multipliaient sur le tableau noir, agrémentées maintenant de dessins obscènes. On savait également que les professeurs, ni le régent, n'adressaient plus la parole à monsieur Krémer. Celui-ci avait pris un air égaré. Absent. Un jour, il tint un petit discours sur le gouvernement : le lendemain, Hans Schliemann déposait une pastille réfrigérante sur le coussin de son siège magistral.

Ni les farces, ni les excès de langage et bientôt les projectiles sournois, ne purent faire renoncer monsieur Krémer à la défense des Juifs de la cour; au contraire, il les disposait désormais en rangs lui-même, par ordre de taille, et les escortait en jetant des regards furieux et provocants sur le reste de la cour. Quand Hans Schliemann lui révéla que le remplacement de monsieur Krémer était imminent, Ilse offrit à nouveau sa poitrine au cousin. Ne pouvant toutefois la décider à rompre, il promit, contre une intrusion sous la robe d'Ilse, qu'il ferait tout son possible pour retenir l'ardeur de ses *hommes*. " Mais bientôt, ajouta-t-il, ça sera impossible; et pour toi, ça sera trop tard. "

Un beau matin, les élèves trouvèrent le régent à la place de monsieur Krémer. Ce dernier, expliqua-t-il, n'étant plus digne de son poste, avait dû quitter la ville à l'aube. Il passa très vite sur monsieur Krémer, puis annonça l'arrivée pour le lendemain d'un remplaçant, venu droit de Berlin. " Toutes choses alors, dit-il avec un sourire ambigu, rentreront dans l'ordre. "

En un geste protecteur, Ilse entoura le bras d'Ernie; dehors, leurs pas les conduisirent tout naturellement au bord de la Schlosse, où soudain Ilse s'assit dans l'herbe et éclata en sanglots. Puis elle se mit à sourire au travers de ses larmes, de façon à rassurer le garçon qui s'assit également, un peu inquiet malgré tout. Indécise, elle arracha une marguerite; et, toujours souriante, en pinça délicatement un pétale.

— Je t'arrache un œil, dit-elle, sans bien se rendre compte de ses paroles.

Un instant, la languette blanche de la marguerite tournoie; elle tombe dans le creux d'ombre du tablier d'Ilse.

— Je t'arrache les deux yeux, poursuit-elle lentement, tandis que ses yeux à elle, toujours souriants, s'amincissent à ne plus former qu'un fil de lumière verte.

Et le débit de sa voix se précipite, son geste de mutilation devient saccadé, vif, sec.

— Je te coupe une patte... les deux !

— Je te croque une main... les deux !

— Je rarrache ton œil...

— Je rarrache... commença-t-elle avec fièvre; mais cette fois, son pouce et son index se replièrent sur le vide : plus un pétale ne subsistait autour du cœur jaune et désarmé de la marguerite.

Affolée, Ilse releva la tête pour voir l'effet de ses paroles sur

Ernie. Mais il ne semblait rien avoir deviné, et se penchant vers elle, ses grands yeux noirs luisant de compassion, il posa l'extrémité timide de ses doigts sur la paume d'Ilse, sur la marguerite gisante : " Qu'est-ce qui te donne du chagrin ? " demanda le doux idiot d'une voix qui tremblait.

Ilse se sentit parfaitement désespérée.

Elle dit très vite :

— C'est rien, c'est oublié...

Puis elle dressa le petit doigt de la main droite, et le fit gracieusement danser en l'air, à la cadence exacte d'une valse viennoise qu'elle se mit à siffler avec une feinte gravité. Comme prévu, Ernie éclata en un léger rire de gorge, tandis que ses yeux suivaient la danse du petit doigt d'Ilse. Il n'a pas de mémoire, pas pour un sou, se dit-elle, le cœur affreusement pincé. Non, non, non, elle ne pouvait lui annoncer que tout était fini, elle ne s'en sentait pas le courage. Voilà, elle attendrait une occasion. Qu'il se mette une fois dans son tort. Au besoin, oui, elle ferait naître l'occasion, car mon Dieu ça ne pouvait plus durer, ô Jésus; car vraiment elle ne " vivait " plus depuis quelque temps. Et sous le regard stupéfait d'Ernie Lévy, la voici qui sanglote à nouveau, au beau milieu de sa chanson qui s'étire un instant, puis meurt.

III

Le nouveau maître ne se fit pas annoncer; cinq minutes après huit heures, la porte s'ouvrit en coup de vent et un homme court et carré en jaillit comme un diable d'une boîte. Sans prêter attention aux élèves, il gagna prestement le bureau et s'y assit en conservant le torse raide, afin de ne rien perdre de sa hauteur. La soudaineté de son apparition avait de quoi prêter à rire, mais Ernie se retint, car tout le monde semblait extrêmement sérieux. Le visage de M. Geek était d'argile sèche. Des craquelures le divisaient dans tous les sens. La peau détendue de son cou débordait légèrement sur le faux col glacé. Un curieux brin de moustache étalait ses ailes de mite jaune sous les narines. On dirait un paysan endimanché, pensa Ernie goguenard.

Mais sa joie ne dura qu'un instant, car déjà M. Geek repoussant sa chaise derrière lui, se mettait au garde-à-vous et proclamait d'une voix rageuse :

— Attention !... une, deux, trois, debout !...

Le ton était si agressif, la voix si décidée à se faire entendre, qu'Ernie ressentit comme une morsure de fouet au bas des reins. Il se redressa avec une brusquerie hagarde qui le surprit, et comme il tendait son torse vers l'avant, il remarqua que les yeux de M. Geek brillaient d'une pâleur insolite au milieu des lourdes paupières qui les enveloppaient comme d'une gangue desséchée.

A ce moment, M. Geek fit claquer ses talons et son bras s'éleva obliquement dans l'air, d'un seul tenant, avec la rigidité d'une poutre :

— Heil Hitler !... s'écria-t-il avec flamme.

La soudaineté du geste de M. Geek fut telle que tous les élèves exécutèrent avec ensemble le salut hitlérien. Ernie lui-même trouva en son être obscur l'inspiration et la technique d'un parfait claquement de talons; au même instant, il s'aperçut qu'il s'écriait à pleine gorge : " Heil Hitler ! Heil Hitler !... " Sa voix se perdit dans le mugissement de toute la classe. Il découvrit avec stupeur son bras orienté vers le plafond. Lentement, il le déplia afin de le ramener discrètement le long des hanches, telle une branche étrangère à son corps.

— C'est vraiment incroyable, déclara M. Geek.

Son accent campagnard frappa à nouveau Ernie. Les lèvres fines et tendues comme des lanières de cuir s'ouvraient sur une bouche noirâtre, et les mots qui s'en échappaient semblaient taillés dans une matière dure, de bois; et brutalement, ainsi qu'à coups de serpe. Ernie pensa que ni les lèvres, ni les dents, ni les broussailles qui lui tenaient lieu de sourcils, ni le curieux parterre des moustaches, ni le relief accidenté et sillonné de rides, ni même, enfin, les yeux stagnant dans tout cela comme deux maigres flaques d'eau grise et peu profonde, rien en monsieur Geek ne rappelait un institu- teur; on aurait dit, plutôt, l'un de ces paysans qui viennent faire le marché sur la place de l'église, et qui jettent sur toutes choses, selon l'humeur, un regard d'eau ou de terre ou même de roche nue, froide, coupante.

Soudain, le visage de monsieur Geek se contracta tout entier, un remous brouilla son regard tandis que sa bouche se tordait de façon à constituer un trou sous l'aile droite du nez. Un filet de voix tremblant et glacé s'écoulait du trou :

— Je croyais... oui... on m'avait dit qu'il se trouve des Juifs dans cette classe...

Et désignant d'un geste bref tous les bras érigés pour le salut
hitlérien :

— ... Mais je ne vois que de braves Allemands qui adorent leur
führer; n'est-ce pas, les gars ?..

Un rire triomphant secoua la rangée de Pimpfe en chemise
brune. Hans Schliemann battit des mains à tout rompre. Monsieur
Geek mâchonna de satisfaction, tourna son regard en direction
de Hans Schliemann, et parut réfléchir un instant. Puis étalant sa
main énorme et noirâtre sur le rebord du bureau, il descendit tranquillement de l'estrade. A chacun de ses pas, une moitié de son
corps fléchissait lourdement de côté. Sa démarche était celle d'un
homme qui tire un fardeau. Ernie nota qu'il semblait d'abord tâter
le sol du pied, pour s'y appuyer ensuite de tout le poids de son
corps avant de lancer l'autre jambe en avant. Mais l'épaule gauche
retombait plus bas que la droite.

Quand monsieur Geek fut à la hauteur de Hans Schliemann,
il s'immobilisa et fixa avec sympathie l'uniforme du garçonnet.
" Il n'y a que trois Jeunes-Hitlériens dans cette classe ?... " émit-il
sur un ton d'étonnement douloureux. Puis comme Hans Schliemann se mettait au garde-à-vous, il poursuivit d'une voix empreinte
de sévérité : " Les Jeunes-Hitlériens doivent donner l'exemple de
la discipline. " Et sans se départir de sa bienveillance, il frappa deux
fois Hans Schliemann au visage. A la seconde gifle, la tête de
l'enfant porta contre son pupitre et il tomba sous le banc. Ernie
fut surpris de l'entendre s'écrier avec enthousiasme : " Oui, monsieur le Professeur !... Oui, monsieur le Professeur !... "

— J'aime ça, déclara soudain monsieur Geek.

Et de son pas lourd et lent, ses grosses mains roulant contre
ses cuisses, il regagna paisiblement sa place. Quand il fut debout
sur l'estrade, il étira son cou et, se saisissant de la baguette de
coudrier, il la porta en avant d'un geste de commandement :

— Et maintenant, s'écria-t-il avec l'accent d'une forte colère,
Die Hunde, die Neger und die Juden auftreten !... Que les chiens, les
nègres et les Juifs sortent des rangs !...

Sur l'instant, Ernie Lévy attribua ces paroles à l'humour incompréhensible de monsieur Geek; mais les élèves ne riant pas, et
monsieur Geek fixant d'un air furieux les papillottes noires d'Ernie,
ce dernier prit conscience que la phrase concernait uniquement les
Juifs. Aussitôt, il glissa de côté pour prendre sa position de juif

au centre de l'allée; derrière lui, le gros Simon Kotkowski reniflait déjà.

— Juifs ! s'exclama monsieur Geek, quand je donne un ordre en général, cela signifie que je m'adresse aux élèves allemands et non à leurs invités.

Puis gardant une pose militaire, et la mâchoire inférieure entrant seule en mouvement, monsieur Geek entama un discours confus et menaçant à l'adresse des "invités juifs". Ces derniers, entre autres, avaient à savoir que monsieur Geek trouverait toujours le moyen de se faire comprendre quand il voudrait s'adresser à eux; par exemple, en commençant la phrase par un nom d'animal.

Après que les invités se furent, sur les indications du maître de maison, retirés au dernier rang de la classe (isolés des purs aryens par une rangée de bancs vides), monsieur Geek se départit de son immobilité et poussa un vaste soupir de soulagement, auquel correspondit un vaste éclat de rire des Pimpfe. Enfin, redevenu grave, il tint aux élèves allemands le rude langage de la vérité : Tous étaient enjuivés par l'ancien professeur; lors tous, à quelque degré, lui étaient suspects. Lui personnellement estimait que monsieur Krémer avait quelque goutte de sang juif dans les veines, " ou ailleurs "; car un Allemand de race ne se fût pas commis à cette répugnante promiscuité. L'heure des Juifs avait sonné, c'était un glas funèbre; l'heure des authentiques et purs Germains commençait de sonner dans le ciel, et c'était la cloche de la victoire, agitée par celui à qui nous devons tout : Adolf Hitler. Enfin les élèves n'étaient pas ici pour *s'amuser à s'instruire*, mais pour préparer véritablement la grandeur du Vaterland; car un jour viendrait, où le porte-plume, devenu une épée...

Ici monsieur Geek s'interrompit net. Au premier rang l'on remarqua qu'une pâleur s'étendait sur le visage du nouveau professeur.

— Euh... ce jour-là... reprit-il avec effort, vous serez des hommes !

Puis un fin sourire effleura ses lèvres, et une lueur subite dans ses petits yeux blancs :

— Hé, le gros, là-bas, déclara-t-il brutalement, son bras tendu vers le fond de la salle. Oui, toi, comment t'appelles-tu ?

— Simon Kotkowski, m'sieur, répondit une voix craintive.

La règle étincelante de monsieur Geek décrivit une orbe sévère dans l'espace, finissant au point précis où il désirait voir le Juif prendre position.

— Le Juif Simon Kotkowski, par ici !

Placide, résigné, tapi dans sa riante graisse, l'aimable Simon Kotkowski gagna le tableau noir. La forme singulièrement juive de son nez avait frappé monsieur Geek, qui en fit l'objet de son premier cours. Mais sarcasmes et comparaisons, analyses " typologiques " et commentaires " bio-politiques " semblaient rebondir sur l'épiderme élastique de Simon Kotkowski, rendant un son clair et guilleret et rose à son image.

— Juif, murmura enfin monsieur Geek, toi et les tiens, vous luttez pour la domination de l'univers, non ?

— Je sais pas, m'sieur, répondit posément l'inculpé.

Les bras croisés, la bedaine joyeuse et le cheveu frisottant sur un front restreint, il offrait l'image de l'incompréhension la plus totale. Son arête nasale en museau de tanche (en bec de vautour, avait dit monsieur Geek) s'éleva et s'abaissa avec hésitation. Il semblait fort intrigué.

— Vous entendez, fit doucement monsieur Geek, il dit qu'il ne sait pas...

Et se penchant vers l'enfant, comme pour mieux signifier le caractère confidentiel de l'entretien :

— Juif, Juif, exhala-t-il, votre ennemi mortel n'est-il donc pas l'Allemagne ?...

— Non... non...

— Juif, petit Juif de mon cœur, comment te croire, dis-moi ?...

— C'est vrai, m'sieur, répondit Simon effrayé.

— ... La force des Juifs, poursuivit monsieur Geek sans paraître l'entendre, ne réside-t-elle donc plus dans la souplesse de leur colonne vertébrale ?...

Alors, Simon Kotkowski demeurant silencieux, monsieur Geek prit un air d'une solennité extrême, et d'une voix que tous les élèves devinaient cassée d'émotion :

— Juif. Ah, petit Juif. Toi qui es encore un enfant, dis-nous un peu quel sort vous nous réservez si... (Ici le timbre de monsieur Geek s'amincit d'effroi) si... ah ! mon Dieu !... si nous sortons vaincus de ce combat à mort ? *Von der Totenschlacht ?*... Que nous ferezvous, hein ?

Et l'enfant juif, fasciné, pris au jeu de la peur collective tournoyant autour de sa personne — la lutte titanesque des Juifs et des pauvres Allemands finissant par se dessiner sur ses prunelles... et Simon de répondre avec une bonne volonté craintive :

— Nous vous ferons rien, Herr Professor, nous vous ferons rien...

Geek eût aimé pourfendre devant tous les élèves ce pion incorrigible de Krémer; sous-officier de l'armée impériale, et promu récemment aux fonctions d'instituteur de choc, l'assainissement de la classe lui paraissait œuvre digne d'un ancien nettoyeur de tranchées. De huit à dix heures, il résolut brillamment tous les problèmes en suspens; mais la " question " du chant s'avéra infiniment plus délicate...

Estimant que les Juifs ne pouvaient manquer de chanter faux, il décida qu'ils ne chanteraient pas; " sauf, ajouta-t-il, s'ils en ont fortement envie. En ce cas, puisque les chats miaulent, puisque les chiens aboient et que les cochons grognent, pourquoi les Juifs ne chanteraient-ils pas ? "

Ce mot sépara la classe en deux, avec la précision du rasoir; ceux qui riaient, et les Juifs.

Mais bientôt, le maître s'aperçut que les Juifs ne chantaient pas, que les élèves aryens chantaient, et qu'il en résultait un ridicule doublé d'une injustice. Quatre zéros pointés ne l'en consolèrent pas; ni quatre pensums assis, ni quatre supplices à genoux, le long du tableau noir : le fait était irrécusable, ils ne chantaient pas.

Les élèves entamaient la marche des Pimpfe : " Frappe, perce et tue ", filles en soprano et les garçons ténors afin d'accélérer la mue, quand la solution apparut à monsieur Geek; et simple, claire, naturelle.

— Halte ! commanda-t-il, de ses bras cisaillant l'air d'un trait. le chœur s'interrompit net.

Alors monsieur Geek, souriant :

— Il semble, mes amis, que nos pensionnaires en prennent un peu trop à leur aise. Pendant que vous chantez, eux, que font-ils ?... ils écoutent tranquillement. Ils se croient au concert...

Ici, monsieur Geek ne sut réprimer une crispation de la bouche, et quelques élèves s'esclaffèrent bruyamment. Cependant, il lui fallait poursuivre sur cette heureuse lancée : monsieur Geek s'essuya les yeux, lentement; souffla dans un mouchoir; prit une large inspiration et, contrarié, s'aperçut que la suite de son discours se faisait attendre.

Un ange passa.

Tordant le cou dans sa direction, les quatre Juifs eux-mêmes semblaient atterrés par le silence qui s'écoulait des lèvres, entrouvertes encore, de monsieur Geek, comme une lave sitôt refroidie en plaques lourdes et molles sur son visage.

Pourtant la soudaineté de l'attaque surprit :

— Que les Juifs chantent, gronda-t-il, pourpre d'indignation, qu'ils nous donnent la sérénade !

Sur quoi il marqua un nouveau temps d'arrêt, mais c'était un ange de victoire, le grand aigle allemand aux ailes silencieuses et fixes de majesté; et déjà toutes les mains battaient, sauf les juives...

Simon Kotkowski se leva, secoua une jambe ankylosée, puis vint d'un air penaud se ranger devant le pupitre magistral. Sitôt qu'il en reçut l'ordre, il arrondit sa bouche en cœur et entama avec bonhomie la célèbre complainte : *Il n'est pas de plus belle mort au monde*, dédiée à la mémoire du héros Horst Wessel. Les yeux au ciel, et ses deux menottes reposant douillettement sur le ventre, il eut à peine susurré : *Déroulez le drapeau trempé de sang...*, qu'un rire atroce envahit toute la classe, n'épargnant âme qui vive, y compris les trois âmes juives demeurées à genoux ; et ce, avec la rapidité de l'éclair.

Le terrible interprète entamait sereinement la seconde strophe : *Debout ! ce qui fut créé allemand par le Seigneur...* quand M. Geek se pencha soudain par-dessus le pupitre, lui criant dans l'oreille de cesser et lui adressant un coup de baguette en ce sens. En proie lui-même à des saccades nerveuses, le maître semblait éminemment choqué par une telle interprétation, qui n'était pas d'un Juif, sans qu'elle fût d'un Allemand. Simon Kotkowski regagna le tableau et, recherchant aussitôt la position idéale, il se laissa aller en arrière, de façon à reposer ses fesses sur les talons; puis ses mains se joignirent au bas de son abdomen rondelet, comme pour le mieux soutenir dans l'épreuve.

Sur un simple signe, Moïse Finkelstein se leva d'un air plein de soumission. Il s'approcha en réprimant un hoquet d'oiseau. Parvenu devant le grand pupitre, une larme coula sous ses lunettes, de honte, d'hilarité contenue, et d'effroi. Nul ne connaissait vraiment Moïse Finkelstein; son père avait abandonné madame, qui faisait des ménages et respirait par les narines de son fils, c'est-à-dire à peine. Plaquant ses mains sur la poitrine, en un vague geste de défense, il se mit à chantonner d'une voix soupirante, nasillarde, au bord du murmure. Il fut ensuite renvoyé sur les genoux : effondré plaintif, mangeant ses larmes et toute honte bue.

— Moi, je n'ai pas envie de chanter, dit alors Marcus Rosenberg. Debout, adossé au tableau noir, il se rengorgeait avec défi.

— Qui t'oblige à chanter ? répondit Geek sans s'émouvoir.

Assez grand, le col élancé d'un jeune cerf, Marcus Rosenberg ne supportait aucune humiliation. Souvent, au soir, les Pimpfe se constituaient en meute pour le terrasser. Les tavelures réparties sur tout son visage dressaient la carte d'anciennes défaites.

— Non, je ne chanterai pas, reprit-il d'une voix étranglée par la surprise.

Et comme Geek boitillait lourdement vers lui, pliant son dos adulte afin de mieux plonger son regard apaisant dans l'œil de Marcus Rosenberg, ce dernier recula contre le tableau noir, qui l'arrêta.

— Qui donc t'oblige à chanter, mon ami, répéta M. Geek d'une voix lisse et insinuante; chez moi, on ne chante que par plaisir et bonne grâce. Demande à Moïse Finkelstein... Puis le prenant de revers, Geek jeta l'enfant juif à genoux, poignet tordu contre l'omoplate.

La justesse de la conception, le haut goût de son exécution touchèrent les Pimpfe, qui applaudirent en silence.

— Alors comme ça, nous avons notre orgueil ? murmura affectueusement Geek; et il accentua sa pression, afin d'amener l'enfant à gémir. Mais l'orgueil du Juif est fait pour être brisé. Voici comment, ajouta-t-il; et Marcus Rosenberg poussa une plainte tout intérieure, sans desserrer ses lèvres pincées dans la bouche.

La voix de Geek devint d'une douceur sirupeuse :

— Voyons, voyons, *Wenn Judenblut*, quand le sang juif ?... quand le sang juif ?...

Au bout de cinq minutes, les lèvres de Marcus se décollèrent insensiblement; quand sa bouche fut grande ouverte, soudain un hurlement noyé de musique en sortit. La preuve était faite de l'ignominie juive. Monsieur Geek respira avec délices et, projetant l'enfant contre le plancher :

— Ordure, dit-il.

Puis avisant Ernie livide :

— Et celui-là, je l'oubliais presque ?

Marcus Rosenberg conservait sa posture, face contre terre, mains sur le crâne, muet; les Pimpfe admirent que son orgueil était brisé.

Deux larmes se suspendirent aux cils d'Ernie. Il parvint néanmoins à distinguer, au premier rang, son amie Ilse dont le visage pétri d'une attention minérale implorait qu'il chantât.

— Et quand cet imbécile daignera-t-il commencer ?

L'enfant se tourna vers le bureau du professeur, une mince ride creusant la racine de son nez rose de chagrin :

— Excusez-moi, monsieur... balbutia-t-il en roulant des yeux égarés, je ne sais pas encore si je dois... Oh...

Puis il ramena un bras dans le dos, s'offrant sans résistance à la prise extraordinaire du maître. La classe se tut. Intrigués, les élèves du premier rang recueillaient les bribes s'échappant de la bouche d'Ernie Lévy : " Je sais pas... je sais pas... "

Geek appréhenda un piège.

Il avança prudemment une main, de l'autre garantissant son visage; mais l'enfant ne bougeant pas, il saisit rapidement son poignet et le tordit avec une si belle vigueur que, la légèreté d'Ernie aidant, et la souffrance, il eut un petit saut de carpe avant de retomber sur les genoux, emprisonné.

— Tu ne sais pas encore ?

Mais Ernie avait planté là tout son monde. Tandis que M. Geek poursuivait son enseignement, que les aryens en appréciaient l'évidence, et les Juifs la rigueur, Ernie Lévy planait à hauteur d'hirondelle, couronné des visages qu'il ne voulait pas assassiner en chanson : Mutter Judith, l'ancêtre, papa, maman, Moritz et les tout petits visages.

IV

Le discours de M. Geek établit crûment qu'Ernie n'avait pas chanté.

Mais passée la flamboyance cruelle de l'instant, l'immense majorité des élèves se refusa secrètement d'admettre qu'il n'avait pas *voulu* chanter, de sorte qu'il lui était impossible de voir plus longtemps une offense dans le mutisme d'Ernie; et moins encore, son triomphe personnel ou — comme s'en plaignait Geek — le triomphe des Juifs en général. Selon cette majorité secrète, il n'y avait probablement ni défaite ni victoire possible pour l'idiot, car l'on sentait qu'il ne désirait vaincre personne, et, de ce fait, n'étant engagé dans nul combat, il ne pouvait subir de défaite comparable à celle de Marcus Rosenberg. Cependant, au fond d'eux-mêmes, les enfants appartenant à cette majorité secrète ressentaient pour " l'idiot " une haine d'autant plus vive qu'elle ne trouvait point d'aliment dans son mutisme. La haine envers Marcus était une réponse au défi permanent qu'il lançait, et Marcus vaincu n'inspirait plus que le mépris auquel il voulait échapper. Mais le silence d'Ernie n'avait point de ces motifs, et plusieurs enfants soupçonnaient qu'il aurait volontiers chanté s'il l'avait *pu*. Dès lors, la haine envers Ernie Lévy était sans mesure, car elle visait la douceur même qui émanait de sa personne, et que chacun des enfants pressentait en soi, confusément, enfouie comme une racine mère.

Les Juifs demeurèrent à genoux jusqu'à ce que le dernier aryen fût sorti, afin que chacun pût les admirer en passant, et exprimer du geste et de la voix son admiration. Mais il n'y eut aucun regard pour Ernie, les élèves détournaient la tête en le frôlant, comme s'ils eussent été exposés à un danger subtil. Ilse ne put s'empêcher de lui couler un regard de biais; surprise, elle ne vit qu'une masse de cheveux ébouriffés jusqu'à la nuque, car Ernie regardait à terre, non pas craintif, mais honteux et chagriné de s'être irrémédiablement séparé des aryens et des Juifs.

La dispersion des élèves fut aussi froufroutante et gentille qu'un envol de moineaux. Il ne se forma aucun groupe pour saluer le départ des Juifs. Les Pimpfe eux-mêmes regardaient les éclopés sans joie. Simon Kotkowski se jurait de ne plus revenir en classe — son père dût-il pâtir gravement de cette infraction à la loi. Marcus Rosenberg aiguisait une revanche absolue. Moïse Finkelstein courait chez lui. Et traînant la jambe, ivre sous le soleil de midi, Ernie Lévy s'en allait pas à pas à la rencontre de son amie Ilse qui l'attendait, comme tous les jours, sur la berge de la Schlosse, de l'autre côté du grand pâté de maisons, sa chevelure blonde étincelant au soleil.

Ce jour-là, quand il aperçut la silhouette aimée, brusquement la douleur de son épaule l'aveugla, et des larmes sautèrent de ses yeux. Ilse se tenait au milieu de la rue, non loin de la berge, immobile, son visage posé comme une douce pomme sur son tablier noir. Sans l'épaule et les larmes, et cette interminable course où chaque pas augmentait le sentiment de sa solitude sous le ciel, sans doute n'eût-il pas songé à embrasser la joue d'Ilse Bruckner; sans doute ne l'eût-il pas osé. Mais y avait-il songé ?... il lui semblait en approchant, qu'Ilse partageait sa solitude et lui tendait sa joue; et il n'aurait su dire s'il l'avait embrassée avant qu'elle ne lui tendît sa joue, ou si, au contraire, Ilse avait esquissé la première ce baiser : tout se passa comme si les deux choses n'en faisaient qu'une.

— Salaud !... fut le premier cri de Hans Schliemann camouflé dans les broussailles de la berge; à ce signal, surgis des maisons voisines ou jaillissant des roseaux de la Schlosse, les " hommes " de Hans révélèrent l'embuscade.

Les pierres douces et bleues, vertes, jaunes du regard d'Ilse, conservaient leur paisible éclat.

— Sauve-toi ! s'écria Ernie cerné par le groupe de Pimpfe, frappé au visage, traîné contre la façade nue de l'immeuble.

Et comme il s'inquiétait pour Ilse, il l'aperçut un bref instant, demeurée au milieu de la rue et du soleil, les bras ballants sur sa courte jupe plissée, qui observait la scène d'un œil curieux.

Soudain il perçut une voix aigre contre sa nuque, qui fut chatouillée d'un souffle :

— C'est la deuxième fois, aujourd'hui, qu'il souille l'honneur allemand, prononça la voix d'un ton extraordinairement solennel.

Cependant Ernie eut le sentiment que la voix de Hans Schliemann était creuse, évidée comme ces haltères de parade avec quoi jouaient les enfants du quincaillier, et qu'ils soulevaient en se contorsionnant et rougissant de mille morts imaginaires. Aussi décida-t-il que la voix de Hans Schliemann méritait un sourire intérieur.

— Salaud !... éructa un Pimpfe contre le visage d'Ernie; je parie que tu l'as déjà embrassée sur la bouche !...

— Il lui a peut-être peloté un ou deux nichons !

— ... Ou mis la main au petit panier !...

Tremblante de colère, la voix invisible de Hans Schliemann résonna tout contre la nuque d'Ernie :

— ... Ou peut-être bien que ce cochon l'a déjà " niquée " ?

Et tombant sur les genoux, Ernie éprouva son épaule avec plus d'acuité que jamais, vaincu sans lutte par la torsion de Hans Schliemann.

Comme la torsion poursuivait la route que traçait, dans son épaule, la douleur... des gouttes molles suintèrent de ses yeux; puis son front également se liquéfia, et le petit garçon imagina confusément (au fur et à mesure que grandissait le foyer ardent de son épaule) que toute cette abondante eau fuyant ses yeux et son crâne, son cou et son torse, et s'installant en humidité âcre dans sa gorge, filtrant de ses lèvres retroussées par la pression mécanique des mâchoires et des dents sur le point de se briser... l'enfant imagina confusément que toute cette masse liquide abandonnant le navire de son corps, fuyait la barre rougie à blanc de son épaule droite.

— Chien de cochon !... cria Hans Schliemann tout essoufflé; tu vas enfin te décider à chanter ?...

Grisé d'indignation, Hans Schliemann ne savait que répéter sans relâche : Hund, chien, chien, chien... tandis que les autres Pimpfe commençaient de cracher au visage d'Ernie, se baissant tour à tour, rapprochant leur bouche arrondie à deux centimètres, et lâchant des jets de morve amassée dans le palais. Paupières closes, le petit garçon imagina alors que la sueur, la salive, les larmes et la morve dans quoi il baignait n'étaient qu'une seule et même substance, tirant son origine d'une source profonde tapie dans son être, et qui désormais crevait l'enveloppe et coulait au soleil; tous ces liquides émanaient de sa substance intérieure, glauque, ténébreuse, marquée de viscosité, et non normalement composée de chair et d'os, comme il pensait, autrefois...

Le temps maintenant lui paraissait une mer sans fond.

Bizarrement, les vannes s'ouvrirent et toutes eaux disparurent.

Soulevant les paupières, Ernie se retrouva agenouillé sur le trottoir ferme et sec. A quelque distance, les Pimpfe faisaient le cercle; ils semblaient débattre une grave question, mais Ernie fut sensible davantage aux mines confites et découragées, qu'aux paroles mystérieuses qu'ils échangeaient en lui décochant, par instants, de biais, la lance vibrante d'un regard. Ernie Lévy découvrit avec ravissement, entre les jambes solidement arquées de Wolfgang Oelendorff, la silhouette paisible de son amie Ilse Bruckner qui semblait reposer debout, immobilisée au même endroit, et dont le vert et bleu et lisse regard s'insinua bientôt entre les jambes d'Oelendorff, apparemment sans voir Ernie. (Bien que ses traits délicats se soient figés une seconde, crut-il remarquer, quand les deux regards croisèrent leur fil.)

— Ce Juif-là, dit le rouquin, y m'a l'air d'être plus juif que les autres.

— Moi je dis qu'on devrait le mettre à poil devant la Bruckner, fit Wolfgang Oelendorff. Paraît qu'y-z-ont la queue coupée.

— Non, non, pas ça ! s'écria le rouquin effrayé.

— Pourquoi pas ? s'enquit calmement Hans Schliemann. *On va tirer le diable par la queue.*

Le groupe éclata d'un rire contraint, toutes les têtes se tournant en direction d'Ilse qui semblait ne rien entendre — quoique ses joues se fussent colorées d'un petit rond — et dont les yeux prenaient l'opacité claire des globes oculaires d'aveugles, bien qu'ils demeurassent braqués dans la direction des enfants : consultant alternativement les Pimpfe, devenus silencieux, et Ernie demeuré sur les genoux à prendre entre les jambes de Wolfgang la caresse du soleil, qui transformait son épaule en eau douce.

Toutes ces choses vues, entendues, paraissaient si peu naturelles qu'Ernie Lévy admit que le soleil se rapprochait et tournait sur soi ainsi qu'une roue de feu d'artifice, se maintenant à peu de centimètres de ses paupières entrecloses. Cependant, une partie de sa personne enregistrait la menace. Se dressant à demi, il s'accota au mur de la maison et rouvrit ses yeux obstrués par le soleil, les larmes, la sueur dégoulinant des tempes, la salive et la morve. Vraiment, toutes ces choses étaient sans exemple, et prenant lentement conscience des paroles dites, le petit garçon détourna avec gêne son regard d'Ilse Bruckner, immobile en son tablier noir, et dont les yeux verts agrandis mangeaient le visage.

Les Pimpfe le cernèrent en silence. Le petit garçon ne bougeait pas d'un pouce, fixant la roue tournoyante du soleil. Ces événements concernaient un autre. Rien d'analogue n'était advenu à personne. On ne trouvait pas la moindre allusion à pareilles fantasmagories dans la Légende des Justes. Tendu désespérément, Ernie fouillait ses souvenirs dans l'espoir de trouver une voie pure, un chemin de secours dans cette forêt de circonstances étranges, qui ne semblaient pas tout à fait réelles bien qu'elles eussent certaines apparences de réalité... Il ne trouva pas de chemin.

Hans Schliemann le ligota de ses bras avec désinvolture. Hans procédait comme s'il eût eu l'assentiment complet d'Ernie. Ce dernier écarta un coude pour permettre à Hans d'assurer confortablement sa prise.

Le rouquin s'agenouilla et défit les bretelles.

Ernie Lévy baissa les yeux, vit une nuque rousse à hauteur de son ventre.

D'un coup sec, le rouquin rabattit la culotte à mi-hauteur des cuisses d'Ernie Lévy, qui remarqua qu'elles étaient agitées de violents tremblements; et, comme le rouquin glissait deux doigts entre la peau et l'élastique du caleçon, d'une seule secousse, le petit garçon se défit de l'étreinte de Hans Schliemann et brandit ses mains le plus haut qu'il put, les agitant en l'air, tout contre la roue du soleil, comme s'il ne savait qu'en faire et eût simplement voulu témoigner de son impuissance.

Troublés, les Pimpfe regardèrent ces mains nues s'agitant au soleil.

Mais reprenant aussitôt ses esprits le rouquin tira sur le caleçon, découvrant le sexe, et c'est à cet instant précis que la bête naissante envahit la gorge du petit garçon et qu'il émit son premier aboiement. Déjà il se laissait tomber aux pieds du rouquin, enfonçant les dents au gras d'un mollet et les y maintenant enfoncées. Un flux de salive envahit sa bouche : ses ongles creusaient la cheville du rouquin.

Aussitôt, Hans Schliemann posa son genou contre le dos d'Ernie Lévy et ramena violemment le petit garçon en arrière, de ses pouces enfoncés dans les orbites. Ernie lâcha prise, poussa un nouveau hurlement et se suspendit des dents à une main de Hans Schliemann, lequel ne put s'en libérer qu'après l'avoir traîné deux mètres le long du trottoir. Hans Schliemann fit encore quelques pas, comme s'il eût voulu allonger la distance entre ses mains et la mâchoire d'Ernie Lévy; puis se ravisant, il vit que l'ensemble des Pimpfe avait eu le même réflexe et se tenait sur la défensive, maintenant, en un groupe compact, hors de portée des dents d'Ernie Lévy qui s'était rapidement remis sur pied et se tenait debout, dos au mur, faisant face en grondant de l'arrière-gorge, ainsi qu'un chien, tandis que les larmes sautaient de ses yeux comme autant de petits couteaux pointus.

— Chien de merde, dit le rouquin.

— De merde de Juif, dit un Pimpfe.

— De Juif de chien, poursuivit Hans Schliemann sans conviction; et, comme il se rapprochait, sa main pendante le long du bras, il ajouta d'un ton forcé : " Attention, il a peut-être la rage... " Les Pimpfe s'écartèrent plus encore, mais souriant pour montrer qu'ils ne prenaient pas la remarque au sérieux. Ils ne pouvaient tenir quitte Ernie Lévy et cependant, aucun ne se sentait le goût de rompre ce maléfice juif dont ils venaient d'être témoins; la boutade de Hans Schliemann paraissait devoir offrir une issue :

— On va le mener à la fourrière, dit un Pimpfe; comme ça, ils nous en débarrasseront.

— Comment c'est qu'y les tuent ? dit un Pimpfe.

— Y leur font des piqûres, dit Hans Schliemann; et y crèvent la gueule ouverte.

— Où ça ?... s'esclaffa un Pimpfe. A la fesse ?...

— Ça dépend, répondit Hans d'un air fin, ça dépend... Les chiens juifs, y paraît que c'est sur la queue.

Et comme s'ils attendaient ce signal, les Pimpfe partirent de rire, se donnant de grandes bourrades, se tapant sur la cuisse avec un tel excès de jubilation qu'ils eurent soudain conscience d'éluder la question principale et se turent à nouveau. Le rouquin ramassa un caillou et le jeta contre Ernie Lévy, imité de quelques autres. Dans leur colère, ils visaient mal. Bientôt Hans Schliemann donna le signal du départ.

— Tu viens ? demanda-t-il à Ilse.

— T'es pressé ? dit-elle sèchement.

— Tu regardes ton chéri ?... Attention, il est fou.

— J'ai pas peur de lui, dit Ilse Bruckner.

Se tournant vers Hans Schliemann, elle lui fit un clin d'œil complice et chuchota :

— Allez-y, j'vous rejoins tout de suite...

— Au coin de l'école ? demanda Hans Schliemann.

Puis sur l'acquiescement de la petite fille, il lui jeta un regard singulier et lui tourna lentement le dos. Bientôt, le groupe atteignait le bout de la rue. Un chant s'éleva au loin. Leurs voix étaient fraîches.

Les larmes tarirent. Lentement la roue solaire se trouva repoussée dans son propre sillage. Enfin elle cessa de tourner et se tint immobile, à distance infinie, telle une bougie dans une pièce. Un merle au fond du pré se remit à chanter, et la Schlosse clapota entre les roseaux. Ernie s'aperçut que son amie Ilse n'avait pas changé de place. Ses chaussures se refermaient par un bouton. Elle portait son joli tablier noir, et ses cahiers reposaient à terre, coincés entre ses chevilles. Ernie remarqua que ses yeux humides et tout ce qu'il y avait de *lisse* dans ses cheveux et son visage lui donnaient l'apparence d'un poisson. A la fête masquée de l'école, elle avait enfilé une longue robe qu'elle faisait onduler comme la queue d'un petit poisson chinois. Il y avait également beaucoup de choses jolies sur son nez et dans ses mains où poussaient d'étonnants doigts roses; mais toutes ces choses, on ne savait à quoi elles tenaient, on ne savait comment leur donner un nom. Ravi, Ernie sourit à Ilse, qui attachait sur lui deux yeux dilatés de fascination et d'une curiosité plus vaste qu'elle-même. Soudain, toutes ces vertes lumières se retirèrent de son regard, une ombre de sourire voltigea une seconde, souleva la lèvre, atteignit une fossette, s'égara, disparut : la petite fille maintenant le fixait à distance, comme un étranger que l'on méprise et craint. Ernie faisant alors mine d'avancer, elle pâlit, se baissa, saisit ses cahiers et s'enfuit en flèche gracieuse sur les traces des Pimpfe ; à vingt mètres, elle se retourna et applaudit trois fois. Le soleil était si bas que la silhouette d'Ilse, soulevée par son tablier noir, semblait un insecte étincelant dans la trajectoire d'un rayon. Puis il n'y eut plus rien.

Le soleil se remit à tourner sur lui-même, de plus en plus vite. Des étincelles jaillissaient de cette roue d'artifice, s'égarant en paillettes multicolores dans le ciel. Des cheveux blonds s'en détachaient aussi. Ernie remonta sa culotte. La bête hurlait si affreusement dans son cœur qu'il craignit d'en mourir sur-le-champ. Comme il mordait les Pimpfe en pensée, il comprit qu'il ressentait pour la première fois de la haine.

V

Parvenu à hauteur du pont de la Schlosse, Ernie se retourna et vit qu'il était seul.

Tout petit, ridé, bossu, le pont de pierre franchissait la Schlosse avec une bonhomie agreste de vieux paysan; des traînées de lierre lui faisaient une barbe fleurie, descendant jusqu'à la surface des eaux. Parfois Ilse et Ernie s'y accoudaient, pour voir filer le temps entre les berges, interminablement. Des tanches et des goujons suivaient le cours des heures, et Ilse prétendait que tous les poissons se perdent dans la mer, sinon où iraient-ils ?... Jamais Ernie ne lui donnait tort, bien qu'il sût que les espèces délicates : ablettes, etc. s'arrêtent juste au bord, à la frontière de l'eau douce et de l'eau salée.

Aujourd'hui, la Schlosse semblait figée dans son lit, et l'eau transparente et vide comme l'air.

Le petit garçon enfila le pont et prit le sentier qui descendait au bord de la rivière, sur la gauche du parapet, entre les ronces, orties, touffes d'herbe molle et verte de la berge, et les bouquets de fleurs jaunes qui vivent à l'ombre des roseaux. A mi-pente, le sentier contournait la célèbre roche de Wotan, dieu germain de la guerre, de la tempête, des seigneurs et des rois. La roche émergeait de la rive, sur quatre mètres de longueur, telle une falaise. Autrefois, du temps de la république, il paraît que les ouvriers plongeaient de son sommet, tous les dimanches d'été. Elle semblait si profondément enracinée dans la terre, qu'on ne pouvait l'imaginer seule, isolée, réduite à elle-même, comme une sorte de gros caillou; c'était un arbre de granit, on aurait dit la section d'un chêne tranché à la base et qui continuerait à vivre de toutes ses racines, décapité, indestructible. Pourtant monsieur Krémer assurait que les ancêtres des Gentils l'avaient transportée des montagnes, taillée sur place et s'en servaient de table pour égorger des bêtes et des hommes; le sang coulait dans la Schlosse, qui le portait jusqu'au Taunus où les sorcières du Brocken venaient le lapper dans la nuit de Walpurgis : c'était une *table de sacrifices*... Certains soirs, les Pimpfe et les membres adultes du Parti y faisaient brûler des troncs d'arbres. Les gens de la Riggenstrasse ne disaient plus : la Pierre, mais la Roche de Wotan — avec beaucoup de considération. Un savant de Berlin avait découvert une croix gammée sous la mousse. Les journaux assuraient qu'elle était vieille de plusieurs milliers d'années; et monsieur Lévy père, finement, qu'elle avait à peine l'âge d'un enfant au berceau.

Ernie Lévy étendit le bras et toucha de l'index la roche, prudemment, comme s'il se fût agi d'un animal endormi. Puis il descendit la pente et s'éloigna d'une dizaine de mètres, en plein soleil, hors de portée de l'ombre fantastique que répandait le bloc. La ligne de roseaux se raréfiait le long d'une minuscule plage sablonneuse. Ernie Lévy posa un genou en terre et remarqua que l'ombre de la roche se prolongeait sur la surface de la Schlosse, emportée par le mouvement des eaux, au point que des filaments d'ombre venaient échouer en bordure de la plage. Un genou enfoncé dans le sable, il progressa légèrement sur la gauche et de telle manière que les deux ombres, la sienne, celle du rocher, n'en fissent qu'une. Se penchant sur l'ombre liquide, d'où émanaient des bulles vaseuses, il étala son mouchoir à l'instar d'un radeau, qui dériva quelques secondes, puis s'engloutit.

L'onde se brouilla. Ernie Lévy essora lentement son mouchoir et procéda à la toilette de son front.

La baguette métallique avait ouvert une fente dont les lèvres étaient dures de sang. Ernie Lévy promena son linge à l'intérieur de cette bouche, puis la recouvrit d'une feuille d'ortie. La plaie lui parut absolument indolore. Promenant ses doigts sur son crâne, il constata avec surprise que des bosses s'y dessinaient. Pourtant aucune de ces bosses ne lui était sensible, non plus que sa mâchoire simplement engourdie par le poing de monsieur Geek. S'il ne souffrait pas, c'est qu'il ne souffrirait jamais plus; c'est que les organes de la souffrance, en lui, étaient abolis. La curiosité le fit se mordre la paume, d'une profonde morsure qui laissa toutes ses dents en creux. Au fond d'une de ces cuvettes perlait une goutte de sang, laquelle n'éveillait aucune souffrance perceptible; on pouvait l'admirer, comme un joli spectacle. " Mais les Justes souffraient, eux ", murmura soudain Ernie Lévy.

De ses mains jointes en écuelle, il puisa un peu d'eau dont il amollit le sang séché sur son visage et sur sa poitrine découverte ; puis il y passa le mouchoir humide et le rinça dans le creux de sa main. Les ombres conjuguées de son corps et de la roche empêchèrent qu'il ne distinguât l'eau rougie, vite noyée dans la rivière. Il se leva et nettoya son genou ensablé. Rien absolument ne bougeait en lui.

C'est peu après tout ceci qu'Ernie eut la première intuition du vide. Ne voulant pas repasser par le sentier de Wotan, il s'était frayé un chemin à travers les orties de la berge ; et, de la hauteur du talus, avait considéré un instant la prairie avant de s'y engager, tranquillement, d'un pas de cérémonie... Certaines herbes passaient son menton ; plus il pénétrait dans cette eau verte, stagnante, divisible à l'infini, de la prairie, et plus il lui semblait que les vagues d'herbe s'élevaient autour de lui comme si elles eussent l'intention de l'engloutir, ou tout au moins, de l'emprisonner en refermant instantanément le sillage qu'il traçait au hasard de ses pas. Il n'aurait su dire si les vagues s'avançaient grandissantes pour le noyer, ou si, au contraire, il s'enfonçait délibérément dans la mer, pas à pas, comme quelqu'un qui abandonne le rivage.

Quand le rivage lui parut suffisamment loin, il s'arrêta et vit à l'immensité du ciel qu'Ernie Lévy était une poussière égarée dans l'herbe. A cet instant, il ressentit le vide, comme si la terre se fendait sous ses pieds, et, tandis que ses yeux jouissaient de l'immensité du ciel, ces paroles vinrent doucement à ses lèvres : " Je suis rien. " La terre à l'entour dégageait son odeur. Toutes choses étaient fixes et enveloppées dans l'odeur de la terre. Le silence avait cette odeur-là, et les effluves du soleil, et le bleu immuable d'en haut. Une poussière vint frapper sa joue et y demeura attachée ; il posa son index, et, l'enserrant avec le pouce, la soumit à sa vue. C'était une coccinelle rouge piquetée de noir, ses pattes vibraient comme de fins poils ; on aurait dit un bijou, une tête d'épingle taillée dans un rubis, avec de petits points noirs posés à la plume. S'armant de mille douceurs, Ernie Lévy posa sa coccinelle sur l'extrémité de son pouce, à la verticale :

> *Bête à bon dieu,*
> *S'envole, s'envole*
> *Bête à bon dieu*
> *S'envole au paradis*
> *Une*
> *Deux*
> *Trois !*

La tradition enfantine voulait qu'aussitôt prononcé le trois, on soufflât au derrière de la coccinelle. Le petit garçon avait arrondi ses lèvres mais, se ravisant soudain, il amena son index et le serra violemment contre le pouce. Aussitôt, la pâte de l'insecte grésilla sous ses doigts. Ernie roula cette pâte de manière à composer un mince rouleau tendre; puis, imprimant un mouvement circulaire à son index, il transforma la coccinelle en une petite boule de la consistance de la mie de pain. Il lui sembla que tout le vide de son cœur se trouvait pincé entre pouce et index. Mais cela ne suffisait pas : collant ce brin de matière dans le creux de sa main, il le frotta longuement entre ses paumes, jusqu'à ce que la coccinelle se fût entièrement étalée et anéantie en une teinture grisâtre.

Alors, relevant la tête, il s'aperçut que le silence venait de mourir. ... La prairie bruissait tout entière d'ailes, du mouvement des herbes, et de cet invisible et sourd frémissement de la vie. La terre elle-même grouillait avec défi. Ernie Lévy remarqua tout d'abord une maigre sauterelle des foins, juchée sur une motte, et qui faisait benoîtement craquer ses pattes dans un fil de soleil. Il se pencha avec précautions, mais la sauterelle ne paraissait guère affectée par cette menace, et l'enfant admit que ses mandibules évoquaient le grignotis appliqué d'un lapin; mieux, la contraction alerte des mâchoires d'une vieille femme. Sur cette pensée, il jeta une main en avant et happa ce qu'il put : l'animal se trouva retenu par une patte, entre la paume et l'index. Ernie Lévy courba son pouce et écrasa la sauterelle contre sa paume. Puis il la transforma en boule, puis en une couleur verte cette fois plus abondante, qui recouvrit jusqu'à ses doigts.

La victime suivante se trouva être un papillon... Rares sont les personnes qui apprécient le papillon à sa juste valeur; ce qui généralement déconsidère le papillon aux yeux du profane, était pour Ernie motif supplémentaire au respect : qu'il fût né de la chenille, et que sa beauté soit poussière... Balthazar Klotz collectionnait les papillons. Il courait par les champs, dressant la lance de son filet; anesthésiait le vaincu d'un flacon d'éther; l'exécutait chez lui, à son aise, d'une épingle plantée au cœur géométrique du thorax. La chambre de Balthazar Klotz était couverte de fragiles trophées; examiné à la loupe, chacun se révélait une cathédrale, et la beauté des ailes leur donnait un caractère de vie, l'apparence de n'être pas morts jusque-là. Ernie eût aimé chasser le papillon, pour le plaisir, le plaisir de la vue; mais on ne pouvait les relâcher sans qu'il en coutât une queue d'aile brisée, un fil d'or éteint, une auréole disparue. Aussi se contentait-il d'approcher silencieusement la merveille, rusant avec elle comme un Indien, puis de la contempler tant qu'elle voulait bien. Comme il devenait de pierre, certains voletaient à l'entour, se posant sur sa tête, ou sur un doigt auquel ils faisaient une bague — merveilleuse.

L'insecte martyr était un Machaon aux découpures de vitrail. Ce spécimen est vulgairement dénommé : Grand porte-queue, car ses extrémités s'achèvent en pointes de deux centimètres chacune : l'immensité de l'aile lui confère un vol noble de rapace.

Le Machaon atterrit sur une violette ; Ernie Lévy enveloppa la fleur et l'animal de son mouchoir encore humide; et, glissant une main par-dessous, il arracha les deux choses ensemble, le papillon, la violette, puis les malaxa entre ses paumes déjà grasses. Après le Machaon vinrent une libellule, un criquet géant, un scarabée, un minuscule papillon aux ailes de nacre bleue; d'autres papillons, d'autres libellules, d'autres sauterelles. Ernie Lévy courait par la prairie, bras étendus, agitant ses mains pâteuses de vermine...

Cependant, il se sentit las. Chaque mort d'insecte lui coûtait davantage. Chaque mort introduisait en lui son cortège de molles ordures, qui maintenant emplissaient son estomac : liqueurs visqueuses sur ses paumes, mais insectes déchiquetés, grouillant de souffrance, dans ses propres viscères. Le cœur lourd de ces choses, il s'allongea et referma les yeux, ses mains posées chacune à plat sur l'herbe. Son ventre s'étalait de toutes parts. Dans la nuit imparfaite des paupières, la nourriture se mit à grouiller. Profitant de l'obscurité, les mille crissements du dehors pénétraient ses oreilles, se coulant de manière insidieuse jusque dans la poche où souffraient encore les papillons et les autres insectes. Ses mains posées à plat étaient mortes.

Ernie souleva ses paupières et se noya dans le ciel tombant à la verticale.

Bientôt, les hautes herbes traçaient un cadre au milieu duquel planaient des oiseaux ; le ciel en était tout agrandi.

Il s'essaya à suivre un oiseau du regard, espérant l'atteindre et s'élever avec lui. Mais les oiseaux poursuivaient dédaigneusement leurs évolutions, indifférents à son regard, et la distance qui le séparait d'eux ne diminuait pas. Comment avait-il pu prétendre à cette élévation, et même à les dépasser par sa conscience de Juste, lui mol insecte dévorant, lui rampant sur un ventre pesant, énorme, grouillant de nourritures ?... *J'étais pas un Juste, j'étais rien.*

Comme il pensait : J'étais rien, le petit garçon se retourna face
contre terre et entonna son premier cri; il s'étonna au même instant
que ses yeux demeurassent vides de larmes. Une demi-heure, il
cria bouche contre terre. Il semblait héler une personne à très
grande distance, un être qui se trouverait enfoui dans la terre, et
dont il espérait un écho. Mais ses cris n'avaient d'autre effet que
d'augmenter le silence, et la vermine demeurait vivace en son ventre. Sa bouche se trouva pleine d'herbe et de terre. Enfin, il sut que
rien ne répondrait à son appel, car cet appel naissait de rien :
Dieu ne pouvait l'entendre. C'est ici très exactement que le petit
garçon Ernie Lévy se sentit embarrassé de son corps et projeta de
s'en défaire.

D'un pas lourd et lent, traînaillant des semelles de terre, il revint
au bord de l'eau pour un brin de toilette funèbre. Le chant de la
nature ne l'incommodait plus, et traversant les herbes, il luttait
seulement contre le visage d'Ilse. Sans émotion aucune, il contourna
le rocher de Wotan. La mixture d'insectes était si adhésive qu'il lui
fallut recourir au sable de la plage pour en détacher entièrement ses
mains, ses doigts, ses ongles endeuillés d'un cerne verdâtre.
Une tête restait encollée à la manche de son tablier; l'examinant
avec soin, il reconnut les yeux de sel et les nobles antennes du
Machaon : " Toi aussi, pensa-t-il, Dieu t'a pris entre ses mains. "
Quand l'eau fut reposée, il se pencha vers elle pour y mieux lire
son reflet : quelques lignes s'en détachaient, frissonnantes; mais
à l'instant que ses traits se composèrent sur le miroir, deux gouttes
tombèrent droites de ses paupières, diffusant aussitôt des rides con-
centriques sur son visage, qui disparut. Mes larmes coulent *toutes
seules*, estima Ernie Lévy; mais moi je pleure pas. Et lorsque ses
jambes s'agitèrent sous lui après qu'il eut traversé le pont, et gagné
la route de la ville : mes jambes tremblent. Mais moi j'ai pas peur.
A peine s'il reconnut la Riggenstrasse; c'était une rue, et les
vivants marchaient tous sur deux pieds. Les gens (certaines gens,
surtout les femmes) s'arrêtaient pour le voir passer; mais il ne
regardait point les visages. De même, s'engageant dans la maison
par la porte de la cour, à peine s'il adressa une pensée aux êtres dont
lui parvenaient, à travers le voile du couloir menant à la cuisine,
comme des filaments ténus et volatiles de voix humaines. La séparation d'avec les membres de la famille Lévy — noyau de son défunt
univers — était telle qu'il ne conçut pas une seconde de leur dire
adieu : loin étaient tous adieux.

Cependant, au milieu de l'escalier, ses jambes tremblèrent si honteusement qu'il se retint à la rampe, répétant à mi-voix : Qui ose dire que tu as peur ?... qui ose dire que tu as peur ?... Mais déjà lui faisait face, tel un être menaçant, la lourde porte à ferrures du grenier.

Les gonds grincèrent; Ernie craignit que leur plainte fielleuse ne descendît jusqu'à la cuisine, par le chemin traître des cloisons. Lorsqu'il eut repoussé le battant vermoulu, la pression de l'obscurité le fit reculer d'un pas, amenant sa jambe aventurée le long de celle qui était demeurée sur le palier; puis, le haut de son corps esquissa un vague mouvement de retrait, car l'obscurité rendue fluide, soudain, avançait vers lui en muraille marine. Enfin le gris et le noir du grenier se stabilisèrent dans un entre-deux caressé d'algues, et participant à la fois de la clarté louche du palier et de la nuit qui maintenant s'affairait subtilement, lui soumettant la lucarne d'où pendillait une fine corde qui tenait par le cou, à un mètre du sol, une poupée de celluloïd entièrement nue. (C'était un jeu, Moritz et ses amis l'avaient pendue jusqu'à ce que mort s'ensuive; elle figurait Adolf Hitler, grâce à deux coups de crayon sous les narines. Néanmoins, Ernie estima qu'elle avait un peu le visage d'Ilse, et en tira une satisfaction lointaine, comme la caresse d'un vent intérieur.)

Apparurent ensuite les rangées de tuiles courbes, et leurs arêtes luisant comme autant de dents noires, surgies de la soupente; apparurent les moellons, ficelles, chaises brisées, l'ancienne table de la salle à manger (trop petite depuis la naissance des frères et sœurs d'Ernie), l'ours en peluche décapité, la bassine emplie de cette vaisselle qu'on réserve aux jours de Pâques. Puis apparut le grenier tout entier, et Ernie s'avança pour disposer une chaise sous la lucarne...

A cet instant précis, une auréole naquit au centre de la vitre, et le local se trouva envahi d'une lumière semblable à de la poussière, jaune, tiède, qui se déposerait dans la gorge et piquerait.

Le petit garçon saisit franchement la chaise par son dossier, et, la soulevant, il eut le sentiment qu'elle s'animait de vie à son contact : un pied de la chose venait de frapper son genou. Grimpant sur *elle*, non sans hésitation, Ernie se redressa de toute sa taille et parvint à soulever la lucarne jusqu'au cran d'arrêt; puis s'agrippant en bordure du cadre, il tenta un rétablissement classique. Cela signifie que l'athlète soulève son corps à la force pure du poignet; qu'il assure sa prise en portant appui des deux mains sur l'obstacle à vaincre; et, opérant une traction ordinaire des avant-bras, qu'il consolide superbement sa position en rabattant le genou à hauteur du support. Bien qu'Ernie ne se crût point fait pour accomplir des prouesses physiques, il lui semblait raisonnable et juste qu'aujourd'hui son corps, à titre tout à fait exceptionnel, se soumît naïvement à sa volonté. Cependant, à peine se fut-il mis à pendiller que le montant de la lucarne se rabattit sur ses doigts. Pincé au plafond, et gigotant, il fut trop heureux de choir à la faveur d'une secousse; ensuite de quoi, assis dans la poussière, il admit que l'ordre du monde ne se pliait pas à son malheur.

Généralement, les gens dans sa situation se pendent. Jamais Ernie ne s'était demandé pourquoi les gens se pendent dans ces circonstances, mais il comprenait maintenant que c'est le moyen le plus pratique. Ou alors ils se noient; car c'est aussi un moyen naturel, qui nécessite peu de choses, et il est en somme à la disposition de tout le monde. Peut-être aurait-il mieux fait de se jeter carrément dans la Schlosse, tout à l'heure, ça ne devait pas être tellement désagréable, surtout par une belle journée. Il serait parti au fil de l'eau comme un morceau de bois ou un paquet de branchages. Il était donc réduit à se pendre, puisqu'il ne pouvait monter sur le toit. Mais pour se pendre il faut une corde, une chaise, et un nœud coulant : il manquait de nœud coulant. Si l'on n'utilise pas de nœud coulant, on risque de rester accroché à la corde et de se faire mal. Redevenu fébrile, Ernie défit la poupée et s'aperçut que Moritz et ses copains avaient simplement ficelé la corde autour du cou de la poupée, mais qu'ils ne l'avaient pas positivement pendue. De ses doigts rendus gourds par le chagrin, il tenta diverses combinaisons de nœuds coulants; mais ou bien le nœud se défaisait en tirant un peu fort, ce qui risquait, lorsqu'il s'élancerait de sa chaise, de le faire choir brutalement par terre; ou bien le maudit nœud, quand il y passait le poignet, se serrait sur lui-même et devenait dangereusement fixe. Peut-être en s'entêtant parviendrait-il à confectionner un beau nœud coulant, mais toute réflexion faite ce moyen n'était pas du tout plaisant. De ses livres d'images, il avait conservé le souvenir d'un pendu avec une grosse langue qui lui descendait jusqu'au menton. Sans doute n'était-ce pas plus agréable de se jeter du toit, mais auparavant, il y avait le saut; tandis qu'avec la pendaison, il n'y avait rien.

Comme plus rien ne pressait maintenant, Ernie s'assit sur la chaise pour mieux réfléchir, car cette affaire était grave et méritait examen.

Par la fenêtre ouverte dans sa poitrine, s'écoulaient lentement les êtres et les choses dont il avait amour et connaissance : Mutter

Judith, l'aïeul, papa, maman, la chambre du premier, monsieur Krémer, Moritz, les petits, et le soleil plus haut nageant entre les arbres et les maisons, et Ilse qui était morte. Pourquoi toutes ces choses le quittaient-elles, aujourd'hui ?... et pourquoi se sentait-il plus lourd et non plus léger, à mesure que toutes ces choses l'abandonnaient ?... Vraiment, c'était comme s'il tombait à grande vitesse du ciel, et rien mieux qu'une véritable chute n'arrêterait ce vertige : il était donc éminemment regrettable que le saut du toit lui fût interdit, par suite de son incapacité à exécuter un rétablissement classique.

Abaissant son regard, il redécouvrit l'ours en peluche d'autrefois, la bassine à vaisselle, les cordes, les tas de chiffons, l'ancienne table de la salle à manger. Une chaise brisée retint son attention ; elle se tenait allongée sur le dos, dressant en l'air son unique pied. Ernie Lévy la reconnut et se souvint de la manière dont elle était morte, sous une pesante colère de Mutter Judith. On ne pouvait entrer dans un morceau de bois ; et pourtant, Ernie eut le sentiment inexplicable de ne faire qu'un avec la chaise brisée.

Peut-être les gens finissaient-ils comme finissent les objets ?... Non, certainement pas, car on ne savait comment les gens s'arrangent pour mourir, on n'en avait aucune idée. Un beau jour, au repas du soir généralement, Mutter Judith annonçait qu'Untel " s'était éteint dans l'après-midi " ; puis sentencieuse, elle avançait le nom d'une maladie, comme on désigne un coupable. Selon Ernie, tous les prétextes de maladie étaient plus ou moins fallacieux. Un simple regard montrait clairement que toutes ces personnes avaient été *emportées*, au nez et à la barbe de leur entourage ; car outre le chagrin, chose très naturelle (quoique Ernie eût été souvent intrigué par cette désolation extrême que les adultes portaient dans le deuil, alors qu'eux-mêmes, n'étant pas immortels, devaient forcément retrouver leurs bien-aimés au ciel), les parents des morts vous avaient un petit air vexé, assez caractéristique.

Seuls les Justes ne mouraient pas de façon aussi hâtive et désobligeante. Le jour venait où le Juste rendait témoignage de sa justice, et l'univers entier s'organisait en vue de préparer son lit de mort : les rois fomentant des invasions, les seigneurs des pogroms. Car ils n'avaient pas à bouger le petit doigt, les Justes : tout était prévu, organisé dans le moindre détail, depuis le martyre du saint rabbi Yom Tov. On ne pouvait en tirer aucun enseignement, puisque aucun d'eux n'était allé, comme Ernie, au-devant de la volonté de Dieu.

A bien y réfléchir, d'ailleurs, ni les Justes ni les morts du quartier ne s'étaient trouvés dans une situation comparable à la sienne ; car il n'y avait pas de tuberculose, de supplice ni de massacre : Il y avait Ernie dans le grenier.

Un chant d'oiseau filtra à travers la lucarne. Ernie Lévy se remit debout et secoua ses jambes ankylosées : sa dernière chance était de sauter par la petite fenêtre des cabinets, donnant également sur la cour. Comme il faisait une enjambée en direction de la porte, le sol lui manqua : sa blessure au front et la piqûre aiguë de ses doigts pincés à la lucarne l'avaient subitement aveuglé d'une telle douleur — âpre et sombre, et plus fougueuse qu'une tempête nocturne —, qu'il ne s'étonna point de reprendre ses esprits sur le plancher. Il nota également cette pression incisive creusant ses tempes, lesquelles pourtant n'avaient subi aucune violence. Tout provenait de cette pastille diabolique, trouvée tout à l'heure dans la doublure de sa culotte; à peine posée sur sa langue, il avait senti se répandre dans ses veines la douleur, sous le masque doucereux du plaisir. Se remettant sur pieds, il eut le sentiment d'avoir grandi à telles proportions que sa tête ballottait, devenue trop lourde eu égard à la finesse élastique de ses membres.

La rampe d'escalier permettait de contrôler chaque marche. Les cabinets se trouvaient à l'étage inférieur, face à la chambre de monsieur et madame Lévy. Il se demanda pourquoi les larmes recommençaient à sillonner ses joues : mes larmes coulent toutes seules, mais je pleure pas vraiment. Et quand, parvenu à l'entrée des cabinets, il perçut avec une précision quasi visuelle le tremblement spasmodique de ses membres inférieurs : mes jambes tremblent, mais j'ai pas du tout peur.

Les lieux d'aisance faisaient office de cabinet de toilette; le siège se trouvait dans le fond du réduit, juste sous la petite fenêtre carrée par quoi affluait directement le soleil, tel un fleuve immobilisé dans l'espace, en son lit rectiligne, les myriades de poussières en suspension figurant avec complaisance des infinités de poissons dansant. Ernie souleva le couvercle du siège, afin de ne pas salir inutilement; puis il grimpa sur la porcelaine, pour se trouver à hauteur de la petite croisée. L'ouverture suffisait à ses épaules, mais l'opération supposait qu'il se hissât la tête en avant, fît basculer son corps et, le poids du tronc aidant, qu'il se trouvât entraîné au sol; ainsi donc, il ne sauterait pas dans le vide, mais se laisserait simplement aspirer. Songeant qu'il se fracasserait certainement le crâne (lequel se briserait comme un œuf, ne laissant aucune trace de son visage), il se prit encore à regretter de ne pouvoir s'élancer normalement du toit.

Ses jambes tremblaient si fort qu'il craignit de choir de la cuvette sur laquelle il se maintenait en équilibre. Depuis quelques instants, un esprit malin semblait s'être installé dans ses jambes, afin uniquement de contredire le calme de son âme. Rien ne coulait plus de ses yeux, tout le malaise ennemi se tenait dans ses jambes, leur ordonnant de faire ce que bon leur semblait. La volonté installée dans les jambes était si éloignée de la volonté supérieure d'Ernie Lévy, qu'à peine s'accordait-il encore un droit de regard sur le tremblement se produisant en bas. Mais craignant que ses jambes ne le fissent choir du siège, il prit le parti d'en descendre avec précautions, afin de laisser reposer le désordre soudain de son âme.

Au bout d'une minute, il s'aperçut qu'il détaillait machinalement les objets de toilette se trouvant sur l'étagère. La barre de soleil n'atteignant pas le renfoncement du lavabo, tous les objets se trouvaient mêlés dans la pénombre, composant une seule silhouette que l'œil du petit garçon réinventait, escaladant les pics, caressant avec nonchalance les chutes verticales, comme s'il se fût agi d'une chaîne de montagnes. Le nécessaire à raser arrêta son regard. Celui-ci se trouvait au bord extrême de l'étagère, une partie non négligeable surplombant le précipice. Tout à coup, le cerveau du petit garçon se vida de toute inquiétude, son cœur de toute angoisse, et il sut que ses jambes et ses yeux redevenaient siens.

Se levant rapidement, il s'approcha de l'étagère. La boîte contenait un paquet de lames vierges. Chacune d'elles était enfermée dans une gaine protectrice. Sur sa paume, la lame nue et blanche luisait tel un bijou, un camée. Il était regrettable que ni l'ancêtre ni M. Lévy père n'utilisassent de rasoir à manche pour arrêter le contour de leur barbe. Rien qu'en se rasant, certaines personnes arrivaient à se tailler la gorge d'un geste un peu brusque. Certains prétendent que les rasoirs à manche sont si effilés qu'il suffit de poser la lame à la verticale pour fendre une chair. La facilité de l'opération supposait qu'on se coupât le cou sans même sentir un chatouillement.

Ernie Lévy posa son poignet gauche sur le rebord de la cuvette; et, perçant la douce peau bleuâtre avec le coin du rectangle d'acier, traça un sillon le plus profond qu'il put. Retirant la lame de rasoir, il constata avec surprise qu'une goutte de sang perlait à l'angle. Pourtant il n'avait ressenti aucune douleur, et son poignet était à peine marqué d'un filament rosâtre : une égratignure de mouche, comme on dit. Il pensa avec dérision : une égratignure de mouche, et soudain le sillon se sépara en deux lignes plus minces encore, qui s'écartant de plusieurs millimètres ouvrirent chemin à un flot continu de sang. Ainsi donc, l'opération avait réussi.

Comme le sang souillait le carrelage, Ernie revint au siège et laissa s'égoutter son bras au-dessus de la réserve d'eau, afin de ne pas donner un travail inutile à Mme Lévy mère. Sa main gauche pendait, absolument rouge, et le filet de sang prenait naissance au bout du médius, par le même sortilège qui fait s'écouler, au travers du bec, le sang des poules égorgées à l'abattoir rituel. Une fois, Ernie s'en souvint, il avait porté une poule à égorger. Sitôt donné le coup de rasoir, la poule se débattit avec acharnement, puis avec une sorte de morne désespoir qui agitait ses ailes de soubresauts; puis elle cessa de se débattre, montrant par là qu'elle était encore en vie, puisque le sang, n'est-ce pas ? c'est la vie. Ernie n'avait pas mangé de cette poule, ni d'aucune des poules ou volailles ultérieures, car désormais il savait par quelle voie elles atterrissent dans les assiettes... Et sans doute une partie de son être continuait de se débattre, comme la poule ; de là venait, peut-être, que ses jambes tremblaient à nouveau sous lui...

Maintenant, sa main contractée revêtait nettement la forme d'un bec sanglant, la plaie ouverte du poignet indiquant le cou de la poule; remuant son pouce contre les quatre doigts serrés, il vit le bec de la poule hacher l'air d'effroi et son œil rond luire.

... A quel moment la vie quitterait-elle son corps ?... c'était là une question fort intéressante, et Ernie attendit avec une angoisse délicieuse l'instant où s'effectuerait le passage. Tous les gens s'effrayaient considérablement de la mort, car ils pensaient qu'on n'y voit plus, que c'est le silence complet, et qu'il ne s'y passe rien. Mais Ernie savait très bien que cette mort-là est impossible. Tout se poursuivait comme avant, avec la seule différence qu'on n'avait plus cette envie douloureuse de mourir. Ça n'était pas si déplaisant, la mort; et, pour commencer une nouvelle existence, Ernie Lévy s'imagina sous la forme d'une bulle d'eau, si transparente que, voletant au soleil, elle réfléchissait toutes choses visibles. Mais une épingle se fichant aussitôt dans la bulle, il s'anéantit en pensée... Alors, désireux d'éviter l'épingle, il décida que la mort se ramenait plutôt au fait de devenir invisible.

— Mes enfants, dit l'ancêtre debout à l'extrémité de la table et revêtu de toute la pompe des solennités religieuses, mes enfants, notre bien-aimé Ernie nous a quittés pour un monde meilleur.

Il ne voulait pas nous faire de la peine, il est parti à cause des coccinelles et de toutes les choses que vous savez. Là où il se trouve maintenant, il est heureux, et je suis sûr qu'il ne nous quitte pas du regard. Chantons pour ne pas l'attrister.

— Je ne peux pas chanter, dit Mutter Judith.

— Moi non plus, dit M. Lévy père.

— Ni moi, fit Mme Lévy mère.

— Je l'aimais, fit Moritz en larmoyant de si piteuse manière qu'Ernie Lévy, assis bien qu'invisible sur le sofa de la salle à manger, sentit des larmes invisibles couler de ses nouveaux yeux et tomber sur le plancher avec un floc, floc, floc, inaudible à toutes autres oreilles que les siennes.

Ouvrant ses yeux de chair, il constata que le bruit provenait en réalité des gouttes de sang tombant une à une, avec lenteur, comme si la réserve contenue dans ses veines était sur le point de s'épuiser. Une douceur grisante émanait de son poignet, et telle que tout son organisme s'en trouvait alangui. On ne pouvait comparer cette sensation à rien, sinon au plaisir de se promener le long de la Schlosse avec Ilse et regardant son visage à la dérobée. Ernie imagina qu'une fois mort, il rendrait visite à son amie chagrine, repentante, inconsolable. Je te demande pardon, fit Ilse. "Tu rêves, mon petit ami", prononça Ernie à voix haute, tandis que le clapotis du sang s'espaçait davantage... floc... floc... floc... Ce matin, M. Geek avait dit qu'après la bataille de Verdun, les esprits des morts continuaient de combattre dans les airs; de même, les applaudissements d'Ilse résonneraient éternellement derrière le pâté de maisons, et rien, ni les regrets d'Ilse, ni la mort d'Ernie, ne pourrait faire que ces applaudissements ne soient, à toute heure, à tout instant, comme ils résonnaient présentement dans les oreilles d'Ernie.

Chaque goutte de sang lui devenait une caresse. Et si, cédant à cette délicieuse envie de dormir, il se réveillait plus vivant que jamais ?... Saisi d'une folle angoisse, le petit garçon rouvrit les yeux et s'aperçut, de la sorte, que ses paupières s'étaient abaissées à son insu, de même qu'il avait insidieusement glissé à terre et reposait assis, dos au mur, ses jambes nues baignant dans un étang de sang. Les applaudissements d'Ilse se muaient en une musique ironique, légère, une musique d'insectes rapides et noirs et brillants de malignité, chaque note bourdonnant autour de ses oreilles pour y planter soudain son dard.

Dans l'effort qu'il fit pour se lever, une gerbe de sang fusa. Il parvint à poser un pied sur le rebord de la cuvette; et, tirant de sa main accrochée à l'encadrement de la fenêtre, se hissa jusqu'à poser le second pied. Rapprochant ses bras dans la position d'un plongeur, il faufila une moitié de son corps dans le carré béant de la fenêtre et se trouva suspendu entre terre et ciel. Son bras gauche pendant le long de la muraille, saignait déjà jusqu'au premier étage. Au-dessus du marronnier passaient d'énormes oiseaux dont les ailes de papillons, jaunes, bleues, vertes, réfléchissaient le soleil comme des glaces. Les oiseaux papillons filaient si vite qu'on ne pouvait les suivre du regard; ils s'élevaient si haut par-dessus les toits, par-dessus le marronnier et le petit garçon, que ce dernier se moqua doucement de soi... Soudain l'âcre odeur du sang s'évanouit, son bras cessa de saigner, les papillons s'atténuèrent et des paroles chantantes et traversées de rêve se firent entendre, tandis que le soleil prenait le visage d'Ernie dans ses mains douces; c'étaient les paroles que prononçait l'ancêtre tous les vendredis soir, au repas solennel qui ouvre le sabbat de gloire et de paix, les paroles du Poète : " *Viens, bien-aimé, au-devant de ta fiancée.* "

... Ernie coulait déjà le long de la muraille, mains redressées et la tête soulevée comme s'il eût voulu se rattacher une seconde à la vision du ciel, ou comme s'il se refusait à voir la terre tombant sur lui davantage qu'il ne fondait sur elle, la terre avançant vers lui, ô plongeur de haut vol dans la position du saut de l'ange, ses bras maigrement écartés figurant les ailes... Ernie déjà avait pris son envol, quand ses pieds s'accrochèrent au rebord de la fenêtre, le retenant, un instant, par une sorte de réflexe dérisoire, et comme si toute volonté de vivre s'était réfugiée *in extremis* en cette partie de sa personne, bien inutilement; ou comme si, anesthésiée par la souffrance et la négation de soi absolue, l'horreur de la mort se réveillait brusquement au tréfonds de lui-même, le retenant à la vie alors qu'il était trop tard, déjà.

VI

LE CHIEN

I

Les statistiques montrent que le pourcentage de suicides, parmi les Juifs d'Allemagne, fut pratiquement nul durant les années qui précédèrent la fin. Il en fut ainsi dans les prisons, ghettos, toutes bouches d'ombre où le museau de la Bête pointait de l'abîme; et jusque sur le bord des crématoires, " anus du monde " aux termes d'un savant observateur nazi. Cependant, dès l'année 1934, c'est par dizaines et dizaines que les petits écoliers juifs d'Allemagne se portèrent candidats au suicide; et par dizaines qu'ils y furent admis.

Ainsi la première mort d'Ernie Lévy prend humblement place dans la statistique, au côté de dizaines de morts analogues (quoique sans lendemain — elles). Il est admirable que dans le temps où ils enseignaient le meurtre aux écoliers aryens, les instituteurs enseignaient aux enfants juifs le suicide; ce point illustre la technique allemande, son extrême rigueur et simplicité, dont elle ne se départit pas même en pédagogie.

Quand Mardochée découvrit, dans la cour, au pied du mur, le corps inanimé de l'enfant — volatile foudroyé en son vol, dans un éparpillement de plumes et de sang — il se sentit proprement devenir fou. Ses lourds yeux gris restaient secs, ils pesaient dans ses orbites comme des cailloux. A mesure qu'il s'approchait du corps, ses dents creusaient plus sa lèvre inférieure; un filet rouge, puis deux, puis trois descendirent le long de sa barbe carrée. Il vit qu'Ernie gisait la joue contre le pavé, couché en chien de fusil, ses longues boucles recouvrant discrètement son visage : la mort l'avait surpris dans une position de sommeil. " *O Seigneur, ne l'as-tu pas coulé comme du lait ? Ne l'as-tu pas caillé comme du fromage ? Écoute, tu l'as revêtu de peau et de chair, tu l'as tissé d'os et de nerfs : et voici qu'aujourd'hui tu le détruis...* " Tombant sur les genoux,

Mardochée fut surpris du bourdonnement des mouches qui tournoyaient autour du maigre cadavre. L'une d'elles, énorme, verdâtre, se posa goulûment sur une pointe d'os crevant le coude. Mardochée glissa ses bras sous le corps disloqué et le souleva de son lit de pierre et de sang. " Voici, dit-il à l'enfant d'une voix calme, je crie à la violence, et nul ne me répond. " A ce moment le tablier scolaire se souleva, s'abaissa, se souleva, avec la régularité miraculeuse des organismes vivants. Aussitôt Mardochée se sentit ému de reconnaissance envers Dieu si bon. Tel quel, dans le pelage fauve de sa vieille robe de chambre, et l'enfant étreint comme une petite proie sanglante, il traversa le salon, se mit à courir dans les rues — tous les Lévy épouvantés à ses trousses. Le soir même Ernie délirait à l'hôpital de Mayence — section juive. On en fit un petit bonhomme de plâtre. Mardochée remerciait Dieu, qui avait fait grâce. Il le remercia six mois, un an; mais au retour d'Ernie à Stillenstadt, il fut obligé de convenir que si l'Éternel, dans sa miséricorde, avait rendu la vie à l'angelot, il ne lui avait pas rendu son âme.

Ernie sut tout de suite que la mort avait posé sa main à l'intérieur de son cerveau. De toutes les souffrances qui révulsaient chacune des cellules de son corps pris dans un échafaudage de courroies, de supports métalliques, et de multiples tubes distillant la vie aux emplacements taillés dans le plâtre, la plus déchirante lui venait de son œil unique redécouvrant, avec les formes et les couleurs du monde, son éminente cruauté. Au début, sous le coup de la surprise, Ernie pensa que Dieu s'était retiré des choses qui toutes maintenant s'étalaient sans couleur, sans le moindre relief, telles des défroques jetées au hasard dans la salle d'hôpital. Puis il comprit qu'il ne les voyait plus avec les yeux menteurs de l'âme. Lors, bien qu'il sentît, dans sa bouche, sa langue se mouvoir normalement, il décida de ne plus répondre à aucune sollicitation de ce monde sans grâce. " Il n'est peut-être pas bien réveillé ", fit la voix de Mardochée. La face énorme de Mutter Judith flotta au-dessus du globe oculaire d'Ernie, cependant que les cils de la vieille femme projetaient chacun dans les airs une larme de diamant : " *Es-tu bien réveillé, mon amour ?* " Pour toute réponse, Ernie souleva et abaissa son unique paupière...

Il en fut ainsi durant un nombre incalculable de jours et de nuits. Aucune parole ne pouvait sortir de l'orifice pratiqué dans le masque, car Ernie les retenait toutes sur sa langue. La nuit seulement, au milieu des ronflements et des plaintes voisines, il priait Dieu pour qu'il change le gouvernement. Mais sa prière fut entendue d'une infirmière, et comme les vivants prétendaient en tirer avantage, le harcelant en toutes occasions, il cessa de faire fonctionner sa langue la nuit. Vers cette époque néanmoins, un jour que Mutter Judith s'était montrée particulièrement insupportable, lorsqu'il la vit s'éloigner entre les rangées de lits blancs, la tête basse, ses épaules secouées de tressautements bizarres, il sentit une goutte filtrer de son globe oculaire et se perdre sous le masque de plâtre, où elle traça un sillon très doux.

Ce soir-là, pour la première fois, le passé d'Ernie l'envahit tel un fleuve en crue, avec çà et là des troncs d'arbres arrachés, des berceaux d'enfants flottant, des ventres d'animaux, des silhouettes sur des toits, Ilse sur une barque conduite par des êtres grimaçants, et la pauvre arche de Noé des Lévy qui errait parmi le naufrage, dressant ses bras vers Dieu qui laissait tomber sur tout cela un regard incompréhensible. Toutes choses coulaient à vau-l'eau bien que nul ne s'en aperçût. Les voisins de salle échangeaient leurs propos habituels, se rapportant tous à la vie qu'ils avaient menée avant leur entrée à l'hôpital, ou à celle qu'ils commenceraient à leur sortie, comme s'ils avaient l'assurance formelle que le fleuve, audehors, s'immobilisait gentiment pour les attendre. Nul ne s'apercevait que le fleuve coulait sous les lits, emportant l'hôpital entier dans sa course lente et cruelle. Au-dessus du lit d'en face, Ernie avait remarqué deux plaques superposées; l'une, en faïence, portait cette large et belle inscription : Fondation Rotschild de la Meurthe. L'autre en simple carton jaune : *réservé aux Juifs et aux chiens*. Mais jamais les malades n'évoquaient le carton jaune qui planait au-dessus de leur lit, ils parlaient de magasins à perdre ou à sauver, de jambes, de bras, de foies, de poumons, d'intestins à perdre ou à sauver, de visas pour la Palestine et de femmes et d'enfants et de nourritures et de soleil et de mille choses à perdre ou à sauver, comme si le fleuve ne soulevait pas tout cela de son immense lame noire. Attention, voulait leur dire Ernie, mais il se taisait car la mort retenait les mots sur sa langue. Et quand les Lévy venaient en visite, avec leur bouche farcie de projets de départ pour Eretz'Israël eux aussi, avec leurs yeux remplis de larmes *sérieuses* et leurs mains recroquevillées d'espoir : attention, on vous trompe, voulait leur dire Ernie, les choses ne sont pas du tout comme vous croyez, elles sont comme ci et comme ça, etc. Mais il se taisait plus que jamais, car véritablement les Lévy eussent été effrayés au plus haut point de découvrir ce fleuve limoneux sous leurs pas, en lieu et place de la terre ferme qu'ils imaginaient — si naïvement, les pauvres chers mortels... De son œil unique, du fond blessé de son regard, Ernie les fixait maintenant à une distance terrifiante, qui le séparait d'eux plus que la petite mort précédant son suicide; une distance où entrait, petit à petit, ce ressentiment inexplicable qui prenait ses racines dans la pitié qu'ils lui inspiraient en dépit — *à cause ?* — de leur aveuglement.

Il en allait de même pour Ilse à laquelle il essayait vainement de penser en mauvaise part. Souvent, quand tel ou tel os lui faisait mal, il formulait sur Ilse des jugements empruntés à la rhétorique de Moritz ou de Mutter Judith : " C'est une ceci, se disait-il avec une application fiévreuse, c'est une cela, elle mérite ci et ça, Dieu la déchirera comme un poisson, etc. " Mais aussitôt lui apparaissait le courant qui la portait elle-même sans qu'elle le sût, et tous les arrêts de justice laissaient place à l'horreur de voir la coque blonde de son amour flotter sur les eaux communes, dans un cri musical. Lors même que les applaudissements d'Ilse le réveillaient, la nuit, le rappelaient aux tourments de ses nerfs et de ses os, Ernie ne pouvait que lui adresser une pensée amère et lointaine et nuancée de commisération. Car Ilse aussi était emportée par le grand flot.

Un jour Mlle Blumenthal arriva en visite, traînant son chapelet de petits Lévy. La vue d'Ernie parut la pétrifier. Son nez au milieu du visage palpitait comme une mouche. Enfin, elle s'avança et caressa les joues de plâtre de son fils, tout en murmurant : " Oh ! tout va aller bien... Oh ! tu vas revenir à la maison... Oh ! je te ferai de la soupe aux *ferfelé*... " Puis sa main demeura suspendue dans un rêve, et une larme s'écrasa sur le masque qu'elle ne voyait plus. Les larmes de Mme Lévy mère étaient particulièrement silencieuses et transparentes. Elles avaient la propriété de s'esquiver au moindre regard, de sorte qu'Ernie lui voyait toujours un visage serein. Ce jour-là pourtant, Ernie vit choir la goutte de lumière et sa langue fonctionna malgré lui : " Tout ira très bien ", prononça-t-il d'une voix râpeuse et heurtée qui le surprit au plus haut point.

Mais aussitôt, il regretta ces paroles; il lui semblait qu'il venait de mettre un pied dans l'ancienne comédie.

Quand il revint à Stillenstadt, après deux ans de lit, les anciennes connaissances ne le reconnurent pas : de l'agnelet ne subsistaient que les boucles.

Quoique décharné et boitant de deux béquilles, Ernie avait ra-

mené de son alitement une taille plus élevée que celle de Moritz.
Une sorte de ligne blanche et barbelée traversait le haut de son
front. Une cicatrice de même teinte soulevait l'arcade sourcilière
droite, étirant la paupière et donnant à l'œil tantôt un air de douleur, tantôt l'expression d'une horreur froide. L'autre œil était
toujours aussi doucement allongé qu'autrefois, mais selon Mlle Blumenthal, experte en la matière, on n'y décelait plus " ces drôles
de petites étoiles, vous savez, comme l'été "; les iris désormais
plongeaient dans la nuit complète. Quant à cette voix râpeuse,
lente, désagréable à l'âme, Benjamin prétendit qu'elle lui rappelait
étonnamment celle du jeune homme de Galicie.

— Le pire, dit Mutter Judith, c'est ce silence : depuis trois jours
pas un mot. Non, Dieu n'aurait pas dû...

— Mais pense tout de même, intervint Mardochée, pense quel
miracle : car si je n'avais été retenu par la fièvre, je n'aurais pas
entendu le bruit de sa chute; et si Dieu ne lui avait inspiré l'idée
de se jeter par la fenêtre, il aurait perdu tout son sang. De même,
si l'hôpital de Stillenstadt l'avait accepté, quoique juif, il n'aurait
pu y être soigné moitié aussi bien qu'à Mayence. Et enfin, si...

Judith prit le mors aux dents :

— Assez, je t'en prie, assez de miracles. On nous chasse et on
nous pourchasse, les enfants sautent par les fenêtres et se fracassent
l'âme et les os; et lui crie au miracle ! Quand Dieu cessera-t-il
de nous *miraculer* comme ça ?

— Tuh tuh tuh, fit Mardochée réprobateur.

Ernie, qui descendait l'escalier, s'immobilisa.

— Tuh tuh tuh, répéta Mardochée.

Or, il existe une multitude si infinie de tons, airs, chants, mélo-
pées, mimiques, expressions, accents, avec lesquels l'idiotisme
tuh tuh tuh peut être prononcé, que les Talmudistes n'en ont pas
distingué moins de trois cents variétés, sujettes ou non à discussion. Mardochée tomba juste sur le *tuh tuh tuh* qui pouvait faire
monter le plus de sang aux joues moroses d'Ernie.

" Seigneur, ils sont toujours aussi innocents ", se dit-il consterné; et craignant d'éclater de rire, il remonta doucement dans
sa chambre pour y poursuivre ses exercices de boxe inaugurés
récemment. Depuis qu'il n'usait plus de ses béquilles, il s'était
sérieusement attelé à ce projet conçu dans l'immobilité méditative
de l'hôpital. Il s'agissait d'atteindre à une virtuosité telle qu'il pût
s'ériger en défenseur de l'arche des Lévy. Ceux-ci, avait-il décidé
alors, constitueraient pour lui tout l'univers, des insectes aux
étoiles. Ils étaient purs, doux et niais, ils ne savaient que pleurer

et tendre leurs mains nues : lui, Ernie, les protégerait de ses poings. Dès son retour de l'hôpital, il inscrivit dans un cahier, en se basant sur les combats auxquels il avait assisté, tous les problèmes pugilistiques qui pouvaient se poser à lui. Puis dans le plus grand secret de la chambre du premier, il s'administra sa première leçon de boxe. Il y avait, discerna-t-il bientôt, une manière raffinée de lancer un coup de poing en profitant de tout l'élan du tronc, et à laquelle rien ne semblait devoir résister. De même, un certain tressautement latéral du corps devait pouvoir obvier à toutes les manœuvres de l'adversaire. Etc., etc. La nuit, il révisait mentalement ses notes.

A plusieurs mois de là, s'estimant fin prêt, Ernie accompagna son frère Jacob à l'école. Le premier combat le prit au dépourvu. Il avait l'adversaire — un tout jeune Pimpfe — bien dans la trajectoire de son " direct ", et il ne lui restait plus qu'à reculer un peu le bras afin de donner au poing tout l'élan souhaitable. Mais à cet instant, il ne sut trop comment, un poing ennemi l'atteignit en pleine figure. Dans sa chute il pensa qu'il avait dû oublier quelque chose; puis il ne pensa plus à rien et s'aperçut que s'étant remis debout, il usait avec précision de ses deux poings et de ses pieds auxquels pourtant il n'avait imposé aucun apprentissage. Cette première victoire le rendit si joyeux qu'il prit pitié de son adversaire en fuite. " Tu l'as eu, tu l'as eu ", ne cessait de glapir Jacob en extase devant la technique de son mystérieux aîné.

— Je l'ai eu, oui, dit Ernie d'un ton singulier.

Le surlendemain, au cours d'un combat d'arrière-garde, il aperçut un coin de ciel très haut; aussitôt, il plongea son regard dans les yeux d'un des assaillants, et songeant qu'ils étaient de jeunes garçons comme lui, emportés par le grand flot sous l'œil rond et immuable, il laissa pendre lamentablement ses bras le long du corps... Cette mésaventure se reproduisit. A distance il bouillait splendidement d'ardeur; mais dans le feu du combat et pour peu que la *grande pensée* s'imposât à lui, incontinent il mettait bas les armes. Jacob se plaignant, il s'efforça à la haine, en fit son apprentissage. Un à un, il énuméra tous ses motifs passés et présents d'exécrer les Pimpfe; mais il lui sembla que, ces motifs fussent-ils aussi nombreux que les étoiles du ciel, ils n'emporteraient pas le sentiment voulu. Il alla jusqu'à se répéter que les Pimpfe étaient des bêtes à figure humaine, et il parvint à le croire. Mais toujours un petit détail venait ruiner ce bel édifice : l'éclat enfantin d'un regard, la moue d'une lèvre, ou tout simplement un coin de ciel se fichant entre les combattants. Il usa d'un stratagème d'une subtilité inouïe. Accompagnait-il Jacob, il plissait légèrement des yeux, afin de distinguer toutes choses comme au travers d'un brouillard ; mais il apparut qu'on ne pouvait haïr une silhouette.

Tout cela ne laissait pas d'inquiéter grandement Ernic, surtout quant à l'avenir de la frêle arche conduite par l'ancêtre. Des éclairs de honte le traversaient. Il se croyait traître à la cause des Lévy. Sa langue s'appesantit à nouveau.

II

Le 6 novembre 1938, un adolescent juif, Herschel Grunspan — dont les parents venaient d'être déportés à Zbonszyn — acheta un revolver, s'en fit montrer l'usage, se rendit à l'ambassade d'Allemagne de Paris et abattit, à titre de victime expiatoire, le conseiller de Ire classe Ernst von Rath. La nouvelle fit traînée de poudre dans tous les cœurs juifs d'Allemagne. Les fidèles se barricadèrent en hâte et lancèrent vers le ciel leurs plus déchirantes prières : puis ils attendirent l'orage. A Stillenstadt, vers cinq heures de l'après-midi, on aperçut un premier groupe de nazis en chasse.

Ce soir-là, toute la famille Lévy se pressait dans la cuisine autour du petit poêle à trois pieds, dernier vestige d'un confort disparu. Sur la table fumait sans conviction la vieille lampe à pétrole ramenée de Zémyock ; et dans l'attente du plat unique de haricots, les petits grignotaient avidement des châtaignes que Mutter Judith extirpait avec respect du foyer de tourbe. Les visages étaient las, les vêtements usés jusqu'à la corde, et la faim chronique rendait les enfants silencieux en dépit de l'entassement.

Ernie apparut dans l'encadrement de la porte, le visage bleu et couronné de neige.

— Moritz, papa, grand-père, Mutter Judith, énuméra-t-il calmement.

Et lançant un coup d'œil inquiet vers les petits, il fit signe aux adultes de le suivre dans le salon.

— Et moi ? dit Mlle Blumenthal.

Machinalement, Ernie porta l'index à son arcade et caressa tout du long la cicatrice qui traçait une ligne rose jusqu'à la tempe.

En son blouson taillé dans une couverture, avec ce duvet qui ombrait les bas-côtés de sa face devenue aussi blême et ravagée que celle de Mutter Judith, et l'allure lente et positive et secrètement recueillie de ses larges yeux d'eau noire, il semblait maintenant un jeune ouvrier juif de Varsovie ou Bialystock; posé bien d'aplomb sur l'arrière de son crâne, le béret faisait calotte.

— Non, maman, pas toi, dit-il avec un pauvre sourire, c'est pour les grandes personnes.

Les dits personnages passèrent dans l'obscurité du salon où Ernie, soulevant un coin de rideau, leur désigna une particule rougeoyante de l'autre côté de la rue, à l'entrée d'un couloir. Une courte flammèche jaillit un peu plus loin, aussitôt remplacée par la pastille rouge que fait une cigarette dans la nuit.

— Il y en a d'autres, dit Ernie. Tu vois, là, et là...

— C'est pour nous ? demanda Mutter Judith.

— Pour qui donc ? fit Ernie. Ils attendent un signal... Mais voyez, j'ai pu trouver des barres de fer.

— *Pour qui donc?* dit froidement Mardochée. Ni le fer ni le feu ne nous soustrairont aux mains de Dieu. Allons manger.

On revint à la cuisine. Mlle Blumenthal, qui écoutait à la porte, recula rougissante. Le repas fut particulièrement silencieux. Une rafale avait passé, abandonnant des déchirures d'air noir, lesquelles ne favorisaient pas la conversation. Mutter Judith fixait son assiette de l'œil droit, couvant du gauche la marmaille alertée; l'ancêtre était de pierre et, par instants, un grondement rocailleux en émanait comme d'un ventre de statue; M. Lévy père calculait le pour et le contre d'on ne savait quoi; et Mme Lévy servait en détournant son grand œil noir de femelle douloureuse. Quant aux petits, conscients de la menace, ils se faisaient minuscules, inexistants.

Cependant, la présence de Dieu au grand bout de la table n'eût pas suffi à contenir la langue de Mutter Judith :

— Voici la table, dit-elle avec emphase, le pain et le couteau... et nous ne pouvons pas manger.

— Que faire ?... soupira Mlle Blumenthal du bout de ses lèvres amincies d'émoi; Dieu ne prendra-t-il pas pitié des enfants ?

Et comme elle menaçait de poursuivre ce reproche plaintif à la divinité, l'ancêtre l'interrompit net : " Dieu fait ce qui convient à Dieu, mais un liard dans un flacon vide fait : Kisch, kisch... " Ayant dit, le vieil homme la fixa d'un œil si sévère qu'elle ne put se méprendre sur la portée et la signification du flacon vide, et contrite regagna le poêle, son royaume.

— Ah là là, s'écria soudain Mutter Judith, Mme Wasserman a dit qu'aucun pays au monde ne veut plus de nous, Juifs ! Même les petits territoires de sauvages, en Afrique, en Asie, est-ce que je sais où, moi ? ils nous refusent les visas. Et Mme Rosenberg a dit ce matin à Mme Wichniac que les Anglais, ils ne laissaient plus entrer que deux cents Juifs par mois dans la Terre Sainte. Vous comprenez, du monde entier, deux cents Juifs par mois ; et combien de Juifs allemands et autrichiens, pauvres de nous ; et combien de Lévy ?... Et c'est pas tout, il paraît que ces marchands d'hommes n'acceptent que les riches ; chacun doit montrer au moins mille livres à la frontière. Il est beau notre visa, je vous...

— Il n'y a pas de frontière, dit Benjamin. C'est seulement la mer.

— Tu veux une mer ?... je te la donne ! s'écria la vieille toute flamboyante d'aigreur. Mais elle coûte mille livres, mon ami. Et en Amérique, en Afrique, en Asie, est-ce que je sais, moi idiote, si l'on y marche sur la terre ou la mer ? Tout ce que je sais, tout ce qui m'importe, c'est qu'il faut mille livres pour marcher. Oui, pour un Juif pauvre, terre ou mer, Amérique ou Palestine, soleil ou lune, c'est tout comme : mille livres. Dieu, Dieu, Dieu, que le proverbe dit vrai tout de même : le pauvre est partout suivi de la pauvreté. Où irons-nous s'il faut partir : au fond de l'eau, avec les petits poissons ?

— Et en France ? demanda Benjamin d'une voix où ne se lisait plus trace d'ironie.

— Bien-aimés, ah ! misérables que nous sommes !... en France c'est encore une autre chanson : Mme Wasserman dit que les Français n'aiment pas du tout, mais pas du tout les Allemands !

— Mais nous ne sommes pas de vrais Allemands, dit Mlle Blumenthal d'un air candide ; ne sommes-nous pas juifs ?

Ici, Benjamin ne put s'empêcher de sourire de cette naïveté qui faisait toujours les délices de son esprit contemplatif et respectueux de toutes les fantaisies du Créateur :

— Femmelette, ô ma petite femmelette à moi, lui répondit-il doucement, parmi les rires contenus des anciens ; sais-tu bien, pour les Allemands nous sommes uniquement juifs, et pour les Français uniquement allemands. Peux-tu comprendre une chose pareille ? Nous sommes partout ce qu'il ne faut pas être : juifs ici, allemands là...

— ... Et pauvres des deux côtés ! s'écria Mutter Judith qui perdait difficilement de vue une idée.

Mlle Blumenthal se lamenta :

— Mon Dieu, j'ai une si petite tête, *une si petite tête !* Alors qu'est-ce qu'on peut faire ? ajouta-t-elle en croisant ses longues mains sous la rondeur chronique de son ventre, comme pour apaiser l'enfant qui se trouvait en elle.

— Attendre encore un peu, dit l'ancêtre.

— Crier, dit finement M. Lévy père. Comme faisaient les gens de Proskurow.

— Miséricorde, s'exclama Mutter Judith, cet homme-là plaisanterait sous la hache !

A ces mots, Mardochée se souleva pesamment et, penché vers le sol, ses deux mains rapprochées comme celles d'une fermière qui chasse devant elle des poussins, il fit sortir un à un tous les petits qu'il plaça sous le commandement d'Ernie, auquel revint la bougie conductrice. Puis, refermant la porte de la cuisine, il posa sur Judith la lourde angoisse de ses yeux gris :

— Ce n'est pas tout à fait une plaisanterie, expliqua-t-il avec gêne. Car les Juives de Proskurow ont crié sept nuits. Oui, le rabbi de Cszeln, il m'a dit que les maisons du ghetto criaient du haut jusqu'en bas. C'était le Cosaque Chelguine. Il arrivait chaque soir avec ses Gardes Blancs. Que l'Éternel oublie jusqu'à son nom — alors, les rues entières criaient, de proche en proche, on entendait nos femmes juives à plusieurs lieues de la ville. Mais le miracle, le voici : les bandits arrivaient puis repartaient... à cause des cris. L'histoire est connue, tu sais, acheva-t-il d'un air soucieux.

Mlle Blumenthal porta ses mains à la gorge :

— Et... et la septième nuit ? dit-elle en un souffle étranglé.

Mais ni l'ancêtre ni Benjamin ne parurent ouïr cette question; et sans doute estimaient-ils malséant de préciser ce qui se produisit à Proskurow, en cette fin d'année mille neuf cent dix-huit, à la septième nuit de clameurs juives...

Il y eut un silence.

— Savez-vous ? je commence à avoir véritablement peur, dit Mutter Judith en souriant à l'adresse de sa bru. Et je me demande : vaut-il pas mieux être allemands en France, que juifs en Allemagne ? Je sais bien, c'est la corde ou la potence. Mais tout de même...

Coudes sur la table, et le visage reposant sur le socle lourd de ses mains, Mardochée semblait fixer le néant de toutes choses. Soudain il murmura d'un air hagard :

— La nuit monte, et ces bêtes qui rôdent dehors... Et nos petits... nos petits...

— Veux-tu que je sorte pour *voir* ? dit Moritz.

— Non, non, ce serait un luxe que... Puis revenant à la conversation, et tirant ses pensées une à une de son cerveau, avec cette peine physique des mémoires de vieux : Ah, on parlait de partir en France, murmura-t-il avec désarroi, hein, hein ? Moi, je ne suis pas d'avis de courir encore. Demain les Allemands se calmeront, et les Français reprendront le glaive de Dieu : qu'avons-nous gagné à quitter Zémyock ? Comme on dit, les méchants servent les desseins du Seigneur, et tout ce qui arrive est une punition; alors quoi, voulez-vous Lui échapper ? (Que béni soit son nom au long des siècles : amen.) Je connais les Allemands, ce ne sont pas tout à fait des sauvages, ce ne sont pas des Ukrainiens; ils nous prendront tout sauf la vie. Alors je dis : patience, enfants, prière et patience.

Et s'interrompant soudain, le vieillard jeta un bref regard d'angoisse vers la porte.

— Hi, hi, lâcha aigrement Judith, je connais les Allemands, hi, ce ne sont pas des sauvages, pas des Ukrainiens...

Puis comme désireuse elle aussi d'oublier son appréhension, elle poursuivit avec une colère montante :

— Ha ! vous autres les hommes, vous parlez, vous discourez et la vérité coule de votre bouche comme le miel. C'est possible que je ne sois pas une *intelligente*, moi; mais que mes intestins roulent sur cette table à l'instant si tu as dit une parole sensée ce soir ! Et que la bile m'étouffe sur-le-champ si...

— Assez, trancha Mardochée.

Tiraillant sa barbe, il marmottait avec indignation :

— Un pareil soir... Jurer de la sorte...

Judith n'osait regarder cette face où se lisait un froid désespoir juif; se penchant néanmoins au-dessus de la table, elle effleura d'un doigt maternel le front du vieillard et murmura tendrement :

— Il ne leur arrivera rien, je t'assure : que peut-il arriver à des enfants ? Et pour tout à l'heure je regrette, mon ami, mon vieil ami... Jamais plus ça ne m'arrivera, jamais plus !

Et emportée par cet élan de bonne volonté, elle ajouta naïvement :

— Que je devienne crapaud si je jure désormais !

Mardochée haussa les épaules avec résignation.

— Non, non, dit-il, jure à ton aise, je t'en supplie.

Il passa une main devant ses yeux blancs de lassitude; puis tout à coup, enfonça ses poings de bûcheron dans ses orbites, comme pour cacher sa face de la lumière.

— Enfants, murmura-t-il d'une voix étrange, mes chers enfants, il y a des jours où moi-même je ne comprends plus très bien la volonté de Dieu. Depuis mille ans, sur cette terre d'Europe, combien de nos femmes et de nos enfants ont subi le martyre — non pas avec la conscience paisible des Justes, mais avec de petites âmes effarées de brebis ? À quoi bon, poursuivit le vieillard avec douleur, les souffrances qui ne servent pas à la glorification du Nom ?... Pourquoi des persécutions *inutiles* ?

Exhalant un rauque soupir, le vieux Juif se reprit soudain :

— Mais quoi, ne sommes-nous pas le tribut de souffrances que l'homme... euh... verse à Dieu ?... O loué soit son nom... Ô béni...

— Ah ! mon cher père, dit alors Benjamin navré, si tout cela était la volonté de Dieu, qui ne se réjouirait ? Mais je vois que nous sommes la proie des méchants... simplement une proie. Et dis-moi, vénéré petit père, le poulet se réjouit-il de servir à la glorification du Seigneur ? Non, tu ne l'ignores pas, le poulet se désole... *raisonnablement*, d'être né poulet, égorgé poulet, et dégusté poulet. C'est ça, mon opinion sur la question juive.

— Le Messie... commença Mardochée sans conviction.

— Ah ! le Messie, dit Judith d'un ton pénétré, la tête branlante soudain et l'œil plein de rêverie. Oui, oui, tu as raison, mon ami, peut-être le Messie est-il justement sur le point d'atterrir. Qui sait... aujourd'hui, demain Car nous avons tellement besoin d'aide, et s'il ne vient pas, qui nous aidera ? Savez-vous quoi, mes colombes, je sens quelque chose dans l'air...

— Peut-être est-il derrière la porte, dit Mlle Blumenthal.

Machinalement, tous les Lévy se tournèrent vers le Messie.

Le 10 novembre 1938, à 1 h 20 du matin, Joseph Heydrich, chef de la Geheime Staatspolizei, annonçait par télégramme aux sections que des démonstrations antijuives " étaient à prévoir " sur tout le territoire du Troisième Reich. A 2 h du matin, sous la nappe glacée du ciel, un cri strident jaillit en plein centre de Stillenstadt encore lovée dans ses anneaux, et qui brusquement s'étira, se déroula dans les rues, à la lueur de dizaines de flambeaux qui lui faisaient comme autant de pupilles haineuses. On eût dit un carnaval nocturne. Au-dessus des Juifs, c'était le vide d'un ciel d'hiver, et autour d'eux il n'y avait que le crime. Les cris semblaient se répondre de maison en maison, entretenir un dialogue des enfers. La Riggenstrasse étincelait comme en plein jour. Une barrière de feu, constituée par toutes les bibliothèques juives de la rue, s'y élevait en flamme purificatrice. Machines et tissus, et jusqu'au berceau du dernier Lévy à naître, toute la boutique de Benjamin était répandue sur le trottoir, livrée à la curée générale. A l'affût derrière un volet, Benjamin se déclara *surtout* peiné de reconnaître une ancienne pratique; des animaux sauvages, énonça doctement l'ancêtre.

Quand les premiers coups de boutoir ébranlèrent la porte donnant sur le corridor, Benjamin proposa de clouer de nouvelles planches en travers; puis sur un haussement d'épaules de Mardochée, les deux hommes regagnèrent le grenier où se terrait déjà toute la famille. Mardochée donna un simple tour de clé. Une clarté vespérale tombait de la lucarne sur le groupe des Lévy statufié par la crainte intense qui faisait s'entrechoquer, dans le noir, les dents de Mlle Blumenthal et les petits agglomérés autour de ses jupes; tandis que Mutter Judith, d'un mouchoir doucement serré sur la bouche du nourrisson couché sur son bras, retenait le gargouillis qui se pressait dans sa gorge. La rumeur d'en bas grandit, enfla, éclata en un fracas de glaces. Mardochée vint à la pile de ses livres pieux et vérifia, une fois de plus, de ses doigts aveugles, si nul ouvrage sacré n'avait été abandonné aux pillards. Ernie tenait dans ses bras, ainsi que prescrit par l'ancêtre, les rouleaux de la Loi remis en garde aux Lévy lors de l'incendie de la synagogue. Mardochée posa les cornes des phylactères sur son front, ceignit ses poignets des lanières saintes, et recouvrant le chef de sa personne du grand châle de prière, se tint immobile, ses lèvres seules allant — mont endormi se profilant dans l'ombre du grenier. Déjà, le petit Jacob sentait le cri grouiller sous sa langue...

— Maman, geignit-il soudain, je sens que je vais crier. Mets-moi la main sur la bouche aussi, tu veux ?

Ernie entrevit vaguement le geste de Mlle Blumenthal, puis le cri recouvrit tout : " Ils sont là-haut ! " s'écria une voix perçante dans l'escalier. Ernie déposa les rouleaux de la Loi sur le plancher et se saisit d'une des barres de fer prévues par lui pour la circonstance. Ce voyant, l'ancêtre s'avança vers lui et le souffleta. " Pour la vie, dit-il, perdre les raisons de vivre ? " Des coups retentirent à la porte du grenier. Il y eut ensuite un vif échange de paroles, et la voix du vieux matelassier de la Riggenstrasse traversa le panneau, chevrotante et supplicatrice :

— Écoutez m'sieur Benjamin, y sont très *énervés*, faut au moins que vous nous donniez vos livres de prière pour le bûcher de la rue. Faut au moins ça, m'sieur Benjamin...

— Seulement les livres ? demanda Benjamin.

— Les livres d'abord, fit une voix gouailleuse.

— Non, reprit la voix du matelassier, les livres et c'est tout.
On me passera sur le ventre... commença-t-il, puis sa voix se perdit dans l'altercation renaissante sur le palier.

Mardochée se baissa, ramassa la barre de fer lâchée par Ernie et d'un pas lent mais étonnamment souple gagna la porte d'angoisse.
Son cou était droit, il semblait grandi, ses épaules roulaient avec légèreté, et quand il se retourna vers le groupe tassé et gémissant dans l'ombre, Ernie remarqua que ses dents entièrement découvertes par un rictus luisaient d'un éclat argenté tandis qu'une sorte de rire âcre s'en écoulait de façon ininterrompue, entremêlé aux propos quasi déments qu'il tenait : " Depuis mille ans, hé, tous les jours les chrétiens essaient de nous tuer, hé, hé ! et tous les jours nous essayons de vivre, hé, hé, hé !... et tous les jours nous y arrivons, mes agneaux. Savez-vous pourquoi ? "

Soudain dressé contre la porte, la masse de fer tendue au fond et phylactères et bandeaux et châle de prière chutant dans son emportement :

— Parce que *nous ne rendons jamais les livres*, s'écria-t-il avec une force effrayante, *jamais, jamais, jamais !*

"... Nous préférons rendre l'âme ", ajouta-t-il cependant que la barre de fer propulsée telle une hache crevait la porte en un fracas étourdissant. " Nous vous rendrons l'âme ", hé, hé, acheva-t-il de ce même accent délirant où la violence le disputait à une note incompréhensible de désespoir.

Puis il retira la barre de fer et demeura planté au côté de la porte éventrée, jambes écartées, tel un bûcheron tirant appui et constance de sa hache. Un éclat de lumière pénétrait à travers l'ouverture taillée dans la porte. Les clameurs retentirent à nouveau, mais dans l'escalier cette fois, et comme hésitantes, assoupies. La sueur qui couvrait les pommettes de l'ancêtre faisait briller la pointe de ses lourdes moustaches ; puis Ernie remarqua que cette sueur provenait en réalité des yeux de l'ancêtre, qui larmoyaient avec tristesse cependant que sa bouche murmurait : " Quelle honte tout de même, à mon âge, quelle honte... "

La mémoire d'Ernie retint d'autant mieux ces minutes que, résigné à ne plus jamais retrouver le fil des choses, il trompait son désarroi par une saisie méticuleuse du décor et des personnages. Ainsi, au bout de l'appendice nasal de M. Lévy père, la perle de vraie sueur, aussi torturante que ces criailleries de mort dans l'escalier ; à faire frémir, luisante, plus que le pavé ayant raison de la porte soudain ; autrement maléfique, enfin, que le silence inauguré par l'arrêt du pogrom.

III

Le 11 novembre 1938, plus de dix mille Juifs, dans le seul camp de Buchenwald, étaient reçus avec tous les raffinements d'usage tandis qu'un haut-parleur proclamait : " Tout Juif qui veut se pendre est prié d'avoir l'amabilité de mettre un morceau de papier portant son nom dans sa bouche, afin que nous sachions de qui il s'agit. " Le 14 novembre, toute la famille Lévy, au grand complet et battant pavillon d'errance, traversait ballots en mains le pont de Kehl.

Cependant, à six semaines de là, les Lévy interprétèrent leur pogrom comme un coup de pouce franchement providentiel ; Mutter Judith y vit la main de Dieu entière. La raison lointaine en est que, lui rendant la monnaie de sa pièce, tout ce qui sous la calotte des cieux avait nom de démocratie condamnait l'Allemagne, en représailles de son antisémitisme, à conserver ses Juifs. La punition était savante qui intervenait à l'instant précis où, excédé et comme suffoquant de youtrerie, le nazisme ouvrait Hambourg à l'émigration youtre. Par dizaines de milliers affluant vers ce port, les Juifs allemands se heurtèrent au mot d'ordre des démocraties : No visa. Quelques poignées se lancèrent sur l'océan ; on ne les coula point, par humanité, mais il leur fut permis de mourir à l'ancre de Londres, de Marseille, New York, et Tell-Aviv, et Malacca et Singapour et Valparaiso et toutes les ancres qu'ils voulurent.

La consigne démocrate ne prévoyant pas de funérailles, les pieux Juifs allemands s'enterrèrent vaille que vaille dans la mer. Seuls les indigènes de l'île de Bornéo, toujours friands de nouvelles têtes, accordèrent l'autorisation d'inhumer; mais avec, pour unique réserve, le droit de prélever les plus jolies " barbes " du lot. Appelé télégraphiquement en consultation, un fameux talmudiste du Nouveau Monde trancha, si l'on ose dire, la question de la sorte : Qu'ils coupent, Dieu — béni soit son nom — remettra en place.

Arche des temps nouveaux, le *Saint-Louis* fit deux fois le tour de la terre sans faire naître une fleur pour ses femmes, un sourire

pour ses enfants, une larme pour ses vieillards. Les cœurs démocrates se retenaient. Après un beau voyage, tout ce petit monde
revint par Hambourg achever ses jours au pays natal. Ainsi jamais
embargo ne fut si admirablement observé. Et vive la démocratie,
s'écrièrent les démocraties. Mais aussitôt : A bas la démobolcho-
ploutojudéonégromongolo... cratie ! rétorqua âprement le petit
caporal qui de dépit fait " traiter sur l'heure cent mille Juifs, à
commencer par ceux du *Saint-Louis*. — Shocking, shoooocking,
hulule en réponse l'éditorialiste du Times; et, dans l'honorable
intention d'initier ce régime non constitutionnel aux règles du
cant international, la Royal Navy expédie par huit brasses de fond
une barquette d'enfants juifs aventurée dans la limite des eaux du
Britannic Mandat of Palestin; *mais après sommations d'usage*.
    — Ils sont donc partout, les nazis ? dit mademoiselle Blumenthal.

Du moins les Barbares n'avaient-ils pas atteint les douces rives
de Seine, où s'écoulaient encore des heures d'une paix telle que les
Lévy en furent épouvantés. Comment peut-il exister des oasis ?
Dieu traçait donc des lignes de démarcation sur le globe, décrétant :
Ici on pendra à toute heure, et là ce ne sera qu'aux heures des repas;
plus loin on y coupera les têtes, et ailleurs ce sera la France... ?
    — Stupide légume que je suis, dit Benjamin.
    — A quel propos ? demanda Mutter Judith.
    — Si j'avais choisi la France à Varsovie, en 1921, nous aurions
sans nous en apercevoir survolé un désert de larmes et de sang.
Nous n'aurions pas connu Stillenstadt et ses délices. Et pourtant
on m'offrait la France sur un plat, comme un bel œuf d'Eden.
Et moi j'ai dit : non, je ne supporte pas cette nourriture, mon
estomac me l'interdit. O stupide légume...
    — Nous n'aurions pas, dit mademoiselle Blumenthal, connu
toute la misère que nous avons connue.
    Benjamin la fixa d'un œil rond, Mardochée dit en souriant :
    — Si tu n'avais pas choisi l'Allemagne, tu n'aurais pas rencontré
le jeune homme de Galicie, qui n'aurait pas amené ton installation
à Stillenstadt, où tu n'aurais pas fait connaissance d'une certaine
mademoiselle Blumenthal, laquelle ne t'aurait pas donné les plus
beaux enfants du monde. Maintenant nous avons tout cela, *plus* la
France. Béni soit le nom de celui qui vit dans l'éternité. Amen.
    Ces considérations voyaient le jour dans un coquet pavillon de
la banlieue parisienne où le Comité Juif d'Accueil logeait tant bien

que mal une dizaine de familles réfugiées. La ville se nommait Mont-morency, la maison portait le nom d'Ermitage, et le secrétaire de mairie voulait absolument faire croire aux exilés qu'elle avait autrefois abrité un vague confrère *intitulé* Jean-Jacques Rousseau. Mais le voisinage de mânes plus illustres encore, tels ceux du Grand Maggid de Zloczow, ou de rabbi Yitzak de Drohobicz, n'eût pas empêché les rescapés de savourer l'exquise tiédeur veloutée qui régnait au fond du jardin, à toute heure du jour, sous la voûte de feuillage entourant comme une niche le vénérable banc de pierre où les femmes tricotaient de la bouche et des doigts, en poussant à telle maille de gilet, à tel point d'une phrase, un long et grave et reconnaissant soupir juif. Toutefois, reconnut une com-mère, si j'apprenais que par exemple, tiens : le Baal-Shem-Tov en personne, ou le doux rabbi Abraham l'Ange, ou un quelconque Juste de Zémyock se fût assis là où nous posons en ce moment nos gros derrières, je dois dire que certainement flac, j'en mourrais de honte. Mutter Judith se tut.

Tout ce petit monde vivait de subsides arrachés au consistoire de Paris. Mutter Judith surtout faisait merveille. Elle quémandait avec une telle autorité, dosant la menace et la prière, le cœur de Dieu et la foudre du Jugement Dernier, qu'il n'y avait bureau dont elle ne ramenât tripe ou aile. Et attention, disait-elle sur le pas de la porte, c'est à vous de me remercier. Car il est écrit : Ce que tu donnes, Dieu te le rendra au centuple. Moi je vous dis simplement : Au revoir...

Mais ce manège lui coûtait plus qu'elle ne donnait à entendre, et ce n'est pas sans larmes qu'elle apprit l'embauche de Benjamin dans un atelier juif de confection. Moritz le suivit de peu, au même établissement, comme presseur et sous-machiniste. Puis Ernie, promu au rang de coursier à bicyclette. On vécut alors dans une telle abondance qu'on ne mangeait plus que par faim. Même ce ventre insondable de Moritz, qui au début n'avançait que bardé de casse-croûte — il en mettait jusque sous sa chemise — en vint à tirer épisodiquement un croissant de sa poche, auquel il apposait, sans plus, un petit coup de dent nostalgique. Tous les matins, suivis de toute la maisonnée admirative, les travailleurs prenaient à la gare de Montmorency ce petit train poussiéreux et tonitruant que les Français appellent : tacot, à la différence de celui qui d'Enghien-les-Bains vous conduit jusqu'à la ville lumière. Le *tacot* avait ceci d'avantageux que, pourvu d'un second étage, et tanguant à faire peur, il permettait à une imagination juive de voguer sans risques sur l'Océan en furie. Les gens dévisageaient un peu nos trois héros, mais personne ne les insultait, et nul ne semblait réprimer l'envie de leur cracher à la figure. Au retour on entrait dans une boulangerie quelconque, tantôt l'une, tantôt l'autre, pour varier le plaisir, et l'on achetait sans la moindre anicroche de ces petits pains au lait qui fleurent bon la farine française et qu'il est si grisant de savourer du haut d'un petit train enragé, cependant que le paysage se déroule à vos pieds comme un tapis d'apparat. Chose émouvante, parfois un habitué du parcours vous lâchait un petit coup de tête aimable ; et on lui rendait son salut, avec des grâces de marquise ; et Benjamin serrait très fort la main de ses fils (qui tous deux le dépassaient déjà d'une tête), cependant qu'il chuchotait en yddish, du ton de la révélation ultime : " Mes petits pigeons, c'est ça la vie. "

Parfois le dimanche, Ernie accompagnait l'ancêtre aux réunions de l'Association parisienne des Anciens de Zémyock. Elle comprenait dix-sept membres à cette époque ; mais comme tous ne pouvaient trouver place dans l'étroit local qui tenait lieu de siège social, la réunion s'établissait partie dans le local, partie sur le palier, et partie sur le trottoir de la rue des Ecouffes. Invité par protection, Ernie ne dépassait jamais le palier. Mais pendant que l'ancêtre palabrait majestueusement dans le " bureau ", et pour la nième fois refusait la présidence de l'Association, Ernie se mêlait à la roture du trottoir, happant les potins, les souvenirs, les historiettes dorées de Zémyock qui dans la bouche des émigrés semblait une vaste métropole, une authentique cité de lumière au regard de laquelle Paris appelait bien souvent des épithètes ridicules. Mais parfois les propos se rapportaient aux événements d'Allemagne, d'Autriche, de Tchécoslovaquie, et le " malheur du temps " perçait les flancs d'Ernie comme une aiguille.

— Savez-vous quoi, disait alors quelqu'un, nous voulons plutôt parler de quelque chose de gai : quoi de neuf sur la guerre ?

Ernie riait aussi, cependant que l'aiguille s'insinuait doucement en lui, par le chemin resserré de sa gorge ; il ne faut pas penser, se disait-il en riant, il ne faut pas voir, il ne faut pas entendre *les cris*.

Comme elle se savait attendue, en dame royale la guerre vint. Mais elle se fit d'abord précéder, comme de hérauts sinistres, par l'apparition d'une multitude de masques à gaz que les ouvriers du *tacot* portaient en bandoulière, telles des musettes d'un nouveau style. Quand il apparut que les réfugiés de l'Ermitage — tous possesseurs d'un passeport à svastika, quoique portant la surcharge : Juif — n'étaient pas compris dans la distribution de ces groins salutaires, un grand froid saisit les Lévy. " Nous y voilà, dit Benjamin. — Quel grand Dieu nous avons, déclara Mutter Judith, et comme il mène drôlement le monde ! — Et toi, lui dit Mardochée, quelle grande bouche tu as; et cette bouche tu l'ouvres, ma foi, souvent; et sais-tu ce qu'il en sort de ta bouche ? du feu et de la flamme, du soufre et de la poix ! " Mais lorsque les convocations affluèrent, et les visites domiciliaires, les perquisitions, les interrogatoires voilés, il lui fallut admettre qu'aux yeux de la nation sur pied de guerre les doux Lévy de Stillenstadt prenaient terriblement figure d'ennemis. Au mois d'août apparurent les premières affiches inculquant la peur : Attention, des oreilles ennemies vous écoutent... Nul ne saluait plus les trois étrangers du tacot. Ce furent d'abord des ragots, des murmures. Le mot d'internement était dans toutes les bouches, mais nul n'osait le prononcer. Un matin, les trois voyageurs découvrirent le petit train en effervescence. Des journaux s'échangeaient. C'était l'état de guerre.

Dans le hall de la gare du Nord, Ernie fut pris d'un léger malaise; Moritz s'offrit à le raccompagner, mais sur les instances répétées du " malade ", on l'abandonna dans un bistrot. Cependant, à peine son frère Moritz et son père Benjamin se furent-ils éloignés, leur silhouette au travers de la vitre se diluant parmi la foule grise et bleue de travailleurs de banlieue, à peine disparurent-ils, définitivement, de son champ de vision, qu'Ernie se leva, les yeux troubles mais le corps subitement dur et net. Une demi-heure plus tard, il franchissait le portail animé de la caserne de Reuilly, prenait place parmi la file cosmopolite des volontaires.

— Vous avez de la veine, dit le sergent-major, vous entrez juste dans les limites d'âge.

— Une veine comme ça, dit Ernie, c'est rare.

— Alors c'est bien décidé pour brancardier ? Vous savez, on vous donne pas de fusil.

— Je sais ça, dit Ernie. Mais tant pis.

— Bon. De quel instrument jouez-vous ?

Son porte-plume au garde-à-vous, le militaire fixait imperturbablement la fiche rose d'engagement; puisqu'il veut plaisanter, se dit Ernie, plaisantons.

— Du tambour, dit-il avec une gaieté forcée.

— Il n'y a pas de quoi rire, dit le sergent-major. Au suivant.

Dehors, une petite vieille lui épingla un macaron patriotique et empesé sur la poitrine; comme il remerciait et s'éloignait confus, elle le retint par une manche :

— C'est 1 fr. 25, les pastilles Napoléon.

Il fut à Montmorency dans la matinée. Le secrétaire de mairie ouvrit de grands yeux mais se plia aux exigences peu banales du glorieux conscrit. Désireux d'éviter toute rencontre, il fit à pied les deux lieues qui le séparaient d'Enghien. Quelques drapeaux bariolaient les façades, des flonflons de carnaval patriotique s'échappaient des fenêtres ouvertes sur la tendresse infinie du ciel, où de petits nuages blancs semblaient égoutter sur les maisonnettes en guerre leur paisible laitance. Une fillette applaudit sur son passage. Ernie redécouvrit le macaron tricolore à son revers; voyons voir, se dit-il, quelles sensations cela vous procure d'avoir une patrie... Un cercle se creusa autour de lui dans le train qui filait sur la capitale. Une forte dame se pencha par-dessus l'épaule d'un voisin, et, considérant les traits dévastés d'Ernie Lévy, émit d'une voix acidulée : " Celui-là, on ne sait pas s'il part à la guerre ou s'il en revient... " Quelqu'un la fit taire. Ernie sourit.

Il se retrouva dans le bistrot face à la gare du Nord, et prit position sur la banquette où s'étaient déroulés les adieux secrets.

Du bout d'un doigt, il caressa le coin de table qui avait reçu, trois heures plus tôt, la main courte et rougeaude et carrée de Moritz. La patronne lui apporta un nécessaire à correspondance et dit : " Alors, poilu, on écrit à sa petite amie avant de partir ? "

— C'est une obligation militaire, n'est-ce pas ? dit Ernie avec son accent étrange, où les voyelles fugaces du yddish le disputaient aux lentes palatales allemandes.

Il commença une première lettre qu'il déchira par suite du tremblement de son écriture. Lorsqu'il eut triomphé de sa main, le vol rapide et désordonné de ses pensées l'obligea à une troisième tentative. Lors, s'appliquant à dessiner chacun des beaux caractères hébreux, et comprimant chacun des mouvements de son âme, il écrivit la missive qui suit : " Chers parents, grand-parents, frères et sœurs bien-aimés. Une fois de plus, je vous fais souffrir. Lorsque vous recevrez cette lettre, je serai dans une caserne française. Ne me demandez pas comment c'est arrivé, ne me posez aucune question, cessez. Moritz et papa savent que ce matin j'ai été pris d'un vertige; quand je me suis senti mieux, je me suis promené tant et si bien que je suis tombé sur une caserne et c'est là que la folie m'est tombée dessus. Après, il était trop tard, j'ai eu beau supplier le général de me rendre ma feuille d'engagement, il ne voulait pas, le contrat était signé. C'est une folie que tous les cerveaux du monde ne résoudraient pas; aussi ne vous posez aucune question, cessez de vous tourmenter, la folie ne mérite que le silence. Vous savez bien que je vous aime et que je n'ai aucun plaisir à vous quitter. Il ne faut pas dire : Ernie ne nous aimait pas. Je crois que j'ai voulu partir à la guerre à cause des Allemands et de ce qu'ils m'ont fait à moi. Surtout rassure-toi, grand-père, je n'oublierai pas qu'il y a des hommes en face; d'ailleurs c'est brancardier que je suis, je porte pas de fusil, je porte que les hommes. N'oubliez pas de rendre à mademoiselle Golda Fischer le volume de poésies de Bialik. Excusez-moi auprès d'elle pour la trente-septième page où j'ai fait un coin sans y penser. Quelque chose pour toi, maintenant, vénéré grand-père. Je sais tout ce que j'ai pu vous faire souffrir depuis l'histoire de l'épicière. Je le sais sur le bout des doigts. Mais souvent il me semble que le mal que je fais est plus grand que le mal qui est réellement en moi. Écoutez, savez-vous quoi, parlons plutôt de quelque chose de gai : quoi de neuf sur la guerre ? Excusez-moi pour cette plaisanterie, mais je crois que c'est bon de rire au moins d'un œil. Votre fils, petit-fils, et frère qui vous aime et vous embrasse et vous serre de toutes les forces de son âme dans ses bras, et il vous vénère tous, et il vous demande à tous encore une fois son pardon. Ernie. P. S. Dans cette enveloppe vous trouverez huit certificats du secrétaire de la Mairie. Pour chacun il y a la preuve que votre fils, petit-fils ou frère est engagé dans l'armée française. Gardez-les bien car avec ça vous êtes un peu français vous aussi, et on ne pourra pas vous mettre dans un camp de concentration. Au moins pour une fois du mal sortira un peu de bien, et puisque la folie est déjà là, au moins qu'il ne vous arrive rien. Au moins que la folie serve à quelque chose, pour toute la souffrance que je vous apporte aujourd'hui. Mais c'est trop tard, puisque j'ai signé. Votre respectueux et aimant et regrettant. Ernie. ''

IV

Quarante-huit heures après la signature de ce peu reluisant volontariat dans l'armée française, il reprit conscience de ses limites dans les rangs du 429ᵉ régiment de marche étranger. Des sergents nés à Dresde ou Berlin lui coulèrent un regard ennuyé; et le lieutenant, Bourguignon noueux comme un cep, avertit mesurément son monde : qu'on ne lui ferait point le numéro du métèque-drapé-dans-les-plis-du-drapeau-tricolore; qu'ils avaient donc à se tenir à carreau; et que, par voie de conséquence, le quartier était consigné jusqu'à nouvel ordre.

A l'instar des armes coloniales, le 429ᵉ régiment de marche étranger se retrouva régulièrement au champ d'honneur. Dans l'intervalle des combats, Ernie frappait stoïquement sur le tambour de l'orchestre du régiment; tous les musiciens, crut-il comprendre, n'étaient pas brancardiers, mais tous les brancardiers faisaient nécessairement partie de la Musique. En cet étrange mai Quarante, une missive parvint à Ernie sur la ligne des Ardennes qui annonçait l'internement des parents, frères et sœurs, aïeul, Mutter Judith aussi. C'était d'un voisin parisien; il excella à démontrer que la chose était douloureuse; et qu'elle était pénible.

D'autant, poursuivait-il, que la mesure, bien qu'elle atteignît les Lévy, ne les visait point; en vérité, toute ladite " chose " était sans offense et on ne les avait verrouillés que pour la bonne règle. Ernie d'ailleurs devait à la logique d'admettre que les Juifs allemands, si Juifs qu'ils fussent, n'en étaient pas moins allemands : et la coutume voulant qu'en France, etc. Une lettre du père suivit : moins sereine. Le camp de Gurs n'était évoqué qu'avec retenue, mais Ernie, en bonne logique, déduisit de cette lettre que la coutume en France parfois le cédait mal aux traditions allemandes. Aussi inclina-t-il pour la proposition terminale de M. Lévy : *Impossible d'être juif.*

Conjointement, la missive de Gurs excita la verve analytique du capitaine, qui ouvrait volontiers le courrier de ses métèques : C'est un langage chiffré, ou bien c'est de l'hébreu ! déclara-t-il en désespoir de cause.

— C'est de l'hébreu, mon capitaine, déclara Ernie sans malice; mais avec une pointe de yddish.

On s'étonne, on questionne, il fallut traduire. Par chance la compagnie Rossignol possédait également son Juif; on le cherche, on le trouve, il confirme la version Ernie pour l'essentiel.

— Cependant, mon commandant, précisa le second hébraïsant, il y a un point, un tout petit point...

— Il n'y a pas de petit point aux yeux de la France, parlez soldat ! s'écria fort dignement l'officier.

— Voici, mon général, fit l'hébraïsant ému. Hemdah se traduit imparfaitement par délicatesse, mais bien plus avantageusement par...

La suite de cette démonstration se perdit dans un tumulte coloré, mais avec prédominance verte.

Au vrai, toute l'affaire se fût terminée dans les formes de l'art, si, tandis qu'il distribuait à chaque hébraïsant, qui deux, qui huit jours de méditation ferme, l'esprit de l'officier n'eût été traversé d'une singulière pensée. C'était que, toute la famille du caporal Ernie Lévy ayant été *mise hors d'état de nuire*, le maintien de ce dernier sous l'uniforme représentait une sorte d'antinomie furieuse, outrageante, sans précédent dans les annales. Fallait-il, ne fallait-il pas arrêter Lévy sur-le-champ ?... Dans cette cruelle alternative et la chose prenant un tour national, il décida aussitôt de transmettre à l'échelon supérieur.

Une estafette est dépêchée, fait ventre à terre, s'agite, s'inquiète, entre en transes. Mais toutes les transes du monde n'y font rien : plus d'échelon supérieur. A tout hasard, mortifiée, elle ramène un planton d'état-major qui s'essayait à enfourcher une bicyclette. Planton solidement en main, l'estafette grimpe au bataillon : de commandant point; redescend à la compagnie : ni de capitaine.

La suite est à lire dans l'Histoire de France. Mais non qu'Ernie Lévy, remis en dépôt à l'adjudant de bataillon (qui l'avait solennellement reçu de Monsieur l'Aspirant; qui en avait été gratifié par le lieutenant adjoint; qui en avait hérité en droite ligne du capitaine)... qu'Ernie donc dévala tant et si bien la voie hiérarchique qu'il finit par atterrir dans les bras d'un deuxième classe; lequel disparut soudain de façon très honteuse et sans transmettre la consigne, fût-ce à un Polonais.

Lors, son siège ne lui prit qu'un instant; connaissant une excellente bicyclette dans certaine remise des environs, il considéra que, nourriture et moyens de transport assurés, ne faisait plus défaut qu'une honnête compagnie pour la route. Mais le second hébraïsant, après une accolade attendrie, lui tint à peu près ce langage : " Cher monsieur, je ne saurais vous dire combien cette proposition me touche ; car je sens bien qu'elle ne s'adresse pas seulement au coreligionnaire, mais, en quelque sorte, à l'homme *personnellement.* Aussi permettez-moi de vous remercier pour cette marque de considération ; et cependant...

— Et cependant ? murmura Ernie que ce préambule fleuri, dans une bouche récemment convertie à la grammaire française, affectait plus douloureusement que l'approche de la canonnade.

— ... Et cependant, considérant qu'après vous je demeure le dernier Mosaïcan du bataillon, il me semble de la plus haute nécessité de ne point donner aux non-Juifs l'impression qu'Israël n'est plus là.

— Mais il n'y a plus l'ombre d'un Français dans le bataillon ! s'écria Ernie impatienté tout de bon.

— Il y a moi, dit le second hébraïsant. Je suis depuis vingt-six en France et sur le point d'être naturalisé.

Ernie eut un sourire amer :

— Eh bien, nous nous ferons naturaliser de concert. Et empailler si c'est là votre fantaisie. A propos, connaissez-vous la prière aux agonisants ?

— Je la connais. Mais...

— Moi aussi, dit doucement Ernie Lévy.

— Ne soyez pas défaitiste, dit le second hébraïsant. L'homme est plus faible que la mouche et plus dur que le fer. Demain les soldats de Verdun, de Waterloo, de Valmy, de Rocroi, de Marignan, de...

Le lendemain, la poche nazie creva, déversant une infinité de chars sur le flanc des Ardennes. Réduit aux effectifs d'une compagnie, moins l'encadrement autochtone, le 429e régiment de marche étranger élut à son commandement trois anciens des Brigades Internationales. Chacun but à la cérémonie une grande et dernière lampée d'eau-de-vie ; sur quoi Ernie se surprit à constater que le second hébraïsant dressait son maigre poing par-dessus tous les autres, bien haut, bien droit vers le ciel, tandis que ses traits témoignaient du plus vif contentement de soi et d'autrui. A cet instant : " *Companores !*... s'écria l'élu espagnol, au terme d'un noir discours où la désolation sourdait comme d'une meurtrissure, camarades, il y a parmi vous des Garibaldiens, des socialistes autrichiens, des communistes allemands, des anarchistes espagnols, des Juifs, des fuyards de toute l'Europe. Depuis des années nous battons en retraite. Nous roulons de frontière en frontière. Le dernier pays, c'était la France; mais aujourd'hui elle aussi est trahie, et les Français descendent comme des moutons vers la mer. Nous connaissons cela, nous savons quel goût a la trahison; les camarades ex-communistes présents en ont mangé il n'y a pas longtemps, avec le pacte Molotov. *Companores*, ces paroles ne sont pas pour reprendre les vieilles querelles; sur le point de prononcer mon dernier couic, je me sens l'âme vaporeuse et légère, comme une vieille demoiselle de compagnie. Ces paroles sont seulement pour vous dire : il n'y a plus de retraite pour nous, il n'y a plus d'émigration possible, la France était le dernier bastion. Ceux qui ont la peau jolie peuvent s'en aller. Aux autres, à titre de plaisanterie, je signale ce proverbe de chez moi (la Catalogne) : Celui qui a du poil sur le cœur, il n'est vaincu que mort, pas une minute avant. Et à ceux qui se sont battus pour la République, je rappelle les paroles de Dolores Ibarruri, la Passionnaria...

Une quinte d'hilarité plia le petit homme sombre, à la face plus ciselée qu'une coquille de noix; il hennit :

— Ay ay de nous ! Ces paroles, désormais, elles résument toute notre... hi, stratégie... Et toute notre... hon, hon, tactique révolutionnaire !

— Quoi ! Qu'est-ce qu'elle a dit ? firent quelques voix mécontentes.

Le petit Espagnol reprit une bonne partie de son sérieux.

— Mes amis, énonça-t-il avec difficulté, à Madrid, la Passionnaria nous a dit que plutôt vivre à genoux, non... plutôt vivre debout, non... *Plutôt mourir debout que vivre à genoux !* s'écria-t-il soudain avec raideur.

Phrase que les cinquante hommes reprirent d'un souffle, tandis que, minuscule, éméché, triomphant, le second hébraïsant pleurait fort visiblement de joie.

Une période d'attente succéda. Allongé fusil proche dans un fossé, le cœur pesant du camp de Gurs, Ernie s'étonnait à nouveau de ne pas trouver de rimes aux choses... L'ancêtre hésitait une seconde, l'âme tendue, puis cueillait toute mûre une citation du Talmud. Moins austère, le père se satisfaisait d'une légende glanée ci, d'une historiette ramassée là : fruits chus du grand arbre de la connaissance juive. L'une de ces historiettes chanta à la mémoire d'Ernie Lévy. C'était avec la voix fiévreuse et ironique de M. Lévy père; c'étaient son visage de lapin à lunettes, et ses doigts habiles à l'analyse autant qu'à l'aiguille...

" *Écoutez un peu, frères.* Un rabbinot de village enseignait en son catéchisme la perfection de toutes choses : " Et pourquoi le Très-Haut — béni soit son nom — pourquoi je vous le demande en grâce aurait-il fait de la mauvaise ouvrage ?... Ainsi, mes agneaux, la terre est si parfaitement ronde afin que le soleil puisse librement et à son aise tourner autour. Ainsi, voyez-vous, le soleil est-il si parfaitement rond afin que ses rayons, partant dans toutes les directions, brillent pour tout le monde, *sans exception* ; et que ne soient omis ni les ours à un bout, ni les nègres à l'autre. Et la lune ?... mais qu'importe la lune; qu'il vous suffise de savoir que la lune, bien qu'elle ne soit pas toujours ronde, est toujours parfaite.

" *Écoutez donc un peu, frères...* — Et les oignons ? demanda un enfant; les oignons aussi, répondit le rabbinot. — Et les radis au beurre ? demanda un second; les radis au beurre tout pareillement, répondit le rabbinot. Mais surtout, ajouta-t-il en tripotant sa barbe, souvenez-vous qu'après Lui (que sanctifié soit son nom), l'homme est ce qui se rencontre de plus parfait dans la création. L'homme, mes petits chevreaux, ah ! l'homme...

" — Et moi, excellent rabbi ? se récria un minuscule bossu.

" Le rabbi médite rapidement :

" — Mais petite bête, petite âme, murmure-t-il avec une nuance aérienne de reproche; pour un bossu, tu es on ne peut plus parfait... sais-tu ? "

Pour un bossu tu es on ne peut plus parfait, le sais-tu ?... Les délices douces-amères de cette philosophie répugnèrent soudain à Ernie. Que le monde roulât une bosse fantasque, énorme et douloureuse, ne pouvait décemment prêter à plaisanterie. Pour sa part, il connaissait que le Très-Haut — béni soit son nom au long des siècles — l'avait notamment doté d'une gangue à sa mesure, et froide, et transparente comme verre, et qui l'enfermant corps et âme reflétait avec une perfection sans égale : la salle blanche de l'hôpital; les lueurs du pogrom; le ciel délicatement bleu de sa banlieue parisienne; cette aube délicatement fétide de sang et que rongeait la minutie des Junkers...

S'ajoutèrent à ses souvenirs, quelques heures plus tard : l'éblouissante fin du second hébraïsant, servi d'un projectile en cette région que le Zohar dénomme Troisième œil, ou bien œil du centre, ou bien encore œil de la vision intérieure ; pour l'évidente raison que, sis très exactement entre les yeux de chair, avec lui s'éteint toute conscience, " soit noble comme le soleil, soit pure comme la lumière, soit naïve comme l'enfance ", ainsi que le second hébraïsant en reçut la démonstration ce matin-là. S'ajoutèrent à ses souvenirs : l'enterrement rituel du second hébraïsant, dans la fosse miraculeusement creusée par une bombe : bras croisés sur la poitrine, phylactères grimpant en lierre jusqu'aux bosses du front, et là-dessus l'enveloppant comme pour la prière du Grand-Pardon, le doux linceul de lin noir et blanc du Taleth. S'ajoutèrent à ses souvenirs : le nom moins admirable anéantissement du 429e régiment de marche étranger. S'ajoutèrent à ses souvenirs : une retraite d'une pureté toute celtique, mi sur les cavales enchantées de la providence, mi sur la bicyclette notifiée plus haut. L'enterrement d'un tronc humain reposant en bordure de la route de Chalon-sur-Saône. Le dernier hommage rendu à un enfant couché face contre terre sous une rafale descendue du ciel, oblique, à l'italienne. La fraternité vélocipédique d'un officier à gants jaunes qui lui dit : mon cher, la situation est désespérée, mais non sérieuse.

S'ajoutèrent ensuite l'annonce de la reddition de l'armée française. La découverte du bleu sempiternel de la Riviera. L'annonce de la cession par la France au vainqueur d'une moitié d'elle-même. L'apprentissage de la décomposition.

Et enfin : l'annonce en 1941 de la livraison totale — y compris les modalités de port — des internés de Gurs aux camps d'extermination nazis.

Bien qu'enfoui sous sa gangue, Ernie Lévy estima que ce dernier trait parachevait la boucle, et c'est ici que pour la seconde fois lui vint l'idée heureuse de se pendre. Pressons-nous d'ajouter qu'il n'en fit rien. " Et pourquoi voulut se pendre ?... et pourquoi ne se pendit pas ?... " Autant de questions intéressantes, en vérité. Mais la place nous étant mesurée, nous nous bornerons à préciser qu'il ne se pardonna point de ne s'être point pendu.

V

Pris de vertige, Ernie Lévy invoqua les mânes domestiques en
ces termes : " O mon père, ô ma mère, ô mes frères, ô mes sœurs,
ô l'aïeul, ô Mutter Judith... d'où vient que vous perdant je ne puisse
me perdre avec vous ? Si c'est la volonté de l'Éternel, notre Dieu,
je maudis justement son nom et l'implore de m'amener à distance
de lui cracher à la face. Et si, comme me l'ont enseigné mes camarades du 429ᵉ régiment de marche étranger, nous devons voir
partout et en toutes choses le bon vœu de la nature, je lui
demande en grâce, à cette dame, de me transformer au plus vite
en animal : ô mes aimés, car Ernie exilé de Lévy est une plante
sans lumière.

" C'est pourquoi, et avec votre permission, j'essaierai désormais
de faire tout ce qui est humainement possible pour devenir chien.
Aussi bien, chers parents, je vous prie de considérer ce message
comme un adieu définitif. "

Mentionnons discrètement à son débit qu'un certain soleil
d'arrière-saison, comme il n'est qu'en Méditerranée, donnait beaucoup de prix à la douceur de vivre.

" Frère, voyons un peu, se demanda bientôt Ernie Lévy, comment devient-on chien en ce pays ? "

Ce faisant, il se conformait à une existence dont le raffinement
logique ne manquera pas d'apparaître au lecteur. L'on sait depuis
les travaux novateurs de Tarde que l'imitation est au moins une
seconde nature, sinon toute la nature. Dans cet ordre d'idées, et
s'il est avéré que les manières de regarder la vie, " effeuiller une
rose " ou découper un poulet, respectent scrupuleusement les
frontières, on conviendra sans trop de peine que souhaitant perdre
son identité humaine, Ernie ne pouvait mieux que s'appliquer à
recevoir de toute son âme la manière locale d'être chien.

Pour commencer pareil apprentissage, feu Ernie Lévy décida
de répondre au patronyme de Bâtard, qui lui parut assez convenir
à sa nouvelle position : prénom, Ernest. Soit homme, soit chien,
en user à son endroit autrement qu'il ne fît serait désobliger inutilement la créature.

Mais le baptême ne va plus sans les sacrements; et comme il
avait été circoncis, autrefois, dans sa peau rejetée de Lévy, il ra-

cheta cette secrète hérésie par l'adjonction progressive de moustaches fort catholiques dans leur forme, consistance et maintien. Part ainsi faite à Rome, il ne put s'empêcher de trouver un peu ridicules, et pour tout dire : frivoles, ces attributs ainsi livrés à leur fantaisie et sans la tutelle efficace d'une barbe. Le moindre effet de ces moustaches ne fut pas de lui donner la mine d'un caniche. Et sa démarche, jusque-là morne, penchée, gagna un je ne sais quoi de *frétillant* qui sans doute ne se rencontre pas une fois le siècle chez un Juif polonais, fût-il converti.

Toutes ces grâces nouvelles aidant, fin août 41, trois mois après sa conversion à la gent canine, feu Ernie Lévy faisait son entrée dans un petit bistrot du Vieux-Port de Marseille, ville où il avait établi son gîte... Son arrivée déclencha quelques rires. En dépit d'une chaleur torride, il était engoncé dans sa vieille tunique militaire, toute pelée, galeuse, rafistolée, et plus repoussante que le pelage d'un vieux chien atteint de la teigne. Une épingle de nourrice fermait son col. Une ficelle l'enserrait à la taille. Et sous le calot tombant sur la tignasse, une sorte de gueule moustachue aux yeux pendants semblait en quête de quelque vieil os à ronger dans un coin. Titubant d'inanition, il s'avança vers le comptoir et demanda un verre d'eau. Le serveur, gros homme rubicond et facétieux, prétendit d'abord, à la grande joie des clients du comptoir, ne pas receler une goutte de ce dangereux " médicament ". Puis il soumit au vagabond un demi empli de gros rouge et, le voyant hésiter, lui plongea le nez dans le vin afin de l'inciter à boire. Les gargouillis du malheureux excitaient le serveur qui, soulevant la nuque d'Ernie, entreprit de lui " donner la tétée ". Deux rigoles rouges s'écoulaient des commissures de la bouche sur la mâchoire et dans le cou nu d'Ernie. Emporté par la plaisanterie, un client claqua le dos du buveur " pour que ça descende mieux " : le liquide lui sauta tout entier au visage.

— C'est assez comme ça, fit une voix dans le fond de la salle.

Le serveur s'immobilisa de respect; Ernie torcha son visage d'un coup de manche et découvrit un homme élégant, noiraud, calamistré, debout et tournant le dos à une table joyeuse où des vivants des deux sexes prenaient le pastis de midi.

— Monsieur Mario, on pensait pas à mal, fit tout contre l'oreille d'Ernie la voix faiblissante du serveur.

— Bonne Vierge, dit l'homme avec son accent chantant, je me sens tout sanguinaire à te regarder, gros porc que tu es là à...

Puis venant à Ernie, d'un pas lent et majestueux et qui semblait résider tout entier dans le déplacement des épaules :

— Alors l'armée, dit-il, c'est la famine ? Tu pouvais donc pas lui rapetasser la bouillasse, à ce gougnafier ? Hé bé, tu es beau, comme te voilà. C'est pas avec des héros comme toi qu'on aurait pu la gagner, cette guerre. Tu le prends le pastis avec nous ? C'est tout anciens combattants de la bicyclette, à part les demoiselles. T'as pas de puces au moins ?

Une heure plus tard, coiffé, dégraissé, pourvu d'une chemise bicolore, Ernie participait activement à une sorte de banquet familial qui se tenait au premier étage d'un restaurant de maigre allure. M. Mario s'était pris d'une étrange affection pour lui depuis qu'il avait surpris, au poignet du clochard, le lacet rose des suicidés. Par la suite, Ernie devait découvrir un emblème identique au poignet droit de M. Mario, qui était gaucher. Mais pour l'heure il ne s'interrogeait guère, tout à une mastication tendrement contrôlée par M. Mario qui se penchait vers lui, confidentiel :

" Je te le rerépète : tu manges, et tu digères un petit coup ; après tu bois, et tu pisses un petit coup si tu peux. Sinon, mon ami, tu vas te faire claquer la besace. J'ai bien connu ça dans le temps, tu sais... "

Les amis de M. Mario semblaient fêter une sérieuse rentrée d'argent. Retenus d'abord par la présence de l'invité, ils engagèrent ensuite un débat éloquent sur le commerce en général, et celui des cigarettes, laitages, cuirs et médicaments en particulier. Peu à peu, les hommes dégrafaient leurs ceintures, et les femmes poussaient des rires gras s'achevant en pointe. Mélanie allait et venait, montant et descendant l'escalier accédant directement à la cuisine. C'était une personne de fort digne allure, quoique jeunette encore ; aussi Ernie ne comprenait-il pas pourquoi, à chacun de ses passages, les hommes éprouvaient le besoin, sous l'œil béat de leurs épouses, d'effectuer sur elle des gestes d'une audace extrême et dont elle ne paraissait pas tenir compte, gardant la tête bien droite au-dessus de ses plats. Cependant il se mit à en rire lui aussi et tout ivre de cette joie, l'œil aviné, il entreprit de faire le chien.

Ce furent d'abord de vigoureux ouah ouah qu'il poussait contre son assiette pleine d'ossements divers ; puis une chute spectaculaire qui le vit bientôt se rétablir sur ses quatre pattes, et, dans l'hilarité générale, tourner grotesquement autour de la grande tablée. Une demoiselle lui jeta un os qu'il tailla à belles dents et de façon très ressemblante. Hurlements de rire. Contorsions des femmes enamourées. Enfin se précipitant sur Mélanie, à quatre pattes, de la gueule Ernie tente de happer quelque belle pièce de chair. Le dos tourné contre la muraille, la serveuse protège son bien et en appelle à ses bons sentiments. Rires en nappes coulantes. Finalement Ernie se rend à ses émouvantes raisons, fait le beau, saisit et pince délicatement Mélanie à la joue, aboie sous son nez. Mais soudain éprouvant entre son pouce et son index la douceur insensée d'un visage humain : " Mélanie ! " s'écrie-t-il en se rejetant en arrière comme si ce contact brûlait ses doigts. Et tout le monde de rire. Mais de s'arrêter en voyant que la galopade d'Ernie autour de la table a pris une allure frénétique, désespérée, et que des larmes coulent sur sa joue venues du fin fond de l'ivresse, tandis qu'il pousse de rauques aboiements comme à la mort et aboie, aboie, sans fin...

La bande des " Vétérans ", comme ceux-ci s'intitulaient ironiquement, tenait ses assises dans une maisonnette au bout de la Joliette et surplombant les quais. C'était une dizaine d'hommes jeunes que les déboires militaires de l'Exode rapprochaient dans une promiscuité de l'absurde et de cette secrète honte des vaincus sans gloire. Nous étions vendus, disaient certains, qui en étalaient les preuves. Nous étions faibles et naïfs, rétorquaient d'autres plus tournés vers la déréliction. Nous étions lâches, précisaient les troisièmes, prisonniers évadés surtout, et qui buvaient davantage que les deux premières catégories pour oublier ce qu'en eux trahison, faiblesse, et naïveté n'absolvaient pas. Ces derniers semblaient attendre, guetter le signe d'un nouvel accomplissement d'eux-mêmes. Le marché noir dorait tout cela d'un vernis confortable, supportable. A leur contact, Ernie se découvrit un talent de caissier et des antennes sensitives de " pifomètre universel ". Mais le premier motif de la haute estime dans laquelle on le tenait généralement était son aptitude à boire frais ; le second, sa capacité de manger cru. Bien que ce dernier point affectât la délicatesse de certains, le " manger cru " d'Ernie constituait un authentique numéro de cirque : viandes saignantes, boudins de toutes sortes, " caillotis " de sang l'envahissaient alors jusqu'aux oreilles. Les étrangers admis sans explication prenaient peur.

— Le sang va te sortir par les yeux, lui dit un jour son protecteur amusé. Tu n'aimes donc rien d'autre ?

— C'est que du sang de bête, monsieur Mario, s'excusa Ernie.

— Va, va, ce que j'en dis c'est pour toi...

Les Juifs n'égorgent pas leurs bêtes, une sorte de bourreau consacré s'en acquitte selon un rituel millénaire. Le sang étant principe de vie, on saigne l'animal jusqu'à la dernière goutte ; puis son sang recueilli dans une rigole est enterré, pour marquer par ces funérailles symboliques d'un poulet, d'un canard ou d'un veau, le respect dû à toutes les formes de la création. D'apparence fili-forme, morne et un peu chétive par suite du végétarisme auquel le condamnait, depuis son engagement dans l'armée, la stricte ob-servance des interdits judaïques, Ernie prenait maintenant figure de personnage gras, bonasse, goulu, rabelaisien. Une énorme poche de graisse s'était constituée sur son ventre ; poche qui reçoit en France l'appellation familière de " brioche ", tant pour sa forme très caractéristique qu'en vertu de la tendre humeur qu'elle dispense à son propriétaire. Mais le terme de brioche convenait-il vraiment à la ventripotence d'Ernie ? La rectitude intellectuelle nous oblige d'émettre une réserve sur ce point. Car la brioche, ce meuble sur-numéraire, s'installe pianissimo (prendre de la brioche), dans un ensemble toujours harmonieux (rose, rond, rieur, etc.)... alors qu'à bien l'observer le visage d'Ernie conservait sa maigreur mala-dive et ses yeux ne trahissaient guère la brillance chaude et émou-vante d'une âme stable et en parfait repos. Certaines personnes (sur le témoignage desquelles nous ne pouvons absolument faire fonds) prétendent avoir remarqué que *plus la brioche de feu Lévy grossissait, plus son visage s'amenuisait*. Mieux, ses compagnons lui reprochèrent de mastiquer avec raideur, voire tristesse. Et aussi, se demandaient-ils, comment se faisait-il que, possédé de nourritures si exaltantes, il ne consacrât partie au moins de tant d'énergie vitale à l'amour ?... De fait, en dépit de son âge, d'une vigueur certaine et de son extraordinaire appétit, feu Ernie Lévy semblait vouloir demeurer étranger à toute *vie sentimentale*.

En vérité, feu Lévy cachait son jeu depuis le premier jour ; une passion couvait en son cœur depuis lors. Le soir du ban-quet fatal, étrangement dégrisé, il trouva très difficile de fermer les yeux, car il avait l'impression qu'il y avait à son pouce et à son index il ne savait quoi de plus lisse que d'habitude. Il lui était impossible de dire si quelque chose de lisse et doux, qui existait sur le visage de Mélanie, s'était collé à ses doigts, ou si ses doigts avaient été rendus lisses par le frottement contre la joue. Le lendemain, au réveil, bien qu'il eût encore sa " gueule de chien ", il sentit que quelque chose de nouveau se tramait dans le monde. Sou-dain, alors qu'il s'interrogeait, la douceur lustrale du visage de Mélanie au bout de son pouce et de son index se rappela à son existence. Aussitôt, il frotta pour la faire disparaître : mais en vain. Cette douceur ne le quitta plus ; où qu'il allât désormais, quoi qu'il fît, et lors même qu'on le croyait corps et âme dans l'une de ses ripailles, il ne pouvait s'empêcher, de temps à autre, de caresser mélancoliquement entre ses doigts la visage de Mélanie. Quand il la revit, quelques jours plus tard, il lui sembla qu'elle s'était transformée, qu'une lumière irradiait maintenant de toutes les faces de sa besogneuse personne. Elle sentit la différence, lui témoigna de ces attentions qui ne trompent que les regards indifférents. Mais Ernie se tâtait, fort inquiet. Il soupçonnait qu'au niveau même le plus bas de l'amour se produisent des phénomènes qui, touchant à l'imagination, risquent d'entraîner un chien à des pensées dangereuses pour son avenir. Cependant, plus il se tâtait, plus l'affreuse langueur grimpait le long de son bras, tissant un à un ses fils, l'enveloppant d'une toile frémissante au moindre souffle, au plus léger mouvement. Lorsqu'à plusieurs mois de tout ceci, la douceur du visage de Mélanie eut gagné son épaule, envahi sa poitrine, et fait battre son cœur, feu Ernie Lévy réalisa avec effroi qu'il était amoureux de cette fille Mélanie !...

Craignant le pire, il décida de présenter au plus vite ses hommages à une demoiselle de trottoir. Mais quittée l'encoignure sombre où elle se tenait, il fut touché par son allure de bête lasse ; et lorsqu'elle se tint devant lui, dans un galetas, papotante et affable sous l'ampoule nue qui dessinait cruellement ses traits, le jeune homme fou ressentit une douleur déchirante dans sa poitrine.

— Excusez-moi, madame la putain, dit-il avec son accent étrange, j'ai changé d'avis. Soyez assez bonne pour accepter cet argent et me laisser partir.

— Tu es malade ? Tu as du chagrin ? Je ne te plais pas ? Comme tes yeux sont tristes ; toi, tu es un étranger qui n'est pas d'ici.

— Le chagrin, dit Ernie, ça n'est pas pour moi.

— Tu as donc de la peine ?

Ernie s'assit sur le lit, réfléchit, s'inventa une biographie ; lorsqu'il en eut terminé avec sa famille de Marseille, il passa à ses grands-parents de Toulon, aux attaches multiples qu'il possédait dans la région de Nîmes, dévidant tout cela comme autant de titres qui le constitueraient en homme à la face du monde. " Et vous ? " demanda-t-il enfin.

La fille hésita, s'offrit un enfant, puis deux ; enfin les agrémenta d'une vieille mère, car ce sont de ces choses qui approfondissent le pathétique. Puis elle se mit à plaisanter, et, de boutade en mignardise, éteignit la lumière avec une sorte de discrétion amoureuse. Elle babillait même tandis qu'elle faisait subir au malheureux dément les derniers outrages.

A peine reprit-il ses esprits dans la rue, qu'à certaine nouvelle et plus entière douceur qu'il ressentait, Ernie découvrit qu'il était indubitablement amoureux de la prostituée ; du moins, considérablement plus épris d'elle que de Mélanie, qui passait loin en seconde position et dont, en toute honnêteté, il ne ressentait plus qu'un infime picotement au doigt. Une terrasse de café refroidit cet enthousiasme. Comme il s'y attablait les jambes moites de douceur, il vit assise à deux pas une de ces jeunes filles du quartier nègre de la Belle-de-Mai dont le chignon porte des peignes de corne dorée, et dont la chevelure haut montée semble tissée de soie noire au-dessus d'un visage en bois des Iles. Aussitôt, toutes les fausses douceurs et picotements impies disparurent pour faire place à un enivrement plus étrange encore, mais qui cette fois se tenait tout entier dans les yeux ; et il sut que cette jeune fille noire lui inspirait un amour éternel. Puis une autre, blanche comme lait, qui tel un vaisseau glissait sur le trottoir, toutes voiles au vent, ravit non moins totalement son cœur. Puis ce fut une autre ; une autre encore. Les jours suivants le virent perdre tout son boire frais et son manger cru ; Ernie errait comme une âme en peine dans les rues infestées de visages, cloutées d'yeux comme autant d'étoiles scintillant dans sa nuit. Enfin, il se résigna à quitter la ville au plus tôt. Car si un chien, se disait-il en son délire, se laisse une fois aller à de l'amour, bientôt il en viendra à tenir peu de compte du jeûne ; et du jeûne, il en viendra à la tempérance, à enfreindre la sieste, et de là à la rêverie et à la détermination de faire des vers. Une fois entré dans ce chemin en pente, on ne sait jamais où l'on s'arrêtera. Plus d'un chien, sans doute, a daté sa chute de quelque amourette dont il tenait peut-être peu de compte en ce temps-là.

VI

Ernie se traîna tout l'hiver 1942 le long de la vallée du Rhône, remontant le cours d'un mistral furieux en cette saison, et dont les coulées hurlantes, la nuit, se confondaient étrangement avec le vent âcre et sombre et hurleur qui balayait son cerveau blessé. Son régime de Marseille lui avait donné du corps ; il trouvait aisément à s'employer dans les campagnes dévirilisées par les Stalags. Cette période fut un trou noir. Systématiquement, il cultivait en lui les instincts les plus bas. Parfois il se battait comme une bête. Son objectif, bien qu'informulé, était : interdire toute infiltration de lumière dans le trou. Un jour il se surprit dans une glace. Il fut satisfait de constater que son ancien visage, en quelque manière, était demeuré accroché au petit gibet de Marseille. Tous les éléments composant ordinairement un visage : nez, bouche, yeux, oreilles, se trouvaient là au grand complet et sous leur apparence habituelle : mais ils ne lui constituaient pas une face humaine. Ils semblaient détachés les uns des autres, et feu Ernie Lévy soupçonna qu'il eût porté indifféremment ses oreilles à l'endroit des yeux, et ses yeux, dans la bouche d'ombre des narines, par exemple.

Il échoua à la Saint-Sylvestre dans un mas gouverné par une femme de prisonnier qui, du haut de sa faiblesse, menait à la baguette les épaves que lui octroyait épisodiquement l'Invasion. Dans une femme trop faible pour dominer son destin, et trop exigeante pour s'y résigner, la délicatesse se mue volontiers en perfidie. Madame Trochu avait pris quelque indépendance depuis la réclusion de son mari, elle respirait un peu, se regardait même comme un être libre, et couchait, entre deux colis en Allemagne, avec le tout-venant de sa main-d'œuvre, dans l'attente de l'homme qu'elle saurait maintenant apprivoiser s'il ne la tuait pas. C'était une provençale aux yeux de raisin acide et noir, à la bouche rêche ; mais tout entière paradoxalement sculptée dans une matière de glace et de feu. Au premier regard Ernie jugea qu'elle ne pouvait le faire rêver ; aussi la regarda-t-il sans aucune crainte, et s'enticha-t-elle de lui. Tout à ses viandes saignantes, il laissa passer un temps précieux ; puis elle commanda, et il s'exécuta.

Comme il ne l'aimait pas le moins du monde, feu Ernie Lévy s'imposa en pénitence de lui témoigner une passion herculéenne dont elle recevait les marques sans examiner. C'était une âme modeste et composée de si exquise façon qu'elle ne regardait dans l'amour que les preuves de l'amour, pourvu que répétées : on l'appelait la Goulue. Nous aurions beau jeu de montrer comment feu Ernie Lévy administrant la preuve, et sa peu exigeante haquenée se fondant là-dessus, rien ne se passait entre eux qui ne fût relatif à l'ordonnance et au maniement des preuves. Mais passons ; ce sont des choses si communes qu'elles ne valent pas la peine qu'on en parle.

— Amour, disait l'excellente dame ; encore un peu de rognons ?

— Un piment ?

— ... De ce faisan de trois semaines ? Tu sais comme cela fait du bien à ton jésus; ô bijou, chou, caillou, pou, hibou.

Feu Ernie ne répondait rien, n'ouvrant la bouche que pour mâcher. Mais parfois, rêveur, une pointe de nostalgie aidant, il supputait vaguement laquelle, des viandes cuite, crue, ou simplement bouillie, s'harmonisait davantage avec la chiennerie autochtone et partant : la sienne.

Au demeurant, logé, blanchi, farci, honoré par tout le village et respecté dans l'alcôve, c'était ce qu'il convient d'appeler, sous nos cieux — et depuis la plus haute antiquité : un heureux mortel. Bien davantage, son amoureuse donatrice craignant de le surmener, elle s'avisa par une sienne arithmétique de lui épargner les peines de semer, bêcher, planter, fourrager, moissonner, arracher la patate, etc.; le souci de boire frais; et jusqu'à l'ennui de quitter l'alcôve.

— Regarde les oies ! s'écriait-elle sur une note de triomphe. Prends exemple !

Sur quoi, feu Ernie Lévy se mettait docilement sur pattes; clopinait vers la basse-cour; saluait compère coq sur son fumier; cousines oies dans leurs cages; jetait un regard envieux sur le chapon de l'heure; et enfin, invariablement, poussait une pointe vers la porcherie qui exerçait sur lui une froide fascination mêlée d'une si tortueuse haine que, certaine fois, de fureur, il cracha judaïquement sur la bête impure.

Ce soir-là, il fit un rêve étrange. Il enlaçait comme d'habitude une chienne de la race des griffons jaunes, et comme d'habitude s'étonnait de l'intensité de la joie prise à sa bien-aimée; si l'apparence d'homme, se disait-il, lui avait été enlevée, du moins son essence demeurait-elle spirituelle. A preuve, le haut niveau d'élévation de la joie prise à la chienne.

Mais à l'instant où, comme dit le Zohar, " toutes choses visibles meurent pour renaître à l'invisible ", la chienne se métamorphose en une splendide chatte qui allume ses yeux dans la nuit, et évoquant les mille tours et attrapes du désir, attire Ernie dans la danse. Et pourquoi aussi, par quelle malice du sort, à l'instant que dit le Zohar, la chatte devient-elle rat, puis successivement blatte, cancrelat, limace, etc. pour finalement se fondre à lui en mixture et grouillis vivant, rampement amiboïde ivre de se perdre dans la mer de l'immense infini ?

Bien qu'elle fît grand cas des preuves d'Ernie, la fermière commença de l'examiner avec un respect nouveau lorsqu'il assura que cet homme dont il occupait le lit et l'épouse, lui faisait peine à penser. On n'est pas plus *cynique*, se dit-elle avec considération. Longtemps elle essaya de lui faire avouer, reconnaître son cynisme; mais ce fin renard s'y refusant, la considération de la fermière s'en accrut.

De même, il ne voulut jamais admettre qu'il n'était pas bordelais, (comme l'indiquait faussement une certaine carte d'identité au nom d'Ernest Bâtard). Aussi sa persistance admirable à l'accent " alsacien " donna à penser à la fermière que c'était un ancien prisonnier évadé. Comme elle poussait la curiosité loin, à certain détail d'alcôve elle déduisit qu'il était israélite; mais comme elle prêchait la plus grande tolérance en matière religieuse, elle ne lui dit mot de sa découverte d'autant que cette singularité, à tout prendre, ne manquait pas de piquant. Depuis l'âge le plus tendre elle avait rêvé de faire connaissance avec un circoncis. Cela datait du catéchisme, le curé ayant imprudemment parlé de circoncision du cœur; sur quoi la petite Dumoulin avait ricané, comme elle faisait souvent, sous l'influence de son père l'instituteur, qui, ne pouvant empêcher sa femme, pieuse, d'aller à l'église, obligeait sa fille, petite demoiselle sans religion, à se rendre au catéchisme pour troubler l'enseignement du curé. Une conférence illégale avait réuni les catéchisées sur le thème de la circoncision. Mlle Dumoulin expliqua, sur ordre de son père, que les Israélites, premiers monothéistes, avaient pour habitude de sacrifier à leur Dieu un petit bout de leur personne. Que les curés, seconds monothéistes, ne voulant pas demeurer en reste et par ailleurs très douillets, se contentèrent de s'enlever un petit rond de cheveux sur le crâne.

M. Dumoulin, parfait laïque, ne traitait jamais des Juifs autrement qu'en Israélites. Il croyait un peu au fond de lui que le mot Juif avait été inventé par les Jésuites pour ennuyer les francs-maçons. De tout cela résulta une conséquence fâcheuse pour feu Ernie Lévy qui tomba de son haut, lorsque, sur une fin d'après-midi, alors qu'il se reposait dans l'alcôve, sa fermière accourut et le visage en feu lui tint à peu près ce langage :

— Tu m'as trompée, tu es juif.

— Voyons, tu ne t'en doutais pas un peu ?

— Je savais que tu es israélite, parce que... oui. Mais je viens de parler avec monsieur le secrétaire de mairie, et il m'a assuré que tous les Israélites étaient *automatiquement* juifs.

— C'est possible. Mais où est la différence ?

273

— Où est la différence ? s'écria-t-elle indignée. Mais tu comprendras que je peux tout de même pas faire coucher un Juif dans le lit de mon Pierre, et que ce Juif s'assoye dans son fauteuil, et qu'il mette son costume et ses chemises. Ah non, ah non, c'est pas bien du tout ce que tu as fait là !

— Bon, dit feu Ernie.

Il se leva.

— Où vas-tu ?

— M'en vais.

— Pourquoi donc ? je te ferai un bon lit dans la grange.

— Et le reste ? s'enquit le jeune homme fou.

— Ah ! pour ça, il va falloir faire attention. Parce que tu ne vois pas que ce malheureux Pierre (elle disait toujours : ce malheureux Pierre, voulant marquer par là tant sa peine à le savoir prisonnier, que l'étrange compassion qui la prenait à songer qu'il était trompé), tu ne vois pas que ce malheureux Pierre apprenne que nous... que je... l'ai fait... avec un Juif ? Non, non, on " le " fera dans l'étable.

" Et puis, ajouta-t-elle soudain, tu en prenais un peu trop à ton aise ces derniers temps. Va falloir que tu m'obéisses maintenant. Et que tu mettes un peu moins de beurre sur ton pain, etc.

— Et si ça ne me plaît pas ?

— Qu'est-ce que j'entends ? dit-elle d'un air fin.

— Bon, dit le fou.

A ceci près, la vie reprit comme avant. Le mistral était tombé. Une tiédeur gagnait les terres. Les oliviers eux-mêmes cessaient d'être à la torture, et parfois, le soir, toutes choses semblaient s'élever dans l'allégresse du ciel pacifié. Le dimanche Ernie descendait au village, écoutait la messe comme hébété, puis entre deux pastis rêveurs allait voir les vivants faire leur pétanque à l'ombre du porche de l'église. L'un d'eux lui jeta une fois un regard qui le fit blêmir. C'était le forgeron du village, il revenait de captivité, et lançait la boule en gardant le torse raide à cause d'un éclat de grenade mal placé. Ernie le revit à sa forge. Par un accord tacite, tous deux gardèrent le silence sur la chose mystérieuse qui les avait rapprochés. Dans un visage du nord le forgeron avait deux chaudes et subtiles et toujours sautillantes prunelles méridionales; c'était un gaillard aux membres allongés s'achevant en larges pieds et mains épaisses qui équilibraient comme un balancier chacun de ses mouvements. Lorsqu'il étalait ses mains à plat, elles occupaient une impressionnante surface. De longs doigts, boudinés au départ, se terminaient par des extrémités plates et curieusement onglées; ça lui faisait, pensait Ernie, comme des pinces d'une grande robustesse et d'une sensibilité d'insecte. On voyait bien qu'elles ne lui venaient pas de naissance, ces deux machines à travail dont la peau était épaisse, grise, couturée de " points de soudure ", et qu'au-dedans l'on devinait plus nerveuses et musclées qu'une patte de lévrier. Lorsque Ernie les regardait s'agiter avec précision au milieu de la forêt de commandes d'une perceuse, ou retirer un diamant rouge d'une gerbe d'étincelles, il se disait qu'une part importante de l'intelligence du forgeron était venue se loger dans la région des ongles, à force de gagner son pain avec. C'est pourquoi, à chacune de ses visites, il les examinait avec plus de respect.

Jamais le forgeron ne lui posait de ces questions qui vous obligent à construire un échafaudage de plus en plus compliqué, à la merci d'un souffle de vérité. L'avenir seul semblait intéresser l'artisan qui glissait parfois des phrases lourdes de sous-entendus, mais sans regarder son interlocuteur : " Mon gars, disait-il, il y a des choses qui nous font l'effet d'être éternelles, comme un mistral qui a soufflé bien raide huit jours de suite. Et puis un matin c'est le soleil. Tu comprends ? " Puis il invitait Ernie à prendre une " mominette " de pastis; on descendait les trois marches au fond de la forge; la grosse femme à rubans vous apportait une cruche bien fraîche, et jamais non plus elle n'interrogeait Ernie sur son passé, comme si, par instinct, elle s'était mise de connivence avec son mari. Quand les enfants revenaient de l'école, souvent on retenait l'hôte à dîner; et les enfants eux-mêmes semblaient fuir la plus bénigne inquisition, attentifs seulement à divertir le jeune homme fou qui parfois, en un éclair déchirant, sortait de son délire pour découvrir ce monde inouï sous ses yeux, cette France insoupçonnée, simple comme du bon pain. Et bien qu'obscurément il craignît de relâcher, à leur contact, les chaînes qui appesantissaient son esprit, il ne pouvait s'empêcher de revenir à cette dangereuse source de lumière.

— Écoutez, dit-il un jour à son ami le forgeron, j'ai comme l'impression que vous me connaissez ou je sais pas quoi. Déjà, la première fois...

Le forgeron hésita une minute :

— Gars, gars, murmura-t-il doucement, sans soulever son regard de l'enclume, crois-moi, je ne te connaissais pas. Mais j'ai vu tout de suite que t'es juif.

— Mais je ne suis pas !... s'écria Ernie effrayé.

L'homme abandonna son marteau sur l'enclume, vint au

jeune Juif dont il recouvrit les épaules de ses lourdes mains.
— J'ai donc tellement l'air, fit Ernie d'une voix singulière,
une voix lente et musicale qui sortait de sa gorge avec la facilité
émouvante d'une mélodie retrouvée.
Au-dessus, le forgeron parlait :
— Je ne sais pas, disait-il, à quoi ressemble un Juif, moi je regarde que l'homme. Chez nous au Stalag 17 y en avait, mais j'y ai
pensé que plus tard, après que les Fridolins soyent venus les prendre. Seulement voilà, quand je suis revenu de captivité, j'ai fait
une boucle par la région parisienne, à cause de la femme d'un co-
pain qui est mort et qui habitait Drancy. C'était le matin très tôt,
des motos allemandes nous ont dit de nous ranger sur le trottoir,
et on a vu passer à toute allure des autobus remplis d'enfants
juifs avec des étoiles partout. Ils étaient tous aux glaces, ils nous
regardaient et ils nous regardaient. Et leurs mains griffaient doucement la glace comme pour sortir. Et je pouvais distinguer aucun
visage, mais ils avaient tous des yeux comme j'en ai jamais vus et
comme j'espère j'en reverrai jamais plus de cette vie. Et quand je
t'ai vu pour la première fois, mon gars, c'était pas à la pétanque,
mais c'était dans l'église à grand-messe. Et je pouvais pas bien distinguer ton visage, mais j'ai tout de suite *reconnu tes yeux*. Tu
comprends ?
— Ah, fit Ernie frappé au cœur.
Il se leva, sortit en chancelant. Dehors il entendit le premier
cri, non pas tout contre son oreille, comme autrefois, mais à très
grande distance et atténué encore par la dure carapace de chiennerie qu'il retenait à toute force bien que déjà elle s'effritât. Dans le
haut de la sente qui mène au mas Trochu, en dépit des amandiers
en fleur et de toutes ces choses qui le distrayaient souvent, les
cris avaient atteint une telle amplitude qu'il se boucha à plusieurs
reprises les oreilles. Il reconnut d'abord le cri de l'ancêtre, puis
celui de Mutter Judith. Alors il lui sembla sortir d'un long rêve
et soudain il se demanda s'il possédait bien toute sa raison, quoique
cette question, sitôt posée, lui causât une souffrance si atroce qu'il
porta ses deux mains à sa gorge pour lui rendre l'air. La fermière
le crut malade. Il s'allongea dans la grange et se recouvrant tout
entier de paille essaya d'échapper aux cris. De temps à autre il
sortait respirer l'air de la nuit provençale. Quand il s'endormit,
rien au fond de lui ne s'était dénoué; simplement, les cris venaient
maintenant de l'intérieur. Il se rêva chien courant dans les ar-
tères d'une grande ville, cependant que les passants le désignaient
d'un air surpris et désinvolte : Tiens, un chien aux yeux juifs !

La chasse commença sans qu'il le sût, et déjà de toutes parts accouraient des gens armés de filets qui couvraient tout le ciel. Une
cave l'accueillit, il s'y croyait en sécurité quand la rumeur des pour-
suivants traversa la porte, exigeant qu'il leur remît au moins ses
yeux. Mes yeux ? Mais c'est ridicule. Et soudain hurlant à tout
rompre : Nous autres, nous ne rendons jamais les yeux, jamais,
jamais, jamais. *Nous préférons rendre l'âme,* ouah, ouah !

Ernie Lévy s'habilla dans l'obscurité et sortit de la grange.
Le mas tout entier, la barrière, l'oliveraie proche baignaient dans
une eau noire agitée de tourbillons laiteux. Il ouvrit le portillon
de bois puis, se ravisant, gagna la maison. Une voix d'homme se
fit entendre avant l'exclamation inquiète de Mme Trochu. " C'est
pour vous dire au revoir ", fit-il au travers de la porte.

La lumière s'alluma; Mme Trochu ouvrit, furieuse :
— Qu'est-ce que c'est que de partir comme ça la nuit, en
voleur ?

Elle avait endossé un peignoir qui la tapissait de fleurs rouges,
et par-dessus son épaule Ernie découvrit, à son ancienne place,
le torse nu d'un homme qu'il ne connaissait pas. Mais bien qu'il
reconnût chacun des objets de la chambre, le plantureux lit de
chêne, l'abat-jour projetant cette lune verte au plafond, ces pantoufles dans lesquelles il avait tant de fois mis ses pieds tremblants
de fièvre, et l'odeur nauséeuse de chairs entremêlées qui régnait
dans cette pièce jamais complètement aérée, il lui sembla que tout
l'ensemble s'était détaché de lui et flottait sous ses yeux, comme un
poisson mort. Mme Trochu aussi semblait dépossédée de sa nature
coutumière, elle n'était ni belle ni laide, comme il essayait vainement autrefois de la définir, elle tanguait doucement dans sa pauvre
chair de femme, sans but, sans attaches, livrée au flot.
— J'ai voulu te dire au revoir, répéta-t-il. J'ai pensé que c'était
bien.

Il avait parlé d'une voix douce qui la fit tressaillir. Soudain
portant ses mains à sa poitrine dénudée, elle s'écria : " Mon Dieu,
qu'est-ce que j'ai fait ! " Ses mains s'étreignaient furieusement
l'une l'autre.
— Allons, allons, faut pas pleurer, dit Ernie.

Il fit un pas dans la chambre à coucher, vers la fermière statufiée
par il ne savait quelle douleur.

— Vous savez bien qu'une belle femme comme vous, elle ne manquera jamais d'hommes, n'est-ce pas ?

— Mais c't'un enfant ! *c't'un enfant !* s'exclama la femme en gardant sur Ernie ses yeux dilatés.

Puis elle ne dit plus mot et seules ses mains parlèrent, se tordant avec furie contre sa poitrine cependant qu'Ernie reculait craintivement vers la porte. Au dernier instant, il se retourna pour un sourire d'adieu, mais les lèvres de la femme s'agitèrent sans qu'il en sortît un son.

Sur la sente boisée qui descendait vers le village, il eut à nouveau le sentiment d'avoir oublié quelque chose dans le mas : mais il ne savait quoi.

— Sale chien, murmura-t-il tout à coup.

Et s'asseyant au milieu du chemin obscur, dont les ombres incertaines semblaient celles mêmes de sa vie, il se pencha et répandit de la terre sur ses cheveux, selon l'immémoriale technique juive de l'humiliation.

Ceci le laissa également insatisfait.

Alors, étendant sa main dans l'obscurité, il se gifla à plusieurs reprises. Mais bientôt il lui sembla que celui qui avait donné la gifle était lui-même, celui qui l'avait reçue un autre lui-même, et ce fut tout comme s'il avait battu quelqu'un d'autre — en dépit de sa joue qui lui cuisait encore. En raison de quoi, il se sentit insatisfait.

Alors il griffa sa main gauche de la droite, et sa main droite de la gauche pour annuler le plaisir que celle-ci pouvait s'être procuré ; et afin que nulle main ne pût être considérée comme triomphatrice. Mais toujours naissait une troisième main.

Alors il essaya de se souvenir de toutes les manières dont usaient les anciens pour s'humilier. Et il invoqua le nom de Dieu. Et il ne vit rien là devant quoi il pût raisonnablement s'humilier. Et il invoqua l'image des siens ; mais sans doute étaient-ils morts depuis trop longtemps pour que leur image servît à grand-chose.

Alors il demeura immobile et sec. Puis il se baissa et prit une pierre, et dans la douleur qu'elle lui fit en ouvrant sa joue, enfin une larme s'échappa de ses yeux. Puis deux. Puis trois. Et cependant qu'il posait sa joue contre la terre, retrouvant au fond de lui, à courts sanglots, la source des larmes qu'il croyait tarie depuis les trois petits applaudissements d'Ilse, et cependant qu'Ernie Lévy se sentait mourir et revivre et mourir, son cœur, doucement, s'ouvrit à la lumière d'autrefois.

VII

LE MARIAGE D'ERNIE LÉVY

Il arrive que les peuples perdent leurs fils : C'est une grosse perte, bien sûr, et ce n'est guère facile de s'en consoler ; mais voici qu'arrive le docteur Soïfer, avec sa perte, à lui... Car il est l'un de ceux qui sont en train de perdre leur peuple...
Quoi ?... Qu'est-ce qu'il perd ?... Mais on n'a jamais encore entendu parler d'une telle perte !

DAVID BERGELSON. Une bougie pour les morts.
Traduit du yddish. Posthume.

I

Cet ancien quartier du Marais, autrefois séjour de marquises, est peut-être le plus délabré de Paris : aussi, les Juifs y avaient-ils leur ghetto. Sur toutes les vitrines, des étoiles à six branches mettaient en garde le badaud chrétien. Ces étoiles s'étalaient également sur la poitrine de passants furtifs, qui glissaient comme des ombres le long des murailles; mais sous la forme ici de pièces de tissu jaune, aux dimensions d'une étoile de mer, cousues à l'endroit du cœur et portant en leur centre la marque de fabrique humaine : Juif. Les insignes des enfants, nota Ernie, étaient de même taille que ceux des adultes et semblaient ronger les frêles thorax de leur six pointes enfoncées comme des griffes. Un sentiment d'incrédulité naissait à la vue de ce menu bétail marqué; Ernie pensa qu'ils diffusaient à peine un léger halo d'épouvante. Puis il en crut davantage ses yeux.

La rue des Ecouffes, où se tenait l'Association, lui parut la plus " pittoresque " du Marais; et l'immeuble du siège, le plus penché, le plus navré.

Le cœur battant de curiosité, et de cette humide angoisse que distillent certains escaliers à l'agonie, il frappa à l'étroite porte du sixième étage. Un petit vieillard ouvrit. Par-dessus son épaule, il distingua trois petits vieillards alignés comme pour sa revue. Le maître de maison porta la main à sa calotte et la déplaça d'un centimètre en avant, puis la refit glisser à son emplacement rituel.

— Je vous prie de pénétrer, murmura ce premier petit vieillard, dont la voix menue et cérémonieuse lui rappela le ton acide et mesurément courtois de son père Benjamin. Quand l'hôte eut refermé la porte derrière Ernie, il s'avança d'un pas, fit une courbette imperceptible, lui tendit la main droite et dit : " Bonjour, monsieur ! " Puis le second, le trosième, le quatrième vieillard le saluèrent. Ils portaient tous la même barbiche en pointe, les mêmes petits yeux foncés sous la colline majestueuse du front israélite. Mais le premier témoigna de sa culture en prononçant : monsieur, en parfaite harmonie avec l'orthographe et l'étymologie; tandis que les suivants se satisfaisaient, à bon marché, qui d'un : mossieu, qui d'un : moussi et, enfin, bizarrement, d'un : missiou.

Le maître de maison le présenta sobrement à ces trois personnages qui s'avérèrent, par ordre de prononciation : vice-président, secrétaire général et trésorier de l'Association. " Quant à nous, acheva-t-il en portant la main à son cœur (ce " nous " impersonnel lui semblant très certainement plus convenable qu'un " moi " pétri d'orgueil et de suffisance) nous sommes le président. "

Tandis que l'hôte procédait à ce cérémonial, ponctuant chaque présentation d'une pause respectueuse, Ernie prit la liberté de visiter, du regard, le siège social de l'Association parisienne des Anciens de Zémyock : un cube de deux mètres de côté, une lucarne sur la cour, un broc et une cuvette, une machine à coudre sur quoi repose un vêtement inachevé, une cinquantaine de volumes sur une étagère — hébreux, français, allemands, russes, yddish peut-être — une table minuscule, un placard d'oiseau, un réchaud à alcool dans un angle, surmonté d'une casserole et d'une assiette; une chaise, un lit. Tout cela méticuleusement ordonné dans un jour lunaire, et baignant dans une odeur de vieux.

— Puis-je demander à monsieur l'objet de sa visite ? s'enquit le Président, la voix rendue toute mince par l'inquiétude que lui causait le silence d'Ernie...

Décontenancé, Ernie ne sut que répondre : oui, oui, pour se taire derechef et sentant confusément qu'il était un intrus.

— Allons, parlez, n'ayez aucune crainte, dit le Président avec un sourire de fine mélancolie à l'adresse d'Ernie. Vous venez sans doute, je |le devine, pour procéder à notre arrestation, n'est-ce pas ?... acheva-t-il enfin, ce même sourire mélancolique et entendu dans ses petits yeux brillants.

— Oh, murmura Ernie.

— Rassurez-vous, monsieur, nous sommes prêts, poursuivit le Président en le fixant avec une tristesse fascinante. Nous vous attendions...

Et d'un rond de jambe discret, il désigna quatre petits baluchons alignés sagement sur le parquet, non loin de la porte.

— *Je vous en supplie,* dit Ernie en yddish.

Et s'ouvrant à l'examen tranquille des petits yeux brillants, il ajouta :

— Je suis le petit-fils de Mardochée Lévy, mon grand-père m'amenait ici avant la guerre. Et... et... sanglota-t-il, je vous en supplie.

Aussitôt les quatre petits vieillards se mirent à parler tous ensemble et leurs voix, d'abord contenues par le sentiment de la présence d'Ernie, prirent un envol extraordinaire, chacune atteignant à l'aigu spécifique des vieillards et des enfants, tandis qu'à ce concert inharmonieux et plaintif se mêlait en mesure une danse lamentatoire, bras dressés vers le ciel, mains se tordant et les petits corps maigres se balançant d'avant en arrière. Leurs yeux, tournés vers un ciel qu'on eût dit proche, versaient ces minces et transparentes larmes de vieillard qui demeurent immobiles sur la paupière, puis crèvent pour se noyer aussitôt dans la ride et le poil.

Quand la première vague d'émotion fut passée, brusquement ces messieurs revinrent à Ernie. Un ballet commença, chacun d'eux cherchant à témoigner du plus grand respect pour la personne du descendant Lévy, à imaginer l'attention la plus délicate. Le maître des lieux tira un mouchoir de sa poche, en essuya l'unique chaise avec le soin qu'on aurait pour un objet du culte, la recouvrit d'un coussinet d'ancienne soie et pria longuement Ernie de lui faire l'honneur de s'asseoir dessus ; comme ce dernier écrasait une larme, il se pencha vers lui et allongeant son bras, lui tapota la joue paternellement, murmurant avec un sourire plein de regret · " Excusez, nous avons tellement peur *au fond*. Puis-je espérer ?... " Le Vice-Président tira d'une boîte métallique une cigarette un peu aplatie et la tendit vers Ernie, à l'extrême bout de son bras allongé, comme une offrande. Le Secrétaire Général ouvrit une pochette de pastilles. Et le Trésorier, enfin, trottina vers Ernie, le fixa de façon insoutenable dans le centre de l'œil, saisit sa main droite de ses deux mains noueuses et dit : " missiou, missiou ", puis fut secoué d'un bref sanglot... Ernie remarqua à cet instant qu'ils portaient tous quatre l'habit de la petite mort lente et miséreuse des vieux ; les chaussures de Missiou étaient dépareillées, l'une montante, l'autre basse. Mais il lui sembla aussi que, sur les lévites luisantes d'années, leurs quatre étoiles jaunes cousues à gros points maladroits, flottaient, voletaient même, avec des grâces fragiles et désarmées de papillons.

Il s'était assis sur le coussinet, et les quatre petits vieillards en ligne sur le bord du lit.

— Nous ne savions pas, commença le Président désireux de

mettre Ernie à son aise, nous ignorions que votre père eût un fils de trente ans. Il est vrai qu'autrefois, avant la guerre, nous n'étions pas encore Président, mais simple trésorier adjoint (cette fonction aujourd'hui n'existe plus). Hélas ! le jour est proche où l'Association s'éteindra, doucement, physiquement, comme une bougie s'éteint ; moi d'abord, j'espère, puis un autre, puis un autre, puis le quatrième. Et dites-moi, quelle importance désormais ?... la chair morte ne sent plus le fer.

Ernie passa une main devant ses yeux et murmura, comme pour lui-même :

— Mais que dites-vous ?... mon père n'a pas de fils de trente ans, voyons...

— Quel âge avez-vous donc ? s'écrièrent les quatre avec ensemble.

Ernie sourit de les voir si vifs et impétueux; si jeunes, pensa-t-il avec une nuance irrévérencieuse.

— Parfois, dit-il toujours souriant, il me semble que j'ai plus de mille ans. Mais du point de vue de mon pauvre père, que Dieu le prenne dans ses mains douces, je n'en ai que vingt.

Le Président l'examina avec un soin horrifié, se tourna vers les trois autres personnages, entama avec eux un débat passionné en langue polonaise, durant lequel Ernie s'efforçait à un détachement poli.

Puis renouant avec le visiteur :

— Vous vous êtes donc échappé de *leurs* enfers ?

— J'arrive de la zone libre, dit posément Ernie. Ce matin. De quels enfers me parlez-vous ?

— Vous ne venez donc pas de *là-bas* ? dit le Président en examinant à nouveau le visage d'Ernie, comme s'il y lisait une terrifiante histoire.

— Mon Dieu, dit le Secrétaire Général en écho, il ne vient pas de là-bas !

— Alors d'où vient-il ? fit Missiou d'une voix à peine audible.

Le Président demeurait penché vers Ernie, distillant le regret de ses prunelles décolorées, grises, vertes ou multichromes, pareilles à ces objets anciens dont les teintes se fondent par la patine du temps. Ernie dut à cette proximité de voir bouger, soudain, dans l'eau déformante de son regard — comme un poisson dont l'existence se signale d'abord par une sorte de frisson liquide — une idée engloutie qu'il fit lentement remonter à la surface des eaux : " Vous ne seriez pas Ernie ? " fit-il très doucement.

Surpris, Ernie opina silencieusement du chef.

— Ah, dit l'autre d'un ton pénétré, cependant que des larmes de honte coulaient des yeux d'Ernie, l'ancien nous a souvent parlé de vous. Il venait toujours aux réunions du dimanche matin, *c'était* un vrai... homme juif. Pardonnez-moi, je me souviens, il parlait de son petit-fils — je veux dire : le fils de son fils — comme s'il était assuré que ce dernier fût appelé à devenir un Juste. Pas un Juste Lévy, disait-il, un vrai Juste inconnu, un Inconsolable, un de ceux que Dieu n'ose même pas caresser du petit doigt. Tout cela est loin de nous maintenant, n'est-ce pas ? Mais si je ne suis pas indiscret, enfant, cher enfant, pourquoi êtes-vous revenu parmi nous dans le feu ? Peut-être ne savez-vous pas. On raconte des histoires qui font se hérisser tous les cheveux de la tête...

— Je sais, dit Ernie, tout ce qu'il est possible de savoir. Il y a des gens qui ont lu certaines feuilles clandestines, il y a des gens qui ont entendu certaines radios interdites. Mais ce qu'ils chuchotent de bouche à oreille n'est pas fait pour l'esprit humain. Ils vous disent : voilà ce qu'il en est de nous; mais eux-mêmes n'y croient pas.

— Et vous y croyez ? exhala le Président.

Ernie Lévy parut extrêmement troublé.

— Alors pourquoi êtes-vous revenu ?

— Ça, dit le garçon, je ne le sais pas.

— C'est très mal ce que vous faites, dit le Président. A Paris, en ce moment, la vie est plus courte d'une chemise d'enfant. Et vous êtes si jeune, vous n'avez pas l'air juif, l'avenir coule tout entier dans vos veines. Vraiment c'est surprenant à quel point vous n'avez pas l'air juif. Ecoutez, je vous assure, dit-il avec exaltation, vous avez tout à fait l'air de n'importe qui !

Puis scrutant le visage défiguré d'Ernie, il réprima un frisson :

— Mon enfant, poursuivit-il d'une voix différente, savez-vous, en vérité, vous n'avez l'air de rien, de personne. Etait-ce donc vous l'enfant bouclé qui venait avec le vieux Lévy autrefois ? Ne dites rien, ne réveillez pas, ne réveillez pas... Il est vrai que c'était dans les anciens temps, dans les anciens mondes, dans les anciennes pensées, et si je ne savais qu'il s'est à peine écoulé trois ans... Etait-ce bien vous ?... (Il esquissa un geste absurde de dénégation.) Non, je vous en conjure, ne me répondez pas, surtout ne me répondez pas; car ma vieille âme préfère rester dans le doute au sujet des enfers dont on parle et de ceux dont on ne parle pas. Enfant Lévy, savez-vous ?... il semble que je ne sois pas un Juste, car je ne supporte aucune espèce d'enfer, hi...

Et détournant soudain les yeux du visiteur, comme s'il ne pou·

vait en supporter la vue davantage, il plaqua vivement ses maigriotes mains sur sa face ridée et s'écria, en une sorte de miaulement plaintif : " *O Dieu, quand cesseras-tu d'avoir le regard sur nous, quand nous laisseras-tu le temps d'avaler notre salive ? Seigneur, père des hommes, que ne pardonnes-tu notre péché, et que n'oublies-tu notre iniquité ?... Car nous autres Juifs allons nous coucher dans la poussière ; un jour tu nous chercheras...* "

— Tuh tuh tuh, l'interrompit Missiou réprobateur.

— ... *Et nous ne serons plus*, acheva le Président de l'Association parisienne des Anciens de Zémyock.

Furieux, les trois petits vieux se précipitèrent contre lui, Missiou allant jusqu'à pinçoter le coude du Président : " Qu'est-ce que c'est ? N'as-tu pas honte ? Voilà qu'il se prend pour Job maintenant ? Et devant un Lévy, encore... "

A ce nom magique, les quatre petits vieillards s'immobilisèrent sagement sur le bord du lit, les uns croisant leurs bras, les autres tiraillant leur barbe de honte. Le Président baissait les yeux.

— Nous nous disputons, mâchonna-t-il sans oser regarder le visiteur, nous nous entrechinons comme de vieilles Juives que nous sommes devenus. Mais c'est parce que nous habitons tous les quatre dans cette petite pièce, deux sur le lit, et deux sur le matelas que la nuit nous posons par terre...

— A tour de rôle, dit Missiou en écho.

— Et le vénéré Lévy, expliqua le Président d'un air de plus en plus gêné, comprendra peut-être que cette cohabitation forcée nous entraîne à un degré excessif de familiarité, que nous sommes d'ailleurs tous quatre les premiers à regretter...

— Moi surtout, ponctua le Secrétaire Général d'un ton pénétré, cependant qu'Ernie Lévy, se tortillant sur sa chaise, tout honteux de se voir métamorphosé en Juge suprême de ces quatre existences pourchassées, tentait vainement de trouver une formule qui leur rendît la dignité sans lui enlever son insignifiance.

— Que suis-je, dit-il enfin, pour que mon regard trouble quatre nobles patriarches comme vous ? Si vous saviez...

A ces mots, Missiou s'illumina ; et gloussant d'enthousiasme :

— Ces Lévy, tout de même ! s'écria-t-il. Ils sont tous pareils ! Aïe, aïe, aïe, des patriarches, vous avez entendu ?

— Il y a sous leur langue du miel et du lait !

— Quand tu pilerais un Lévy dans un mortier, acquiesça le Président sans oser encore regarder Ernie, au milieu des grains avec le pilon, sa douceur ne se séparerait pas de lui. Des patriarches, mon Dieu...

Et gardant son nez pointé vers le sol, il poursuivit d'une voix apaisée :
— Enfant, cher enfant, ce n'est pas un, mais quatre miracles si nous sommes ici en vie. A supposer qu'aucun miracle ne se soit produit, vous n'auriez trouvé que l'ombre de notre chère Association; dans ce cas, que feriez-vous donc en ce moment précis ?
— Ça non plus, dit Ernie souriant, je ne le sais pas.
— Est-ce possible que... ?
Missiou s'interposa avec violence :
— N'interrogez pas, glapit-il, ne questionnez pas un Lévy, laissez-le aller : il connaît son chemin par cœur ! Comme on disait chez nous, vous vous rappelez ?... Inutile de pousser un ivrogne, il tombera tout seul; inutile de pousser un Lévy, il *s'envolera* tout seul ! Hi, hi, hi, hi, hi, hi !
— Restez parmi nous, dit le Président qui semblait parler au plancher. Honnêtement, cette chambre n'est à personne, elle appartenait à l'Association; puis vous voyez, nous en avons fait notre cachette. Ils peuvent venir demain, ce soir : mais aujourd'hui vous êtes chez vous. Alors nous vous adoptons ? Parfait. Excellent. La perfection de l'excellence.
— Mais je...
— Ah, dit Missiou, nous sommes peut-être un peu trop vieux pour vous, hein ? Ça ne serait peut-être pas gai une compagnie de vieilles sardines comme nous; je comprends. Mais autrefois, vous savez, il y avait aussi des jeunes à l'Association. Mon Dieu, est-ce possible ? je me souviens d'une année où nous comptions vingt-sept membres inscrits pour la région parisienne !
— *Et les bals...* dit le Secrétaire Général en extase.
Missiou ne le laissa pas achever :
— Oh, oh, glapit-il tout excité, je me souviens des bals annuels d'autrefois. Est-ce possible ?... On les faisait à Belleville; des bals simples, familiaux, pas comme ces folies de grandes villes telles que Varsovie, Lodz, Bialystok, où nul ne se connaît. Et puis, il venait tout de même un peu de monde, car les gens de Zémyock sont connus et aimés dans toute la Pologne juive...
— Sardine que tu es, dit sèchement le Président.
Missiou roula des yeux effarés; puis, avec componction :
— Oh, oh, dit-il, je vous demande pardon, je voulais dire : *étaient* aimés. Car à ce qu'on dit, il n'y a plus personne à aimer dans la Pologne juive, ni personne pour aimer...
A ce moment, le Président souleva enfin son visage, découvrant le clapotis nostalgique de ses petits yeux brillants :

— Acceptez-vous notre invitation ?

— C'est pour moi... bonheur.

Trottinant autour de la table, le Président fit bruire des paperasses derrière le dos de l'invité; ce dernier devait remarquer plus tard le placard taillé dans un mur, et qui contenait les archives de l'Association. Revenant aussitôt, le Président étala un registre à couverture noire sur la minuscule table; et, tandis qu'il le feuilletait doucement, ses lèvres continuaient à effeuiller ses souvenirs...

— Moi, vous comprenez, j'habitais chez mon fils avant la guerre. Un bel appartement, avec un atelier de confection. Et savez-vous, ils m'ont quitté pour tenter de rejoindre la zone libre. J'ai passé plusieurs frontières dans ma jeunesse, mais je n'avais plus envie de courir; alors je suis resté dans l'appartement. *Qu'ils reposent en paix*. La concierge a pris les machines, puis les meubles, puis la vaisselle, puis l'appartement. Mais elle ne m'a pas dénoncé... Nous sommes restés, les vieux livres, les vieux papiers, et moi. Savez-vous ?... Dieu s'amuse. Non, non, non, non, je crois plutôt que c'était l'année 1938. Ah !... vous voyez ?... Mardochée Lévy, 37, rue de l'Ermitage, Montmorency, Seine-et-Oise. Alors je vous inscris à côté ?... Parfait, excellent; la perfection de l'excellence.

— Seulement, intervint Missiou inquiet, il faudra vous dépêcher de mettre l'étoile.

— Avec plaisir, dit Ernie Lévy.

II

Ernie s'étonnait que Dieu ne lasse point les hommes du Marais. Petit îlot condamné à disparaître sous peu dans le grand flot de mort, ils continuaient à dresser leurs bras vers le ciel, à s'y accrocher de toute leur ferveur, de tout leur tourment, de tout leur pieux désespoir. Chaque jour les rafles retenaient dans leurs mailles, parents ou amis, voisins de palier, êtres de chair et d'os auxquels hier encore on adressait la parole; mais les petites synagogues de la rue du Roi-de-Sicile, de la rue des Rosiers ou de la rue Pavée ne désemplissaient pas. Les quatre petits vieux y entraînaient régulièrement leur invité, le faisant participer à leurs prières de feu.

Parfois des jeunes gens fleurdelysés les attendaient à la sortie, gourdin au poing et le sarcasme élégant à la lèvre. — Maintenant, c'est tous les jours comme ça, geignaient les petits vieux en trottinant le long des murailles. Et pourtant nous ne pouvons manquer l'Office. C'est ce qu'ils veulent, savez-vous ?

Dans l'intervalle des rafles, une existence grouillante de vivier humain se poursuivait dans les venelles et les impasses armoriées. Des soupes populaires naissaient on ne savait comment. En ces jours du printemps 1943, la menuaille étoilée avait droit aussi aux grâces d'un soleil pâle qui descendait à mi-hauteur des eaux grises et moyenâgeuses du Marais. Ernie avait trouvé emploi chez un fourreur possesseur d'une carte verte. Déjà on murmurait que les cartes blanches seraient bientôt à l'honneur; ce furent les rouges. Ainsi les hommes de la rive égaraient leur gibier par le trouble appât de la survie.

Là-haut, dans l'étroite mansarde du sixième, la file de petits ballots de naufragés s'était augmentée du ballot d'Ernie qui contenait, tout comme les quatre autres : un livre de prière, un châle de de prière, des cordons de prière, une calotte de rechange et six morceaux de sucre. Un jour qu'il revenait du travail, il trouva la porte scellée d'un bandeau de toile portant en son centre un cachet allemand. Il hésita, défit le bandeau, pénétra dans la pièce qui lui parut inchangée; seuls manquaient les quatre petits ballots des quatre derniers survivants de l'Association parisienne des Anciens de Zémyock. Ils creusaient un terrible espace autour de son ballot intact.

Allongé dans le lit et grelottant d'une fièvre étrange, Ernie attendit quarante-huit heures son tour. Devant ses yeux défilaient tous les siens en cortège. Parfois lui prenait l'envie de descendre, d'adhérer à l'un de ces mouvements qui se créaient maintenant dans le ghetto et au-dehors. On rapportait les exploits de certains jeunes héros juifs. Mais tous les Allemands de la terre ne rachetaient pas une tête innocente; et puis, se disait-il, c'eût été pour lui une mort de luxe. Il ne tenait pas à se singulariser, à se détacher de l'humble cortège du peuple juif.

Quand il apparut que les Allemands ne voulaient pas encore de lui, Ernie redescendit les six étages pour se rendre à son travail. Ce jour-là, comme il titubait sur le trottoir, une petite Française en deuil s'approcha et lui tendit la main. La semaine suivante, ce fut l'enchantement, dans le métro, d'un vieil ouvrier en salopette qui lui offrit sa place. " Car ils sont aussi des humains, s'exclamat-il en jetant des regards furibonds à la ronde. Et Bon Dieu, on choisit pas le ventre de sa mère ! " Ernie n'usa pas de cette charmante invitation, mais il en souriait encore en se rendant à la synagogue de la rue Pavée, pour l'office du soir. La trouvant presque déserte, il en déduisit qu'il y avait eu rafle dans l'après-midi. Seuls quelques vieillards en dévotion permanente hantaient les stalles obscures, et deux ou trois femmes qui pleuraient derrière la cloison de séparation. Derechef, Ernie se demanda ce qui l'attirait en ce lieu; malgré tous ses efforts, il n'avait pu atteindre une seule fois la personne de Dieu, dont il se sentait séparé, définitivement, par le mur de plaintes juives s'élevant jusqu'au ciel.

Dehors, une équipe de jeunes élégants se divertissait. L'un d'eux tentait de tirer la barbe d'un vieux fidèle, lequel, craignant de laisser choir son livre de prière, se défendait avec acharnement. " Montjoie Saint-Denis ! " s'écria le jeune homme, de dépit; et aussitôt un groupe joyeux accourut à la rescousse au cris de : Pour Dieu et mon droit !

S'éloignant du champ de leurs exploits, Ernie aperçut alors, dans un angle, une petite demoiselle étoilée se débattant à corps perdu, prisonnière de deux " patriotes " français qui la caressaient en riant. Un instant, il supporta ce spectacle; puis s'étant machinalement porté en avant, il dispersa le groupe par la soudaineté de son attaque, saisit la main de la jeune fille et l'entraîna dans une course folle à travers les venelles mystérieusement vides du Marais.

Devant la rue de Rivoli, comme ils ralentissaient à cause de la circulation, Ernie s'aperçut avec surprise que la jeune personne était boiteuse.

— Je vous dois un grand merci, dit-elle, en yddish, lorsqu'ils se furent immobilisés aux abords du terrain vague de la rue Geoffroy-l'Asnier.

Elle haletait et des perles s'écoulaient sur son front; Ernie la trouva un peu bohémienne, avec ses cheveux roux à la diable, cette cotonnade qui flottait autour d'elle en sac, et au milieu de ses joues au galbe mat de provençale, cet air d'impertinence ou de candeur qui l'attirait chez les sauvageonnes répandues sur les routes qui vont de la Camargue aux Saintes-Maries-de-la-Mer. L'étoile jaune lui faisait une breloque voyante sur le cœur, un de ces fastueux bijoux de romanichelle.

— Ce n'est pas qu'ils m'auraient fait grand-chose, ajouta-t-elle en souriant, je ne suis pas assez belle.

Ernie la regarda sans comprendre; leurs mains se défirent avec gêne; puis la jeune fille se mit à parler très vite, lançant en l'air, comme on souffle des bulles de savon, de vagues propos sur la reconnaissance *inoubliable*, etc.

— Vous n'êtes pas trop fatiguée ? dit-il, l'interrompant avec une légère brusquerie.

— Non, pourquoi ? Ah, fit-elle très naturellement, c'est à cause de ma jambe ?

Le jeune homme hésita :

— Oui, dit-il enfin, c'est à cause de votre jambe.

— Allez, ne vous souciez pas pour elle. On croit comme ça, à la regarder. Mais elle est encore plus vigoureuse que l'autre. Ah ! tu t'es cassée une fois, ma fille, mais tu ne te casseras pas deux !

Penchée sur sa jambe délictueuse, l'infirme l'admonestait avec gaieté, allant jusqu'à lui administrer une petite tape.

Ernie dit très vite, comme pour détourner l'attention de la jeune fille :

— Vous habitez loin, s'il vous plaît ?

Elle interrompit son manège, releva la tête, sourit.

— Oh non, c'est juste à deux pas.

— Prenez tout de même mon bras, s'il vous plaît, hein ? hein ?

Effarée, toute rougissante soudain, l'infirme coula sans mot dire son bras dans l'anse offerte et les deux jeunes gens suivirent la rue Geoffroy-l'Asnier jusqu'aux bords de la Seine, qu'ils longèrent sous l'œil perplexe des promeneurs. Bien qu'elle lui donnât le bras, la curieuse jeune fille affectait de ne pas se reposer sur lui, de sorte que leurs deux bras ne se touchaient que lorsqu'elle mettait son pied plus court à terre, en un saut léger, ce qui néanmoins la faisait peser l'espace d'un instant contre Ernie. " Vous savez, elle est à peine plus petite que l'autre ", dit-il naïvement, sur le ton de la conversation la plus ordinaire. Mais à peine ces paroles se furent-elles échappées de ses lèvres que le rire frais de la jeune fille s'éleva en réponse, cependant que, abandonnant le bras d'Ernie, elle faisait quelques pas toute seule, d'une démarche volontairement trébuchante et en coulant vers Ernie des regards qui le prenaient malicieusement à témoin. " A peine plus petite ? " dit-elle gaiement. Puis elle se tut, car Ernie venait maintenant à elle, et, sans lui demander consentement, prenait son bras, l'entraînait de nouveau ; mais en la soulevant, cette fois, de telle manière qu'elle trouvait appui sur lui, silencieuse, comme frappée de stupeur, le suivant sans résistance et tout boitillement aboli. Soudain ils éclatèrent de rire ensemble, puis se turent ; puis rirent à nouveau, heureux et gênés par cette cascade de coïncidences. Et Ernie dit, rêveusement :

— Et maintenant, est-ce que vous sentez encore qu'elle est plus petite ?

— Non, non, répondit la jeune fille sur le même ton.

Des aigrettes végétales jonchaient le trottoir qui borde ce quai de Seine : au moindre coup de vent, elles se soulevaient, se mêlaient à celles qui descendaient en frêles hélices des platanes. Dix mètres plus bas, le fleuve roulait ses eaux prisonnières de la ville. Un taxi de fortune frôla les deux jeunes gens, emportant la vision d'un cycliste à la langue tout entière sortie, et d'une grosse dame à manchon qui trônait dans la boîte arrière, semblant goûter le printemps de Paris. Quelques soldats de la Wehrmacht flânaient aussi le long des quais, et Golda, c'était son nom, fit remarquer à Ernie qu'en la soutenant des deux mains comme il faisait, il masquait dangereusement une partie de son étoile jaune. Puis elle tint des propos fantastiques, assurant entre autres qu'elle avait maintenant un deuxième mari et qu'elle était décidée à ne pas en demeurer là, pour peu que de nouvelles occasions s'offrissent à son choix. Ernie se laissait aller au flot de ce bavardage, attentif seulement au plaisir qu'il prenait à respirer, lentement, posément, de toutes ses bronches renaissantes soudain, au creux de sa poitrine. C'est assez, disait-elle toutes les cinq minutes, vous pouvez me laisser aller, pourquoi vous donnez-vous toute cette peine ? Mais ces paroles aussi laissaient Ernie immuable, elles semblaient soumises au tour plaisant que la présence de Golda imprimait à toutes choses, faisant danser les maisons dans l'air chaud, s'égoutter la Seine comme un modeste ruisseau de village, et fondant les rumeurs de Paris dans une seule harmonie triomphante; et tout au plus si Ernie, lorsque Golda prononçait de telles inconséquences, la redressait un peu de sa main droite, bien serrée sous l'aisselle de la jeune fille, et la soulevait, un peu, de terre, comme pour imposer un cours plus aérien à ses paroles.

Abandonnant le quai, elle le guida vers l'une de ces multiples impasses creusées en tranchées d'écoulement dans le flanc pourri des immeubles qui avoisinent la Seine derrière la Bastille. Elle badina tandis qu'il demandait à la revoir, tout comme si ce fût une plaisanterie du plus fin sel; et badinante, elle accepta, s'enquit de ses horaires de travail, semblant jongler avec l'idée aberrante que son " sauveteur ", comme elle disait plaisamment, se trouverait le lendemain à telle heure et à tel endroit, y attendant le bon plaisir de sa venue. Cependant, comme elle s'immobilisait devant une étroite porte en tôle, et lui tendait la main avec désinvolture, elle esquissa une mimique affectée et sussurra, telle une maîtresse de maison :

— Vous viendrez réellement, M. Ernie ?

— Bien sûr, dit tranquillement Ernie, je ne peux pas déléguer mon ombre.

Alors la jeune fille, devenue attentive, et la voix tremblant d'inquiétude :

— Mais pourquoi viendrez-vous ?

— Pardon ?

— Je vous demande, reprit-elle avec une singulière gravité, oui, pourquoi viendrez-vous ?

— Mais pour vous, dit paisiblement Ernie (quoique avec une légère nuance de reproche).

A ces mots, un deuxième visage se dessina sous les traits de Golda, avec une netteté surprenante; un visage d'une telle beauté, et témoignant d'une joie si naïve qu'Ernie Lévy en baissa les paupières malgré lui. Quand il les rouvrit, la jeune fille s'éloignait de son sautillement d'oiseau, s'engouffrait dans un couloir, en ressortait un bout de nez affolé qu'elle rentra aussitôt. Venue de l'intérieur une voix suppliante s'éleva : " Est-ce que je peux tout raconter à mon père ? "

— Oui, oui, dit Ernie.

N'entendant plus son amie, il s'éloigna sans se retourner; mais au bout de l'impasse, persuadé qu'elle fixait son dos, il se sentit ivre d'un sentiment qu'il ne pouvait nommer. Et comme il pleurait sur le trottoir il pensa que c'était une pitié d'une très grande douceur, une pitié qui se tournait maintenant en joie, il ne savait comment. Une pitié si légère qu'elle l'emportait lui-même.

III

Golda ne boitait pas de naissance... Lorsque, en 1938, après le retrait des passeports aux ressortissants juifs polonais, le nouveau gouvernement " autrichien " renvoya ces derniers aux frontières de Pologne, la famille Engelbaum se trouva comprise dans l'expulsion. L'histoire fit le tour de la presse mondiale : la première nuit, les Juifs avaient été expulsés en Tchécoslovaquie; le lendemain matin, les Tchèques les avaient expédiés en Hongrie; de là, ils étaient allés en Allemagne et de nouveau en Tchécoslovaquie. Ils tournaient et ils tournaient. Finalement, ils prirent pied dans de vieilles barques sur le Danube. La plupart se noyèrent dans la mer Noire; dès qu'ils touchaient terre, on les expulsait. Dans un remous du Danube, Golda fut précipitée du bateau; mais retenue au dernier instant, sa jambe fut écrasée entre le fond de la barque et une pierre plate. On lui mit des attelles de bois, elle chantait pour nier sa douleur. Au terme d'un périple compliqué, quelques naufragés du Danube purent trouver place sur la terre d'Italie, où ils se dispersèrent enfin. Un groupe gagna clandestinement la France, Golda portée à dos d'homme; la jambe blessée ne grandit pas : ce fut tout.

Mais Golda ne se regarda plus comme avant, et sans qu'il y eût en elle d'amertume, le fin voile de ce renoncement couvrit son visage toujours aussi souriant, ses manières toujours insouciantes et heureuses, son caractère non moins gourmand de la vie, mais tout cela ombré désormais par une imperceptible réserve qui transmuait son ancienne joliesse perdue en beauté. Elle avait parfois des accès d'avidité, mangeant des fruits jusqu'à s'en rendre malade, ou bien s'enivrant de la mélancolie d'un harmonica dont elle tirait des chants d'amour involontaires. Elle faisait toutes choses pleinement, et dans une pomme ridée mordait comme si ce fût la terre entière qui s'entrouvrait sous sa dent. Ou bien elle buvait de longs jets d'eau claire, sans soif apparente, avec une sorte de frénésie rêveuse qui effrayait sa mère. Tous ces accès la laissaient satisfaite sur le rivage de son désir, sans mélancolie ni regret, comme si elle se fût réellement étanchée aux sources les plus grisantes de la vie. " Tu n'es pas sérieuse, lui disait sa mère, tu ne trouveras pas à te marier si tu continues. "

— Et tu crois qu'autrement ?... Qui voudrait de ma jambe ?

Et Golda de rire aux éclats tandis que sa mère, femme anguleuse de formes et de caractère, comme aiguisée par la vie, protestait avec une conviction aigre et têtue :

— Que la bile me ronge les entrailles si je comprends quelque chose à cette bestiole ! Mais serais-tu aussi laide qu'un crapaud, si tu le veux tu trouveras toujours un homme pour te nourrir ! Et pourquoi crois-tu que je t'ai élevée ? Pour que tu pourrisses sur pied ? Regarde-moi, ça ne m'a pas empêché de trouver ton père, alors ?

Quand M. Engelbaum était là, il levait les bras au ciel avec fatalisme :

— Tu m'as trouvé, je t'ai trouvée, nous nous sommes bien trouvés...

Et narquoisement dans sa barbe :

— Que Dieu te préserve d'une pareille aubaine... Viens ici, ma fille, et dis-moi comment tu veux ton mari.

Toutes ces choses passaient au-dessus de Golda, sans l'affecter, sans même la concerner, et ce n'est que par déférence envers les bizarreries de ses parents qu'elle entrait dans le jeu de leurs préoccupations matrimoniales, disant à son père : " Mais tu es mon mari, non ? " tandis qu'elle coulait un regard d'une amabilité moqueuse vers sa mère, et ajoutait ces mots qui avaient toujours le don de mettre celle-ci en fureur : " Et toi tu es ma femme, ma délicieuse petite épouse. Que puis-je désirer de plus ? " Avec le temps, et comme pour mieux exprimer son détachement à l'égard de sa féminité, elle prit l'habitude de traiter ainsi couramment ses parents, comme si elle eût voulu leur faire sentir que, les ayant épousés, elle était doublement heureuse auprès d'eux. Son imagination n'était pas tournée vers l'avenir, mais en quelque sorte vers la satisfaction plus riche et plus pleine et plus mystérieuse de l'instant présent, qui arrêtait les contours de son monde. Ses " faims ", comme elle disait, ses " soifs ", ses " envies " soudaines ne se portaient que sur des objets à portée de sa main. Quand le garde-manger était vide, elle se payait le luxe d'une " faim " merveilleuse de pain sec. Plus tard, lorsque ses relations avec Ernie furent devenues plus tendres, il arrivait que celui-ci lui demandât quelle chose elle aurait désirée. Dis-moi une chose impossible, une chose que je ne peux pas te donner... Au début, elle lui répondit par des embrassades. Puis avertie du curieux caractère d'Ernie, elle lui demandait des choses qui selon elle se trouvaient juste à la frontière du possible et de l'impossible, telles qu'un ustensile de toilette, une denrée non contingentée, un fruit. Cette absence d'imagination désespérait Ernie, qui voulait y voir la grise humilité des pauvres. Parfois aussi il y voyait une sorte de sagesse calculée, le fruit spirituel de la souffrance. C'est ainsi qu'il interprétait la résignation de Golda devant le malheur d'autrui et le sien. Il la traitait volontiers de " Simplette ", mais un jour, à la suite d'une longue conversation qu'ils eurent sur ce sujet, elle persistant à accepter, et lui à refuser la volonté de Dieu, il lui dit rêveusement : " Ça vient de ce que je ne sais pas encore le commencement du début de ce qu'est la souffrance ; tandis que toi, tu sais tout mieux qu'un rabbin. " Désemparée, elle le regardait. Une autre fois, dans la rue Pavée, alors qu'il lui demandait un " désir ", elle ressentit soudainement une " envie " : se promener tous les deux à Paris sans étoile. Ils se promenèrent toute l'après-midi. — Ce fut son unique impossible " envie ".

La promenade eut lieu un dimanche d'août. Toutes leurs hardes portant l'étoile cousue au côté gauche, Golda proposa qu'on sortît tout simplement en bras de chemise. Le temps était beau comme il ne serait jamais plus dans la vie des deux enfants ; Ernie et Golda gagnèrent la berge de la Seine et, sous la voûte obscure d'un pont, se défirent de leurs vêtements compromettants que Golda enfouit dans un cabas de ménagère, vite recouvert d'un papier journal. Puis se donnant la main, ils longèrent la Seine jusqu'au Pont-Neuf où, non sans une délicieuse angoisse, ils grimpèrent le petit escalier de pierre pour remonter à la surface du monde chrétien.

En ce temps-là, Ernie Lévy se tenait bien droit sur ses jambes, revenu à la démarche solennelle de son enfance, et ses longues boucles noires soigneusement peignées par Golda retombaient de chaque côté de son front, en dérobant les cicatrices. Dans sa chemise blanche éclatante de soleil, et son corps mince s'élevant avec la grâce encore moelleuse d'un jeune cèdre, il semblait un quelconque jeune homme promis à la vie et retenant du bout de ses cinq doigts, comme d'une laisse nonchalante, le sautillement juvénile d'un cabri roux tout entier lui aussi dévolu à la vie. Golda semblait danser. Elle s'était fait une beauté de paysanne : le cheveu noué en gerbe et lisse encore des eaux de la Seine ; une ombre de rouge à la lèvre, et sur laquelle elle portait de temps à autre, un doigt tout étonné ; et un véritable corsage de rêve, tout blanc, tout empesé, qui depuis quinze jours la mettait au rang de demoiselle, et qu'elle avait tenu à repasser elle-même d'un coup de fer délicat et précieux : un coup de de fer venu droit du cœur, selon M. Engelbaum.

Tout à l'angoisse et au plaisir, n'osant pas se regarder, ils cheminaient paisiblement, se sachant là, comme deux oiseaux qui évoluent de conserve par pure intuition. De temps à autre, oublieux de ses promesses, Ernie ne pouvait s'empêcher de boitiller légèrement dans le sens de Golda, qui le rappelait à l'ordre d'un serrement de mains muet. Ils atteignirent la place Saint-Michel, s'immobilisèrent longuement devant la façade d'un cinéma.

— Moi, dit tout à coup Golda, rompant le silence, j'ai jamais encore été au cinéma. Et toi ?

— Moi non plus, constata Ernie surpris. Mais puisqu'on n'a pas l'étoile, chuchota-t-il doucement en yddish, on n'a qu'à rentrer pour une fois : je n'arrive pas à comprendre ce que ça peut être. Tu vois, il me reste quatre, cinq, sept francs.

— C'est trop, trop cher, dit Golda. Et puis je préfère dehors, la vie.

Elle eut un large geste possessif à la ronde. La plantant là d'autorité, Ernie revint avec deux glaces en forme de barquettes. Elle choisit la couleur verte, et tordant le cou pour ne pas tacher son corsage, elle mordit dans la glace et suffoqua, s'étrangla, recracha les surprenantes délices. Puis elle suivit l'exemple savant d'Ernie, et comme elle coulait sa langue dans la coquille, il pensa qu'elle se savourait elle-même dans la glace, ainsi qu'elle semblait le faire dans toutes choses, dans ses moindres gestes et paroles, et même dans les regards gourmands qu'elle portait sur les baraques foraines voisines, sur le boulevard Saint-Michel en fête, et sur Ernie qui se sentait rêver de tout son corps, sans qu'il n'y ait plus au fond de lui la moindre trace de haine pour soi.

Les glaces croquées, ils suivirent le boulevard Saint-Michel et parvinrent au lion de la place Denfert, aussi majestueux et dominateur que le Lion de Juda, gardien de l'armoire du Saint des Saints. Puis tentés par une ruelle au charme populaire, ils débouchèrent dans l'avenue du Maine, y découvrirent un square minuscule, charmant, véritable oasis enclose d'immeubles écrasés de soleil et qui, toutes persiennes rabattues, semblaient endormie d'un sommeil définitif. Ils choisirent longuement leur banc, Golda posa son cabas dessous, et prenant la pose d'amoureux parisiens, ils regardèrent sans les voir les enfants, les bonnes, les vieilles qui goûtaient elles aussi le bonheur du square Mouton-Duvernet.

— Dire, fit Ernie, qu'il y a des milliers de gens qui se sont assis là avant nous ; c'est amusant d'y penser...

— Écoute, dit Golda. J'existais avant qu'Adam fût créé. J'ai toujours alterné les deux couleurs de mon vêtement. Des milliers d'années se sont écoulées et je ne suis encore changé en rien. Qu'est-ce que c'est ?

— Mon père, dit Ernie, avait des histoires pour tout. Le tien a des devinettes.

— C'est le temps, révéla Golda songeuse, renfermant le jour et la nuit.

Une même pensée les rapprocha, cependant que le temps s'écoulait avec une rapidité cruelle autour d'eux, marquant soudain leur bonheur du sceau de l'étoile.

— Je me demande, chuchota Golda, pourquoi ils nous inter-
disent aussi les squares. C'est pourtant la nature...

Un nuage de soie rose traversait le ciel de Paris, juste au-dessus
du grand bâtiment qui se dessinait derrière le feuillage, de l'autre
côté de l'avenue du Maine déserte, et Ernie le suivit par l'imagination jusqu'en Pologne, où, sous un même ciel évanescent d'août,
se mourait le peuple juif.

— Oh ! Ernie, dit Golda, toi qui les connais, dis-moi, pourquoi
les chrétiens nous en veulent-ils comme ça ? Ils ont pourtant l'air
gentils, quand on les regarde sans étoile.

De son bras, Ernie entoura gravement les épaules de Golda.

— C'est très mystérieux, murmura-t-il en yddish, eux-mêmes
ne le savent pas exactement. J'ai été dans leurs églises, j'ai lu leurs
évangiles; sais-tu qui était le Christ ? Un simple Juif comme ton
père, une sorte de Hasside.

Golda eut un doux sourire :

— Tu te moques, dit-elle.

— Si, si, crois-moi, et je parie même qu'ils se seraient bien entendus tous les deux, car c'était vraiment un bon Juif, tu sais, dans le
genre du Baal Chem Tov : un miséricordieux, un doux. Les chrétiens disent qu'ils l'aiment, mais moi je pense qu'ils le détestent
sans le savoir; alors ils prennent la croix par l'autre bout, et ils en
font une épée, et ils nous frappent avec ! Tu comprends, Golda,
s'écria-t-il soudain, étrangement excité, *ils prennent la croix et ils
la retournent, et ils la retournent, mon Dieu...*

— Chut, chut, fit Golda, on va nous entendre.

Et passant sa petite main sur les cicatrices du front d'Ernie,
comme elle s'y complaisait souvent, elle sourit :

— Tu m'avais pourtant promis de ne pas " penser " de toute
l'après-midi...

Ernie embrassa la main qui soulageait son front, et poursuivit,
entêté :

— Le pauvre Jésuah, s'il revenait sur terre, et s'il voyait que les
païens ont fait de lui une épée contre ses frères et ses sœurs, il
serait triste, mais triste à n'en plus finir. Et peut-être le voit-il, car on
dit que certains Justes restent à la porte du Paradis, qu'ils ne veulent
pas oublier les hommes, qu'ils attendent eux aussi le Messie. Oui,
peut-être le voit-il, qui sait... Tu comprends, *Goldelé*, c'était un
petit Juif de chez nous, un vrai petit Juste, tu sais, ni plus ni
moins que... tous nos Justes. Et c'est vrai, ton père et lui se seraient
bien entendus. Je les vois *tellement* bien ensemble, tu sais : Alors,
dirait ton père, alors mon bon rabbi, n'est-ce pas un vrai crève-

cœur de voir tout cela ? Et l'autre qui se prendrait la barbe, et qui
dirait : Mais tu sais bien, mon bon Schmuel, que le cœur juif doit
crever mille fois pour le plus grand bien des nations. C'est pour
ça que nous sommes élus, ne le sais-tu pas ? Et ton père qui dirait :
Oye, oye, si je le sais, si je le sais ? Mais excellent rabbi, je ne sais
que cela, hélas...

Ils rirent tous les deux. Golda prit son harmonica au fond du
sac, le fit miroiter sous le nez d'Ernie et toujours souriante, porta
l'instrument à ses lèvres et se mit à en tirer des modulations clandestines; c'était le vieux chant d'espoir de l'Atiqvah, et les yeux
inquiets, scrutant le square Mouton-Duvernet, elle y goûtait une
sorte de plaisir du fruit défendu. Ernie se pencha, arracha une touffe
d'herbes un peu rouillées qu'il entreprit de piqueter sur la chevelure
encore humide de Golda. Au moment du départ, il voulut la dé-
pouiller de cette pauvre guirlande, mais la jeune fille retint sa main :

— Tant pis pour les gens, dit-elle. Et tant pis pour les Allemands aussi. Aujourd'hui, je dis tant pis à tout. A tout... répéta-
t-elle avec un air subit de gravité.

— Ernie, Ernie, modula tendrement la jeune fille, tu sais que
nous sommes promis à la mort.

Elle était assise bien droite et comme raidie sur le petit lit aux
couvertures grises de la chambre du sixième, et ses mains jointes
reposaient sur ses genoux, frémissantes, en une ébauche de supplication. Sa jupe s'arrêtait en un sage demi-cercle. La veste de laine
rouge détonnait sur les teintes sombres de la pièce des petits vieux
de Zémyock, et les boutons dépareillés la serraient jusqu'au col
blanc de son corsage reluisant d'amidon. Quelques herbes s'accro-
chaient encore dans ses cheveux, desséchés par la course, et où les
ors se muaient maintenant, l'ombre aidant, en roux automnaux.

" A la mort, Ernie, à la mort " dit-elle avec une soudaine froideur,
cependant qu'Ernie découvrait au coin de la paupière de Golda
la même goutte de larme qu'il avait surprise à leur retour silencieux
de promenade, la même clarté amère qui bordait les yeux de Golda
alors qu'elle revêtait, sous le pont, son gilet rouge marqué de l'étoile;
la même étincelle volontaire et désespérée qui animait son visage,
tout à l'heure, lorsqu'elle l'avait presque supplié de visiter sa chambre. Et voici maintenant qu'assis sur la chaise unique du local, bien
en face de Golda, comme il l'avait été deux mois auparavant des
quatre petits vieux disparus à jamais de ses yeux, les mains soigneu-

sement posées à plat sur ses genoux tremblants, voici maintenant qu'Ernie Lévy entendait le cri muet qui fusait des lèvres de Golda, encore un peu tachées du doigt de rouge qu'elle avait mis aujourd'hui, pour la première fois.

— Bien sûr, murmura-t-il en s'efforçant de sourire, entre nous deux, c'est à la vie à la mort.

— Non, non, insista-t-elle, tu sais ce que je veux dire. C'est surtout à la mort.

Elle se pencha en avant et saisit les mains du jeune homme, puis ramena lentement son corps en arrière, sans rompre le pont qu'entre eux jetaient désormais leurs bras.

— En ce moment, reconnut Ernie, qui n'est pas à la mort ?

— Ernie. Ernie. Mais nous, nous sommes un peu... fiancés, n'est-ce pas ?

— En ce moment, dit Ernie très pâle, sommes-nous les seuls fiancés ?

La larme que Golda retenait depuis le square Mouton-Duvernet cheminait délicatement sur le galbe ombré de ses joues, et tandis qu'elle conservait sa pose hiératique, un peu figée, sa lèvre inférieure se défit et la jeune fille laissa échapper : " Non, non, il y en a, il y en a beaucoup. " Jamais Ernie n'avait encore vu Golda pleurer, et il trouva les larmes d'une jeune fille qu'on aime plus amères que la mort; et il pensa : Voici, mon Dieu, les opprimés sont dans les larmes, et personne qui les console ! ils sont en butte à la violence de leurs oppresseurs, et personne qui les console ! Et cependant que les larmes de Golda sourdaient maintenant en nappes fines et silencieuses, il trouva les morts qui sont déjà morts plus heureux que les vivants qui sont encore vivants, et il serra si fortement les mains de Golda que celle-ci souleva les paupières et dit, souriante au travers des larmes :

— Ernie, Ernie, je voudrais être ta femme aujourd'hui.

Il ne put retrouver son souffle aussitôt.

— Parfait, dit-il enfin d'une voix acide. Excellent. La perfection de l'excellence. Mais où trouveras-tu un rabbin à cette heure-ci ?

Golda rit, lui jeta un regard empreint de reproche.

— Mais tu sais bien, dit-elle avec une lenteur lourde de signification, que je n'ai pas de rabbin dans le cœur.

— Parfait. Excellent. Alors qui as-tu dans le cœur ?

— Je t'en prie, dit Golda.

Ernie ferma les yeux, les rouvrit, et sembla, d'une secousse, reprendre l'usage normal de sa parole.

— Demain, dit-il tout à coup, tu regretteras de ne pas t'être... devant Dieu.

— Demain, dit calmement Golda, il sera peut-être trop tard.

Elle détacha une main du pont de leurs bras, toujours tendu entre la chaise et le petit lit grisâtre, et faisant voltiger cette main libre au-dessus de leurs deux têtes, avec humour elle ajouta :

— Et puis ne sommes-nous pas devant Dieu ? Nous laisserait-il en pareil moment ? Tu le sais très bien, quand la mort sonne à la porte, Dieu est toujours là.

— Si tu veux, dit Ernie, si tu veux ...

En dépit de sa douceur inchangée, sa voix marquait une condescendance lointaine qui déplut à Golda :

— Si Dieu n'était pas là, souffla-t-elle d'une petite voix indignée, comment feraient donc les gens pour supporter ?... Tu es fou, Ernie, de croire... Car si Dieu n'était pas là, en ce moment, s'il ne nous aidait pas à tout instant, on ne deviendrait qu'une larme, nous autres Juifs, comme dit mon père. *Ernie, tu m'entends ?*... Ou bien, ajouta-t-elle distraitement, on deviendrait tous chiens, comme ce Juste de Saragosse, quand Dieu l'eut abandonné pour une minute. Ou bien on s'évanouirait dans l'air. *Tu m'entends, Ernie, tu m'entends ?*

Inquiète, elle reposa sa main libre au milieu de la passerelle tremblante de leurs bras, et tandis que tiré de son rêve il murmurait sans conviction : " Bien sûr, bien sûr que Dieu est là... ", elle surprit dans les prunelles d'Ernie une lueur si froide que retirant ses deux mains, elle se rejeta dans le fond du lit, contre le mur de chaux, et soupira, navrée :

— Alors, c'est que tu ne veux pas de moi pour femme ?

— De toi ?... fit Ernie.

Il se leva avec brusquerie, et cependant qu'il sifflait entre ses dents : " De toi ?... de toi ?... " ses yeux devenaient glauques et ses joues semblaient se ramollir, se boursoufler. Soudain, il s'écria d'une voix grinçante :

— Mais ma pauvre Goldelé, tu ne sais pas qui je suis ?

— Si, si, je sais qui tu es, dit Golda effrayée.

Elle avait le sentiment de se trouver devant un fou subtil; sa conversation est une nuit hérissée de pointes, on saisit mal son propre malaise, car l'interlocuteur est doux, sensible, cultivé; on découvre soudain qu'il lui manque seulement la raison.

— Non ! répéta Ernie avec aigreur, tu ne sais pas qui je suis ! Je...

Puis cette voix abominable se brouilla et une troisième voix se

fit entendre, si légère que Golda dut dresser l'oreille pour l'inter-
cepter :

— Écoute, Golda, chuchotait cette troisième voix, il faut vraiment que tu saches, je t'assure, il n'y a pas de plus mauvais Juif que
moi sur terre : vraiment, vraiment... Car je me suis... Une bête
n'aurait pas... tu comprends ?... Et toi tu es si... Et moi je suis si...
Alors tu comprends ?... Oh, Golda...

— Ne parle pas, dit-elle tranquillement.

Et comme il contemplait la jeune fille qui ne semblait plus du
tout alarmée et lui souriait d'un œil clair, Ernie dressa ses mains en
l'air où elles parurent flotter, un instant, avant que de tout le poids
de sa honte il se laissât tomber d'une pièce, la tête sur les genoux de
Golda qui lui passa tranquillement la main dans les cheveux, dis-
posant sans hâte les boucles noires soulevées par l'orage, et perce-
vant sans chagrin, contre ses cuisses, le souffle agité d'Ernie, le
savourant même, heureuse de se savoir tant aimée.

— Je sais qui tu es, je sais qui tu es... répétait-elle ravie.

Ernie découvrit que son vieux masque de terre et de sang se
dissolvait sous l'action des paroles de Golda; se détachant d'elle,
il la regarda et lut comme un reflet lointain de son propre visage
dans les pupilles rétractées de la jeune fille. Il ne savait de quelle
matière était modelé son véritable visage, la face intérieure que
confusément il pressentait en lui; mais les yeux de Golda semblaient sourire à un simple visage d'homme, et, délivré, Ernie sourit.

— Il faudrait peut-être, dit alors Golda, qu'on s'embrasse au
moins une fois.

— C'est nécessaire, dit Ernie. Absolument.

Assis l'un en face de l'autre, sur le bord du lit, leurs quatre mains
se joignant en arche, ils regardaient tous deux leurs bouches; mais
l'affaire était d'une telle gravité que finalement Golda confuse se
leva et recula lentement vers la petite fenêtre à carreaux, au milieu
de laquelle, soudain, sa tête fauve s'encadra sur fond de ciel.

— Et maintenant, dit-elle, qu'est-ce qu'il faut que je fasse ?

Elle remarqua au même instant qu'un imperceptible sourire voletait au coin des lèvres d'Ernie, les crayonnant d'un trait enfantin.

— Mais oui, soupira-t-elle, émue par ce sourire, tu sais, j'ai
lu que les hommes déshabillent leur femme. Seulement toi, qu'est-
ce que tu préfères : me déshabiller, ou que je me déshabille toute
seule ?

— Et toi, qu'est-ce que tu préfères ?

Golda éclata en un petit rire frais :

— Je préfère me déshabiller.

Puis les sourcils froncés, inquiète :
— Mais peut-être veux-tu me regarder ?
— Je veux si tu veux, dit Ernie souriant.
Le rire de Golda s'éleva en notes plus détendues :
— Je préfère que tu ne me regardes pas.

Quand il fut nu à son tour, Ernie se retourna et vit que Golda était un visage clos étalé comme une fleur dans le haut du lit, la couverture grise la voilant jusque sous le menton. Soucieux tout à coup de son corps, il se désola des longues traces blêmes à ses jambes, ses bras et son torse, vestiges des anciennes fractures ouvertes. Puis il s'agenouilla près du lit, posa sa joue sur l'oreiller, emmêlant ses boucles noires aux mèches automnales de Golda. Demain n'existe pas, murmura-t-il doucement. A ces mots, la jeune fille tira un bras laiteux de la couverture, et cependant qu'elle caressait avec hésitation la poitrine humide d'Ernie, ses yeux s'ouvrirent sur l'adolescent et elle dit, attentive :
— Tu es beau comme le roi David, tu sais ?

IV

Il faisait une légère nuit bleue quand les deux enfants revinrent au monde. L'heure du couvre-feu juif était passée, et bien que Golda le lui eût interdit, Ernie ne put s'empêcher de la suivre secrètement à une vingtaine de mètres, le long des venelles obscures et désertes du Marais. Le pas métallique d'une patrouille la fit se jeter dans un couloir; tapi lui aussi, Ernie se félicita de ne pas l'avoir laissée aller seule au-devant de l'arrestation. Mais la patrouille passa, et la silhouette claudicante de Golda s'élança à nouveau dans la nuit. Quand elle eut atteint l'impasse, à la grande stupeur d'Ernie, la silhouette se retourna, agita un bras en l'air, et disparut.

Ernie regagna sans encombre la rue des Ecouffes et s'endormit en fermant les yeux. Au réveil, il découvrit sur l'oreiller quelques brins d'herbe abandonnés par sa fiancée. Il les enroula soigneusement dans un mouchoir, qu'il mit entre sa chemise et sa peau. Puis il se rendit à son travail et commença d'échafauder des plans d'avenir, qui s'élevaient et se brisaient l'un après l'autre dans son cerveau. Sa besogne consistait à tendre et clouer des peaux brutes de

mouton que M. Zwingler, heureux titulaire d'une carte verte,
livrait à l'armée allemande sous forme de gilets. La bouche emplie
de pointes, le minuscule marteau de fourreur à la main, Ernie
luttait contre les tentations montantes du " simple bonheur
humain ". La logique, avait-il dit la veille, veut que nous soyons
tous arrêtés. La logique, avait répondu Golda, veut que je t'aime
et que je reste avec mes parents. La logique ? Mais de cette
logique-là, ne risquait-on pas de mourir à la longue ?... Et pourtant,
Golda était dans le vrai : ils ne pouvaient fuir, ils ne pouvaient
que s'aimer au bord de la destinée commune ; quelques jours, quelques semaines. " *Ou peut-être quelques mois, qui sait ?...* " s'écria
Ernie avec enthousiasme, au grand émoi de ses compagnons de
travail.

La jeune fille ne se trouvait pas sur le trottoir d'en face à midi;
pourtant, elle connaissait le prix d'une minute d'angoisse. Ses
parents l'avaient-ils retenue ? Avait-elle ?...

A midi et demi, Ernie se mit lentement en marche vers l'impasse;
les derniers cent mètres se firent en courant; mais parvenu au coin,
il s'arrêta. Une heure s'écoula ainsi. Adossé à la façade, Ernie com-
primait les battements de son cœur. Quand il s'engagea enfin dans
l'impasse, la concierge étira son cou au-dessus d'une espèce de
hublot, ouvrit sa bouche, la referma. Au premier étage, Ernie se
retint à la rampe; puis il eut le sentiment de monter sans effort,
comme tiré par une corde fixée quelque part dans son ventre,
ainsi qu'un lien ombilical; il n'eut qu'à se laisser hisser par l'hor-
rible chose, et il se retrouva devant la pauvre porte à loquet de
ferraille, dans l'encoignure de laquelle il vit scellé le destin des
Engelbaum.

La concierge l'attendait au rez-de-chaussée. Elle tenait sur le
plat de sa main l'harmonica de Golda. C'était une de ces concierges
parisiennes en peignoir et mèches tire-bouchonnées, qui ne vous
pardonnent pas de les confiner dans une loge à perpétuité. La
première fois qu'Ernie avait eu recours à elle, pour demander où
habitaient les Engelbaum, elle avait extirpé sa tête du hublot, et
répliqué, rageuse : *Toujours au même endroit !* Mais aujourd'hui, elle
se tenait modestement au pied de l'escalier, contre la pomme de
cuivre, les ficelles défraîchies de ses cheveux tombant sur le
devant de sa tête penchée, comme pour dérober sa chair grise de
cloporte; et dans le creux de sa paume, le petit harmonica de Golda,
bien que brisé et comme tordu par une main de fer, exprimait tout
ce que la concierge pouvait dire. Cependant, le silence d'Ernie la
déconcerta :

— J'voulais vous dire t'à l'heure, expliqua-t-elle. Mais ça me fait mes troisièmes Juifs, et j'préfère laisser monter les gens d'abord. J'suis pas bonne à dire les choses, quoique je sois pas si mauvaise qu'on veut le croire. Voilà.

Hébété, Ernie porta l'harmonica à sa bouche; un sifflement grêle et déplaisant en sortit.

— C'est qu'y-z-ont marché dessus. Elle me l'a jeté et elle a dit le jeune homme et j'ai compris que c'était vous; parce que je comprends la vie, moi. Et un de ces messieurs l'a ramassé pour voir ce que c'est. — Peut-être qu'il pensait que c'était un bijou; ou peut-être simplement pour voir ce que c'est... Et il l'a *trépigné*. Et puis ils sont montés dans le camion. Et... vous savez ce que c'est, quoi !

— Ça ne fait rien, proféra Ernie, ça peut se réparer.

Et comme elle le regardait avec surprise, il ajouta :

— Ne vous inquiétez pas, madame, tous vos Juifs reviendront. D'ailleurs, tous les Juifs reviendront. Tous.

Puis, réprimant un frisson :

— Et s'ils ne reviennent pas, il vous restera toujours les noirs, ou les Algériens... ou les bossus.

— Comment que vous dites ?

— Vous avez raison, dit Ernie. Excusez-moi. Vraiment je ne sais pas comment m'excuser. Et merci, merci. C'est... vraiment je ne sais pas comment m'excuser !

— Allez-vous-en, dit elle. Avant que ma charité s'en aille.

— *Réexcusez*-moi, insista maladroitement le Juif. Ça m'est sorti de la bouche. Sincèrement. Comme ça. Hop.

Le nom de Drancy n'était qu'une enseigne ridicule sur le fronton de cette gare ordinaire de banlieue parisienne; avec ses quais en plein air, avec son horloge patriarcale où le temps semblait s'écouler doucement, à la française, et la presse anodine de ses voyageurs, cet homme à casquette qui prélevait les billets sans même les regarder, adossé à la barrière de béton qui ouvrait sur la ville tout entière livrée aux caresses amorties du soleil d'Ile-de-France, rien ne paraissait signaler aux regards même prévenus l'existence du camp dont la seule évocation remplissait les enfants juifs de terreur, mieux que toutes diableries. Ernie retrouva l'impression qu'il avait eue plusieurs fois en sa vie : de stupeur, d'accablement devant l'extraordinaire pouvoir humain de créer de la souffrance avec rien ou presque. Le ciel au-dessus des toits de

Drancy n'était pas moins doux et pur et tissé de promesses que celui qui avait vu, au bord de la Schlosse, fleurir un enfer enfantin ; pas moins serein que les nuées contemplant l'anéantissement du 429ᵉ régiment de marche étranger ; l'Exode, la chiennerie du désespoir d'Ernie. Au lendemain de son bombardement au phosphore par les avions américains, la ville de Saint-Nazaire, selon les journaux, aux trois quarts anéantie, se réveilla sous un ciel de soie. Les choses ne prenaient aucune part à l'agitation des hommes. Drancy recelait quelque part un abcès d'où suintait une quantité incroyable de souffrance : mais elle n'en laissait rien voir, ni son ciel. Ernie prit la direction recommandée par l'arracheur de billets, marcha longtemps, vit se profiler une masse de béton qui semblait régner sur les petites toitures alentour, enfila une route mal pavée et se trouva subitement devant l'énorme et double bloc d'habitations, qui semblait avoir surgi tout armé du vaste espace de jardins potagers et de terres à bâtir au milieu duquel il se dressait, telle une forteresse de bronze. Un cycliste arrivant par-derrière le dépassa à une allure de promenade, roulant à égale distance de la muraille barbelée et des maisonnettes basses qui faisaient face au camp de concentration ; au passage, le cycliste salua d'un bref signe de main le piquet de gendarmes établi devant le portail (plus précisément, devant une minuscule porte de bois blanc), et obliquant sur la gauche s'immobilisa le long du trottoir, entra en sifflotant dans le bistrot voisin, les joues écarlates de soleil et les yeux luisants de soif, de vie ; l'ombre des barbelés frôlait le trottoir.

Ernie se planta devant les deux gendarmes de faction, et dit :

— Je voudrais entrer au camp, s'il vous plaît. Je suis juif.

Puis il assura sous son bras le petit baluchon des Anciens de Zémyock et fit une courbette.

— Tu entends ? dit le premier gendarme en désignant l'étoile d'Ernie, il est juif. Alors subséquemment que moi je suis gendarme.

— Les visites sont interdites, dit l'autre d'un ton sentencieux. Mais vous pouvez laisser des colis : on s'arrangera...

Et il eut un clin d'œil pesant à l'intention du premier gendarme, qui frappa sur l'épaule d'Ernie avec une cordialité goguenarde :

— Vous pouvez entrer, mais pas sortir ! Ho !

Ernie attendit que les rires se soient calmés.

— Justement, dit-il alors d'une voix pleine de déférence. Justement, je veux entrer et pas sortir.

Et inspiré par le clin d'œil précédent du gros gendarme, il leur adressa à tous deux un petit clin d'œil complice, puis courba un peu la tête en souriant, comme pour les inviter à se gausser librement de lui-même.

Au silence consterné qui accueillit ces paroles, Ernie sut aussitôt que sa démarche n'avait pas l'agrément des deux personnages ; et à l'explosion coléreuse qui suivit ce silence, il comprit avec stupeur que les gendarmes se considéraient gardiens seulement du bétail amené par la Gestapo, et voyaient une grave offense à être portés au rang de chasseurs : " Mais c'est pas notre boulot ! Adresse-toi ailleurs ! Ici, on réceptionne seulement la marchandise et c'est tout !... " Cependant, sous leurs véhémentes paroles de refus, Ernie crut lire également comme la sourde réprobation du sacrilège qu'il commettait à se porter ainsi au-devant de la volonté des dieux allemands ; au lieu d'attendre, humblement, comme tout un chacun de sa race, le jour et l'heure choisis par l'autorité compétente. Enfin le gendarme à la mine plus importante (Ernie découvrit soudain le triangle du maréchalat-des-logis sur sa manche) souleva d'un geste nerveux la crosse de son mousqueton, et, sur une phrase fustigeant " ceusses qui veulent faire les malins ", il repoussa sans ménagements Ernie au milieu de la rue.

Le rideau de perles qui masquait l'entrée du bistrot se souleva et quelques consommateurs, dont l'un gardait son verre à la main, s'approchèrent du piquet de gendarmes pour s'informer de l'incident ; et cependant que les accents faubouriens de leurs voix s'élevaient maintenant dans l'air chaud, entremêlés aux jurons renaissants des gendarmes, Ernie Lévy, suant de peur, de chagrin rentré, et de cette fournaise dont l'enrobait le costume noir en tissu de bois hérité des petits vieux de Zémyock, Ernie Lévy planté au milieu du pavé essuyait lentement ses joues à même le baluchon, les yeux fermés et la langue pendante, comme noyé dans l'éternel présent de la douleur.

Un, deux, trois consommateurs l'entourèrent, tentant d'attirer vers le bistrot l'étrange Juif hagard et silencieux. Ils avaient des gestes empreints de douceur. Soudain Ernie vit tout contre ses yeux troubles et piquants de sueur la face désolée du jeune cycliste sifflotant dix minutes auparavant, mais dont la bouche maintenant ne savait que répéter, avec l'application fiévreuse des enfants : " Mais viens donc, on va parler, on va parler... ", cependant que de son côté, touché par la compassion maladroite de ces hommes du peuple français, Ernie s'agrippait à la devanture du bistrot et tout en souriant aux ouvriers qui l'entraînaient vers l'intérieur, assurait calmement et sans la moindre intonation blessante, comme on constate un fait brut : " Mais vous ne pouvez pas comprendre, vous ne pouvez pas comprendre... "

Il ne sut comment cela se fit : les mains l'abandonnèrent, un vrombissement retentit dans son crâne, et tandis qu'il s'étonnait de se retrouver seul devant la façade ensoleillée du bistrot, dont le rideau de perles bruissait encore à son côté, surgie il ne savait d'où une traction noire et luisante comme un scarabée s'immobilisa mollement devant le grand portail du camp, qui s'ouvrit avec des grincements stridents de métal. Puis un homme court sur pattes et surmonté d'un chapeau tyrolien sortit de la voiture, examinant de ses froids petits yeux de fonctionnaire Ernie statufié, le jeune cycliste demeuré sur le trottoir, bras ballants de crainte, et les deux gendarmes qui masquaient derrière un garde-à-vous l'agitation servile et apeurée de leurs globes oculaires braqués sur l'inspecteur allemand. Ernie porta la main à hauteur de son cœur et tenta de défaire une des branches de l'étoile jaune cousue à sa veste; mais monsieur Zwingler, homme de précautions, avait si minutieusement rapproché les points de couture qu'exaspéré Ernie saisit à pleine main droite, ainsi qu'on plante sa griffe, la totalité de l'étoile que d'un brusque effort il arracha du vêtement, entraînant avec elle un pan informe de ce mince et friable tissu de bois. Puis d'un geste un peu lent, traînant, qui exprimait une sorte de nostalgie, il jeta ce lambeau au milieu de la chaussée dont les pavés soudain lui parurent étinceler sous la lumière crue du soleil répandue comme un enchantement sur toutes ces choses, la rue, les gendarmes, l'énorme insecte noir ronronnant devant le portail grand ouvert sur le camp de concentration de Drancy dont il percevait, avec une acuité déchirante, comme une agitation dérisoire de fourmis au pied des blocs redoutables de béton. " *Was ist das ?* " s'écria d'une voix aigre, rageuse, curieusement réduite à un fil, le petit homme au chapeau tyrolien.

Un jeune S. S. en uniforme " tête de mort " sauta à bas de la voiture et, sur un signe du chapeau tyrolien, entraîna Ernie à l'intérieur du camp, où, l'un bourrelant l'autre de coups de poing dans le dos, ils firent irruption dans la baraque du corps de garde, suivis par un petit cortège constitué du chapeau tyrolien qui pestait en allemand contre cette " impertinence inouïe ", et des deux gendarmes qui se traînaient lamentablement derrière tout cela, s'écriant à voix assez basses pour qu'on y lise l'humilité, et assez hautes cependant pour être entendues : " Avec votre permission, *Herr* inspecteur !... Avec votre permission !... "

La " correction " qu'Ernie reçut dans le corps de garde lui parut sinon justement méritée, du moins dans l'ordre normal des choses; mais quand il apparut que le chapeau tyrolien ne le tenait pas encore quitte de son " impertinence ", et après avoir, avec l'aide d'un interprète interrogé méthodiquement les deux factionnaires, se disposait maintenant à lui " tirer les vers du nez ", comme il disait, à lui faire avouer les " véritables motifs " de sa demande d'entrée au camp, Ernie ne put s'empêcher d'écarter ses lèvres en un mince sourire. Il répondit néanmoins avec une bonne volonté appliquée et qui pouvait paraître craintive : il voulait voir quelqu'un, expliqua-t-il, une personne très proche dont le camp malheureusement le séparait. Il s'excusait, il n'avait pas pensé que cela créerait des complications; il lui avait semblé que le plus simple était de se présenter à l'entrée du camp. Qui voulait-il voir ?... Mais à quoi bon attirer des ennuis à cette personne, ne pouvait-on pas le croire sur parole ? Quel mal y avait-il donc pour un Juif à vouloir entrer au camp ? s'écria-t-il enfin, avec un mélange d'âpreté revendicative et d'ironie qui lui échappa.

Quelques minutes plus tard, Ernie se retrouvait au premier étage d'un immeuble situé derrière l'un des deux grands blocs concentrationnaires; on le fit entrer dans une chambre luxueuse, qu'un volet d'acier maintenait dans la seule clarté diffusée par une lampe à arc; les murs étaient carrelés de faïence blanche, le sol de mosaïque était légèrement incurvé dans l'espace libre au milieu duquel Ernie se tenait debout : une fine rigole d'écoulement, ainsi que dans une salle de bains, se perdait dans un trou creusé aux pieds du prisonnier.

— *Que la " figure " se déshabille*, dit le petit homme au chapeau tyrolien.

Plus que dans l'appareillage dont elle se revêtait, plus même que dans les yeux torpides de l'auxiliaire S. S. (qui s'était mis en bras de chemise et faisait claquer, avec énervement, le nerf de bœuf contre l'une de ses bottes), la violence se tenait tout entière lovée dans la grasse figure blonde de l'ordonnateur assis, bien raide sous ce couvre-chef ridicule; dans ses yeux, qui semblaient taillés dans la molle gaze de la sentimentalité germanique, mais où bougeaient, par instants, derrière le voile des lunettes, de fins serpents aux annelures vertes. Et surtout, la violence émanait de sa petite bouche enfantine, comme humectée d'un jus de framboise, et qui depuis le début de l'interrogatoire n'avait cessé de cribler Ernie de courtes phrases en forme de vœux glacials et qui eussent semblé anodines si l'emploi du terme de " figure ", par quoi elles désignaient le Juif, ne les revêtait chaque fois d'une signification démoniaque : " Que la *figure*, disait le petit homme au chapeau tyrolien, que la *figure* explique plus clairement les raisons de sa démarche. La *figure* a-t-elle des connaissances dans le camp ? Quels messages doit-elle transmettre et à qui ? A quelle organisation appartient la *figure* ? Hans, explique à la *figure* que ceci n'est qu'un hors-d'œuvre qui appelle un plat de résistance. Alors, la *figure* a-t-elle compris ?... " Et ainsi de suite, comme si par un délire inverse, et croyant au diable non en lui, mais dans la victime, l'ordonnateur eût à cœur de consolider le barrage de la violence par cette forme singulière d'exorcisme verbal; ou comme si, craignant de voir surgir un regard d'homme au milieu de cette chair offerte à son bon plaisir, il eût voulu faire descendre à Ernie toutes les marches qui mènent au néant, et moins que Juif, moins qu'animal même, le réduire à une simple apparence visuelle.

— Que la *figure* se déshabille, reprit-il doucement, cependant que de fines annelures vertes remuaient avec frénésie, et même avec une sorte d'emportement sauvage dans l'eau maintenant trouble de son regard.

L'auxiliaire se pencha en souriant.

— Faut-il que je l'aide ?

Puis il se rejeta en arrière, dans l'ombre, découvrant sur les traits mécontents de son supérieur qu'il venait d'enfreindre quelque point invisible du cérémonial.

Le registre de la torture est dérisoirement limité : l'imagination la plus audacieuse et la plus " assidue " ne peut que se borner à inventer les variations de quelques thèmes fondamentaux organisés autour des cinq sens : en fin d'après-midi, Ernie Lévy bavardait, bavardait, bavardait intarissablement.

Enroulé sur soi dans l'angle de la porte, il gigotait comme une chenille blessée dans ses liquides. Il avait dépouillé toute vergogne, ses regards s'élargissaient, et la seule défense qu'il manifestât était de mouler en coquille ses paumes autour du sexe. Aucun nom, aucune adresse de Juif : rien que cette fabulation enfantine qui ne pouvait se retenir de couler, comme une source vive, en toute gratuité.

— Qu'en penses-tu ? demanda soudain, d'une voix douce, le petit homme au chapeau tyrolien.

L'auxiliaire se figea au garde-à-vous.

— Je n'en pense rien, Herr Stœkel, dit-il effaré.

Se carrant avec délices sur le fauteuil qu'il n'avait pas quitté de toute l'après-midi, le petit homme sourit.

— Si, si, je suis persuadé que tu en penses quelque chose. Je te permets de le dire, et même je te l'ordonne.

— Vraiment ? dit l'auxiliaire.

Et comme les yeux du petit homme dardaient maintenant un regard impératif, l'auxiliaire se dandina sur ses bottes, avec une sorte de coquetterie embarrassée; et dit finalement, d'un air timide :

— Avec votre permission, Herr Stœkel... Quand j'étais en Pologne, à chaque " Aktion " en plein air, y avait toujours à la dernière minute — alors que tout le secteur était déjà " traité ", vous comprenez ? — y avait toujours, ah oui, une " merde " ou deux qui sortaient d'un " trou " et qui venaient tranquillement à la fosse ou au camion et qui voulaient aussi le " Traitement spécial " Et ça me le rappelle... Et voilà.

Le petit homme se renversa sur son fauteuil et émit un glousse-ment d'aise.

— Et à quel moment l'idée t'est-elle venue, mon gros ?

— Avec votre permission, Herr Stœkel... C'est quand cette " merde " (il désigna le corps soudain inanimé) a dit : " *Où êtes-vous ? Où êtes-vous ?* " C'est à ce moment-là, Herr Stœkel.

— Moi, dit le petit homme, je l'ai pensé depuis le début.

— Vraiment ? s'écria l'auxiliaire stupéfait.

Il secoua la tête pour reprendre ses esprits; puis devinant, à la série de petits gloussements produits par son supérieur, que ce dernier attendait les marques de son admiration pour un " witz " si bien monté, l'auxiliaire porta poliment une main devant sa bouche et dit :

— Hi ! Avec votre permission, Herr Stœkel, il me faut rire effroyablement...

V

Lorsqu'il reprit conscience, il lui sembla tout d'abord être reporté plusieurs années en arrière, à l'hôpital de Mayence; moins pour les chuchotantes voix juives qui s'empressaient autour de son lit, qu'en raison du sentiment identique qu'il avait de son corps, et de l'ancienne volonté qu'il retrouvait en lui de ne pas crier, bien que sa bouche exhalât il ne savait quel gargouillement larvaire qui peut-être était un cri. Puis il distingua le plafond de béton gris foncé, les étoiles jaunes qui luisaient sur la blancheur des blouses d'infirmiers. Une seringue aux proportions fantastiques esquissa un ballet au-dessus de son corps nu disposé à plat sur les draps sanglants; il la sentit pénétrer dans sa cuisse, et avec elle un ruisselet de fraîcheur et de silence qui gagnait la citadelle rendue de son corps. Il abaissa les paupières sur cette sensation liquide et il s'endormit. Et tandis que l'on inspectait toutes les plaies de sa chair, et qu'on lavait, désinfectait, pommadait sa peau, qu'on éprouvait toutes les ligatures et tous les os, il rêva qu'il se mariait, cependant que dans l'air sonnaient les trompettes de l'allégresse :

... Ce matin, avant l'aube, alors que la première étoile n'a pas encore fait son apparition, il est allé prendre un bain d'une minutie telle que jamais être humain (ni spirituel) ne fut aussi pur dans sa chair qu'Ernie Lévy ne l'est, dans cet instant présent, unique, où le rêve est promesse autorisée de bonheur. Mon dieu, conduite par l'esprit, la savonnette de cristal glissait sur sa peau sans qu'il fît un mouvement sauf celui de se soulever, fort gracieusement, quand la savonnette manifestait l'intention de parcourir son dos. (De sa barbiche rousse, le portier du hammam indique le chemin de la synagogue.) Ne croyez pas, lui dit Ernie Lévy, que ma reconnaissance s'arrête à la sortie du bain; je ne suis pas de ces jeunes mariés qui étranglent l'univers dans un anneau, et je vous prie de me permettre de ne jamais oublier votre barbe. A quoi vous servirait de vendre des savonnettes, si nul au monde ne vous retient dans sa mémoire ?... Emportez donc ma barbe, répond simplement le portier; et cependant, ajoute-t-il, permettez-moi de vous remercier de m'avoir témoigné votre reconnaissance. Je n'oublierai jamais la savonnette que je vous ai vendue. Mazel Tov.
Comme le portier du hammam lui adresse ce vœu yddish : Mazel Tov, deux étoiles de David illuminent ses paupières et Ernie connaît que le portier est un Juste. Ainsi donc, pense-t-il, mes ancêtres se réjouissent avec moi et j'en déduis que je suis le juste héritier des Justes et qu'il m'appartient d'être heureux pour tous auprès de ma bien-aimée. — Jouissez de votre verre en fin cristal, reprend le portier en souriant avec approbation; *ne fût-ce qu'un seul jour.*
— Ne croyez pas, lui dit aussitôt Ernie, que je désire jouir aucunement de ma bien-aimée; ce n'est pas là un verre en fin cristal, où l'on boit du vin de la vigne. Et ce n'est pas non plus...

Mais le portier claque ironiquement du bec, tandis que ses deux étoiles fixent Ernie comme pour dire : Toi, mon garçon, tu voudrais m'apprendre comment se plante la graine de l'Éternel ?..., puis, gros oiseau gris-jaune, il s'envole soudain vers les moulures du plafond, en traînant l'aile dans les ombres de la synagogue.

La rousse barbiche du rabbin est aussi en forme de bec et les pans noirs de son taleth découvrent sa panse d'hirondelle. Ernie prie afin de chasser de son corps, de son cœur, de son âme, toute sollicitation chrétienne; et pour qu'il reçoive la bien-aimée comme un mendiant reçoit le jour du Seigneur. A gauche du rabbin, voici qu'apparaît Mutter Judith souriante, sa perruque déroulée en longues tresses qui l'enveloppent nue comme une robe à traîne; en son œil droit une larme de sang, en son œil gauche, une perle de lait. Et dans une niche de la synagogue, entourée d'une dizaine de personnes, se tient la mariée, si belle que tout ce qui l'entoure disparaît, si belle qu'elle-même doucement s'estompe et devient invisible, sa place faisant un creux admirable dans l'air encombré de visages.

" En avant la musique, dit le rabbin, cérémonions "; il tend un verre de vin à la bien-aimée qui en boit une modeste moitié, de sa lèvre inférieure rabattue comme une petite cuiller. Ernie trempe les lèvres à son tour, puis jette le verre de fin cristal à ses pieds et se tournant vers la bien-aimée, dont la chair douce et tendre transparaît maintenant, bien que les contours de son visage demeurent inconnus : " Afin qu'aucune femme, dit-il audacieusement, ne boive dans la coupe où tu auras mis tes lèvres, et afin qu'aucun homme ne pose ses lèvres sur la coupe où j'aurai trempé les miennes. Et que cette coupe brisée ressuscite en esprit dans nos cœurs, et que l'esprit de la coupe demeure intact dans notre vie et notre mort. Car il est fait, sais-tu, ma bien-aimée, d'une matière que l'œil humain ne peut saisir, et que le pied humain ne peut briser. Amen. "

Tout le monde applaudit tant et si bien qu'Ernie se convainct d'avoir inventé la formule. C'est un beau mariage, dit madame Feigelson. Que le mauvais œil s'écarte, répond Mutter Judith; depuis que le ciel est ciel, et que la terre est terre, Ilse et Ernie étaient faits pour s'aimer.

— Je croyais, dit Mme Feigelson, qu'elle se prénommait Golda ?

— N'ai-je pas dit Golda ? répond doucement Mutter Judith.

Et comme la procession arrive à hauteur de la Riggenstrasse, exposée à tous les vents, bien qu'il fasse un gai soleil teinté de bleu et de cette verdure des marronniers, Mutter Judith ramène davantage sur elle le manteau de sa perruque, dont les tresses en traîne sont piquetées de fleurs de pommiers et de ces ailettes nanties de boules qui choient de la cime des platanes sur tout le parcours du cortège. Derrière Mutter Judith, la bien-aimée avance au bras de monsieur Lévy père qui se pavane et se rengorge autant que si c'était lui le marié et non son fils, Ernie le Bienheureux. Puis vient la mère de la bien-aimée, une céleste créature dont les mains autour du coude d'Ernie ne pèsent pas davantage qu'un fil d'araignée. On ne peut voir son visage entièrement recouvert de larmes roses, pimpantes, heureuses. On devine qu'elle se sent flattée d'un gendre tel qu'Ernie Lévy.

Et, merveille, apparaît le violoneux, ventre blanc et léger taleth noir. Il danse et voltige, et pirouette et vire comme s'il se prenait véritablement pour une hirondelle. Un coup vif de l'archet déclenche la chanson nuptiale : " *Qui est celle qui monte du désert, appuyée sur le bras de son bien-aimé ?... Oye vaye, oye vaye vaye...* "

Puis voici notre hirondelle qui s'arrête au milieu de la route, attend la noce, se met sur son côté et progresse à petits pas, comme pour une froide procession catholique, cependant que des têtes apparaissent aux fenêtres dont jaillissent des poings.

> *Mets-moi comme un sceau sur ton cœur, ha, ha !*
> *Comme un sceau sur ton bras, hi, hi !*
> *Car l'amour est comme la mort...*

Chacun maintenant souhaiterait que le violoneux manifestât plus discrètement la joie des nouveaux mariés, et l'enthousiasme de la noce pour un si beau mariage ; mais on ne peut, hélas, s'arrêter de chanter parce que se lèvent des poings. Ernie estime qu'il conviendrait que l'un de ces poings s'approche poliment : Mesdames les Juives et messieurs les Juifs, dirait le Poing, le monde n'est pas si gai que vous y mettiez tant de violons ; chacun de vos coups d'archet nous transperce le cœur. N'avez-vous pas pitié ?

Mais les poings se dressant toujours à distance, têtus, muets, il en résulte que la procession se déroule imperturbablement, chacun des couples s'entretenant avec grâce et nonchaloir, tandis que les jambes se soulèvent paresseusement comme pour une promenade sans but. Même cette hirondelle de violoneux a ralenti son vol, pour bien marquer sa désapprobation aux poings ; et c'est sur un long coup d'archet et d'une longue voix déchirante qu'elle fait son entrée dans le salon des Lévy :

Les grandes eaux ne peuvent atteindre l'amour
Et les fleuves ne le submergeraient pas
Oye vaye... Oye vaye vaye
Mais qui donc est celle qui monte du désert
Appuyée sur le bras de son bien-aimé ?

Où monsieur Rajzman a-t-il pêché ce somptueux haut-de-forme ?
Et la chère madame Tuszynski, cette toque de renard qui cache si
mal les fanons racornis de son cou ? Et ce gueux de Salomon Wich-
niak, la canne à pommeau d'or qu'il tient des deux mains, d'un air
apeuré, entre ses genoux, tout comme s'il craignait de la voir s'envoler ?

Heureusement, la petite putain de Marseille a répondu à son
invitation dans une robe toute simple; et le second hébraïsant,
dans son uniforme boueux. Mais hélas, il ne cesse de se répandre
en excuses chaque fois que la gouttelette de sang tombe de son
front dans l'assiette. Pourquoi s'excuse-t-il ? On peut mourir à
entendre un homme si doux et pur s'excuser de la sorte. Néanmoins,
il ne fait pas trop de manières pour chanter. Se dressant aussitôt sur
sa chaise, il commence, de sa voix fluette de souris grise, à psalmodier
doctement une curieuse chanson d'amour que personne ne connaissait jusque-là. Entre chaque couplet, s'excusant mille fois de l'interruption, il essuie la rigole de sang qui pénètre dans sa bouche. Et
quand la dernière strophe se termine par la mort des amants, il a
un charmant sourire pour se faire pardonner cette triste fin :
" Excusez, dit-il avant de se rasseoir, excusez-moi, mes amis; ce
n'est qu'une chanson de chez nous, une chansonnette à deux sous,
vous savez, de celles dont on dit que lorsqu'elles finissent mal...
elles finissent bien. "

Le second hébraïsant se rassied dans un tonnerre d'applaudissements. Puis monsieur Lévy père, rouge comme une cerise,
entreprend d'expliquer quelque chose au nouveau marié. Mais constamment interrompu par le rire malicieux des femmes, il ne sait que
dire ces mots : " Mon fils, je te recommande... Car l'instinct divin...
Éclairé par une ombre de savoir... " Là-dessus, il s'effondre sur sa
chaise, généreusement applaudi lui aussi. Ernie le remercie d'un bref
hochement de tête, puis porte toute son attention sur le violoneux
qui a bondi sur la table, et, sautillant entre les plats, la bouche en
cœur, racle vigoureusement son instrument. Après une mélodie
zinzannante du ghetto, le violoneux grimpe sur le goulot d'une
bouteille et se met à danser à la mode d'autrefois, sur la pointe des
pieds. Pénétré du spectacle, Ernie n'a pas encore regardé une seule

fois sa fiancée, dont pourtant il devine, sur sa gauche, la pression vaporeuse d'un coude. " Que je meure sur place, dit Mutter Judith, si un seul mot est sorti de la bouche des amants... "
— Je ne cesse pourtant de parler à ma bien-aimée, dit Ernie.
— Et moi je ne cesse de l'entendre, dit la jeune épouse.
— Que mes intestins se décomposent !... recommence Mutter Judith indignée; mais Ernie l'interrompt en souriant, les yeux toujours fixés droit devant lui : Où sont les paroles ? demande-t-il sur le ton de la confidence amusée.
— Oui, où sont-elles ? murmure la bien-aimée en écho.
— Regarde-la au moins une fois, dit Mutter Judith plaintive.
— Je ne cesse, dit Ernie.
— Il ne cesse... fait la voix.
— Alors bonheur sur toi, dit Mutter Judith en l'embrassant.

Et toute la noce se range instantanément derrière la grosse femme, attendant qu'elle ait terminé pour en faire autant. Bonheur sur toi, bonheur sur toi, disent-ils tous en pleurant, à la queue leu leu. Puis dans le couloir qui mène à la chambre du couple, la bien-aimée murmure : mes pieds me portent à l'endroit que j'aime.

La chambre de noces est si petite que s'y tiennent à l'étroit une machine à coudre, un baluchon, et un misérable lit de sangles recouvert d'une couverture grise. Cependant Ernie et Golda s'y avancent, et, comme sous la pression de leurs calmes respirations, la chambre se distend, s'épanouit, épouse les dimensions du bonheur du couple. C'est maintenant la salle immense d'un palais au centre de laquelle trône un lit à baldaquin, sous un ciel brillant d'étoiles dont quelques-unes descendent doucement sur les draps. Golda se glisse vers le lit avec toute l'humilité et la bonne éducation requises, et vraiment madame Lévy avait raison de dire qu'elle a été élevée pour la couche d'un prophète (bien que l'ancêtre prétende que les prophètes, même une fille aussi saintement belle, ils ne la regardent que de l'œil glacé de l'esprit). Et voici qu'Ernie prend la main de la bien-aimée, et qu'entre leurs doigts naissent et s'envolent des papillons multicolores qui rejoignent le ciel du lit. Et voici que la main tout entière de Golda s'abandonne dans celle d'Ernie, et que de la chaleur des mains naît une colombe qui les regarde un instant de son grand œil paisible. Puis une poule, un coq blanc crêté de rubis, un poisson ruisselant de vie jaillissent d'entre les amants. Mais lorsque Ernie attire vers lui le corps de Golda, subitement glacé, il ouvre les yeux et constate qu'il serre dans ses bras une mince poignée d'herbes fanées.

Que s'est-il passé ? De telles choses peuvent-elles arriver sur les rives de la Seine ? Et la noce, qu'en est-il advenu ? Laissant tomber la poignée d'herbes, Ernie se précipite dans le couloir en gémissant tristement : *Où êtes-vous ? Où êtes-vous ?...* Mais le couloir est vide autant que la chambre d'amour, et vide la salle à manger désertée par la noce depuis des années peut-être, car des toiles d'araignées y sont répandues à profusion sur les murs et masquent tous les angles du plafond, tandis que des volutes de moisissures s'élèvent de la table qui a vu le joyeux banquet. Ernie se précipite tout nu dans la Riggenstrasse, suppliant les passants de lui indiquer le chemin suivi par la noce. Mais pourquoi les passants lui répondent-ils par des remarques sur la pluie et le beau temps ? Et maintenant par des haussements d'épaules indifférents, des regards qui traversent Ernie tout comme s'il était en verre, des fantômes de regards, des absences pures et simples de regards ? Baissant les yeux, il découvre soudain la surface sanglante et dépecée de son corps, telle que la représentent les planches d'anatomie scolaire ; tous muscles et nerfs au vent.

Bien que démoralisé par cette découverte (ou peut-être en tirant mystérieusement des forces nouvelles), Ernie atteint sans trop de chutes le modeste pavillon de la gare de Drancy, toute frémissante d'aise sous les effluves sirupeux du soleil dans quoi elle baigne, ondulante et cérémonieuse. Mais aucun employé ne veut lui donner le moindre renseignement, ils mettent tous une sorte de point d'honneur à refermer leurs guichets sous son nez; l'un d'eux s'apprête même à faire évacuer l'écorché, sous le prétexte que sa vue offense la clientèle, lorsque Ernie sent une main se poser sur le muscle strié de son épaule : " La figure s'est fait attendre, dit le soldat allemand; qu'elle se dépêche, car le *petit train* va partir. "

Le petit train patiente dans une gare à l'intérieur de la gare, une sorte de gare clandestine; Ernie n'a pas atteint le quai que le petit train s'ébranle avec fougue, crachotant et tonitruant de ses deux étages. Ernie saute sur la dernière marche, pousse une porte : toute la noce est dans le compartiment.

— Nous t'attendions, s'écrie la noce enthousiasmée. Nous pensions que tu ne viendrais plus...

— Resterai-je seul Juif ? soupire Ernie. Mais chaque goutte de mon sang crierait après vous. Sachez que, où vous êtes, je suis. Car si on vous frappe, ne suis-je pas blessé ? Si on vous arrache les yeux, ne suis-je pas aveugle ? Et si vous prenez le petit train, ne suis-je pas du voyage ?

— Tu l'es, tu l'es, s'écrient tous les participants de la noce, sauf Mlle Blumenthal, toute tassée dans un angle, avec un nouveau-né à la mamelle et son baluchon timidement coincé entre ses genoux, et qui miaule d'un air menu et désespéré : Oh, bel ange de Dieu, j'avais tant espéré que tu ne viendrais plus...

— Pourquoi ça, demande Ernie; n'ai-je donc plus ma place parmi vous ?

— Mets donc ce vêtement, dit l'ancêtre, et plutôt que d'écouter les flacons vides, assieds-toi près de Golda qui t'a réservé une petite place en bonne épouse juive qu'elle est, bien qu'elle ne soit pas fille de prophète.

— Moi aussi, dit Ernie à Golda, je t'avais conservé ta place.

La jeune fille lui serre la main sans répondre, puis se penchant par la fenêtre, lui signale la longueur inusitée du petit train. D'autres trains apparaissent alors au loin, échelonnés à perte de vue, et tous convergent vers un point central situé fort en avant des locomotives, en Pologne selon Mardochée.

— Moi, dit Mutter Judith, je ne sais pas où nous allons, je ne suis pas devineresse comme certains; mais nous y allons tous ensemble et c'est bien.

— C'est en Pologne, répète Mardochée. Dieu nous y rappelle tous, petits et grands, Justes ou non.

— Oui, il y aura un vide en forme d'étoile, dit le second hébraïsant d'un ton sentencieux.

— Mais Dieu leur rendra la pareille, grasseye soudain Moritz. Il les écrabouillera comme nous.

A ce moment, Ernie se croit tenu de révéler sa grande pensée d'autrefois :

— Moritz, Moritz, si Dieu existe, il pardonnera à tout le monde; car tous il nous a jetés dans le fleuve aveugles, et tous il nous en retire aveugles comme au premier jour de la naissance.

— Alors que fera-t-il de nous, s'il pardonne aux autres ? Il nous mettra dans un paradis de luxe ?

— Non, non, déclare calmement Ernie. Il nous dira : Voyez, bien-aimés, j'ai fait de vous l'agneau des Nations, afin que votre cœur soit pur à jamais.

— Oh ! mon ami, reprend le second hébraïsant, tout de même, pourquoi ce voyage ? Pourquoi ?

Non, non, non, nulle parole d'Ernie ne pourrait apaiser le cœur du second hébraïsant, ni arrêter le roulis épouvanté des yeux des tout-petits qui se tiennent silencieux, entre Mutter Judith et l'ancêtre, chacun serrant gravement contre soi son baluchon d'exilé. Frissonnant soudain, Ernie se rapproche de Golda qui introduit avec amour sa main sous la veste de son époux, cherchant le creux de sa poitrine; mais en dépit du bonheur que goûte son âme, le contact de cette main avec ses nerfs et toute sa chair à vif est si insidieusement cruel qu'Ernie étouffe un cri, cependant qu'il sourit à Golda tout enguirlandée d'herbes. A cet instant le violoneux lance un coup d'archet qui fait pleurer toute la noce; et sa voix s'élève avec une amplitude qu'on ne lui avait jamais connue jusqu'alors :

Oh ! peut-on monter jusqu'au ciel
Demander à Dieu pourquoi les choses sont telles ?

Le train disparaît au bout de la voie; mais la musique du violon s'élève comme une fumée dans le ciel. Brusquement renvoyé à sa solitude, nu et sanglant sur le ballast, les jambes écartées entre les rails, et ce vent fouillant chacune des fibres découvertes de son corps, Ernie pense que la séparation d'avec un être aimé donne l'avant-goût le plus rigoureux de la mort. La fumée du violon disparaît elle aussi, et Ernie se met à crier en son rêve. A crier. A crier. A crier.

VIII

JAMAIS PLUS

(...) Le soleil se levant au-dessus
d'une bourgade de Pologne, de Lithuanie,
Jamais plus ne rencontrera à la fenêtre un vieillard
juif murmurant des Psaumes, un autre
se rendant à la synagogue...

ISAAC KACENELSON.
Chant du Peuple juif assassiné.
Traduit du yiddish. Posthume.

I

Quelques trains de marchandises, quelques ingénieurs, quelques chimistes ont eu raison de cette vieille bête expiatoire, le peuple juif de Pologne. Par d'étranges chemins, l'antique procession de bûchers aboutit au crématoire : fleuves à la mer, où tout s'engloutit, le fleuve, l'embarcation, l'homme.

Dans le processus exterminatoire de la race juive, le camp de Drancy n'était qu'un des multiples drains posés sur les flancs passifs de l'Europe, un des points de rassemblement du troupeau qu'on menait à l'abattoir, en toute quiétude, vers les plaines discrètes de Silésie, nouveaux pâturages du ciel. Les Allemands atteignirent un tel point de perfection dans la " Vernichtungswissenschaft ", la science du massacre, l'art d'exterminer, que pour la majorité des condamnés à mort la révélation dernière se fit seulement dans les chambres à gaz. De mesures profanes en mesures sacrales, de l'immatriculation à l'étoile, de la dispersion aux camps de transit qui préludaient au latinoage final, le mécanisme fonctionna admirablement qui requérait l'obéissance de la bête humaine, devant laquelle on fit voleter, jusqu'au bout, un lambeau d'espoir.

Ainsi régnait au camp de Drancy la croyance en un lointain royaume dénommé Pitchipoï, où les Juifs pourraient, sous la houlette de leurs blonds bergers, brouter laborieusement l'herbe des temps nouveaux.

Et ceux-là mêmes qui avaient eu vent de la " solution finale ", ne se fiaient pas à leurs sens, à leur mémoire, à leur raison alertée. Une voix intérieure les rassurait, qui démontrait que toutes ces choses n'étaient pas, qu'elles ne pouvaient être, qu'elles ne seraient jamais tant que les nazis garderaient face humaine. Mais quand cette voix se taisait, ils sombraient dans le refuge de la folie ou s'élançaient d'un sixième sur une certaine plaque de ciment qui devint tristement célèbre au camp. Cependant ils se taisaient jusqu'au bout, sautant la bouche close sur leur terrible secret; et l'eussent-ils révélé que nul n'y aurait pu accorder foi, car l'âme est esclave de la vie.

Ernie voyait dans l'infirmerie un résumé de toutes les détresses physiques et mentales qui affectent la créature : des vieillards infirmes tirés des hospices juifs de Paris, aux déments arrachés à l'asile, aux femmes parturientes et aux enfants croûteux et purulents, dont les visages séraphiques étaient déformés, comme ceux des femmes, par la piqûre vénéneuse des punaises, la longue salle aux murs de ciment brut retentissait jour et nuit de plaintes qu'apaisaient les infirmiers à l'étoile jaune, tous médecins réputés, titulaires de chaires importantes, et qui promenaient sur les châlits doubles ou triples un regard impuissant, effaré, comme aveugle. L'enfer, découvrit Ernie durant son séjour à l'infirmerie, le véritable enfer, c'est tout simplement la vision d'un enfer : il n'y a rien au-delà; et lutter en enfer, comprit-il en assistant aux batailles qui se jouaient parfois autour des poubelles qui tenaient lieu de marmites, c'est faire le jeu du diable.

Les " infirmiers " l'avaient surnommé Gribouille; l'un deux surtout, catholique de vague ascendance juive, ne cessait de rôder autour du lit d'Ernie comme si le fascinait l'action aberrante qui avait conduit le jeune Juif dans l'infirmerie. " Mais c'est de la folie, disait-il en soulevant ses lunettes d'or, comme pour mieux considérer le gisant; non content d'être juif, vous venez droit au camp ? "

— Et ce qui se passe en ce moment, lui répondit un jour Ernie, ne croyez-vous pas que c'est de la folie ? Regardez, vous portez une médaille de la Vierge autour du cou, et vous avez l'étoile jaune sur votre blouse; est-ce bien raisonnable d'être né avec un huitième de sang juif ?

— Je sais, je sais, dit l'infirmier. Autrefois, si le destin de persécuté *vous* déplaisait, il *vous* était loisible d'y échapper par le baptême; mais aujourd'hui, ce n'est pas *votre* âme, c'est *votre* sang qu'ils veulent. Ils pensent que *vous* n'avez pas d'âme.

— Mais vous croyez toujours dans... euh... ?

Le fou au second étage du châlit émit un aboiement ventral;

sans se défaire de son masque lourd de dignité, le médecin judéo-
chrétien s'excusa auprès d'Ernie, et mettant un pied sur sa couche, se
souleva et dit quelques mots au dément qui ne désirait que signaler son existence et, satisfait, se tut pour une heure. Lors, l'infirmier
redescendit auprès de la couche d'Ernie, et tandis qu'il répondait
doucement à la question du blessé, ce dernier, un peu mal à l'aise,
un peu égaré par le vernis de correction dont l'ex-professeur revêtait sa personne d'interné, découvrit soudain, derrière les lunettes
d'or, un vague tremblement dans les gros yeux myopes et d'un bleu
si français, un vague effroi par quoi se révélait, comme par une
déchirure de tapisserie, la masse compacte et douloureuse de l'être.

— Si je crois encore, mon pauvre Gribouille ?... Cela dépend des
jours. Du temps où j'étais un Monsieur, comme vous dites, un
de mes amis, pour me taquiner, me demandait toujours si Dieu,
dans sa toute-puissance, pouvait faire une pierre assez lourde pour
qu'il ne puisse pas la soulever. J'en suis un peu là : je crois à Dieu,
et je crois à la pierre.

Ernie réfléchit; prit le parti de sourire :

— Je n'ai rien compris, monsieur Jouffroy. Vous ne m'en voulez pas ?

Ceci fut dit de telle manière que l'infirmier ne crut pas contre
sa dignité de glousser à plusieurs reprises, en portant sa main cour-
toisement devant sa bouche.

— Gribouille, dit-il enfin, Gribouille... C'est vrai, nous autres
Français sommes souvent *intelligents pour rien* — c'est bien votre
expression, n'est-ce pas ? En vérité, je ne sais plus si je suis catholique ou pas. Quand j'ai appris, il y a un an, que j'avais un huitième
de sang juif, j'ai commencé par avoir très honte; c'était plus fort
que moi, il me semblait que j'avais crucifié Notre-Seigneur, que...
vous comprenez, n'est-ce pas ? J'étais encore de l'*autre côté*. Et
puis je suis venu ici, et j'ai commencé d'avoir honte du sang qui
en moi n'est pas juif. Terriblement honte. Je pensais à ces deux
mille ans de catéchisme qui ont créé... un terrain... qui ont permis...
vous comprenez, n'est-ce pas ?

La déchirure de son regard s'ouvrit davantage :

— Deux mille ans de christologie... prononça-t-il rêveusement,
comme pour lui-même. Et pourtant, c'est absurde, je le sais, mais
je crois toujours, et j'aime plus que jamais la personne du Christ.
Seulement voilà, ce n'est plus le Christ blond des cathédrales, le
glorieux Sauveur mis à mort par les Juifs. C'est...

Désignant l'infirmerie, il se pencha sur la couche puante d'Ernie,
et le regard entièrement défait :

— C'est *autre chose*, souffla-t-il d'une voix aux inflexions subitement juives, une pauvre voix d'interné.

Puis à la grande surprise d'Ernie, des malades voisins, et à la sienne peut-être, portant ses mains à ses tempes pour retenir ses lunettes, il éclata en sanglots.

Le ciel d'octobre semblait une étendue de neige sale prête à choir dans le grand espace vide de la cour; des bourrasques à voix humaine tiraient une poussière noire du mâchefer répandu sur toute la surface du camp. Seuls, au pied du bâtiment des " normaux ", quelques enfants soulevés par les coups d'aile de leurs cache-nez couraient sur la plaque de ciment autorisée pour la promenade des détenus. Près du portail, les silhouettes des S. S. brillaient de tous leurs cuirs et de tous leurs aciers; ils remplaçaient maintenant les gendarmes français, qui sur la fin manquaient par trop d'enthousiasme. Le docteur Louis Jouffroy, le huitième de Juif, soutenait Ernie aminci, blafard, grotesque en son costume noir, mais dont l'état ne justifiait plus le séjour privilégié à l'infirmerie. L'un guidant l'autre, ils longèrent le bâtiment Technique, passèrent devant les petits édicules en brique du Château rouge, rejoignirent la promenade des " normaux ".

La tête d'Ernie Lévy était rasée, mais une toison d'un centimètre recouvrait toutes traces de la torture; cependant le pavillon de l'oreille droite, imparfaitement recousu, se décollait comme par lassitude, et le sourire dévoilait plusieurs espaces noirs qui lui faisaient une bouche de vieux. Comme ils atteignaient une des entrées du bâtiment, un garçon de quinze ans en déboucha avec fougue, les cheveux monstrueux au vent, le visage bleu d'engelures, et exhibant une paire de moufles énormes serrées par une ficelle aux avant-bras : " J'ai plus froid avec mes gants, leur cria-t-il d'un air triomphant, j'ai plus froid ! " Puis il se mit à courir le long de la promenade, s'écriant à tue-tête : " *J'ai plus froid, j'ai plus froid* ", et disparut dans une autre entrée du bâtiment.

Le huitième de Juif recommanda Ernie au chef de chambre de l'escalier A, 1er étage. Mais au seul nom de Gribouille on entoura en riant le châlit d'Ernie, qui reçut pain, soupe, gâteaux vitaminés, le tout assaisonné de conseils piquants sur la manière d'éviter la faim, la soif, la maladie, la mort, etc. La salle ne différait guère de l'infirmerie, sinon par la quiétude qui y régnait en contraste; certains jouaient aux cartes, lisaient, priaient à voix haute; un petit groupe entourait un poêle rond qui ne diffusait rien d'autre que de la fumée. Quand on l'eut un peu oublié, Ernie se tira en frissonnant de l'unique couverture et monta dans les étages, où il se mit à hanter les dortoirs féminins, s'enquérant du passage, voici trois mois, *d'une jolie rousse nommée Golda*. Une fois seulement, il osa mentionner qu'elle *sautillait* un peu, mais de façon si jolie, si amusante n'est-ce pas ?... On lui répondait de façon évasive : tant de convois depuis trois mois avaient creusé tant de vides, aussitôt comblés par les arrivages nouveaux; on ne savait pas, on ne savait plus, on ne se souvenait de personne. Et derrière son dos, on chuchotait. Devant l'entrée de l'escalier B, il hésita : il était ivre de tous ces dortoirs féminins au désordre indescriptible, où se lisait, par mille petits signes, la volonté de conserver jusqu'à la dernière minute tel manteau de fourrure, telle trousse de fards, tel bibelot ridicule ou charmant — épaves du sexe. Cependant, comme il pénétrait dans une nouvelle salle, son cœur battit avant qu'il ne reconnût clairement la chevelure de Golda sous un châlit éloigné, dans la pénombre de la rangée opposée aux fenêtres.

Assise au bord du châlit, prostrée, la tête plongée dans ses mains, elle ne l'avait pas entendu approcher; il toucha le bord de son gilet rouge, comme pour s'assurer de sa réalité, et c'est alors qu'elle découvrit une face à la fois toute gonflée par les puces et les punaises, et creusée, ossifiée, jaunie de misère. Les engelures avaient violacé ses belles mains, qu'elle porta tout contre sa bouche, pour étouffer un cri. Ernie s'assit près d'elle et se mit à pleurer. Quand il put la voir, il s'aperçut que ses yeux étaient secs et l'examinaient avec la triste indifférence commune aux internés.

— Toi aussi, articula-t-elle froidement.

— Et tes parents ? dit Ernie.

— Ils sont partis, il y a longtemps. Pitchipoï.

Elle ne prêtait aucune attention au désespoir avec lequel Ernie étreignait ses grosses mains rouges et bleues de froid.

" Il y a longtemps que tu es arrivé ? " s'enquit-elle avec politesse; puis sans attendre la réponse, elle poursuivit du même timbre neutre : C'est à peine si je te reconnais, mon pauvre garçon. On dirait que tu es passé sous une voiture. Il ne reste que tes yeux. Et moi, tu me trouves toujours aussi jolie ?

— Golda, Golda, dit Ernie.

Des groupes de curieuses se constituaient à distance; une tête de femme échevelée se pencha de l'étage supérieur. La jeune fille hocha lentement la tête :

— Il n'y a plus de Golda, répondit-elle. Ici, c'est chacun pour

soi. Mais je suis tout de même contente de te revoir, il ne faut pas
croire...

— Tu as peut-être faim ? lui demanda Ernie.

Elle le regarda, désemparée, une aube de compréhension dans
ses yeux.

— Attends, fit Ernie en se levant.

Et tapotant avec humour le bout du nez bleu de Golda, il réussit à gagner la sortie du dortoir sans trahir sa faiblesse. Mais dehors,
dans le vent glacé de la place d'appel, les séquelles de sa dysenterie
le firent se plier en deux, les mains crochetées au ventre. Une paix
étrange l'habitait néanmoins : car il lui semblait que rien, ni
les hommes, ni les circonstances qui font les hommes et les défont
à leur gré, ne le rejetterait plus hors de la grande arche juive où,
depuis son entrée à l'infirmerie, il avait le sentiment de coudoyer
l'ombre invisible des siens; où depuis quelques instants, il pouvait
toucher du doigt la personne de Golda, et fût-elle devenue
laide, aigrie, indifférente au passé. Avec des gestes joyeux il
souleva sa couverture et retrouva intacts le morceau de pain et les
biscuits vitaminés; puis grimaçant un sourire, la voix très naturelle,
il demanda à la ronde si quelqu'un voulait bien lui faire cadeau
d'un morceau de chocolat ou de toute autre gâterie qui " remonte
le cœur ". Les voisins immédiats se retournèrent, scandalisés :

— Vous aviez raison, dit, en yddish, un joueur de cartes; il est
vraiment d'un comique insupportable.

— Mais ce n'est pas pour moi, protesta Ernie les larmes aux
yeux; je vous jure, c'est pour donner !

Les rires fusèrent de plus belle; en un clin d'œil, la nouvelle
singularité de Gribouille se répandit jusqu'au bout du dortoir.
Mais allongé sur un châlit voisin, un homme aux tempes grises
plongea une main dans l'ouverture secrète pratiquée dans son matelas de paille, et en retira un étui à lunettes renfermant deux morceaux de sucre et quelques bonbons acidulés. Vidant le tout dans
sa main, il réfléchit, remit lentement un bonbon dans l'étui. Puis
s'approchant d'Ernie demeuré au pied de son châlit, hagard, tremblant, les épaules recourbées sous les quolibets, il lui tendit en
souriant sa petite fortune :

— Frère, murmura-t-il avec une sorte d'imperceptible regret,
frère, petit frère, c'est toi qui as raison; c'est très important de
donner...

Il hésita, accentua son sourire :

— ... Quand on n'a rien.

Ernie devina aussitôt qu'un changement le concernant était intervenu en son absence; un groupe de femmes l'attendait sur le palier, et toutes le fixèrent avec une attention douloureuse, familière, appuyée. L'une d'elles, petite boulotte encapuchonnée, tira ses mains de la couverture qui l'enveloppait comme un burnous, et y frappant d'un coup vif s'écria stupidement : Bravo !... Puis les autres eurent de petits rires complices, mais nulle impression désagréable ne se dégageait de ce comportement fort incongru, et passant dans le dortoir Ernie eut alors la surprise d'une troupe jacassante autour de Golda pomponnée et sur les lèvres de laquelle une jeune détenue appliquait gravement un trait de rouge. À son approche tout le groupe s'ébroua et les occupantes des châlits voisins gagnèrent elles aussi le fond du dortoir, abandonnant Golda fardée et coiffée comme une folle au milieu du chemin qui séparait les cages de bois blanc. Quand elle vit le morceau de pain noir et les friandises qu'il retenait contre soi, ses yeux jaspés de mauve luirent avec tant d'éclat qu'elle redevint belle. Attirant Ernie par un doigt, elle le fit s'asseoir; et tandis que de son mouchoir humecté de salive il la démaquillait en silence, avec des précautions d'artisan, elle ne cessait de répéter, à demi navrée seulement : " C'est elles qui ont voulu me rendre jolie... C'est elles... "

Soudain elle ne put s'empêcher de pousser un rire d'une douceur veloutée, et appliquant la main d'Ernie sur son visage, elle dit :

— Je ne savais pas que c'est toi Gribouille... Tu es venu au camp pour moi ?

— Mais non, je t'assure, dit Ernie d'une toute petite voix.

Sous la poudre et le blanc hideux qui les entouraient, les yeux de la jeune fille étaient aussi aimants et frais et mystérieusement fusants de vie que sous la voûte de feuillage qui les ombrait au square Mouton-Duvernet : " Il y a donc, soupira-t-elle, d'autres cieux, une autre terre, des pensées différentes de celles qui vous viennent à Drancy ? "

Vers la mi-octobre, les autobus Feldgrau déversèrent au centre de la place d'appel enneigée quinze cents orphelins de quatre à douze ans, en provenance du camp de rassemblement de Pithiviers; ils furent entassés comme des bestioles dans les dortoirs spéciaux à simples bat-flanc du bâtiment Technique, et comme ils réclamaient leurs parents en termes déchirants, il fut convenu de leur dire qu'ils les retrouveraient bientôt à Pitchipoï qui de toute évidence était le prochain sinon le dernier lieu de leurs avatars sur terre. Les tout-petits ne connaissant souvent pas leurs noms, on interrogea leurs camarades qui donnaient quelques renseignements; noms et prénoms ainsi établis étaient inscrits sur un petit médaillon de bois, qu'on accrochait au cou de l'enfant. Il n'était pas rare, quelques heures plus tard, de voir un petit garçon portant un médaillon au prénom d'Estelle ou Sarah. Les innocents jouaient avec les médaillons et les échangeaient entre eux.

Cinq cents adultes leur furent adjoints pour le transport prévu le surlendemain à l'aube. Quand il apprit que Golda était portée sur la liste, Ernie se rendit discrètement au secrétariat où il trouva une dizaine de postulantes comme lui; les unes voulaient suivre un mari vers le commun destin, d'autres avaient pitié des enfants. Le préposé aux écritures était niché dans un minuscule bureau au fond d'un couloir du rez-de-chaussée, une sorte de dépotoir à fiches et dossiers, éclairé uniquement par une petite ampoule rouge qui luisait comme un œil ensanglanté de borgne au-dessus d'une amusante marionnette à lorgnons, manchettes de fonctionnaire municipal, crâne aux reflets de tendre chair rose et petits yeux de porcelaine bleue qui vous examinaient avec la bienveillance désincarnée d'une photographie du siècle passé. L'étoile jaune semblait s'être logée par pure malice sur sa blouse soigneusement plissée.

— Mais vous êtes fou, susurra-t-il d'une voix française lorsque Ernie lui eut fait part de son étrange désir.

— Oui, oui, l'approuva Ernie en éclatant d'un rire niais, je suis complètement fou, vous l'avez deviné.

Le charmant regard du bureaucrate s'amincit de soupçon :

— A moins, dit-il en pointant son porte-plume, que vous ne croyiez au royaume juif ? Mais si c'était... *autre chose* ?

Forçant un peu son rôle, Ernie frappa à trois reprises dans ses mains, et achevant d'affoler le préposé aux écritures par l'esquisse d'un entrechat (auquel le sourire édenté d'Ernie et sa silhouette de maigre fantôme en habit noir imprimaient un caractère démentiel), il lâcha en un rire suraigu : " Monsieur Blum, partout où se tiennent les Juifs, c'est mon royaume ! " L'homoncule haussa les épaules et après qu'il se fut avéré que le postulant au royaume se refusait obstinément à faire son choix, il se pencha sur les feuillets de la liste, suçota son porte-plume, et découvrant soudain un homo-

nyme au jeune homme fou, raya le mot Hermann et inscrivit par-
dessus, en belle calligraphie ronde : Ernie.

La fouille eut lieu au début de l'après-midi.

Les inspecteurs de la Police Française aux Questions Juives
officièrent comme d'habitude dans la baraque attenant à l'immeuble des S. S. On installa près de la porte de sortie une table
où, jusqu'au soir, des volontaires refaisaient tant bien que mal les
paquets des enfants. Les petites broches, les boucles d'oreilles et
les bracelets des fillettes subissaient le sort des bijoux adultes.
Une gamine de dix ans sortit de la baraque avec une oreille sanglante : le fouilleur lui avait arraché la boucle d'oreille que,
dans sa terreur, elle n'arrivait pas à enlever assez rapidement.
Ernie remarqua aussi un garçon de six ans avec des boucles ébou-
riffées, portant une coquette petite veste déchirée aux épaules, sale,
le pied gauche chaussé d'un bon soulier et le droit nu, les mains
nues, sans aucun bien sous le soleil.

Après la fouille, les deux mille âmes gagnèrent le bâtiment Technique où elles furent dès lors isolées du reste du camp. Les bat-flanc
des dortoirs spéciaux ne comportaient pas même de paille. Le tumulte devint aussitôt indescriptible; affolés par la fouille, les enfants
ne se possédaient plus. Cependant des équipes d'adultes se constituèrent, et secondé par une doctoresse, quelques infirmières et
monitrices, Ernie participa à la répartition des enfants autour de
noyaux adultes. Puis jusqu'à la nuit les quelques possesseurs de
crayons ou stylos qui avaient échappé à la fouille remplirent les
cartes type d'adieu. Des commères pensives, des petites vieilles
illettrées se pressaient autour d'Ernie qui n'en pouvait plus de
rédiger la même formule atroce dans sa banalité : *Nous partons
demain pour une destination inconnue*...

— Mon écriture est peut-être tremblée, répétait-il en souriant,
mais c'est parce que j'ai un petit crayon. "

Golda et lui dormirent séparés par deux enfants. Dans l'obscurité, il allongea son bras contre la muraille et rencontra la main de
Golda qui attendait la sienne. Parfois un cri soulevait un vent de
panique et des forêts de petits bras s'élevaient dans l'ombre soudain
réduite à une vaste clameur. Il fallait se lever, répandre sur tout
cela le baume d'une voix adulte. Mais des femmes aussi, le dos
tourné à la vie, s'affolaient, se mouraient de peur dans l'ombre; et il
n'y avait d'autre remède que la pose d'un enfant dans leurs bras
pour arrêter la tempête qui distendait leurs gorges. De temps à
autre, une chambrée voisine explosait dans la nuit, et tirés d'une
vague torpeur, revenus au froid, à la faim, au destin incompré-

hensible qui planait sur leurs têtes, les enfants se répondaient mutuellement, engageant ce dialogue étrange que plusieurs vieux internés avaient évoqué près d'Ernie, mais dont il n'avait jamais soupçonné la terrifiante grandeur. Au petit matin, les enfants étaient si profondément endormis qu'il fallut l'intervention des S. S. têtes de mort pour les arracher à la chambrée, lorsqu'ils reprirent conscience de ce qui se tramait dans le monde des adultes. Mais dans la cour tout se tut comme par enchantement : sagement accrochés à la main ou aux bras des adultes, ils répondaient aussi distinctement que possible à l'appel de leurs noms. Ceux qui ne le connaissaient pas se faisaient souffler par les adultes, qui déchiffraient les médaillons dans la clarté blafarde que répandaient les projecteurs installés sur la plate-forme des miradors. Puis on cisailla les étoiles et on les déposa au milieu de la cour qui en devint jaune comme une prairie jonchée de boutons d'or; enfin, les mitraillettes s'abaissèrent sur le troupeau, le portail s'ouvrit, et les premiers autobus de livraison firent leur entrée dans la cour.

Au dernier instant, les Allemands se précipitèrent sur un interné coiffé d'un chapeau melon et portant une pochette à son veston; plus que de se voir roulé dans la neige, piétiné, frappé à coups de crosse, il paraissait scandalisé de la manière dont, pour commencer, un S. S. enfonça du poing son chapeau melon sur son crâne, aplatissant son dernier reste de dignité. Quelques enfants poussèrent un rire grêle. Ernie perçut distinctement qu'il franchissait le dernier cercle de l'enfer des Lévy. Et lorsqu'une heure plus tard, en gare de Drancy, les glissières se refermèrent sur la nuit des Juifs entassés dans les wagons de marchandises, Ernie ne put s'empêcher de crier, lui aussi, avec tout le bétail hurlant sa peur en un souffle unique : Au secours ! Au secours ! Au secours !... comme s'il eût voulu, lui aussi, remuer une dernière fois les espaces où la voix humaine rencontre un écho — si faible soit-il.

La tête posée sur les genoux de Golda, il émergea de sa torpeur glaciaire et pensa que l'âme était tissé de néant pour supporter sans se briser les épreuves que Dieu réserve à l'homme de chair et de sang. " Tu pleures dans ton sommeil, fit la voix lointaine de Golda, tu n'as cessé de verser des larmes : tu ne peux donc pas rêver ? " acheva-t-elle sur une nuance plaintive de reproche cependant que, s'arc-boutant sur ses coudes, Ernie redécouvrait sans y croire la fantastique pénombre du wagon de marchandises qui semblait lancé tout seul, en un cliquettement de roues et d'essieux, livré sans compagnons à la locomotive qui soufflait de tous ses naseaux de bête antédiluvienne, entraînant vers son antre les quelque cent corps tous allongés maintenant sur le plancher tressautant, tous donnant l'impression de cadavres congelés bien qu'il n'y eût de véritablement consolés que les quelques dizaines de dépouilles entassés pêle-mêle, membres enchevêtrés et crânes s'entrechoquant, dans l'angle dévolu d'abord aux enfants malades et qui insensiblement avait fait office de morgue. " Attends, que je t'essuie les yeux d'abord, ils sont tous rouges. " Ramenant la tête d'Ernie contre son giron, la jeune fille souffla sur son mouchoir raidi de froid et en essuya les paupières enflammées de son ami qui, éprouvant soudain le sentiment d'une présence, se réveilla tout à fait et découvrit le cercle des enfants épars autour du couple; ils étaient une quinzaine, de tous âges, serrés les uns contre les autres dans des postures diverses, leurs corps embrassés dans ce même réflexe qui rapprochait hommes et femmes en masses compactes sous les couvertures mises en commun, et au milieu de leurs étranges faces violacées par la dysenterie, leurs yeux qui semblaient tous noirs dans la pénombre fixaient Ernie avec une seule et même expression d'attente animale; certains ouvraient la bouche, ou peut-être laissaient pendre leurs mâchoires, et un filet de buée grise comme de la fumée s'échappait de la plaie silencieuse de leurs lèvres.

" Ils attendent que tu leur parles " dit Golda; et animée de la rancune farouche, un peu infantile, qui l'avait saisie depuis vingt-quatre heures, depuis que la majorité des êtres enfermés dans ce compartiment de mort avaient cessé d'être humains, elle ajouta méchamment : " Moi, je ne peux plus t'avoir à moi. " Et comme elle le disait, d'autres silhouettes enfantines émergèrent de l'ombre, se rapprochant sur les genoux ou se traînant des coudes sur la paille noircie par le poussier de charbon et maculée d'ordures. " Quelle heure est-il ? demanda Ernie. — C'est le troisième matin, articula Golda avec effort. — Il n'a toujours pas plu ? — Non, mais la rosée a fait des glaçons. " Et de ses doigts gourds elle arracha d'un interstice du panneau un de ces stalactites qui la nuit filtraient entre les rainures du wagon, et le poussa au bord des lèvres d'Ernie qui, sous l'œil envieux des enfants, tout empêtré encore d'inconscience, le suça lentement avec douleur et délice, le palais brûlé de froid et la gorge s'étanchant avec un indicible bonheur. " Je ne suis donc rien pour toi ? " dit Golda. Ernie comprit qu'elle désirait être consolée avant les enfants; se hissant sur son séant, il serra contre lui le paquet de couvertures dans quoi la jeune fille s'enveloppait et défaisant un peu le lainage emprunté aux morts dont elle avait capuchonné sa tête, il embrassa la joue de marbre bleuie, puis demeura accolé à Golda, joue contre joue : " Tu es tout pour moi, commença-t-il de la voix lente et comme incantatoire qu'il savait la seule agissante sur les nerfs des misérables dont il avait la charge; tu es pour moi plus que le pain et l'eau et le sel, tu es pour moi plus que le feu, tu es pour moi plus que la vie... " poursuivit-il sans trop songer au sens de ses paroles, attentif seulement à retrouver le rythme grave et lénifiant des versets bibliques, cependant que Golda exténuée par sa nuit blanche posait son front contre l'épaule d'Ernie et s'enfonçait dans l'oubli des larmes. " Tout cela vient, dit Ernie en regardant les enfants suspendus à ses lèvres, de ce que tu crois au wagon et aux choses qui s'y passent, alors qu'ils n'existent pas. N'est-ce pas, les enfants ?... Tout cela vient de ce que tu fais confiance à tes yeux et à tes oreilles et à tes mains... " A ces mots, les enfants du premier rang laissèrent pendre leurs mâchoires, et tandis que plusieurs commençaient à ballotter la tête de droite et de gauche, comme pour mieux se pénétrer du rêve qui s'écoulait de la bouche d'Ernie, les autres se rapprochèrent avidement, le cou tordu, les lèvres baveuses déjà.

— Tu ne parles pas pour moi, sanglota Golda, tu parles pour les enfants.

Apeurés, ceux du premier rang battirent en retraite, avec une lenteur effrayante, repoussant le sol de leurs coudes ou de leurs genoux, sans mot dire, cependant que de toute la force de leurs regards ils demeuraient accrochés aux lèvres d'Ernie qui s'étonna une fois de plus de l'extraordinaire résistance de son âme. O Dieu, pensa-t-il, tu m'as donné une âme de chat qu'il faut tuer trois fois avant qu'elle ne meure. Puis caressant la joue de Golda toujours appuyée sur son épaule, il distendit avec peine ses lèvres en une sorte de sourire noirâtre et doux, eut un clignement d'œil complice à l'intention de ceux du premier rang, et murmura en yddisch : " Ne vous sauvez donc pas, mes petits enfants, ne faites pas attention à elle, approchez-vous que je vous dise comment est fait notre royaume... " Un garçonnet du premier rang entrouvrit un œil gonflé par la blessure reçue lors de la crise de folie qui avait secoué tout le wagon la veille et, d'une voix sans timbre, comme si, pour former les sons, sa langue n'atteignait pas son palais desséché, il chuchota : " C'est pas pour nous, m'sieur, c'est pour l'autre qui est couché, il vous demande. — Pourquoi ne m'a-t-on pas réveillé ? demanda Ernie. — J'ai pensé, dit honteusement Golda, comme c'était la première fois... " Ernie se détacha d'elle en silence et découvrant avec acuité le déchirement de tous ses membres il progressa à genoux parmi les corps d'enfants qui s'écartaient pour lui livrer passage, ou qu'il enjambait pour ne pas leur faire perdre l'avantage de l'immobilité; l'enfant désigné était allongé à deux mètres de la morgue, et la vieille doctoresse était assise près de lui, dos contre la cloison, le visage dur comme un masque sous la calotte blanche à croix rouge que par une singulière aberration elle s'obstinait à porter, bien que depuis la veille tous ses soins se réduisissent à frotter le corps glacé des dysentériques, et à les regarder mourir; elle fixait un point invisible dans l'espace trouble du wagon plombé et n'eut pas un clignement de cil à l'approche d'Ernie. " Il est mort ", dit-elle simplement. Le visage de la vieille femme était un os bleu et desséché par le froid, et ses narines se pinçaient tout autant que celles de l'enfant décédé. Éprouvant tous les regards d'enfants derrière son dos, Ernie déclara sur une note de voix très haute, afin que nul ne s'y trompe : " Il s'est endormi... " Puis il souleva la dépouille du gamin et la déposa avec une douceur infinie au-dessus du monceau grandissant d'hommes juifs, de femmes juives, d'enfants juifs que les cahots du train bringuebalaient dans leur dernier sommeil.

— C'était mon frère, lui dit une petite fille avec une sorte d'hésitation, de trouble confus, comme si elle n'était pas fixée sur l'attitude qu'il lui convenait de prendre devant Ernie.

Il s'assit près d'elle, et l'attirant sur ses genoux :

— Lui aussi, il se réveillera tout à l'heure, avec tous les autres, quand nous serons arrivés au royaume d'Israël. Là-bas, les enfants y retrouvent leurs parents, et tout le monde se réjouit. Car le pays où nous allons est notre royaume, sachez-le bien. Là-bas, le soleil ne s'y couche jamais, et on peut y manger toutes les choses qui vous viennent à l'esprit. Là-bas, une joie éternelle couronnera vos têtes; l'allégresse et la joie s'approcheront, et la douleur et les gémissements s'enfuiront...

— *Là-bas*, intervint un enfant d'une voix heureuse, en répétant ses mots sur un certain rythme, comme s'il avait déjà dit ou pensé ou entendu cela plusieurs fois, *là-bas, on pourra s'y chauffer le jour et la nuit*.

— Oui, l'approuva Ernie, c'est comme ça que ça sera.

— *Là-bas*, fit une seconde bouche dans l'ombre, *on n'y voit pas d'Allemands ni de wagons ni aucune de ces choses qui font mal*.

— Non, pas toi, trancha une fillette énervée, laisse parler le rabbin, c'est mieux quand c'est lui.

Berçant toujours la sœur du mort sur ses genoux, Ernie continua; autour de lui, les têtes de ses petits auditeurs ballottaient faiblement sur leurs épaules, et il remarqua qu'un peu plus loin, quelques adultes hommes et femmes commençaient à écouter sournoisement, cependant que dans leurs yeux passaient comme de vagues lueurs du délire qui animait les petits. Soudain la fillette sur ses genoux se mit à pleurer sans larmes, comme faisaient ceux des enfants qui avaient trop pleuré les deux premiers jours, et les yeux grands ouverts sur Ernie, les boules bleues de ses poings ramenées sur sa poitrine, elle s'endormit.

— Et moi aussi, m'sieur, chuchota une voix mourante, vous ne voulez pas me faire dormir? J'ai pas dormi depuis le début.

La voix appartenait à un garçon d'une douzaine d'années, dont le visage avait atteint un degré de cachexie tel que les globes oculaires proéminents semblaient ne s'y maintenir que par miracle.

— Et pourquoi? demanda Ernie.

— J'ai peur.

— Mais tu es un peu grand pour que je te berce, dit Ernie en souriant malgré lui, je ne sais pas comment faire.

— Tout de même, supplia le dysentérique, tout de même que je suis grand, je voudrais dormir.

Ernie glissa la fillette sous les couvertures, et après de multiples efforts de part et d'autre, il parvint à installer le garçon sur ses cuisses; mais il était lui-même si affaibli que pour tout bercement il ne put que soulever alternativement le haut du corps du malade, puis ses genoux luisants d'ordure. Aidée de quelques femmes remises sur pied tant bien que mal, Golda commençait de frotter les membres engourdis des petits les plus menacés. " _Quand nous serons au royaume d'Israël..._ " murmura Ernie penché sur le garçon dont les yeux maintenant se revêtaient d'une pellicule jaunâtre, rêveuse, pacifiée. Au bout d'un moment, il aperçut tout contre lui la face désertique de la doctoresse. Elle semblait dans une folle colère. " Que faites-vous ? " chuchota-t-elle contre l'oreille d'Ernie, cependant que les enfants du premier rang reculaient apeurés. Ernie baissa les yeux et découvrit que le cadavre vivant qu'il berçait s'était mué en un cadavre mort. La doctoresse l'étreignit fortement à l'épaule, ses ongles s'enfonçant dans le reste de chair d'Ernie.

— Comment pouvez-vous leur dire que c'est un rêve ? soufflat-elle d'une voix haineuse.

Berçant machinalement l'enfant, Ernie se mit à pleurer sans larmes.

— Madame, dit-il enfin, il n'y a pas de place ici pour la vérité.

Puis il s'arrêta de bercer l'enfant, et tournant un peu la tête, découvrit que la vieille femme avait changé d'expression.

— Pour quoi donc y a-t-il place ? commença-t-elle.

Et regardant mieux Ernie, se pénétrant du moindre détail de son visage, elle murmura doucement :

— Vous ne croyez donc pas du tout, du tout à ce que vous dites ?

Elle pleurait avec une sorte de regret amer et un petit rire dément, terrifié.

III

Les heures que connut encore Ernie Lévy dans le wagon plombé furent vécues par une foule de ses contemporains. Quand la quatrième nuit tomba sur le chaos des corps enchevêtrés, nuit de Pologne se couchant de tout son poids sombre et glacial sur les âmes écrasées, telle une créature fantastique contre quoi certains adultes luttaient encore, soufflant dans le creux de leurs mains ou

frottant un membre menacé par le gel, aucune plainte, aucune pro-
testation, aucun cri de douleur ne sortait plus de la bouche entrouverte des enfants. La douceur même n'était pas assez puissante pour
les faire parler. Ils vous regardaient seulement d'un long regard
sans expression; et parfois, ceux qui se trouvaient noués au corps
des adultes grattaient au hasard de leurs serres insensibles, ainsi
que des petits d'animaux, non pas pour rappeler au monde leur
existence mais plutôt par l'effet d'un spasme venu du fond tiède
encore de leurs entrailles, par une sorte de pulsation atténuée qui
prolongeait un glissement du sang dans leurs veines, une vague
coulée de vie se perpétuant dans les corps abandonnés par l'âme
éteinte, mais non encore consolés par Dieu. Adossé à la cloison,
immobile, Ernie n'osait vérifier si la tête de Golda endormie sur
son épaule recelait encore un souffle, si elle ne s'était pas vidée
silencieusement de ce qui la faisait envers et malgré l'horreur des
chairs objet de son amour; mais depuis longtemps il ne pouvait
esquisser le moindre mouvement, et seul le haut de son torse
surnageait de l'amas de petits corps accrochés à lui, et qui l'avaient
lentement investi, montant les uns sur les autres, attirés par le
souvenir de ses paroles, puis se fixant comme ils étaient maintenant,
vague de chair froide stabilisée à hauteur de son torse et l'enserrant
d'un réseau de mains plates ou enfoncées profondément dans sa
chair. De temps en temps, songeant que l'un d'eux était peut-être
susceptible de l'entendre, Ernie suscitait des paroles douces et
joyeuses dans le palais de glace de son cerveau; mais en dépit
de tous ses efforts, les paroles n'arrivaient plus à franchir la porte
dûment scellée de sa bouche.

La locomotive souffla, gémit, s'immobilisa comme à regret.
Un frémissement larvaire parcourut le wagon. Mais à peine les
premiers aboiements de chiens se firent-ils entendre que le fluide
électrisant de l'effroi gagna de proche en proche toutes les formes
allongées, et Ernie stupéfait se mit à bouger lui aussi, soulevant
Golda tirée en sursaut de sa léthargie, cependant que les enfants
survivants se mettaient à hurler de toute leur haleine empoisonnée,
tout autour d'Ernie, le cernant d'un halo d'entrailles en décomposition. Dehors, des tenailles déchiquetaient déjà les plombs poses
en gare de Drancy et les portes coulissèrent, répandant dans le
wagon avec un afflux aveuglant de lumière les premières silhouettes
de S. S. têtes de mort qui, le fouet ou la matraque à la main, et retenant de gros chiens noirs au bout de laisses tendues à craquer,
s'enfonçaient de leurs bottes étincelantes dans la marée tempétueuse
de déportés, la faisant dégorger sur le quai à grand renfort de cris

et de violences qui secouaient les plus prostrés, les mettaient brusquement en mouvement, comme un troupeau de bétail, en se bousculant et s'écrasant eux-mêmes. Au petit matin, les quais semblaient irréels sous les projecteurs et le semblant de gare débouchait sur une place étrange, délimitée par une chaîne de S. S., de chiens, et par une baraque dont les formes se dessinaient vaguement dans le brouillard agonisant. Ernie ne sut comment, Golda et un petit accrochés à ses bras, il parvint lui aussi à courir le long du quai parmi l'affolement des survivants dont beaucoup traînaient absurdement paquets ou valises. Une déportée chut devant eux dans sa valise défaite, les jupes retroussées jusqu'à la taille; aussitôt un Allemand se dressa avec une de ces bêtes fauves aboyant à bout de laisse, et s'adressant visiblement à l'animal il s'écria sous les yeux épouvantés du groupe en arrêt : *Homme, déchire ce chien !* Dans la clameur de la malheureuse, Ernie reprit sa course sans plus réaliser autre chose que les crépitements de son cerveau en feu et la pression des mains de Golda et de l'enfant dont il se demanda soudain si ce petit cri effilé appartenait à une fillette ou à un garçon...

Sous les hauteurs noirâtres de l'aube, cette place foulée par des centaines de pieds juifs ne semblait pas réelle. Mais l'œil d'Ernie aux aguets saisissait bientôt des détails alarmants : çà et là, sur le sol balayé à la hâte — juste avant l'arrivée du train, c'était visible — des objets abandonnés traînaient encore, baluchons de vêtements, valises ouvertes, blaireaux, casseroles émaillées... D'où venaient-ils ? Et pourquoi, passé le quai, la voie s'interrompait-elle tout à coup ? Pourquoi cette herbe jaune et ces barbelés de trois mètres de haut ? Pourquoi les nouveaux gardiens avaient-ils ce ricanement incompréhensible devant les nouveaux arrivants qui, reprenant leur souffle, tâchaient de s'installer dans leur vie nouvelle — les hommes s'épongeant le front d'un mouchoir, les jeunes filles arrangeant leur coiffure et serrant leur jupe contre elles quand passait un coup de vent, et les vieux qui s'efforçaient de s'asseoir sur leurs valises, silencieux eux aussi de ce terrible silence qui venait de tomber sur le troupeau enfin rassemblé. Hormis ce ricanement, ces rires entendus, les gardiens semblaient avoir abandonné toute fureur, et tandis qu'ils donnaient tranquillement ordres, gifles, coups de pied, Ernie comprit qu'ils n'obéissaient plus à la haine, mais accomplissaient tous leurs gestes avec cette sorte de sympathie lointaine qu'on éprouve pour un chien, même lorsqu'on le bat;

l'animal battu étant un chien, cela permet de supposer, avec une certaine dose de probabilité, que celui qui bat est un homme. Cependant, comme ses regards se portaient à nouveau vers la baraque, une vague lueur lui apparut au travers du brouillard, haut dans le ciel gris, et s'achevant en un nuage de fumée noire; au même instant, il ressentit l'odeur nauséabonde qui régnait sur la place et qui se distinguait du fumet stagnant des dysentériques par une âcreté de matière organique en combustion. " Tu pleures du sang ", dit soudain Golda étonnée. " On ne pleure pas du sang, voyons ", dit Ernie. Et essuyant les larmes de sang qui sillonnaient ses joues, Ernie se détourna de la jeune fille afin de lui cacher la mort du peuple juif inscrite, il le savait, dans toute la chair de son visage.

Devant eux, la foule diminuait maintenant. Un à un, les déportés arrivaient à hauteur d'un officier S. S. encadré par deux gardiens à mitraillette, et du bout de sa badine celui-ci dirigeait distraitement les détenus, soit à gauche, soit à droite, les jaugeant d'un coup d'œil rapide et exercé. Ceux de gauche, des hommes de vingt à quarante-cinq ans, dont l'aspect extérieur était relativement robuste, venaient se disposer derrière la chaîne de S. S., le long d'une rangée de camions sans toit que le brouillard se dissolvant venait de livrer à l'attention hagarde d'Ernie; il surprit même, sur l'un de ces camions débâchés, un groupe d'hommes qui semblaient vêtus de pyjamas et portaient chacun un instrument de musique, composant une sorte d'orchestre ambulant en attente bouffonne sur le camion, instruments à vent aux lèvres, tambours et cymbales armés, prêts à fournir de la musique. Les détenus de droite, tous enfants, femmes, vieillards et invalides, s'amassaient tant bien que mal à proximité de la baraque, en retrait d'un large guichet creusé dans le flanc même de la singulière construction. " Ils vont nous séparer ", dit froidement Golda. Et comme en écho à ses craintes, les quelques enfants qui avaient mystérieusement retrouvé la trace d'Ernie parmi la foule, se pressèrent davantage autour de lui, les uns se contentant de lui soumettre le muet reproche de leurs yeux lourds et gonflés comme des abcès, tandis que les autres se retenaient qui à sa manche, qui aux basques de sa piteuse veste noire. Ernie promena sa main sur les petites têtes dont il connaissait désormais avec certitude la destinée prochaine, et contemplant le visage de Golda suspendue à lui, et dilatant ses yeux brouillés par le sang qui se givrait maintenant sur ses paupières, il s'enivra une dernière fois des traits aimés de la jeune fille, de son âme qui était si bien faite pour les simples merveilles que la terre dispense aux hommes, et dont le petit mouvement de badine du médecin S. S. allait tout à l'heure le séparer à jamais. " Non, non ", dit-il en souriant à Golda, cependant qu'un nouveau flot de sang s'écoulait de ses yeux, " nous resterons ensemble, je te le jure. " Et aux enfants dont plusieurs osaient maintenant de fins gémissements : " Enfants, enfants, les rassura-t-il, maintenant que nous arrivons au royaume, croyez-vous que je resterai en dehors ? *Nous entrerons ensemble au royaume,* reprit-il de la voix grave et inspirée qui seule pouvait toucher leurs âmes remplies de noirceur et d'épouvante, *tout à l'heure, nous y entrerons la main dans la main, et là-bas, nous attend un festin de mets succulents, un festin de vins vieux, de mets succulents, pleins de moelle, et de vins vieux, clarifiés... Là-bas, mes petits agneaux...* "

Ils écoutaient sans comprendre, un léger sourire ombrant leurs lèvres suppliciées.

IV

Je suis tellement las que ma plume ne peut plus écrire. " Homme, ôte tes vêtements, couvre ta tête de cendres, cours dans les rues et danse, pris de folie... "

Un seul et unique incident troubla le cérémonial de la sélection; alertée par l'odeur, une femme s'écria soudain " On tue ici ", ce qui engendra une courte panique au cours de laquelle le troupeau reflua lentement en arrière, vers les quais masqués par l'étrange façade tendue comme un décor de théâtre figurant une gare. Les gardes entrèrent aussitôt en action, mais lorsque le troupeau fut calmé, des officiers parcoururent les rangs en expliquant poliment et certains même d'une voix onctueuse, pastorale, que les hommes forts étaient appelés à construire des maisons et des routes, tandis que le restant pourrait se reposer du voyage, en attendant d'être soumis à des besognes ménagères ou autres. Ernie constata avec joie que Golda elle-même semblait donner prise à cette fiction, et que ses traits se détendaient, porteurs d'espoir. Brusquement, la fanfare motorisée se mit à jouer une vieille mélodie allemande, en laquelle Ernie reconnut avec stupeur un de ces lieder pesamment mélancoliques qu'Ilse affectionnait; les cuivres luisaient dans l'air gris, une secrète harmonie se dégageait de l'orchestre en pyjamas et de cette musique aux accents languissamment glacés; un instant, un court instant, Ernie admit lui aussi en son for intérieur qu'on ne pouvait décemment jouer de la musique pour les morts, fût-ce cette mélodie qui semblait venue d'un autre monde. Puis le dernier cuivre s'éteignit et, le troupeau dûment bercé, la sélection recommença.

— Mais je suis malade, je ne peux pas marcher, murmura-t-il en allemand quand, son tour venu, la badine l'eut sèchement ai-

guillé vers le faible groupe d'hommes valides gratifiés d'un sursis.
Le docteur Mengele, médecin-chef du camp d'extermination
d'Auschwitz, accorda un bref regard à la " merde juive " qui
venait d'énoncer ces paroles.

— Eh bien, dit-il, nous te soignerons.

La badine décrivit un demi-cercle. Les deux jeunes S. S. eurent
un sourire rusé. Ernie gagna en titubant de soulagement la triste
mer humaine flottant aux abords de la baraque, et, enlacé par Golda,
attiré par les petites mains des enfants, il s'y engloutit dans l'attente commune. Enfin, tous furent rassemblés. Lors, un Unter-
scharführer les invita à voix haute et en détachant bien ses mots
à laisser là leurs bagages et à se rendre au bain en n'emportant que
leurs papiers, les objets de valeur et le strict nécessaire pour se
laver. Des dizaines de questions se pressèrent à leurs lèvres :
fallait-il prendre du linge ? pouvait-on défaire les paquets ? retrou-
verait-on ses affaires ? est-ce que rien n'aurait disparu ? Mais les
condamnés ne savaient quelle force étrange les obligeait à se taire,
à se diriger bien vite sans souffler mot, sans même jeter un coup
d'œil en arrière, vers l'entrée pratiquée dans le mur de barbelés de
trois mètres de haut, en marge de la baraque au guichet. Soudain,
au fond de la place, l'orchestre se remit à jouer et les premières vi-
brations des moteurs se firent entendre, s'élevèrent dans le ciel encore
lourd de brouillard matinal, disparurent dans le lointain. Des for-
mations de S. S. armés séparaient les condamnés répartis en groupes
de cent. Le couloir de barbelés semblait ne pas finir. Tous les dix
pas, une affiche : *Aux bains et aux inhalations.* Puis le troupeau
passa devant des hérissons antichars, le long d'un fossé antichars,
et à nouveau devant un fil d'acier mince roulé, tordu en buisson;
enfin, le long d'un couloir en plein vent que formaient des mètres
et des mètres de barbelés. Ernie portait un petit évanoui. D'autres
se soutenaient entre eux. Et tandis que dans le silence de plus en
plus pesant de la foule, dans l'odeur de plus en plus pestilentielle, de
légères et suaves paroles prenaient vie sur ses lèvres, scandant le
pas des enfants de rêverie, et la marche de Golda d'amour, il
lui semblait qu'un silence éternel s'abattait sur le bétail juif
conduit à l'abattoir, que nul héritier, que nulle mémoire ne vien-
draient prolonger la marche silencieuse des victimes; un chien fidèle
ne tremblerait pas, le cœur d'une cloche ne sonnerait pas, seules
resteraient les étoiles glissant dans le ciel froid. " O Dieu, se dit
soudain le Juste Ernie Lévy, cependant que le sang de la pitié
s'écoulait à nouveau de ses paupières, ô Seigneur, nous sommes
sortis ainsi il y a des milliers d'années. Nous marchions à travers

des déserts secs, à travers la Mer Rouge de sang, dans un déluge de larmes salées et amères. Nous sommes très vieux. Nous marchons. Oh ! nous voudrions bien arriver enfin ! "

Le bâtiment ressemblait à un vaste établissement de bains ; à droite et à gauche, des grands pots de béton recelaient des tiges de fleurs fanées. Au pied du petit escalier de bois, un S. S. moustachu et bienveillant disait aux condamnés : " Il ne vous arrivera rien de pénible ! Il faut seulement respirer très fort, cela fortifie les poumons, c'est un moyen de prévenir les maladies contagieuses, c'est une bonne désinfection. " La plupart entraient sans mot dire, poussés par ceux qui se trouvaient derrière eux. A l'intérieur, des porte-manteaux numérotés garnissaient les murs d'une sorte de vestiaire gigantesque où le troupeau se dévêtit tant bien que mal, réconforté par des cicerones S. S. qui conseillaient de bien retenir les numéros ; des morceaux d'un savon qui semblait de pierre leur furent distribués. Golda pria Ernie de ne pas la regarder, et c'est les yeux fermés, conduit par la jeune fille et les enfants dont les mains lisses se retenaient à ses cuisses nues, qu'il pénétra par la porte à glissière dans la seconde salle où s'entassaient déjà, sous les pommeaux de douches encastrés dans le plafond, et dans la lumière bleue des petites lampes à grille luisant dans des niches coulées à même le béton, où se pressaient déjà hommes et femmes juives, enfants et vieillards ; les yeux fermés, il subit la poussée des ultimes paquets de chair que les S. S. enfonçaient maintenant à coups de crosse dans la chambre à gaz ; et les yeux fermés, il sut que la lumière s'éteignait sur les vivants, sur les centaines de femmes juives aux soudaines clameurs de détresse, sur les vieillards dont aussitôt les prières sacrées s'élevèrent avec une force grandissante, sur les enfants martyrs du convoi qui retrouvaient dans les affres l'innocente fraîcheur des angoisses d'antan et se répandaient tous en exclamations identiques : *Maman ! Et pourtant j'étais sage ! il fait noir ! il fait noir !...* Et cependant que les premiers effluves de gaz " Cyclon B " s'infiltraient entre les grands corps suants, pour se déposer, à l'étage inférieur, sur le tapis agité de têtes enfantines, Ernie se libérant de l'étreinte muette de la jeune fille se pencha dans le noir vers les gosses blottis jusqu'entre ses jambes et se mit à hurler de toute la douceur et de toute la force de son âme : " Respirez fort, mes agneaux, *respirez vite !* "

Quand la nappe de gaz eut tout recouvert, il y eut dans le ciel noir de la chambre de mort un silence d'environ une minute, coupé seulement par les hautes quintes de toux et par les manifestations de ceux qui étaient trop enfoncés dans l'agonie pour en faire l'offrande; et ruisseau d'abord, puis cascade, torrent irrépressible de majesté, le poème qu'à travers la fumée des incendies et par-dessus les bûchers de l'histoire, les Juifs — qui depuis deux mille ans ne portaient pas l'épée et n'eurent jamais ni royaumes de mission ni esclaves de couleur — le vieux poème d'amour qu'ils traçaient en lettres de sang sur la dure écorce terrestre déferla dans la chambre à gaz, l'investit, en domina le sombre ricanement abyssal : " *SCHEMA ISRAEL ADONAI ELOHENOU ADONAI EH'OTH...* Écoute Israël, l'Éternel notre Dieu, l'Éternel est Un. O seigneur, par ta grâce tu nourris les vivants, et par ta grande miséricorde tu ressuscites les morts; et tu soutiens les faibles, guéris les malades, brises le fer des esclaves; et tu gardes fidèlement tes promesses à ceux qui dorment dans la poussière. Qui est comme toi, ô Père miséricordieux, et qui peut te ressembler ?... "

Les voix mouraient une à une le long du poème inachevé; déjà, les enfants expirants plantaient leurs ongles dans les cuisses d'Ernie, en un suprême recours, et déjà l'étreinte de Golda se faisait plus molle, ses baisers s'estompaient, quand s'accrochant farouche au cou de l'aimé elle exhala en un souffle discordant : " Je ne te reverrai donc plus jamais ? Plus jamais ? "

Ernie parvint à rejeter l'aiguille de feu perçant sa gorge et cependant que le corps féminin s'affaissait contre lui, les yeux exorbités dans la nuit opaque il cria tout contre l'oreille de Golda inanimée: " Tout à l'heure, *je te le jure !...* "Puis il sut qu'il ne pouvait plus rien pour personne au monde, et dans l'éclair qui précéda son propre anéantissement, il se souvint avec bonheur de la légende de rabbi Chanina ben Teradion, telle que la rapportait joyeusement l'ancêtre : lorsque le doux rabbi, enveloppé dans le rouleau de la Thôra, fut jeté par les Romains sur le bûcher pour avoir enseigné la Loi, et qu'on alluma les fagots aux branches vertes encore pour faire durer son supplice, les élèves lui dirent : Maître, que vois-tu ? Et rabbi Chanina répondit : — Je vois le parchemin qui brûle, mais les lettres s'envolent... *Oh oui, sûrement, les lettres s'envolent,* se répéta Ernie Lévy tandis que la flamme qui embrasait sa poitrine, d'un seul coup, envahit son cerveau. De ses bras moribonds, il étreignit le corps de Golda en un geste déjà inconscient de protection aimante, et c'est dans cette posture que les trouva une demi-heure plus tard l'équipe du Sonderkommando chargée de brûler les Juifs au four crématoire. Il en fut ainsi de millions, qui passèrent de l'état de *Luftmensch* à celui de *Luft*. Je ne traduirai pas. Ainsi donc, cette histoire ne s'achèvera pas sur quelque tombe à visiter en souvenir. Car la fumée qui sort des crématoires obéit tout comme une autre aux lois physiques : les particules s'assemblent et se dispersent au vent, qui les pousse. Le seul pèlerinage serait, estimable lecteur, de regarder parfois un ciel d'orage avec mélancolie.

Et loué. Auschwitz. Soit. Maïdanek. L'Éternel. Treblinka. Et loué. Buchenwald. Soit. Mauthausen. L'Éternel. Belzec. Et loué. Sobibor. Soit. Chelmno. L'Éternel. Ponary. Et loué. Theresienstadt. Soit. Varsovie. L'Éternel. Vilno. Et loué. Skarzysko. Soit. Bergen-Belsen. L'Éternel. Janow. Et loué. Dora. Soit. Neuengamme. L'Éternel. Pustkow. Et loué...

Parfois, il est vrai, le cœur veut crever de chagrin. Mais souvent aussi, le soir de préférence, je ne puis m'empêcher de penser qu'Ernie Lévy, mort six millions de fois, est encore vivant, quelque part, je ne sais où... Hier, comme je tremblais de désespoir au milieu de la rue, cloué au sol, une goutte de pitié tomba d'en haut sur mon visage; mais il n'y avait nul souffle dans l'air, aucun nuage dans le ciel... il n'y avait qu'une présence.

TABLE

I. La légende des Justes 9

II. Zémyock 27

III. Stillenstadt 79

IV. Le Juste des mouches 133

V. Monsieur Krémer
et Mademoiselle Ilse 189

VI. Le chien 235

VII. Le mariage d'Ernie Lévy........... 279

VIII. Jamais plus 321

Ce livre est une œuvre de fiction. Pour l'évocation des faits historiques, l'auteur s'est référé principalement aux sources suivantes : Léon Poliakov, *Le Bréviaire de la Haine* (Calmann-Lévy, Paris, 1951) ; *Du Christ aux Juifs de cour* (Calmann-Lévy, Paris, 1955) ; Michel Borwicz, *Écrits des Condamnés à mort* (P. U. F., Paris, 1955) ; David Rousset, *L'univers concentrationnaire* (Le Pavois, Paris, 1946) ; Georges Wellers, *De Drancy à Auschwitz* (Éd. du Centre, Paris, 1946) ; Olga Wormser, *Tragédie de la déportation* (Hachette, Paris, 1954).

IMP. OFFSET-AUBIN, POITIERS, — D. L., 3ᵉ TR. 1959. Nᵒ 1.035-20(3.500).